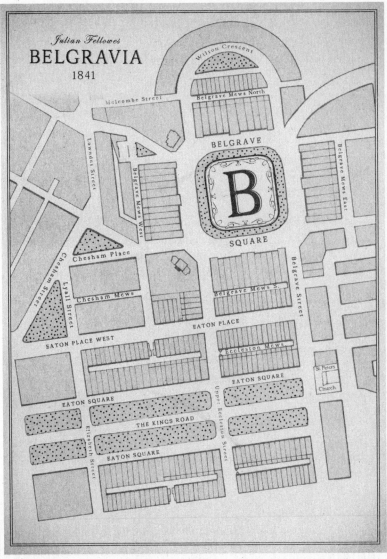

BESTSELLER

Julian Fellowes (Egipto, 1949) creció en Inglaterra y estudió en Cambridge. Ha participado como actor en más de cuarenta películas y series de televisión. Además, como guionista obtuvo un Oscar al Mejor Guion Original por *Gosford Park*, y es el creador de exitosas y reconocidas series como *Titanic* y *Downton Abbey*, con la que ha ganado dos premios Emmy. Ha publicado tres novelas, todas ellas best sellers internacionales: *Snobs*, *Pasado imperfecto* y *Belgravia*.

Biblioteca
JULIAN FELLOWES

Belgravia

Traducción de
Laura Vidal

DEBOLS!LLO

Papel certificado por el Forest Stewardship Council®

Título original: *Julian Fellowes's Belgravia*

Primera edición con esta presentación: febrero de 2019

© The Orion Publishing Group Limited 2016
© 2017, 2019, Penguin Random House Grupo Editorial, S. A. U.
Travessera de Gràcia, 47-49. 08021 Barcelona
© 2017, Laura Vidal, por la traducción
Asesora editorial: Imogen Edwards-Jones
Asesora histórica: Lindy Woodhead

Printed in Spain – Impreso en España

ISBN: 978-84-663-4640-5 (vol. 1225/2)
Depósito legal: B-419-2019

Impreso en Black Print CPI Ibérica,
Sant Andreu de la Barca (Barcelona)

P 3 4 6 4 0 5

Penguin
Random House
Grupo Editorial

A mi mujer, Emma.
Sin ella nada en mi vida
habría sido posible

.1.

El baile antes de la batalla

El pasado, como tantas veces nos han contado, es un país extranjero donde las cosas se hacen de manera distinta. Puede que esto sea cierto. De hecho, es cierto de forma patente cuando se trata de moral y de costumbres, del papel de la mujer, del gobierno de la aristocracia y de un millón más de elementos de nuestras vidas diarias. Pero también hay similitudes. La ambición, la envidia, la ira, la avaricia, la bondad, la abnegación y, sobre todo, el amor han sido siempre motivaciones igual de poderosas que ahora. Esta historia habla de personas que vivieron hace dos siglos y, sin embargo, muchos de sus anhelos, de sus agravios, de las pasiones que ardían en sus corazones se parecían en gran medida a los que vivimos hoy, en nuestros días...

No parecía un país al borde de la guerra; menos aún la capital de un país desgarrado de un reino y anexionado a otro menos de tres meses antes. Bruselas en junio de 1815 podía haber pasado por una ciudad *en fête*, con concurridos puestos de vivos colores en los mercados y coches abiertos pintados en tonos alegres recorriendo deprisa las avenidas, transportando a grandes damas y a sus hijas a compromisos sociales de suma importancia. Nadie habría sospechado que el emperador Napoleón avanzaba con su ejército y podía acampar a las afueras de la ciudad en cualquier momento.

Nada de esto resultaba de gran interés para Sophia Trenchard mientras se abría paso entre el gentío con un gesto de determinación que hacía difícil creer que tuviera solo dieciocho años. Como cualquier muchacha de buena familia, y con mayor razón por encontrarse en tierra extranjera, iba acompañada de su doncella, Jane Croft, de veintidós años, cuatro más que su señora. Aunque si hubiera hecho falta decir cuál de las dos tendría que proteger a la otra de un encontronazo con un transeúnte habría sido Sophia, que parecía dispuesta a todo. Era bonita, muy bonita incluso, con esa fisonomía británica clásica de pelo rubio y ojos azules. Pero el gesto decidido de su boca dejaba claro que no era una joven que necesitara el permiso de mamá para embarcarse en una aventura.

—Date prisa o se habrá ido a almorzar y habremos venido en balde.

Estaba en ese momento de la vida que casi todos debemos atravesar, cuando la infancia ha quedado atrás y una falsa madurez, libre aún de las trabas de la experiencia, le da a uno la sensación de que cualquier cosa es posible, hasta que la llegada de la verdadera edad adulta demuestra de manera concluyente que no es así.

—Voy lo más deprisa que puedo —murmuró Jane y, como para probar sus palabras, un húsar apresurado la empujó y ni siquiera se detuvo a averiguar si le había hecho daño—. Esto parece una batalla campal.

Jane no era una belleza, como su joven señora, pero tenía un rostro vivaz, fuerte y rubicundo, más idóneo acaso para recorrer caminos rurales que las calles de una ciudad.

Era una muchacha decidida y a su joven señora le gustaba por ello.

—No te dejes avasallar.

Sophia casi había llegado a su destino, después de dejar la calle principal y entrar en un patio que en otro tiempo pudo haber sido un mercado de ganado, pero ahora había sido requisado por el ejército y convertido en lo que semejaba un depósito de suministros. Grandes carromatos descargaban estuches, sacas y cajas que se transportaban a almacenes de los alrededores y había lo que parecía ser una marea constante de oficiales de todos los regimientos que conversaban y en ocasiones discutían mientras se desplazaban en grupos. La llegada de una mujer joven y atractiva con su doncella despertó, como es natural, cierto grado de atención y las conversaciones, por un instante, disminuyeron y casi cesaron.

—Por favor, no se molesten —dijo Sophia mirando tranquilamente a su alrededor—. He venido a ver a mi padre, el señor Trenchard.

Un hombre joven se adelantó.

—¿Conoce el camino, señorita Trenchard?

—Sí, gracias.

Se dirigió hacia una entrada de aspecto ligeramente más importante del edificio principal y, seguida de la trémula Jane, subió las escaleras hasta el primer piso. Allí encontró a más oficiales, al parecer esperando a ser recibidos, pero era una norma que Sophia no tenía intención de acatar. Abrió la puerta.

—Quédate aquí —ordenó.

Jane dio un paso atrás, bastante complacida con la curiosidad de los hombres.

La habitación en la que entró Sophia era grande, luminosa y amplia, con un hermoso escritorio de suave caoba y otros muebles de estilo acorde, pero era un espacio destinado a los negocios más que a la vida social, un lugar para trabajar, no para divertirse. En un rincón, un hombre corpulento de cuarenta y pocos años estaba sermoneando a un oficial de uniforme reluciente.

—¿Quién demonios ha venido a interrumpirme? —Se giró, pero al ver a su hija su estado de ánimo cambió y una sonrisa cariñosa iluminó su cara roja de enfado—. ¿Y bien? —dijo, pero la hija miró al oficial. El padre asintió—. Capitán Cooper, si me disculpa…

—Por supuesto, Trenchard.

—¿Cómo que Trenchard?

—Señor Trenchard. Pero necesitamos la harina esta noche. El oficial al mando me hizo prometer que no volvería sin ella.

—Y yo prometo hacer todo lo que esté en mi mano, capitán. —Saltaba a la vista que el oficial estaba irritado, pero tuvo que contentarse con esa respuesta porque no iba a recibir otra mejor. Se retiró con una inclinación de cabeza y el padre se quedó a solas con su hija.

—¿La tienes? —Su nerviosismo era palpable. Había algo conmovedor en su entusiasmo: ese rollizo, casi calvo maestro de los negocios de repente se mostraba tan excitado como un niño la víspera de Navidad.

Muy lentamente, alargando el momento al máximo, Sophia abrió su ridículo y sacó con cuidado unas tarjetas de cartón blanco.

—Tengo tres —contestó, saboreando su triunfo—. Una para usted, una para mamá y una para mí.

Casi se las arrancó de la mano. De llevar un mes sin comida ni agua no habría estado más ansioso. La caligrafía era sencilla y elegante.

El padre miró la tarjeta.

—Supongo que lord Bellasis sí estará invitado a cenar.

—Es su tía.

—Claro.

—No habrá cena. Por lo menos no una formal. Solo la familia y unos pocos conocidos que están alojados en la casa.

—Siempre dicen que no hay cena, pero luego suele haberla.

—¿No esperaría usted que nos invitaran?

Lo había soñado, pero no lo había esperado.

—No, no. Esto es más que suficiente.

—Dice Edmund que después de medianoche habrá sobrecena.

—No le llames Edmund delante de nadie que no sea yo. —Con todo, su estado de ánimo seguía siendo alegre, la decepción momentánea ya sustituida por el pensamiento de lo que les deparaba el futuro—. Tienes que volver con tu madre. No le va a sobrar tiempo para los preparativos.

Sophia era demasiado joven y estaba demasiado llena de confianza inmerecida para ser consciente de la magnitud de lo que había logrado. Además, era más práctica para aquellas cuestiones que su deslumbrado padre.

—Es tarde para encargar nada a medida, papá.

—Pero no para hacer unos arreglos.

—No va a querer ir.

—Sí va a querer, porque tiene que hacerlo.

Sophia hizo ademán de ir hacia la puerta, pero le vino a la cabeza otro pensamiento.

—¿Cuándo se lo decimos? —inquirió mirando a su padre.

La pregunta pilló a este por sorpresa y empezó a juguetear con la leontina de oro de su reloj de bolsillo. Fue un momento incómodo. Las cosas eran exactamente igual que un instante antes, y sin embargo, de alguna manera, el tono y el significado habían cambiado. Cualquier observador externo se habría dado cuenta de que el tema tratado de pronto era algo más serio que la elección de vestido para el baile de la duquesa.

Trenchard fue de lo más rotundo en su respuesta.

—Aún no. Hay que hacerlo todo en el momento oportuno. Que él nos dé las indicaciones. Ahora vete. Y dile a ese cretino que pase.

La hija hizo lo que le pedía y salió de la habitación, pero en su ausencia James Trenchard siguió extrañamente distraído. De la calle llegaron gritos y se acercó a la ventana para mirar a un oficial y a un tendero discutir.

Luego se abrió la puerta y entró el capitán Cooper. Trenchard le saludó con una inclinación de cabeza. Era el momento de volver al trabajo.

Sophia había estado en lo cierto. Su madre no quería ir al baile.

—Solo nos han invitado porque alguien ha fallado en el último momento.

—¿Y eso qué importa?

—Es absurdo. —La señora Trenchard negó con la cabeza—. No vamos a conocer a nadie.

—Papá sí.

Había momentos en que a Anne Trenchard le irritaban sus hijos. A pesar de sus aires de superioridad, sabían poco de la vida. Habían sido malcriados desde la infancia, mimados por su padre, hasta que los dos dieron por sentada su buena suerte y apenas pensaban en ella. Lo ignoraban todo del viaje que habían hecho sus padres hasta lograr su posición actual, mientras que su madre recordaba cada paso minúsculo y cada piedra en el camino.

—Conocerá a alguno de los oficiales que van a sus oficinas a darle instrucciones. Y que se quedarán atónitos al descubrir que comparten salón de baile con el hombre que abastece de pan y cerveza a sus tropas.

—Espero que no le hable así a lord Bellasis.

La expresión de la señora Trenchard se suavizó un poco.

—Querida mía. —Cogió la mano de su hija en las suyas—. Ten cuidado con los castillos en el aire.

Sophia se soltó de las manos de su madre.

—Ya veo que no le cree capaz de albergar intenciones honradas.

—Al contrario. Estoy segura de que lord Bellasis es un hombre de honor. Desde luego es muy agradable.

—¿Entonces?

—Es el hijo mayor de un conde, hija mía, con todas las responsabilidades que acarrea un título así. No puede elegir esposa atendiendo solo a su corazón. No estoy enfadada. Ambos sois jóvenes y atractivos, y habéis vivido un pequeño coqueteo que no os ha perjudicado a ninguno de los dos. De momento. —El énfasis en las dos últimas palabras era una clara indicación de por dónde quería ir—. Pero tiene que terminar antes de que hablen las malas lenguas, Sophia, o tú serás la que sufra, no él.

—¿Y no le dice nada el hecho de que nos haya conseguido invitaciones para el baile de su tía?

—Me dice que eres una muchacha encantadora y que quiere complacerte. En Londres no habría conseguido algo así, pero en Bruselas la guerra lo deforma todo, así que no rigen las mismas reglas.

Esto último irritó a Sophia más que ninguna otra cosa.

—¿Quiere decir que según las reglas normales no somos una compañía digna de las amistades de la duquesa?

La señora Trenchard era, a su manera, tan fuerte como su hija.

—Es exactamente lo que quiero decir, y sabes que es cierto.

—Papá no estaría de acuerdo.

—Tu padre ha recorrido un largo camino con éxito, ha llegado más lejos de lo que muchos imaginarían siquiera y por eso no ve las barreras naturales que le impedirán avanzar mucho más. Confórmate con lo que tienes. A tu padre le han ido muy bien las cosas. Es algo de lo que debes estar orgullosa.

Se abrió la puerta y entró la doncella de la señora Trenchard con su vestido para la noche.

—¿Vuelvo más tarde, señora?

—No, no, Ellis. Pase. Hemos terminado, ¿no es así?

—Si usted lo dice, mamá.

Sophia salió de la habitación, pero su barbilla levantada no mostraba el gesto de alguien que se ha dado por vencido.

Por la manera deliberadamente silenciosa en que Ellis se entregó a sus obligaciones era evidente que ardía de curiosidad por saber lo que había provocado la discusión entre madre e hija, pero Anne la hizo sufrir unos minutos antes de hablar, esperando a que la doncella le desabotonara el vestido de tarde y lo dejara deslizarse de sus hombros.

—Estamos invitados al baile de la duquesa de Richmond el día 15.

—¡No! —Mary Ellis solía ser más hábil a la hora de disimular sus sentimientos, pero aquella noticia tan asombrosa la había pillado desprevenida—. Entonces tenemos que decidir su vestido, señora. Necesitaré tiempo para prepararlo, si queremos que quede como es debido.

—¿Qué tal el de seda azul oscuro? No me lo he puesto demasiado esta temporada. Quizá encuentre usted un poco de encaje negro para el cuello y las mangas, para darle un poco de aire.

Anne Trenchard era una mujer práctica, pero no exenta de vanidad. Había conservado su figura, y con su perfil marcado y su pelo castaño rojizo sin duda podía considerársela hermosa. Pero no dejaba que eso la convirtiera en una frívola.

Ellis se arrodilló para abrir un vestido de noche de tafetán color paja de modo que su señora pudiera ponérselo por las piernas.

—¿Y las joyas, señora?

—La verdad es que no lo he pensado. Llevaré lo que tengo, supongo. —Se volvió para que la doncella empezara a abotonarle la espalda del vestido con alfileres dorados. Se había mostrado severa con Sophia, pero no se arrepentía. Sophia vivía en un sueño, lo mismo que su padre, y los sueños podían meter en líos a las personas si no tenían cuidado. Casi a su pesar, Anne sonrió. Había dicho que James había recorrido un largo trecho, pero en ocasiones dudaba de que Sophia fuera consciente de hasta qué punto era así.

—Imagino que ha sido lord Bellasis quien ha organizado lo de las invitaciones al baile —dijo Ellis levantando la vista desde donde se encontraba, a los pies de la señora Trenchard, cambiándole de zapatos. Al momento se dio cuenta de que la pregunta había molestado a la señora. ¿Qué hacía una doncella preguntando en voz alta cómo habían conseguido sus señores ser incluidos en tan ilustre lista de invitados? ¿O, ya puestos, en cualquier otra lista?

La señora Trenchard optó por no contestar e ignoró la pregunta. Pero le hizo reflexionar sobre la extrañeza de sus vidas en Bruselas y sobre cómo habían cambiado las cosas desde que James llamó la atención del gran duque de Wellington. Era cierto que, a pesar de la escasez, de lo encarnizado de los combates, de que la campiña estuviera arrasada, James se las arreglaba para conseguir siempre suministros de alguna parte. El duque le llamaba «El Mago» y eso era, o parecía serlo. Pero su éxito no había hecho más que avivar su altiva ambición de escalar las inescalables cimas de la alta sociedad, y su afán de medrar iba a peor. Para James Trenchard, hijo de un comerciante, con quien hasta el padre de Anne había prohibido a esta casarse, que una duquesa fuera su anfitriona le parecía la cosa más natural del mundo. Anne habría calificado sus aspiraciones de ridículas, de no ser porque tenían la inquietante cualidad de hacerse realidad.

Anne era mucho más cultivada que su marido —algo lógico, pues era hija de maestro— y cuando se conocieron era un partido indiscutiblemente mejor que él, pero ahora sabía muy bien que su marido la había dejado atrás. De hecho, había empezado a preguntarse durante cuánto tiempo conseguiría seguir el ritmo de su extraordinario ascenso; o si, cuando sus hijos se hicieran mayores, no debería retirarse a una sencilla casa en el campo y dejar que se abriera paso solo hasta la cima de la montaña. Ellis supo instintivamente que el silencio de su señora se debía a que había hablado cuando no le correspondía. Pensó en decir algo halagador para recuperar su confianza, pero luego decidió seguir callada y dejar que la tempestad amainara por sí sola.

Se abrió la puerta y James asomó la cabeza.

—¿Te lo ha contado, no? Lo ha conseguido.

Anne miró a su doncella.

—Gracias, Ellis. Por favor, vuelva en un rato.

Ellis se retiró. James no pudo resistirse a sonreír.

—Me reprendes por ambicionar cosas que no me corresponden y sin embargo la manera en que te diriges a tu doncella es digna de la mismísima duquesa.

Anne hizo un gesto de enfado.

—Espero que no.

—¿Por qué? ¿Qué tienes contra ella?

—No tengo nada contra ella por la sencilla razón de que no la conozco, ni tú tampoco. —Anne se esforzaba por inyectar una nota de realidad en toda aquella tontería absurda y peligrosa—. Y por eso precisamente no deberíamos permitir que impongan nuestra presencia a esa pobre mujer, ocupando un espacio en su atestado salón de baile que debería estar reservado a sus conocidos.

Pero James estaba demasiado ilusionado para dejarse convencer.

—No hablas en serio.

—Claro que sí, pero ya sé que no me vas a escuchar.

Tenía razón, no había la más mínima posibilidad de enfriar su entusiasmo.

—Es una gran oportunidad, Annie. ¿Sabes que estará el duque? Dos duques, en realidad. Mi superior y el marido de nuestra anfitriona.

—Lo imagino.

—Y príncipes reinantes también. —Se interrumpió, a punto de reventar de la emoción que le producía todo—. James Trenchard, que empezó con un puesto en Covent Garden, ahora se dispone a bailar con una princesa.

—No vas a sacar a bailar a ninguna princesa. No harías más que avergonzarnos a los dos.

—Ya veremos.

—Hablo en serio. Bastante malo es ya que animes a Sophia...

James frunció el ceño.

—Ya sé que no lo crees, pero el chico es sincero. Estoy seguro.

Anne negó con la cabeza, impaciente.

—Tú no estás seguro de nada. Puede que lord Bellasis crea ser sincero, pero está fuera del alcance de Sophia. No es dueño de decidir por sí mismo, y nada honorable puede salir de todo esto.

Se oyó ruido en la calle y Anne fue a investigar. Las ventanas de su dormitorio daban a una calle ancha y ajetreada. Abajo, unos soldados con uniforme escarlata, cuyos cordones dorados capturaban y devolvían el reflejo del sol, se alejaban marchando. Qué extraño se me hace, pensó, con indicios de guerra inminente por todas partes, estar hablando de un baile.

—Yo no estaría tan seguro. —James no estaba dispuesto a renunciar a sus fantasías tan fácilmente.

Anne se volvió. Su marido había adoptado la expresión de un niño de cuatro años al que han acorralado.

—Pues yo sí. Y si Sophia sale perjudicada de esta tontería, te culparé personalmente.

—Muy bien.

—Y en cuanto a lo de chantajear al pobre muchacho para que mendigara una invitación a su tía, es tan humillante que no tengo palabras.

James decidió que ya tenía suficiente.

—No lo vas a estropear. No pienso permitírtelo.

—No va a hacer falta. Se estropeará solo.

Aquello fue la gota que colmó el vaso. James se marchó indignado a cambiarse para la cena y Anne tocó la campanilla para que volviera Ellis.

Se sentía mal consigo misma. No le gustaba discutir, y sin embargo había algo en todo aquello que la hacía sentirse amenazada. Le gustaba su vida. Ahora eran ricos, prósperos, populares en la comunidad de comerciantes de Londres, y sin embargo James insistía en estropear las cosas con su obsesión de querer más. La obligaría a desfilar por un número interminable de habitaciones donde ni gustaban ni eran apreciados. Tendría que entablar conversación con hombres y mujeres que los despreciaban en secreto... o no tan en secreto. Y todo esto cuando, de haberlo permitido James, podrían estar viviendo en un ambiente de comodidad y respeto. Pero incluso mientras pensaba estas cosas sabía que no podía detener a su marido. Nadie podía. Él era así.

Con los años se ha escrito tanto sobre el baile de la duquesa de Richmond que ha adquirido el esplendor y la majestuosidad del desfile de coronación de una reina medieval. Ha figurado en novelas de todo tipo y cada representación pictórica de la velada resulta más grandiosa que la anterior. El cuadro de Henry O'Neill de 1868 sitúa el baile en un vasto y concurrido palacio con enormes columnas de mármol, rebosante de lo que parecen ser cientos de invitados desgarrados de pena y de terror y con aspecto más glamuroso que el cuerpo de baile del teatro Drury Lane. Igual que en muchos otros momentos emblemáticos de la historia, la realidad fue bien distinta.

Los Richmond se habían mudado a Bruselas en parte con la intención de recortar gastos y vivir más modestamente residiendo varios años en el extranjero, y en parte como muestra de solidaridad con su gran amigo el duque de Wellington, que había establecido allí su cuartel general. A Richmond, que había sido militar, se le encomendó la tarea de organizar la defensa de Bruselas en caso de que ocurriera lo peor y hubiera una invasión enemiga. Aceptó. Sabía que el trabajo sería sobre todo administrativo, pero era una tarea que había que hacer y le proporcionaría la satisfacción de sentirse parte del esfuerzo bélico y no un mero y ocioso observador. Y es que, como sabía muy bien, de esos en la ciudad había muchos.

Los palacios de Bruselas escaseaban y la mayoría estaban ya comprometidos, así que los duques terminaron por instalarse en una casa antes ocupada por un fabricante de coches muy solicitado. Estaba en la Rue de la Blanchisserie, literalmente la «calle de la colada», lo que llevó a Wellington a bautizar el nuevo hogar de los Richmond como «La Casa de Lavar», una broma que hacía menos gracia a la duquesa que a su marido. La antigua sala de exposición de carruajes era una habitación amplia, similar a un granero, situada a la izquierda de la puerta principal y a la que se accedía a través de una pequeña oficina donde los clientes habían elegido en otro tiempo tapicería y otros complementos para sus vehículos, pero la tercera hija de los Richmond, lady Georgiana Lennox, la metamorfoseó en «antesala» cuando escribió sus memorias. El espacio donde antes se exponían los coches tenía las paredes empapeladas con enredaderas de rosas y se decidió que sería adecuada como sala de baile.

La duquesa de Richmond se había llevado a toda su familia al continente con ella y las hijas en especial estaban ávidas de un poco de emoción, así que se planeó un festejo. Luego, a principios de junio, Napoleón, que había escapado de su exilio en Elba meses antes ese mismo año, abandonó París y salió en busca de las fuerzas aliadas. La duquesa consultó a Wellington si sería apropiado seguir adelante con su plan de recreo, y este le aseguró que sí. De hecho, era deseo expreso del duque que el baile se celebrara a modo de demostración de la sangre fría inglesa, para dejar claro que ni siquiera a las damas les inquietaba lo bastante la idea del emperador francés marchando con un ejército como para posponer una velada de diversión. Claro que...

—Espero que no nos estemos equivocando —dijo la duquesa por enésima vez en una hora mientras se miraba inquisidora en el espejo. Quedó bastante complacida con lo que vio: una mujer hermosa entrando en la mediana edad vestida de seda pálida color crema y con capacidad aún de despertar miradas de admiración. Sus diamantes eran soberbios, aunque había cierto debate entre sus amistades sobre si, como parte del esfuerzo por economizar, los originales habían sido reemplazados por réplicas hechas de vidrio.

—Es tarde para lamentaciones. —Al duque de Richmond casi le divertía encontrarse en aquella situación. Había visto Bruselas como una manera de escapar del mundo, pero, para su sorpresa, el mundo los había seguido hasta allí. Y ahora su mujer iba a dar una fiesta con un plantel de invitados que difícilmente podría igualar Londres, justo cuando la ciudad se preparaba para oír tronar los cañones franceses—. La cena ha sido espléndida. No creo que pueda comer nada más luego.

—Pues claro que sí.

—Oigo un coche. Deberíamos bajar.

Era un hombre agradable, el duque, un padre cálido y afectuoso adorado por sus hijos y lo bastante seguro de sí mismo para asumir el reto de casarse con una de las hijas de la escandalosa duquesa de Gordon, cuyas travesuras habían provisto a Escocia de habladurías durante años. Sabía que en su momento hubo muchos que pensaron que podía haber hecho una elección más sencilla, y probablemente haber tenido una vida más sencilla, pero, en términos generales, no se arrepentía. Su mujer era extravagante —eso no se podía negar—, pero también bondadosa, atractiva e inteligente. Se alegraba de haberla elegido.

Ya había algunas personas en el gabinete, la «antesala» de Georgiana, por la que tenían que pasar los invitados de camino hacia el salón de baile. Los floristas habían hecho un buen trabajo, con enormes centros de rosas rosa pálido y lirios blancos, todos con los estambres cuidadosamente podados para evitar que las damas se mancharan de polen y dispuestos sobre lechos de grandes hojas en distintos tonos de verde. El resultado confería una majestuosidad a las dependencias del fabricante de coches que no tenían a la luz del día, y el resplandor trémulo de los candelabros envolvía la escena en una luz sutil y favorecedora.

El sobrino de la duquesa, Edmund, vizconde de Bellasis, estaba hablando con Georgiana. Fueron juntos a reunirse con los padres de ella.

—¿Quiénes son esas personas a las que Edmund te ha obligado a invitar? ¿Por qué no las conocemos?

Lord Bellasis intervino:

—A partir de esta noche las conoceréis.

—No estás siendo muy comunicativo —dijo Georgiana.

La duquesa albergaba sus propias sospechas, y empezaba a arrepentirse de su generosidad.

—Espero que tu madre no se enfade conmigo. —Le había dado las invitaciones sin pensárselo dos veces, pero un momento de reflexión la había convencido de que su hermana se enfadaría, y mucho.

En ese preciso instante sonó la voz del chambelán.

—El señor James Trenchard y señora. La señorita Sophia Trenchard.

El duque miró en dirección a la puerta.

—No me digas que has invitado al Mago. —Su mujer pareció perpleja—. El principal suministrador de Wellington. ¿Qué hace aquí?

La duquesa se volvió a su sobrino con expresión severa.

—¿El suministrador del duque de Wellington? ¿He invitado a un comerciante a mi baile?

Lord Bellasis no se rendía tan fácilmente.

—Mi querida tía, ha invitado a uno de los pilares más leales y eficientes del duque en su lucha por la victoria. Pensaba que todo británico que se precie se sentiría orgulloso de recibir al señor Trenchard en su casa.

—Me has engañado, Edmund. Y no me gusta que me tomen por tonta.

Pero el joven ya había ido a saludar a los recién llegados. La duquesa miró a su marido, a quien parecía divertir verla tan furiosa.

—No me mires así, querida. No les he invitado yo, sino tú. Y tienes que admitir que ella es bonita.

Al menos eso era cierto. Sophia nunca había tenido un aspecto más encantador.

No hubo tiempo de decir más antes de que llegaran los Trenchard. Anne fue la primera en hablar.

—Es muy generoso por su parte, duquesa.

—En absoluto, señora Trenchard. Tengo entendido que ha sido usted muy amable con mi sobrino.

—Siempre es un placer ver a lord Bellasis.

Anne había acertado con la elección de atuendo. La seda azul daba prestancia a su figura y Ellis había encontrado un encaje de calidad para los adornos. Era posible que sus diamantes no pudieran competir con muchos de los que había en la sala, pero eran perfectamente respetables.

La duquesa empezaba a ablandarse un poco.

—Es duro para los jóvenes estar tan lejos de casa —dijo con bastante amabilidad.

James había estado debatiendo interiormente si había que dirigirse a la duquesa con el tratamiento de «su excelencia». Aunque su mujer había hablado y al parecer sin ofender a nadie, no estaba seguro del todo. Abrió la boca.

—Pero si es el Mago. —Richmond sonrió muy jovial. Si le sorprendía encontrar a aquel comerciante en su salón no lo dejaba traslucir—. ¿Recuerda que hicimos planes en el caso de que llamaran a filas a los reservistas?

—Lo recuerdo muy bien, ex..., lo excelente de su plan, quiero decir. Duque. —Esta última palabra la pronunció como si fuera una entidad independiente que no tuviera nada que ver con el resto de la conversación. Para James fue como arrojar un guijarro a un estanque silencioso. La onda expansiva de su inoportunidad pareció engullirlo durante unos incómodos instantes. Pero lo tranquilizaron una sonrisa amable y un gesto de cabeza de Anne, y nadie pareció molesto, lo que era un alivio.

Anne tomó el relevo.

—Me gustaría presentarles a mi hija, Sophia.

Sophia hizo una reverencia a la duquesa, quien la miró de arriba abajo como si estuviera comprando una pierna de venado para la cena, algo que, por supuesto, nunca haría. Vio que la muchacha era bonita, y elegante a su manera, pero una mirada al padre le recordó con abrumadora claridad que aquello era imposible. Le daba terror que su hermana supiera de aquella velada y la acusara de dar alas a una relación así. Pero sin duda Edmund no iba en serio. Era un muchacho sensato que jamás había causado el más mínimo problema.

—Señorita Trenchard, ¿me permitiría acompañarla al salón de baile? —Edmund intentó aparentar frialdad al hacer la oferta, pero no podía engañar a su tía, que sabía demasiado de la vida para que la despistara aquel pobre simulacro de indiferencia. De hecho, se le cayó el alma a los pies al ver cómo la joven se cogía del brazo de su sobrino y se marchaban juntos, charlando en susurros como si ya se pertenecieran el uno al otro.

—Mayor Thomas Harris.

Un hombre joven bastante bien parecido hizo una leve reverencia en dirección a sus anfitriones mientras Edmund lo llamaba por su nombre.

—¡Harris! No esperaba verte aquí.

—Bueno, necesito algo de diversión de cuando en cuando —dijo el joven oficial sonriendo a Sophia, quien rio, como si todos se sintieran cómodos en compañía los unos de los otros. Luego ella y Edmund se dirigieron hacia el salón de baile seguidos por la preocupada mirada de la tía de él. Hacían una bonita pareja, tuvo que reconocer. La belleza rubia de Sophia resultaba acentuada por los rizos oscuros y facciones cinceladas de Edmund, por su boca bien definida que sonreía encima del hoyuelo del mentón. La duquesa miró a su marido. Los dos sabían que la situación estaba casi fuera de control. Quizá incluso se les hubiera ido ya de las manos.

—El señor James y lady Frances Wedderburn-Webster —anunció el chambelán, y el duque dio un paso al frente para saludar a los recién llegados.

—Lady Frances, qué hermosa está. —Vio cómo su mujer seguía con mirada inquieta a los dos enamorados. Sin duda no había nada más que pudieran hacer ellos para arreglar aquel asunto. Pero el duque percibió la preocupación en la cara de su esposa y se inclinó hacia ella—. Luego hablaré con él. Entrará en razón. Siempre lo ha hecho hasta ahora.

Su mujer asintió con la cabeza. Aquello era lo que había que hacer. Solucionarlo después, cuando hubiera terminado el baile y la muchacha se hubiera ido. Hubo movimiento en la puerta y la voz cantarina del chambelán anunció:

—Su alteza real el príncipe de Orange.

Un hombre joven de aspecto cordial se acercó a los anfitriones, y la duquesa, con la espalda rígida como una escoba, hizo una profunda genuflexión.

El duque de Wellington no se presentó hasta casi la medianoche, pero lo hizo de manera elegante. Para gran deleite de James Trenchard, paseó la vista por la sala de baile y, al verle, fue a reunirse con él.

—¿Qué trae al Mago esta noche por aquí?

—Su excelencia nos ha invitado.

—¡No me diga! Me alegro por usted. ¿Le está resultando agradable la velada?

James asintió con la cabeza.

—Desde luego, excelencia. Pero se habla mucho del avance de Bonaparte.

—¿Es que ha avanzado, por Júpiter? Supongo que esta encantadora dama es la señora Trenchard. —Sabía contenerse, de eso no había duda.

Incluso a Anne le faltó el valor a la hora de dirigirse a él simplemente como «duque».

—La calma que demuestra su excelencia resulta muy tranquilizadora.

—Así es como debe ser. —El duque rio con suavidad y se volvió a un oficial que había allí cerca—. Ponsonby, ¿conoce usted al Mago?

—Desde luego, duque. Paso mucho tiempo a la puerta del despacho del señor Trenchard, esperando para defender la causa de mis hombres.

Aun así sonrió.

—Señora Trenchard, permítame que le presente a sir William Ponsonby. Ponsonby, es la esposa del Mago.

Ponsonby saludó con una leve inclinación.

—Espero que con usted sea más amable que conmigo.

La señora Trenchard sonrió también, pero antes de que le diera tiempo a contestar se reunió con ellos la hija de los Richmond, Georgiana.

—La sala bulle de rumores.

Wellington asintió solemne.

—Eso tengo entendido.

—Pero ¿son ciertos?

Georgiana Lennox era una muchacha bien parecida, de semblante despejado y franco, y su nerviosismo solo sirvió para subrayar la sinceridad de su pregunta y la amenaza que se cernía sobre todos ellos.

Por primera vez, la expresión del duque fue casi seria cuando bajó los ojos para encontrarse con los de ella.

—Me temo que sí, lady Georgiana. Todo apunta a que mañana nos pondremos en marcha.

—Qué espanto. —Georgiana se volvió a mirar a las parejas que daban vueltas en la pista de baile, la mayoría hombres jóvenes con uniforme de gala que charlaban y reían con sus acompañantes. ¿Cuántos sobrevivirían a la guerra que se avecinaba?

—Qué carga tan pesada debe de ser la suya. —Anne Trenchard también miraba a los hombres. Suspiró—. Algunos de estos jóvenes morirán en los próximos días si hemos de ganar esta guerra, y ni siquiera usted puede evitarlo. No le envidio.

A Wellington le sorprendió gratamente oír estas palabras de la boca de la esposa de su proveedor, una mujer de cuya existencia apenas había sabido hasta aquella noche. No todos entendían que la guerra no era solo gloria.

—Le agradezco su comprensión, señora.

En aquel momento los interrumpió una explosión de gaitas y los bailarines abandonaron la pista para dar paso a un batallón de los Gordon Highlanders. Era el golpe de efecto de la duquesa, que había logrado mediante súplicas al oficial al mando, usando su sangre Gordon como excusa. Puesto que el regimiento de highlanders había sido fundado por su difunto padre veinte años antes, el comandante no había tenido muchas posibilidades de negarse, así que accedió complacido a la petición de la duquesa. La historia no nos ha legado testimonio de lo que pensó al verse obligado a prestar a sus hombres para que fueran la atracción principal de un baile en la víspera de una batalla que decidiría el destino de Europa. En cualquier caso, la actuación resultó alentadora para los escoceses presentes y entretenida para sus vecinos ingleses, pero los extranjeros estaban abiertamente perplejos. Anne Trenchard vio cómo el príncipe de Orange miraba burlón a su edecán y guiñaba los ojos, molesto por el ruido. Pero los hombres empezaron a dar vueltas a la pista y pronto la pasión y el poder de su baile conquistaron a los escépticos, inflamando al público hasta que incluso los desconcertados príncipes de la vieja Alemania reaccionaron con vítores y aplausos.

Anne se volvió a su marido.

—Qué duro es pensar que estarán peleando contra el enemigo antes de que termine el mes.

—¿El mes? —James rio con amargura—. Más bien la semana.

No había terminado de hablar cuando se abrió la puerta y un joven oficial que no se había detenido a limpiarse el barro de las botas entró en el salón y lo recorrió con la mirada hasta que encontró a su superior, el príncipe de Orange. Hizo una inclinación de cabeza mientras sacaba un sobre, que enseguida atrajo la atención de todos los presentes. El príncipe asintió, se puso en pie y caminó hasta donde se encontraba el duque. Le entregó el mensaje y el duque se lo guardó sin leer en un bolsillo del chaleco mientras el chambelán anunciaba que la cena estaba servida.

Anne sonrió a pesar de la aprensión que sentía.

—Qué capacidad de control. Puede ser una sentencia de muerte para todo su ejército, pero prefiere arriesgarse antes que dar muestra alguna de preocupación.

James asintió con la cabeza.

—No se altera con facilidad, eso desde luego.

Pero vio que su mujer tenía el ceño fruncido. Entre la multitud que se dirigía al comedor estaba Sophia aún en compañía del vizconde de Bellasis. Anne hizo un esfuerzo por disimular su impaciencia.

—Dile que cene con nosotros, o, en cualquier caso, con otras personas.

James negó con la cabeza.

—Eso díselo tú.

Anne asintió y fue hasta la joven pareja.

—No debe dejarse monopolizar por Sophia, lord Bellasis. Seguro que tiene aquí muchos amigos que están deseando saber de usted.

Pero el joven sonrió.

—No tema, señora Trenchard. Estoy donde quiero estar.

La voz de Anne adquirió cierta determinación. Se golpeó la palma izquierda con el abanico cerrado.

—Eso está muy bien, milord, pero Sophia tiene una reputación que mantener y la generosidad de sus atenciones puede estar poniéndola en peligro.

Era demasiado pedir que Sophia se quedara callada.

—Mamá, no se preocupe. Ojalá confiara más en mi sentido común.

—Ojalá pudiera. —Anne empezaba a perder la paciencia con su tonta, enamorada y ambiciosa hija. Pero se dio cuenta de que algunas parejas los miraban y retrocedió para que no las vieran discutir.

Un poco en contra de los deseos de su marido, eligió una discreta mesa lateral, y se sentó entre oficiales y sus mujeres a observar a la más rutilante compañía que ocupaba el lugar de honor de la estancia. Wellington estaba sentado entre lady Georgiana Lennox y una criatura deslumbrante con un vestido de escote profundo en azul oscuro bordado con hilo de plata. Por supuesto, llevaba unos diamantes exquisitos. Rio con cuidado dejando ver una dentadura de un blanco radiante y a continuación miró al duque un poco de reojo por entre sus oscuras pestañas. Era evidente que lady Georgiana iba a tener una competencia dura.

—¿Quién es la mujer a la derecha del duque? —preguntó Anne a su marido.

—Lady Frances Wedderburn-Webster.

—Es verdad. Entró justo detrás de nosotros. Parece muy segura del interés del duque.

—No le faltan razones. —James le hizo un pequeño guiño y Anne miró a la beldad con curiosidad creciente. No por primera vez se maravilló de cómo la amenaza de guerra, la presencia cercana de la muerte, parecía intensificar las posibilidades de la vida. Muchas parejas en aquella habitación, sin ir más lejos, estaban poniendo en peligro su reputación e incluso su felicidad futura a cambio de una pequeña dosis de satisfacción antes de que la llamada a filas los separara.

Hubo revuelo en la entrada y miró hacia la puerta. El mensajero que habían visto antes había vuelto, todavía con las botas de montar embarradas, y una vez más se acercó al príncipe de Orange. Hablaron un momento y acto seguido el príncipe se levantó y fue hasta Wellington, luego se inclinó y le habló al oído. Para entonces lo ocurrido había captado por completo la atención de los allí reunidos y la conversación general empezó a decaer. Wellington se puso de pie. Habló un momento con el duque de Richmond y se disponían a abandonar la habitación cuando se detuvo. Ante el asombro de los Trenchard, miró a su alrededor y se acercó a su mesa, para gran emoción de todos los que estaban sentados a ella.

—Mago, ¿nos acompaña?

James se puso en pie de un salto dejando de comer al instante. Los otros dos hombres eran altos y él parecía un bufón rechoncho entre dos reyes…, lo que era en realidad, como tuvo que reconocer Anne.

El hombre sentado frente a ella no pudo disimular su admiración.

—Salta a la vista que su marido goza de la confianza del duque, señora.

—Eso parece.

Pero por una vez se sintió bastante orgullosa de él, una sensación que le resultó agradable.

Cuando abrieron la puerta del vestidor, un ayuda de cámara sobresaltado al que habían interrumpido mientras sacaba una camisa de dormir levantó la vista y se encontró cara a cara con el comandante en jefe del ejército.

—¿Nos deja la habitación un momento? —dijo Wellington y el criado casi dio un respingo antes de escapar—. ¿Tiene algún mapa decente de la zona?

Richmond murmuró que sí, cogió un libro de gran tamaño de las estanterías y lo abrió por la página de Bruselas y sus alrededores. Wellington empezaba a dejar traslucir la ira que tan hábilmente había ocultado antes en el comedor.

—Napoleón me ha engañado, por Dios santo. Orange ha recibido un segundo mensaje, esta vez del barón Rebecque. Bonaparte ha cruzado Charleroi hasta la entrada a Bruselas y se está acercando. —Se inclinó sobre la página—. He dado instrucciones al ejército de que se concentre en Quatre Bras, pero no vamos a poder frenarle allí.

—Quizá sí. Faltan todavía algunas horas para que anochezca.

Richmond estaba tan poco convencido de sus palabras como el gran duque.

—Si no, tendremos que combatirle aquí.

James se inclinó sobre el mapa. La uña del dedo pulgar del duque se detuvo en un pequeño pueblo llamado Waterloo. Parecía extrañamente irreal que un minuto después de estar cenando tranquilamente en una mesa anónima estuviera en el vestidor del duque de Richmond, a solas con él y con el comandante en jefe del ejército en el centro de los acontecimientos que cambiarían las vidas de todos.

Y entonces Wellington se dio por enterado de su presencia por primera vez desde su llegada.

—Voy a necesitar su ayuda, Mago. ¿Sabe a qué me refiero? Primero estaremos en Quatre Bras y luego, casi seguro, en... —Se interrumpió para comprobar el nombre en el mapa—. Waterloo. Un nombre extraño para terminar asociado a la inmortalidad.

—Si alguien puede hacerlo inmortal es usted, excelencia.

De acuerdo con la escala de valores relativamente simple de James, un poco de coba nunca estaba de más.

—Pero ¿dispone de la información necesaria? —Wellington era un militar profesional, no un torpe aficionado, y James le admiró por ello.

—Dispongo de ella, no se preocupe. Si fracasamos no será por falta de suministros.

Wellington le miró. Estuvo a punto de sonreír.

—Es usted un hombre astuto, Trenchard. Debe emplear bien su talento cuando la guerra haya terminado. Creo que puede llegar muy lejos.

—Su excelencia es muy amable.

—Pero que no lo distraigan las bagatelas de la vida social. Es demasiado inteligente para eso, o al menos debería serlo, y vale mucho más que la mayoría de esos pavos reales que hay en el salón de baile. No lo olvide. —Entonces casi pareció que oía una voz diciéndole que había llegado la hora—. Y ahora, basta. Debemos prepararnos.

Cuando salieron, los invitados ya estaban agitados y pronto quedó claro que el rumor se había esparcido. Las habitaciones repletas de flores tan fragantes y aromáticas al comienzo de la velada empezaron a llenarse de escenas de desgarradoras despedidas. Madres y muchachas lloraban sin disimulo aferradas a hijos y hermanos, a maridos y enamorados, renunciando a toda pretensión de serenidad. Para asombro de James, la orquesta seguía tocando y, lo que era aún más increíble, algunas parejas continuaban bailando, aunque cómo lo lograban, rodeadas como estaban de consternación y pena, era algo difícil de comprender.

Anne se reunió con él antes de que le diera tiempo a encontrarla entre el gentío.

—Deberíamos marcharnos —dijo él—. Tengo que ir directamente al almacén. Os dejaré a Sophia y a ti en un coche y luego iré andando.

Anne asintió con la cabeza.

—¿Es la lucha final?

—¿Quién sabe? Creo que sí. Llevamos tantos años prometiéndonos que cada escaramuza va a ser la última batalla…, pero esta vez creo que así será. ¿Dónde está Sophia?

La encontraron en el vestíbulo, llorando en brazos de lord Bellasis. Anne agradeció el caos y la desbandada general porque ocultaban su imprudencia y su indiscreción. Bellasis susurró al oído de Sophia y a continuación se la entregó a su madre.

—Cuídela.

—Es lo que suelo hacer —dijo Anne un poco irritada por la presunción del joven.

Pero el dolor que este sentía le impidió advertir el matiz en la voz. Después de una última mirada a la mujer que amaba, salió deprisa con los otros oficiales. Para entonces James había recogido los chales y abrigos y pronto se encontraron rodeados de gente que se dirigía hacia la puerta. La duquesa no estaba por ninguna parte. Anne renunció a buscarla y decidió que le escribiría por la mañana, aunque intuía que a la duquesa no le preocuparían demasiado las formalidades en un momento como aquel.

Por fin llegaron al vestíbulo de entrada y salieron por la puerta abierta a la calle. Allí también había aglomeración, pero menos que en el interior de la casa. Algunos oficiales ya estaban a caballo. Anne espió a Bellasis en la confusión. Su criado le había llevado su cabalgadura y la sujetaba mientras su señor montaba. Anne contempló la escena un segundo. Bellasis parecía escudriñar la multitud en busca de alguien, pero si se trataba de Sophia no alcanzó a verla. En ese preciso momento Anne oyó que alguien daba un grito ahogado a su espalda. Su hija estaba mirando hacia un grupo de soldados.

—¿Qué ocurre? —Anne no reconoció a ninguno de los hombres. Pero Sophia solo acertó a mover la cabeza, aunque era difícil determinar si en un gesto de pena o de horror—. Sabes que tiene que irse. —Le pasó a su hija un brazo por los hombros.

—No es eso. —Sophia parecía incapaz de apartar la vista de un grupo de hombres uniformados. Estos empezaron a alejarse. Sophia se estremeció y dejó escapar un sollozo que pareció arrancado de lo más profundo de su alma.

—Querida, intenta controlarte. —Anne miró a su alrededor para asegurarse de que no había testigos. Su hija estaba fuera de control y no atendía a razones. Había empezado a temblar, como presa de la fiebre, tiritaba, sudaba y le rodaban lágrimas por las mejillas. Anne se hizo cargo de la situación—. Ven conmigo. Deprisa. Tenemos que volver antes de que te reconozcan.

Juntos, su marido y ella condujeron a la muchacha temblorosa por la fila de coches hasta que encontraron el suyo y la ayudaron a subir. James se marchó enseguida, pero no fue hasta pasada una hora que el vehículo consiguió escapar del pelotón de coches y Anne y Sophia pudieron volver a casa.

Al día siguiente Sophia no salió de su habitación, pero dio igual porque toda Bruselas estaba en ascuas y nadie notó su ausencia. ¿Llegaría la invasión a la ciudad? ¿Estaban en peligro todas las mujeres jóvenes? La población tenía el corazón dividido. ¿Debían esperar la victoria y enterrar sus objetos de valor para ponerlos a salvo antes de que regresaran las tropas, o serían derrotados y tendrían que huir? Anne pasó casi todo el día pensando y rezando. James no había aparecido aún por casa. Su criado fue al almacén con ropa limpia y una cesta con comida, aunque lo absurdo de enviar suministros al jefe de suministros casi hizo sonreír a Anne.

Entonces empezaron a filtrarse noticias del enfrentamiento en Quatre Bras. El duque de Brunswick había muerto, le habían disparado al corazón. Anne pensó en el hombre de tez morena, escandalosamente guapo, que había visto bailar un vals con la duquesa tan solo la noche anterior. Habría más noticias como aquella antes de que todo terminara. Paseó la vista por el cuarto de estar de su villa de alquiler. Era bastante agradable, un poco ostentosa para su gusto, no lo bastante para el gusto de James, con muebles oscuros y cortinas blancas de moaré rematadas con bastidores muy vestidos y con flecos. Cogió su bordado y lo dejó otra vez en su sitio. ¿Cómo podía bordar cuando a pocos kilómetros hombres a los que conocía estaban peleando por sus vidas? Hizo lo mismo con un libro. Pero ni siquiera podía simular concentrarse en una historia de ficción cuando un relato tan salvaje se representaba tan cerca que se oía el retumbar de los cañones. Su hijo Oliver entró y se desplomó en una butaca.

—¿Por qué no estás en el colegio?

—Nos han mandado a casa.

Anne asintió con la cabeza. Pues claro. Los profesores debían de estar haciendo sus propios planes para escapar.

—¿Se sabe algo de mi padre?

—No, pero no está en peligro.

—¿Por qué está Sophia en la cama?

—No se encuentra bien.

—¿Es por lord Bellasis?

Anne le miró. ¿Cómo sabían esas cosas los jóvenes? Oliver tenía dieciséis años. Nunca había estado en nada que pudiera llamarse remotamente «sociedad».

—Pues claro que no —contestó.

Pero el chico se limitó a sonreír.

Para cuando Anne volvió a ver a su marido era martes por la mañana. Estaba desayunando en su habitación, aunque levantada y vestida, cuando James apareció por la puerta con aspecto de haber caminado él mismo por el barro y el polvo de un campo de batalla. El saludo de Anne fue de lo más escueto.

—Gracias a Dios —dijo.

—Lo hemos conseguido. Bonaparte ha huido. Pero no todos han vuelto sanos y salvos.

—Ya lo supongo, pobrecillos.

—El duque de Brunswick ha muerto.

—Lo sabía.

—Lord Hay, sir William Ponsonby...

—Oh. —Anne pensó en el hombre de sonrisa gentil que había bromeado con ella sobre la determinación de su marido—. Qué triste. He oído que algunos murieron con los uniformes de gala que habían llevado al baile.

—Es cierto.

—Deberíamos rezar por ellos. Tengo la sensación de que nuestra presencia allí esa noche nos conecta de alguna manera con todos ellos, pobres muchachos.

—Desde luego. Pero hay otra pérdida con la que no vas a tener que imaginar un vínculo. —Anne le miró expectante—. El vizconde de Bellasis ha muerto.

—¡No! —Anne se llevó una mano a la cara—. ¿Estás seguro? —El corazón le dio un vuelco. ¿Por qué exactamente?

Era difícil decirlo. ¿Creía que existía la posibilidad de que Sophia hubiera estado en lo cierto y ahora su gran oportunidad se había perdido? No. Sabía que eso era una fantasía. Pero aun así... Qué terrible.

—Fui ayer. Al campo de batalla. Y resultó algo espantoso de ver, te lo aseguro.

—¿Por qué fuiste?

—Por negocios. ¿Por qué hago yo siempre las cosas? —Se arrepintió de lo cáustico de su tono de voz—. Oí que Bellasis estaba en la lista de caídos y pedí ver su cuerpo. Era él, así que sí, estoy seguro. ¿Cómo está Sophia?

—Parece una sombra de sí misma desde el baile, sin duda temiendo precisamente la noticia que ahora debemos darle. —Anne suspiró—. Supongo que hay que decírselo antes de que se entere por otra persona.

—Yo me ocupo.

Anne se sorprendió. No era la clase de tarea para la que James solía ofrecerse voluntario.

—Creo que debo hacerlo yo. Soy su madre.

—No, se lo diré yo. Luego puedes ir tú a consolarla. ¿Dónde está?

—En el jardín.

James salió mientras Anne trataba de imaginar su conversación. De modo que así terminaba la locura de Sophia: no con un escándalo, afortunadamente, sino con dolor. La joven había soñado sus sueños y James la había alentado a hacerlo, pero ahora quedarían reducidos a polvo. Nunca sabrían ya si Sophia había estado en lo cierto y las intenciones de Bellasis respecto a ella eran honorables o si ella, Anne, tenía razón y Sophia no había sido más que una muñeca bonita con la que divertirse mientras estaban destacados en Bruselas. Fue al asiento de la ventana. Abajo, el jardín conservaba el diseño formal que aún gustaba en los Países Bajos pero que los ingleses habían abandonado. Sophia estaba sentada en un banco con un libro sin abrir junto a un camino de grava cuando su padre salió de la casa. James hablaba mientras se acercaba y se sentó al lado de su hija y le tomó la mano. Anne se preguntó qué palabras escogería. Daba la impresión de no tener prisa y estuvo hablando un rato, con bastante suavidad, hasta que Sophia de pronto dio un respingo como si la hubieran golpeado. James la tomó en sus brazos y la joven se echó a llorar. Anne al menos podía alegrarse de que su marido hubiera sido tan amable como sabía ser cuando tenía que comunicar una noticia atroz.

Más tarde Anne se preguntaría cómo podía haber estado tan segura de que aquel era el final de la historia de Sophia. Pero claro, como se diría a sí misma, ¿quién iba a saber mejor que ella que la retrospectiva es un prisma que lo altera todo? Se puso de pie. Era el momento de bajar y consolar a su hija, que había despertado de una dulce ensoñación para volver a un mundo cruel.

.2.

Un encuentro fortuito

1841

*E*l coche se detuvo. Parecía que solo había pasado un instante desde que se subió a él. La distancia entre Eaton Square y Belgrave Square no justificaba sacar el coche y, de haber sido por ella, habría ido caminando. Claro que en cuestiones como aquella su opinión no contaba. Nunca. Un momento después, el postillón había bajado y abierto la puerta. Le ofreció el brazo para que se apoyara mientras descendía con cuidado por la escalerilla del coche. Anne respiró para serenarse y se detuvo. La casa que la esperaba era de esas espléndidas y clásicas, tipo «pastel de bodas», que se habían construido en los veinte años anteriores en el recién bautizado Belgravia, pero contenía pocos secretos para Anne Trenchard. Su marido había pasado el cuarto de siglo previo construyendo aquellos palacios privados en plazas, avenidas y calles en forma de media luna que hospedaban a los ricos de la Inglaterra del siglo XIX, trabajando con los hermanos Cubitt y, de paso, amasando una fortuna.

Dos mujeres entraron en la casa antes de ella y el lacayo esperó expectante, sosteniendo la puerta. No había más remedio que subir los escalones y entrar en el recibidor cavernoso donde una doncella esperaba para cogerle el chal, pero Anne se dejó puesto el sombrero con determinación. Se había acostumbrado a visitar a personas que apenas conocía y aquel día no era una excepción. El suegro de su anfitriona, el difunto duque de Bedford, había sido cliente de los Cubitt, y su marido, James, había trabajado mucho para él en Russell Square y Tavistock Square. Claro que últimamente a James le gustaba presentarse a sí mismo como un caballero que se encontraba por casualidad en las oficinas de los Cubitt, y en ocasiones le daba resultado. Había conseguido hacerse amigo, o al menos trabar conocimiento amistoso con el duque y su hijo, lord Tavistock. Claro que la esposa de este, lady Tavistock, siempre había sido una presencia distante y superior, que vivía otra vida en calidad de camarera de la joven reina, y ella y Anne apenas habían intercambiado más de unas pocas palabras corteses en varios años, pero eso bastaba, según James, para cultivar la relación. Con el tiempo, el viejo duque murió, y cuando el nuevo requirió la asistencia de James para que le ayudara a ampliar todavía más las propiedades en Londres de los Russell, este había dejado caer la insinuación de que a Anne le encantaría poder disfrutar de la tan comentada costumbre novedosa del «té de la tarde» de la duquesa, a lo que había seguido una invitación.

No era que Anne Trenchard desaprobara por completo los intentos por ascender socialmente de su marido. En cualquier caso se había habituado a ellos. Se daba cuenta del placer que obtenía de ello —o, más bien, del placer que él pensaba que obtenía— y no le echaba en cara sus sueños. Sencillamente no los compartía, lo mismo que no lo había hecho en Bruselas treinta años antes. Sabía muy bien que las mujeres que la recibían en sus casas lo hacían por orden de sus maridos y que las órdenes se daban por si James podía resultar de utilidad. Una vez enviadas las preciadas invitaciones, a bailes, almuerzos y cenas y ahora al nuevo «té» que tan de moda estaba, usarían la gratitud de James para sus propios fines hasta que a Anne, aunque no a su marido, le quedara claro que se aprovechaban del hecho de que fuera un esnob. Su marido se había colocado un bocado de caballo y entregado las riendas a hombres que no tenían ningún interés en él, solo en el dinero que podía hacerles ganar. La función de Anne en todo aquello era cambiarse de vestido cuatro o cinco veces al día, sentarse en espaciosos salones con mujeres hostiles y volver a casa. Se había acostumbrado a aquella vida. Ya no la desconcertaban los lacayos, y la magnificencia, que parecía aumentar con cada año que pasaba, tampoco la impresionaba. Se tomaba aquella vida como lo que era: otra manera de hacer las cosas. Con un suspiro, subió la amplia escalinata con su pasamanos dorado presidida por un retrato a tamaño natural de la dueña de la casa vestida al estilo Regencia, obra de Thomas Lawrence. Se preguntó si el cuadro sería una copia hecha para impresionar a las visitas de Londres mientras el original estaba a salvo en Woburn.

Llegó al rellano y entró en otra habitación predeciblemente grande también, esta con las paredes forradas de damasco azul pálido, techos altos pintados y puertas doradas. Había un gran número de mujeres repartidas en sillas, sofás y otomanas, sujetando platos y tazas y a menudo perdiendo el control de ambas cosas. Algunos caballeros, pulquérrimamente vestidos y evidentemente ociosos, charlaban entre las damas. Uno levantó la vista cuando entró Anne a modo de saludo, pero esta encontró una silla vacía un poco alejada del resto y se dirigió a ella pasando junto a una vieja dama que trataba en vano de pescar un plato con emparedados que se le estaba escurriendo por sus voluminosas faldas. Cuando Anne lo atrapó, la desconocida sonrió radiante.

—Buenos reflejos. —Dio un mordisco—. No tengo nada en contra de un almuerzo a base de té y pasteles, pero ¿por qué no podemos sentarnos a una mesa?

Anne había llegado a su silla y, dado el recibimiento relativamente amistoso de su vecina de asiento, se consideró con derecho a darle continuidad.

—Creo que lo hacen para que no nos sintamos atrapados. Para que podamos movernos y hablar con quien queramos.

—Bueno, pues a mí me gusta hablar con usted.

La más bien nerviosa anfitriona se acercó apresurada.

—Señora Trenchard, qué amable por su parte pasar a saludarnos.

Sus palabras daban a entender que no esperaba que Anne se quedara mucho tiempo, pero, por lo que a Anne se refería, esto no era una mala noticia.

—Es un placer estar aquí.

—¿No nos presenta?

Esto lo dijo la vieja dama a la que Anne había salvado, pero la duquesa parecía de lo más reacia a cumplir con sus obligaciones de anfitriona. A continuación, con una sonrisa forzada, se dio cuenta de que no le quedaba otro remedio.

—Le presento a la señora de James Trenchard.

Anne hizo una inclinación de cabeza y esperó.

—La duquesa viuda de Richmond.

Dijo el nombre con rotundidad, como para poner fin a cualquier conjetura razonable a la que pudiera dar pie. Hubo un silencio. La anfitriona miró a Anne esperando una reacción convenientemente asombrada, pero el nombre le había causado a su invitada algo parecido a una conmoción, si es que a una punzada de nostalgia y tristeza se le puede llamar conmoción. Antes de que Anne lograra hacer alguna observación que salvara el momento, su anfitriona se había puesto a hablar a toda velocidad.

—Ahora tiene que dejarme que le presente a las señoras Carver y Shute.

Saltaba a la vista que tenía reservada una sección para damas de linaje oscuro a las que pretendía mantener lejos de las importantes. Pero la anciana dama no estaba dispuesta a aceptarlo.

—No se la lleve todavía. Conozco a la señora Trenchard. —La vieja dama arrugó las facciones mientras se concentraba para estudiar la cara que tenía enfrente.

Anne asintió con la cabeza.

—Tiene una memoria magnífica, duquesa, pues habría dicho que estoy tan cambiada que es imposible reconocerme, pero es cierto. Nos conocemos. Asistí a su baile. En Bruselas, antes de Waterloo.

La duquesa de Bedford estaba asombrada.

—¿Estuvo en aquel famoso baile, señora Trenchard?

—Así es.

—Pero pensaba que hasta hace poco… —Se interrumpió justo a tiempo—. Tengo que ocuparme de mis invitados, discúlpenme. —Se alejó apresurada y las dos mujeres pudieron examinarse la una a la otra con más atención.

Por fin habló la anciana duquesa.

—Me acuerdo muy bien de usted.

—Si es así, me admira.

—Claro que en realidad no nos conocíamos, ¿verdad? —En el arrugado rostro que tenía delante Anne seguía entreviendo rasgos de la reina de Bruselas, la que disponía de todo a su antojo.

—Pues no. Mi marido y yo le fuimos impuestos, y me pareció muy amable por su parte aceptarnos.

—Lo recuerdo. Mi difunto sobrino estaba enamorado de su hija.

Anne asintió con la cabeza.

—Es posible. Al menos ella sí estaba enamorada de él.

—Yo creo que él también de ella. Desde luego en su momento me lo pareció. El duque y yo hablamos mucho al respecto cuando terminó el baile.

—No lo dudo.

Las dos sabían a qué se referían, pero ¿qué sentido tenía desenterrarlo ahora?

—Deberíamos dejar este tema. Mi hermana está allí. La alterará, aun después de tantos años. —Anne miró al otro lado y vio a una mujer de porte regio, con un vestido de encaje violeta sobre seda gris, que no parecía mucho mayor que la propia Anne—. Nos llevamos menos de diez años, lo que resulta sorprendente, ¿verdad?

—¿Le habló alguna vez de Sophia a su hermana?

—Fue todo hace mucho tiempo. ¿Qué importa ahora? Nuestras preocupaciones murieron con él. —Se interrumpió, consciente de que había hablado más de la cuenta—. ¿Dónde está ahora su hermosa hija? Porque recuerdo que era una belleza. ¿Qué ha sido de ella?

A Anne se le encogió el corazón. Aquella pregunta siempre le dolía.

—Al igual que lord Bellasis, Sophia está muerta. —Siempre empleaba un tono decidido y pragmático para comunicar esta información, en un intento por evitar la emoción que sus palabras solían provocar—. Pocos meses después del baile.

—Entonces, ¿nunca se casó?

—No. Nunca se casó.

—Lo siento. Cosa curiosa, la recuerdo bastante bien. ¿Tiene más hijos?

—Sí, un hijo. Oliver. Pero…

Ahora era Anne la que había hablado más de la cuenta.

—Sophia era su hija del alma.

Anne suspiró. No se hacía más fácil, por muchos años que pasaran.

—Sé que se supone que tenemos que alimentar la ficción de que queremos a todos nuestros hijos por igual, pero a mí me cuesta trabajo.

La duquesa rio.

—Yo ni siquiera lo intento. Le tengo mucho cariño a algunos de mis hijos, me llevo razonablemente bien con casi todos los demás, pero tengo dos que sin duda me son antipáticos.

—¿Cuántos son en total?

—Catorce.

Anne sonrió.

—Cielos. Así que el ducado de Richmond está seguro.

La vieja duquesa volvió a reír. Pero le cogió la mano a Anne y la apretó. Cosa curiosa, a Anne no le molestó. Las dos habían interpretado un papel, de acuerdo con la conciencia de cada una, en los acontecimientos ocurridos tiempo atrás.

—Me acuerdo de algunas de sus hijas aquella noche. Una parecía gustar mucho al duque de Wellington.

—Lo sigue haciendo. Georgiana. Ahora es lady de Ros, pero, si el duque no hubiera estado ya casado, dudo que hubiera tenido elección. He de irme, he estado aquí demasiado tiempo y lo voy a pagar. —Se puso en pie con cierta dificultad, apoyándose mucho en el bastón—. Me ha gustado nuestra charla, señora Trenchard, ha sido un recordatorio agradable de tiempos más gratos. Pero supongo que es la ventaja del té ambulante. Que podemos marcharnos cuando queramos.

Tenía algo más que decir antes de irse.

—Le deseo lo mejor a usted y su familia, querida. Con independencia de los lados en que en otro tiempo pudiéramos estar.

—Le digo lo mismo, duquesa.

Anne se había puesto de pie y esperó paciente mientras la anciana aristócrata se dirigía con cuidado hacia la puerta. Miró a su alrededor. Había mujeres que conocía, algunas de las cuales la saludaron con una inclinación de cabeza en un gesto cortés, pero Anne era consciente de lo limitado de su interés y no hizo intento alguno por aprovecharse. Les devolvió la sonrisa sin hacer ademán de acercarse. El amplio salón daba a uno más pequeño, con telas de damasco gris pálido, y a continuación había una galería de pintura, o más bien una habitación donde exponer cuadros. Anne paseó por ella admirando las obras expuestas. Sobre la repisa de mármol de la chimenea había un magnífico Turner. Se preguntaba distraída cuánto tendría que quedarse, cuando una voz la sobresaltó.

—Al parecer tenía mucho de que hablar con mi hermana. —Anne se volvió y vio a la mujer que, según le había indicado la duquesa, era la madre de lord Bellasis. Se preguntó si habría imaginado aquel momento alguna vez. Era probable. La condesa de Brockenhurst estaba de pie sosteniendo una taza de té sobre un platillo a juego.

—Y ahora creo que sé por qué. Me dice nuestra anfitriona que estuvo en el famoso baile.

—Así es, lady Brockenhurst.

—En eso me saca ventaja. —Lady Brockenhurst se había dirigido hacia un grupo de sillas vacías cerca de un amplio ventanal que daba al jardín frondoso de Belgrave Square. Anne vio a una niñera con dos niños a su cargo jugando tranquilamente en el césped central—. ¿Le importaría decirme su nombre, puesto que no tenemos quien nos presente?

—Soy la señora Trenchard. La señora de James Trenchard.

La condesa la miró.

—Entonces estaba en lo cierto. Es usted.

—Me siento halagada de que haya oído hablar de mí.

—Desde luego. —No dio indicio alguno de si consideraba aquello bueno o malo. Llegó un criado con una bandeja de diminutos emparedados de huevo—. Me temo que son demasiado deliciosos para resistirse —dijo lady Brockenhurst mientras cogía tres y un platillo donde ponerlos—. Se me hace extraño comer a esta hora, ¿a usted no? Supongo que todavía tendremos ganas de cenar cuando llegue el momento.

Anne sonrió, pero no dijo nada. Tenía el presentimiento de que iba a ser interrogada, y no se equivocaba.

—Hábleme del baile.

—Supongo que la duquesa se lo habrá contado todo.

Pero lady Brockenhurst no pensaba darse por vencida.

—¿Qué hacía en Bruselas? ¿De qué conocía a mi hermana y a su marido?

—No los conocíamos, no personalmente. El señor Trenchard era jefe de suministros del duque de Wellington. Conocíamos al duque de Richmond un poco por su cargo de jefe de la defensa de Bruselas, pero eso es todo.

—Perdóneme, querida, pero eso no explica del todo su presencia en la recepción de su mujer. —Era evidente que la condesa de Brockenhurst había sido una mujer muy guapa, cuando el pelo gris aún era rubio y la piel arrugada estaba tersa. Tenía un rostro felino, con rasgos pequeños y marcados, definidos y alerta, boca como el arco de Cupido y una forma de hablar aguda, en pizzicato, que en su juventud debía de haber resultado muy seductora. Se parecía a su hermana y desprendía el mismo aire autoritario, pero había un dolor detrás de sus ojos azul grisáceo que la hacía más humana y al mismo tiempo más distante que la duquesa de Richmond. Anne, por supuesto, sabía el motivo de su dolor pero se resistía instintivamente a referirse a él—. Siento curiosidad. Siempre había oído hablar de ustedes como el suministrador del duque de Wellington y su esposa. Al verla aquí me pregunté si no estaría mal informada y sus circunstancias son distintas de la versión que me ha llegado.

Aquello era descortés e insultante, y Anne supo que debía sentirse ofendida. Cualquier otra persona lo habría hecho. Pero ¿se equivocaba lady Brockenhurst?

—No, la información es correcta. Que aquella noche de 1815 estuviéramos entre los invitados fue algo inusual, pero desde entonces nuestra vida ha cambiado. Desde que terminó la guerra las cosas le han ido bien al señor Trenchard.

—Eso es obvio. ¿Sigue suministrando provisiones a sus clientes? Debe de ser muy competente.

Anne no estaba segura de cuánto tiempo más tenía que aguantar aquello.

—No, lo dejó y se asoció con el señor Cubitt y su hermano. Cuando volvimos de Bruselas, después de la batalla, los Cubitt buscaban inversores y el señor Trenchard decidió asociarse con ellos.

—¿El gran Thomas Cubitt? Cielos, supongo que para entonces ya no era carpintero de barcos.

Anne decidió seguirle la corriente.

—Para entonces se dedicaba a proyectos de urbanismo. Y él y su hermano, William, estaban reuniendo fondos para construir la London Institution en Finsbury Circus cuando conocieron al señor Trenchard. Se ofreció a ayudarlos y formaron una sociedad de negocios.

—Recuerdo cuando se inauguró. Nos pareció magnífica.

¿Aquella sonrisa era burlona? Resultaba difícil saber si lady Brockenhurst estaba impresionada de verdad o jugando con Anne para sus propios fines.

—Después de aquello trabajaron juntos en la renovación de Tavistock Square...

—Para el suegro de nuestra anfitriona.

—Eran varios, en realidad, pero el difunto duque de Bedford fue el principal inversor, sí.

Lady Brockenhurst asintió con la cabeza.

—Recuerdo que fue un gran éxito. Y luego supongo que siguió Belgravia para la marquesa de Westminster, que debe de ser más rica que Creso, gracias a los Cubitt y, ahora me doy cuenta, a su marido. Qué bien le han ido las cosas. Imagino que estará cansada de ver casas como esta. Está claro que el señor Trenchard es responsable de muchas de ellas.

—Es agradable verlas habitadas, una vez desaparecidos los andamios y el polvo. —Anne intentaba normalizar la conversación, pero lady Brockenhurst no estaba dispuesta a permitirlo.

—Menuda historia —dijo—. Es usted una criatura de la nueva era, señora Trenchard. —Rio un instante y luego recobró la compostura—. Espero no estar ofendiéndola.

—En absoluto. —Anne era muy consciente de que la estaban provocando, posiblemente porque lady Brockenhurst lo sabía todo acerca del escarceo de su hijo con Sophia. No podía haber otra razón. Anne decidió forzar la situación y poner a su interrogadora en una posición incómoda—. Tiene razón cuando apunta a que los éxitos posteriores del señor Trenchard no explican nuestra presencia en el baile aquella noche. Un aprovisionador del ejército no suele tener ocasión de escribir su nombre en el carné de baile de una duquesa, pero teníamos amistad con una persona muy querida de su hermana y que intercedió para que nos invitaran. Suena descarado, pero una ciudad al borde de la guerra no está gobernada por las mismas reglas que un salón de Mayfair en tiempos de paz.

—De eso estoy segura. ¿Quién era esa persona tan querida? ¿Es posible que yo la conociera?

Anne casi se sintió aliviada porque la conversación hubiera llegado por fin a puerto. Aun así, no estaba muy segura de cómo manejarla.

—Adelante, señora Trenchard, no sea tímida. Por favor.

No tenía sentido mentir, puesto que estaba claro que lady Brockenhurst sabía muy bien lo que iba a decir.

—Usted lo conocía muy bien. Era lord Bellasis.

El nombre quedó suspendido en el aire entre las dos como la daga fantasmal de un cuento gótico. No puede decirse que lady Brockenhurst perdiera la compostura, puesto que eso era algo que no haría hasta que no exhalara su último suspiro, pero no había estado preparada para oír su nombre de boca de aquella mujer a la que conocía muy bien en su imaginación, aunque no en persona. Necesitó un momento para recobrar el aliento. Luego hubo un silencio mientras sorbía despacio el té. Anne sintió una súbita oleada de compasión por aquella mujer triste y fría, tan intransigente con los demás como consigo misma.

—Lady Brockenhurst...

—¿Conocía bien a mi hijo?

Anne asintió con la cabeza.

—En realidad...

En aquel momento llegó la anfitriona.

—Señora Trenchard, ¿le gustaría...?

—Perdóneme, querida, pero la señora Trenchard y yo estamos hablando.

La despedida no habría sido más tajante si la duquesa hubiera sido una doncella traviesa que no ha terminado de limpiar las cenizas de una chimenea cuando la familia vuelve al salón después de cenar. Lady Brockenhurst esperó hasta que estuvieron de nuevo solas.

—¿Me decía?

—Solo que mi hija conocía mejor a lord Bellasis que nosotros. Por entonces Bruselas era un hervidero, lleno de oficiales jóvenes y de las hijas de muchos altos mandos, así como de los hombres y mujeres llegados de Londres para unirse a la diversión.

—Como mi hermana y su marido.

—Exacto. Supongo que, visto ahora, la sensación era que nadie sabía lo que iba a ocurrir: la victoria de Napoleón y la conquista de Inglaterra, o lo contrario: un triunfo británico. Suena indecente, pero la incertidumbre creaba una atmósfera embriagadora y excitante.

La otra mujer asintió con la cabeza mientras hablaba.

—Y, sobre todo, debía de flotar en el aire la certeza de que algunos de esos jóvenes sonrientes y apuestos, que saludaban en el desfile militar, que servían el vino en almuerzos campestres o bailaban con las hijas de su oficial superior, no volverían a casa.

El tono de lady Brockenhurst era sereno, pero un ligero temblor en la voz delataba su emoción.

Qué bien lo entendía Anne.

—Sí.

—Imagino que lo disfrutaron. Me refiero a las jóvenes que estaban allí, como su hija. El peligro, el encanto; porque cuando se es joven el peligro tiene encanto. ¿Dónde está ahora?

Otra vez. Dos en una tarde.

—Sophia murió.

Lady Brockenhurst contuvo el aliento.

—Eso sí que no lo sabía. —Lo que confirmaba que sí sabía todo lo demás. Para Anne era obvio que la duquesa de Richmond y su hermana habían hablado de aquel asunto innumerables veces, lo que explicaba los modales de esta última.

Anne asintió con la cabeza.

—Fue poco después de la batalla, menos de un año, de hecho, así que ha pasado ya mucho tiempo.

—Lo siento mucho. —Por primera vez lady Brockenhurst habló con lo que parecía calor verdadero—. Todo el mundo afirma siempre saber por lo que estamos pasando, pero en mi caso es verdad. Y sé que no se supera nunca.

Anne la miró con fijeza. Aquella matrona altiva que había dedicado tantos esfuerzos a ponerla en su sitio. Que había entrado en aquella habitación con tanta ira. Y, sin embargo, enterarse de que Anne también había perdido a su hija, de que la vil joven que había ocupado los pensamientos más amargos de lady Brockenhurst había muerto, de alguna manera había alterado las cosas entre las dos. Anne sonrió.

—Es extraño, pero esas palabras me consuelan. Se dice que las penas compartidas son menos, y tal vez sea cierto.

—¿Y recuerda haber visto a Edmund en el baile?

Lady Brockenhurst había despachado su rabia y ahora su avidez por oír algo sobre su hijo resultaba casi incómoda.

La pregunta podía contestarse con sinceridad.

—Le recuerdo muy bien. Y no solo del baile. Venía a nuestra casa con otros jóvenes. Era muy popular. Encantador, apuesto y de lo más divertido…

—Sí, desde luego. Todo eso y más.

—¿Tiene más hijos? —En cuanto pronunció esas palabras Anne quiso morderse la lengua. Se acordaba muy bien de que lord Bellasis había sido hijo único. A menudo hablaba de ello—. Lo siento mucho. Ahora recuerdo que no los tiene. Por favor, perdóneme.

—Tiene razón. Cuando nos vayamos no quedará nada de nosotros. —Lady Brockenhurst se alisó la seda del vestido y miró la chimenea vacía—. Ni rastro.

Durante un segundo Anne pensó que lady Brockenhurst podía echarse a llorar, pero decidió continuar de todos modos. ¿Por qué no consolar a aquella madre afligida, si podía? ¿Qué mal había en ello?

—Debe de estar muy orgullosa de lord Bellasis. Era un joven excelente y le teníamos mucho afecto. A veces también nosotros organizábamos un pequeño baile, con seis o siete parejas, y yo tocaba el piano. Dicho ahora suena extraño, pero los días previos a la batalla fueron días felices. Al menos para mí.

—Estoy segura de ello. —Lady Brockenhurst se puso de pie—. Me marcho ya, señora Trenchard. Pero he disfrutado de nuestra charla. Bastante más de lo que habría esperado.

—¿Quién le dijo que estaría aquí?

Anne la miró con calma. Lady Brockenhurst negó con la cabeza.

—Nadie. Le pregunté a la anfitriona quién estaba hablando con mi hermana y me dijo su nombre. Sentí curiosidad. He hablado tantas veces de usted y de su hija, que me parecía una lástima perder la oportunidad de dirigirme a usted. Ahora, sin embargo, me doy cuenta de que estaba equivocada. En todo caso, ha sido un regalo hablar de Edmund con alguien que lo conoció. Me ha hecho sentir como si lo viera de nuevo, bailando y coqueteando y divirtiéndose en sus últimas horas, y me gusta pensar eso. Es en lo que voy a pensar. Así que gracias.

Se alejó entre grupos de personas que charlaban, con andar majestuoso, los colores de alivio desplazándose entre la concurrencia vestida de tonos alegres.

Cuando vio que se había ido, la duquesa de Bedford volvió.

—Por el amor del cielo. Debo decir que no tenía motivos para preocuparme por usted, señora Trenchard. Es evidente que está entre amigas.

Sus palabras eran más cordiales que su tono.

—No son amigas exactamente, pero tenemos recuerdos comunes. Y ahora debo despedirme. Me alegro mucho de haber venido. Gracias.

—Vuelva pronto. Y la próxima vez puede hablarme de la famosa reunión antes de la batalla.

Pero Anne era consciente de que, de algún modo, comentar aquella velada de tiempo atrás con alguien que no tenía una implicación personal en ella no la satisfaría. Le había resultado catártico hablar de ello con la vieja duquesa, e incluso con su hermana, más seca, puesto que ambas tenían vínculos con aquella noche. Pero diseccionarla con una desconocida era algo que no funcionaría. Diez minutos después estaba en su coche.

Puede que Eaton Square fuera mayor que Belgrave Square, pero las casas eran ligeramente menos imponentes, y aunque

James había estado decidido a ocupar una de las espléndidas mansiones de la segunda, había terminado por ceder a los deseos de su mujer y se había conformado con algo un poco más pequeño. Dicho esto, las casas de Eaton Square eran muy lujosas, pero Anne no se encontraba a disgusto allí. De hecho le gustaba, y se había esforzado mucho por que las habitaciones quedaran bonitas y acogedoras, incluso si no eran tan regias como James habría querido. «Me gusta el esplendor», acostumbraba a decir, pero era un gusto que Anne no compartía. Aun así, cruzó el vestíbulo de entrada fresco y gris sonriendo al lacayo que le había abierto la puerta y siguió escaleras arriba sin ninguna sensación de rechazo a lo que la rodeaba.

—¿Está el señor en casa? —preguntó al criado, pero no, al parecer James no había vuelto. Seguramente llegaría apresurado, justo a tiempo de cambiarse para cenar, y Anne tendría que dejar la conversación para el final de la velada. Porque tenían que hablar.

Cenaban solos con su hijo Oliver y la mujer de este, Susan, que vivían con ellos, y la velada transcurrió tranquila. Anne les habló del té en casa de la duquesa de Bedford mientras cenaban en el espacioso comedor de la planta baja. Un mayordomo de cuarenta y muchos años, Turton, les servía con la ayuda de dos criados, lo que a Anne le parecía excesivo para una cena familiar de cuatro comensales, pero así era como le gustaban las cosas a James y a ella no le importaba demasiado. Era una estancia agradable, aunque algo fría, ennoblecida por un conjunto de columnas en uno de los extremos que hacía de separación entre el aparador y el resto del espacio. La repisa de la chimenea era de mármol de Carrara y sobre ella colgaba un retrato del marido de Anne firmado por David Wilkie del que James estaba orgulloso, aunque era posible que Wilkie no. Lo había pintado el año antes de su famoso retrato de la joven reina en su primera reunión del Consejo, lo que, James estaba convencido, había subido la cotización del pintor. Pero lo cierto era que no salía muy favorecido. La dachshund de Anne, Agnes, estaba sentada junto a su silla con los ojos levantados hacia arriba esperanzadamente. Anne le dio un pedazo diminuto de carne.

—Con eso la animas a mendigar —la reprendió James. Pero a Anne le importó poco.

Su nuera, Susan, se estaba quejando. Era algo tan habitual en ella que resultaba difícil prestarle atención y Anne tuvo que forzarse a escuchar la letanía de lamentos de aquella noche. Al parecer el problema era que no la había llevado al té de la duquesa de Bedford.

—Es que no estabas invitada —argumentó Anne con sensatez.

—¿Y eso qué importa? —Susan casi lloraba—. Hay mujeres en todo Londres que contestan a la invitación diciendo que aceptan encantadas y que llevarán a sus hijas.

—No eres mi hija. —En cuanto hubo pronunciado esas palabras, Anne supo que había sido un error, pues era como servir a Susan en bandeja razones para hacerse la mártir. El labio de la joven empezó a temblar. Al otro lado de la mesa, su hijo dejó ruidosamente el cuchillo y el tenedor.

—Es su nuera, lo que en cualquier otra casa equivaldría a decir que es su hija.

La voz de Oliver se volvía más áspera de lo habitual cuando estaba enfadado, y ahora lo estaba.

—Desde luego. —Anne se giró para servirse más salsa en un esfuerzo deliberado por aparentar normalidad—. Pero no me siento justificada para llevar a alguien, sea quien sea, a la casa de una mujer a la que apenas conozco.

—Una duquesa a la que apenas conoce y que yo no conozco de nada.

Al parecer Susan se había repuesto. Lo bastante al menos para defender su causa. Anne miró los rostros impenetrables de los criados. Pronto estarían comentando encantados lo ocurrido en el comedor del servicio pero, como profesionales que eran, no daban señales de haber oído la conversación.

—Hoy no te he visto en la oficina, Oliver.

Por fortuna, a James la esposa de su hijo le resultaba tan tediosa como a Anne, aunque Susan y él compartían muchas ambiciones en lo que al *beau monde* se refería.

—No he ido.

—¿Por qué no?

—He ido a inspeccionar las obras de Chapel Street. Me maravilla que hayamos hecho casas tan pequeñas. ¿No han sido sustanciosos los dividendos?

Anne miró a su marido. Por equivocado que pudiera estar James cuando se dejaba deslumbrar por el brillo de la alta sociedad no cabía duda de que sabía hacer negocios.

—Cuando desarrollas un área entera como hemos hecho nosotros hay que tener el panorama completo en mente. No se pueden hacer solo palacios. Hay que alojar a quienes trabajan para los príncipes que viven en los palacios. A sus empleados, administradores y mayordomos. Luego debe haber una calle trasera para sus coches y cocheros. Todos ocupan espacio, pero es un espacio bien aprovechado.

La voz petulante de Susan volvió al ataque.

—¿Ha pensado algo más sobre dónde vamos a vivir, padre?

Anne miró a su nuera. Era una mujer bien parecida, de eso no había duda, con su tez clara, ojos verdes y pelo castaño rojizo. Tenía una figura excelente y vestía bien.

Lo malo era que nunca estaba satisfecha.

El problema de dónde debía vivir la joven pareja venía de lejos. James había ofrecido varias opciones ahora que Belgravia se estaba revalorizando, pero sus ideas y las del matrimonio nunca parecían coincidir. Querían algo parecido a la casa de Eaton Square, mientras que James creía que debían hacerse el abrigo a la medida del paño y empezar de manera más modesta. Al final Susan prefirió compartir una casa que se ajustaba a sus pretensiones en lugar de conformarse con menos, y así se había establecido una suerte de ritual. De vez en cuando James hacía sugerencias y Susan las declinaba.

James sonrió sin ganas.

—Podéis quedaros con cualquiera de las casas que quedan libres en Chester Row.

Susan arrugó la nariz un poco, pero suavizó su reacción con una carcajada.

—¿No son un poco estrechas?

Oliver rio con desdén.

—Susan tiene razón. Son demasiado pequeñas para recibir, y supongo que tengo una posición que mantener, como hijo suyo que soy.

James se sirvió otra chuleta de cordero.

—Son menos estrechas que la primera casa en que viví con tu madre.

Anne rio, lo que solo sirvió para irritar más a Oliver.

—Yo me he criado de manera muy distinta a ustedes. Quizá tengo aspiraciones mayores, pero me las han dado ustedes.

Por supuesto había algo de verdad en aquello. ¿Por qué, si no, había insistido James en Charterhouse y Cambridge, de no haber querido que Oliver creciera pensando como un caballero? De hecho, el matrimonio de su hijo con Susan Miller, hija de un próspero comerciante como él, había sido una decepción para James, que había tenido aspiraciones más elevadas. Con todo, Susan era hija única, y cuando llegara el momento la herencia sería considerable. Eso si Miller no cambiaba de opinión y la dejaba fuera de su testamento. James había observado que el padre de Susan se mostraba cada vez más reacio a dar dinero a su hija, a diferencia de cuando la pareja se casó. «Lo gasta como una tonta», le había dicho a James en una ocasión, después de un almuerzo bien regado con alcohol, y era difícil no estar de acuerdo.

—Bueno. Veremos qué se puede hacer. —James dejó los cubiertos y el criado se acercó para retirar los platos—. A Cubitt se le ha ocurrido una idea interesante para la isla de los Perros.

—¿La isla de los Perros? Pero ¿ahí hay algo?

Anne sonrió a modo de agradecimiento al criado cuando se llevó su plato. James, por supuesto, era demasiado importante para hacer algo así.

—La apertura de las dársenas de las Indias Occidentales y Orientales ha cambiado las cosas, diantre... —Se interrumpió al ver la cara de Anne y empezó de nuevo—. Ha cambiado las cosas una barbaridad. Cada día se levantan edificios destartalados, pero Cubitt piensa que podemos construir un vecindario decente si proporcionamos un sitio donde vivir a gente respetable, no solo a trabajadores, también a empleados de la administración. Es emocionante.

—¿Participará Oliver en eso? —preguntó Susan con tono animado.

—Tendremos que pensarlo.

—Pues claro que no —dijo Oliver con sequedad—. ¿Cuándo se ha contado conmigo para algo interesante?

—Parece que esta noche no acertamos. —James se sirvió otra copa de vino del decantador que tenía cerca. Era una verdad irrefutable que Oliver era una fuente de decepción para él, y el joven lo sospechaba. Eso no facilitaba la relación entre ambos.

Agnes había empezado a quejarse, así que Anne la levantó y la escondió entre los pliegues de su falda.

—El mes que viene lo pasaremos casi entero en Glanville —anunció en un intento por aligerar la atmósfera—. Espero que vengáis cuando podáis. Susan, tal vez puedas quedarte unos días.

Hubo silencio. Glanville era la residencia que tenían en Somerset, una casa solariega isabelina de gran belleza que Anne había rescatado del borde de la ruina. Era el lugar del que, antes de su matrimonio, Oliver había disfrutado más. Pero Susan tenía otras preferencias.

—Iremos si podemos. —Susan sonrió con brío—. Está tan lejos…

Oliver sabía que, además de algo espléndido en Londres, Susan estaba decidida a tener una finca lo bastante cerca de la ciudad como para que el viaje no requiriera más de unas pocas horas. A poder ser una casa grande y moderna, equipada con todas las comodidades. La piedra antigua, moteada y dorada de Glanville, con sus parteluces y sus suelos relucientes y desiguales, no la atraía. Pero Anne se mostraba inflexible. No tenía intención de renunciar ni a la casa ni a la propiedad, y James no esperaba que lo hiciera. Intentaría animar a su hijo y a su mujer a que valoraran sus encantos pero, al final, si Oliver no la quería, tendría que buscar en otra parte quien la heredara. Y estaba completamente dispuesta a hacerlo.

Anne había estado en lo cierto respecto a lo que iba a disfrutar el servicio comentando la conversación del piso de arriba. Billy y Morris, los dos criados que habían servido la cena, levantaron carcajadas en el comedor de servicio con su narración de la misma. Al menos hasta que entró el señor Turton. Este se detuvo en el umbral.

—Espero que no se esté produciendo un comportamiento irrespetuoso en esta habitación.

—No, señor Turton —dijo Billy, pero una de las doncellas se echó a reír.

—El señor y la señora Trenchard pagan nuestro salario y por ello tienen derecho a ser tratados con dignidad.

—Sí, señor Turton.

Las risas habían cedido para cuando Turton ocupó su sitio en la mesa y los criados empezaron a cenar. El mayordomo bajó la voz para hablar con el ama de llaves, la señora Frant, que ocupaba su lugar de siempre, a su lado.

—Por supuesto no son lo que pretenden aparentar, lo que resulta especialmente obvio cuando están solos.

La señora Frant era más tolerante.

—Son respetables y de trato cortés y honrado, señor Turton. He conocido a personas mucho peores en casas presididas por una corona de marqués.

Se sirvió un poco de salsa de rábanos. Pero el mayordomo negó con la cabeza.

—A mí me da pena el señor Oliver. Lo han educado para ser un caballero y ahora parecen reprocharle que quiera serlo.

El señor Turton no tenía ningún problema con el sistema social imperante, solo con su posición dentro de él.

Una mujer de rasgos afilados con el atuendo negro propio de las doncellas habló desde otro lugar de la mesa.

—¿Por qué no debería tener la señora Oliver una casa en la que recibir? Ha aportado bastante dinero al matrimonio. Me parece injusto e ilógico que el señor Trenchard intente obligarlos a vivir en un cuchitril cuando todos sabemos que quiere ser considerado el patriarca de una gran familia.

—¿Ilógico? Esa es una palabra sesuda, señorita Speer —dijo Billy, pero la doncella le ignoró.

—La señora Trenchard es la que provocó a la señora Oliver durante la cena —señaló Morris.

—Es tan mala como él —comentó la señorita Speer cogiendo una gran rebanada de pan con mantequilla de la fuente que tenía delante.

La señora Frant tenía algo que opinar respecto a eso.

—Pues siento decirlo, señorita Speer, y aunque me alegra que la considere una buena ama, a mí la señora Oliver me resulta muy difícil de complacer. Se diría que es una infanta de España por los aires que se da. En cambio nunca he tenido problemas con la señora Trenchard. Es muy clara con lo que necesita y no me da motivo de queja. —El ama de llaves se crecía en la defensa de sus señores—. En cuanto al joven matrimonio, y a que quieran casas y propiedades mayores y más grandiosas que las de sus padres…, ¿qué ha hecho él para ganárselas? Eso es lo que me gustaría saber.

—Los caballeros no se «ganan» las casas, señora Frant. Las heredan.

—Usted y yo vemos las cosas de distinta manera, señor Turton, así que tendremos que convenir que estamos en desacuerdo.

La señorita Ellis, doncella de la señora Trenchard, sentada a la izquierda del señor Turton, no parecía disentir de la opinión del mayordomo.

—Yo creo que el señor Turton tiene razón. El señor Oliver solo quiere vivir como Dios manda, ¿y por qué no? Me parecen bien sus esfuerzos por medrar, pero también tenemos que ser comprensivos con el señor. Hay cosas que no se aprenden en una sola generación.

Turton asintió, como si su punto de vista hubiera quedado demostrado.

—Estoy muy de acuerdo, señorita Ellis.

Y la conversación pasó a otros asuntos.

—¡Pues claro que no puedes decírselo! ¿Se puede saber de qué hablas?

A James Trenchard le estaba costando un trabajo ímprobo no perder los estribos. Estaba en el dormitorio de su mujer, donde solía dormir, aunque había tenido buen cuidado de disponer de cuarto y vestidor propios en el mismo rellano, puesto que había leído que era la costumbre en las parejas de la aristocracia.

El dormitorio en cuestión era también una estancia espaciosa y de techos altos, pintada de rosa pálido y con cortinas de seda floreada. Era posible que las habitaciones de su marido estuvieran a la altura de los aposentos privados del mismo Napoleón, pero, al igual que las otras que Anne había dispuesto para su uso, su dormitorio era bonito antes que espléndido. En aquel momento estaba acostada y no había nadie con ellos.

—Pero ¿no tengo una obligación con ella?

—¿Qué obligación? Tú misma has dicho que estuvo grosera.

Anne asintió con la cabeza.

—Sí, pero no es tan sencillo. La situación fue de lo más peculiar. Sabía muy bien quién era yo y que su hijo había estado enamorado de nuestra hija. ¿Por qué no iba a saberlo? Su hermana no tenía motivos para mantenerlo en secreto.

—Entonces, ¿por qué no lo dijo abiertamente?

—Te entiendo y estoy de acuerdo. Pero quizá estaba tratando de averiguar qué clase de persona soy antes de reconocer el vínculo.

—Me da la impresión de que sigue sin reconocerlo.

—Lo habría desaprobado ferozmente, de haberlo sabido en su momento. De eso sí podemos estar seguros.

—Razón de más para no contarle nada.

James se quitó el batín de seda y lo tiró de mala manera a una silla.

Anne cerró el libro y lo dejó con cuidado sobre la mesilla Sheraton junto a su cama. Cogió el matacandelas.

—Pero cuando dijo: «No quedará nada de nosotros»… De haber estado allí te habrías conmovido tanto como yo, te lo aseguro.

—Si piensas que deberíamos contárselo es porque has perdido la razón. ¿Qué podemos conseguir con eso? Destruir la reputación de Sophia y poner fin a nuestras posibilidades, ser objeto de escándalo…

Anne empezaba a enfadarse.

—Eso es lo que no te gusta. La idea de que lady Alguien te mire por encima del hombro porque tuviste una hija que no era un dechado de virtud.

James habló indignado.

—Entiendo. ¿Y a ti te gusta la idea de que Sophia sea recordada como una meretriz?

Aquello calló la boca a Anne un instante. A continuación habló, esta vez más calmada.

—Es un riesgo, claro, pero le pediría que no se lo contara a nadie. Por supuesto sé que no puedo obligarla, pero no creo que tengamos derecho a ocultarle que tiene un nieto.

—Llevamos ocultándolo más de un cuarto de siglo.

—Pero entonces no los conocíamos. Ahora sí. O al menos yo la conozco a ella.

James se había acostado al lado de su mujer y soplado la vela. Se tumbó dándole la espalda.

—Te lo prohíbo. No pienso tolerar que se mancille el recuerdo de mi hija. Desde luego no por su propia madre. Y echa a ese animal de la cama.

Anne se dio cuenta de que no tenía sentido seguir discutiendo, así que apagó con cuidado la vela de su lado, se arrellanó bajo las mantas y se colocó a Agnes en el pliegue del codo. Pero el sueño tardó mucho tiempo en llegar.

La familia había vuelto a Inglaterra antes de que Sophia se lo contara. Las repercusiones de la batalla acapararon la atención de James durante unas semanas, pero por fin los llevó a todos de regreso a Londres, a su casa en Kennington, que suponía una mejora respecto a su residencia anterior, pero no era en absoluto *chic*. Seguía suministrando alimentos al ejército, aunque aprovisionar un ejército en tiempo de paz no era lo mismo que lidiar con la tragedia de la guerra, y para Anne cada día resultaba más evidente que a James le aburría su trabajo, le aburría el mundo en que se movía, le aburría la falta de expectativas. Entonces reparó en la renovada actividad de los constructores londinenses. La victoria sobre Napoleón y la paz que siguió habían avivado la confianza en el futuro del país. La figura del emperador francés se había cernido sobre todos ellos, más quizá de lo que habrían estado dispuestos a admitir, durante veinte años, y ahora se encontraba en una isla remota del Atlántico sur, esta vez para no volver. Europa era libre y había llegado el momento de mirar hacia delante. Así que un día James volvió a casa rojo de excitación. Anne estaba en la cocina, supervisando las existencias de la despensa con la cocinera. No había necesidad. Su estilo de vida y su renta hacían obsoleta su antigua manera de hacer las cosas, tal y como James no se cansaba de señalar, y ver a su mujer con un delantal contando provisiones nunca le complacía, sobre todo cuando aún seguía envanecido por todo lo vivido en Bruselas. Aquella tarde en particular, sin embargo, nada podía empañar su buen humor.

—He conocido a un hombre extraordinario —dijo.

—Ah, ¿sí? —Anne miró la etiqueta de la harina. Estaba convencida de que estaba equivocada.

—El hombre que va a reconstruir todo Londres.

Anne entonces no lo sabía, pero James estaba en lo cierto. Thomas Cubitt, antes carpintero de ribera, había ideado un método nuevo de dirigir un proyecto de construcción. Empezó a tratar, y a emplear, a todos los gremios que participaban en el proceso: albañiles, yeseros, azulejeros, fontaneros, carpinteros, canteros, pintores. Los autores del encargo tendrían que tratar con Cubitt y su hermano, William. Todo lo demás se les daría hecho.

James hizo una pausa.

—¿No es brillante?

Anne vio que un sistema así tenía considerable atractivo y posiblemente encerraba un gran futuro, pero ¿merecía la pena tirar por la borda una reputación profesional perfectamente establecida por algo de lo que James no sabía nada? Pronto vio, sin embargo, que no estaba dispuesto a apearse de su decisión.

—Está construyendo una nueva sede para la London Institution en Finsbury Circus. Quiere ayuda con los gastos y con la gestión de los proveedores.

—Algo que llevas haciendo tú desde que empezaste a trabajar.

—¡Exacto!

Y así nació James Trenchard el Constructor y todo habría ido como la seda de no haber soltado la bomba Sophia apenas un mes después.

Una mañana entró en la habitación de su madre y se sentó en la cama. Anne estaba frente al espejo mientras Ellis la terminaba de peinar. La joven guardó silencio hasta que el trabajo estuvo hecho. Anne sabía que se avecinaba algo, pero no tenía prisa por escucharlo. Por fin, sin embargo, se resignó a lo inevitable.

—Gracias, Ellis, puede retirarse.

La doncella, cosa natural, sentía curiosidad, más de hecho que la madre, pero cogió la ropa para lavar y cerró la puerta al salir.

—¿Qué ocurre?

Sophia la miró fijamente. A continuación habló como en un suspiro lloroso.

—Voy a tener un niño.

En una ocasión, cuando era pequeña, a Anne le había pateado un potro el estómago. Aquellas palabras le devolvieron esa sensación.

—¿Cuándo?

Parecía una pregunta extrañamente práctica, dadas las circunstancias, pero no veía sentido a gritar y retorcerse por el suelo, aunque la idea la tentaba considerablemente.

—Finales de febrero. Creo.

—¿No lo sabes?

—Finales de febrero.

Anne hizo la cuenta atrás mentalmente.

—¿Esto tengo que agradecérselo a lord Bellasis? —Sophia asintió con la cabeza—. Eres una tonta y una estúpida. —La joven asintió de nuevo. Aceptaba con docilidad lo que le decía su madre—. ¿Cómo ocurrió?

—Creía que estábamos casados.

Anne estuvo a punto de echarse a reír. ¿De qué engañifa habría sido víctima su hija?

—Y deduzco que no era así.

—No.

—Pues claro que no os habíais casado. Ni lo habríais hecho nunca. —¿Cómo podía su hija haber sido tan absurda como para creer que Bellasis se casaría con ella? Sintió una furia repentina contra James. Él había alentado aquello. Había convencido a la joven de que las cosas imposibles eran posibles—. Cuéntamelo todo.

Era una historia de lo más corriente. Bellasis había profesado su amor y convencido a Sophia de que quería casarse con ella antes de volver al frente. Al enterarse de que Napoleón marchaba hacia París, había ido a verla para suplicarle que le permitiera organizar un casamiento que al principio sería clandestino, pero que le prometió revelar a sus padres cuando considerara que había llegado el momento oportuno. De cualquier modo, tendría prueba de la ceremonia si a él le ocurría algo y Sophia podría pedir la protección de los Brockenhurst en caso de necesitarla.

—Pero ¿no sabías que necesitabas el permiso de tu padre para que fuera lícito? Tienes dieciocho años. —Esto lo dijo Anne para provocar más autoflagelación por parte de Sophia, pero la joven se limitó a mirarla un instante.

—Papá dio su permiso.

Aquello fue una nueva coz. ¿Su marido había ayudado a un hombre a seducir a su propia hija? Estaba tan enfadada que, de haber entrado James por la puerta, le habría arrancado los ojos de las cuencas a arañazos.

—¿Tu padre lo sabía?

—Sabía que Edmund quería casarse conmigo antes de volver al frente y dio su permiso. —Sophia respiró hondo. En cierto modo contarlo era un alivio. Estaba cansada de cargar sola con aquel peso—. Edmund dijo que encontraría un pastor que nos casara, cosa que hizo, en una de las capillas que habían levantado para el ejército. Después el hombre escribió una carta certificando el matrimonio y… así es como ocurrió.

—Y supongo que el matrimonio era falso.

Sophia asintió con la cabeza.

—No lo sospeché en ningún momento. Edmund estuvo hablando de su amor y de nuestro futuro juntos hasta el instante mismo en que salimos de la fiesta de su tía, la noche de la batalla.

—Entonces, ¿cuándo te enteraste?

La joven se levantó y caminó hasta la ventana. Abajo, su padre se subía a un coche. Se alegró de que no fuera a estar en casa y diera así algo de tiempo a su madre para tranquilizarse e idear un plan.

—Cuando salimos de la residencia de los Richmond en la calle había un grupo de oficiales a caballo, todos con uniformes del 52º de la caballería ligera, los Oxfordshire, el regimiento de Edmund…

—¿Y?

—Uno de ellos era el «hombre de iglesia» que nos casó. Así que ya lo sabe. —Suspiró cansada—. Era un soldado, un amigo de Edmund, que se había disfrazado de clérigo para engañarme.

—¿Dijo algo?

—No llegó a verme. Y, si lo hizo, fingió lo contrario. No estaba cerca y, por supuesto, en cuanto le reconocí me oculté.

Anne asintió con la cabeza. De pronto cobraba sentido lo ocurrido a la salida del baile.

—Ahora entiendo por qué te alteraste tanto aquella noche. Pensé que era solo porque lord Bellasis se iba a la guerra.

—En cuanto vi a aquel hombre supe que me habían engañado. Que no me amaba. Que no me esperaba un futuro de ensueño. Era una joven estúpida que había sido tratada como una cualquiera, engañada y utilizada, y sin duda habría terminado en el arroyo, el lugar al que Edmund creía que pertenecía, de seguir él con vida.

Su expresión parecía muy madura a la luz del día, la amargura en sus palabras la hacía parecer diez años mayor.

—¿Cuándo supiste que esperabas un hijo?

—Es difícil decirlo. Lo sospeché un mes más tarde, pero me resistí a admitirlo hasta que se hizo absurdo seguir negándolo. Edmund estaba muerto y, durante un tiempo, simulé que nada había cambiado. No sabía lo que hacía, estaba desquiciada. Confieso que he recurrido a algún que otro remedio tonto, y pagado cinco libras a una gitana por algo que estoy segura de que era agua azucarada. Pero todo ha fracasado, sigo *enceinte*.

—¿Qué le has dicho a tu padre?

—Sabe que me engañaron. Se lo conté aquella mañana en Bruselas cuando me trajo la noticia de la muerte de Edmund. Pero cree que todo está solucionado.

—Tenemos que idear un plan.

Anne Trenchard era una mujer práctica y una de sus principales virtudes era que no se detenía a lamentarse por las desgracias, sino que se concentraba casi de inmediato en poner remedio a las cosas que lo tenían y a aceptar las que no. Había que sacar con disimulo a su hija de Londres. Tendría una enfermedad o un familiar en el norte que requería cuidados. Tendrían una historia preparada antes de que terminara el día. Sophia debía estar fuera al menos cuatro meses. Ahora que Anne la miraba con atención, el talle se le estaba ensanchando. No de manera evidente, aún no, pero faltaba poco. No tenían tiempo que perder.

Anne no estuvo amable con James cuando volvió a casa aquella noche y la encontró en su estudio, sola.

—¿Y nunca se te ocurrió consultarlo conmigo? Un vizconde rico propone un matrimonio secreto del que nadie debe enterarse, celebrado por un clérigo del que nadie puede dar garantías, con una bonita joven de dieciocho años de procedencia social por completo inadecuada, ¿y no se te ocurrió hablar con nadie sobre cuáles podían ser sus motivos?

Hacía verdaderos esfuerzos por no gritar. James asintió. Le había dado muchas vueltas a aquello en sus pensamientos.

—Cuando lo dices resulta evidente, pero Bellasis parecía un joven agradable que estaba sinceramente enamorado de ella.

—¿Crees que te habría confiado sus esperanzas de encontrar la manera de seducir a tu hija?

—Supongo que no.

Anne casi le escupió.

—Cuando le diste tu permiso, la arruinaste para siempre.

James hizo una mueca de dolor.

—Por favor, Anne. ¿Crees que no me arrepiento?

—Imagino que ahora te arrepientes aún más.

Con el tiempo Anne llegó a sentir haber culpado enteramente a su marido de la caída en desgracia de Sophia. Porque cuando la joven murió al dar a luz, James recordó sus acusaciones y vivió su muerte como si fuera su culpa, un castigo a su vanidad, ambición y arrogancia. No pareció curarle de ninguno de estos defectos, pero el sentimiento de culpa nunca lo abandonó.

Nada había hecho predecir lo que ocurriría, pero, como dijo el médico, rara vez era así. Anne y Sophia habían ido a Derbyshire y alquilado una casa modesta a las afueras de Bakewell haciéndose pasar por la señora Casson y su hija casada, la señora Blake, viuda de Waterloo. No tenían ni amigos ni conocidos en la zona, pero en cualquier caso no vieron a nadie. Y vivieron con sencillez. Ninguna se llevó doncella, y Ellis y Croft estuvieron en régimen de comida y alojamiento hasta que regresaron sus señoras. Si aquello suscitó su curiosidad, Anne nunca lo supo. En cualquier caso eran demasiado profesionales para demostrarlo.

No fueron semanas tristes. Llevaron una existencia apacible, leyendo, dando paseos por el parque de Chatsworth. Hicieron pesquisas y contrataron los servicios de un médico muy reconocido, el doctor Smiley, que se había mostrado contento con cómo avanzaba el embarazo de Sophia. Anne llegó a sospechar que sabía la verdad, o al menos que no eran quienes decían ser, pero que era demasiado educado para mostrar su curiosidad abiertamente.

Antes de dejar Londres convinieron que James buscaría un hogar al niño. Incluso Sophia entendía que no podía quedarse con él. Tendría que estar bien cuidado, habría que darle un nombre, educarlo, pero debía criarse sin conocer ni su verdadera identidad ni la de su madre. Ninguno quería ver el nombre de Sophia arrastrado por el barro y Anne sabía que a su marido también le preocupaba que un escándalo hiciera añicos sus esfuerzos por prosperar socialmente. De haber sido su hijo el que fuera a ser padre de un bastardo, las cosas podrían haber sido distintas, pero en el caso de una hija se trataba de una falta para la que no había perdón posible. James había actuado con rapidez y, con ayuda de los espías de su compañía, encontrado un clérigo, Benjamin Pope, que vivía en Surrey. Era caballero de nacimiento, pero su remuneración era modesta y un dinero adicional sería bien recibido. Además, la pareja no tenía hijos y ello les entristecía. Sophia aceptó la situación cuando se le explicó…, no sin dolor, pero la aceptó. Con su consentimiento, James ultimó los preparativos y el señor Pope accedió a adoptar al pequeño en calidad de «hijo de su difunta prima». Los Pope recibirían unos sustanciosos ingresos adicionales que les permitirían vivir razonablemente bien y el niño recibiría una educación y se enviarían con regularidad informes de sus progresos a las oficinas del señor Trenchard para que los leyera en privado.

Mientras tanto, el doctor Smiley reclutó a una comadrona experta, hizo los preparativos y fue a la casa a supervisar el nacimiento. Y debería haber ido a la perfección. Pero, cuando hubo terminado y el niño había nacido sano y salvo, el médico no pudo detener la hemorragia. Anne nunca había visto tanta sangre, y solo le quedó coger a su hija de la mano y asegurarle que todo se arreglaría pronto y que nada iba mal. Nunca olvidaría el tiempo que pasó allí, diciendo una mentira detrás de otra, hasta que su hijita murió.

Durante semanas no fue capaz de mirar al recién nacido, aquel niño que había matado a su hija. El doctor Smiley encontró un ama de cría y una niñera y entre las dos se aseguraron de que sobreviviera, pero Anne seguía sin poder mirarle. Había empleado a una cocinera y una doncella al llegar, así que la vida siguió su curso, con días vacíos puntuados por comidas que no comía, y aún no se sentía capaz de posar los ojos en el niño. Hasta que, una tarde, el doctor Smiley entró en la salita donde Anne estaba sentada junto al fuego, la mirada perdida en el libro que tenía en las manos sin leer, y le dijo con suavidad que todo lo que le quedaba de Sophia era su hijo. Entonces Anne se dejó persuadir para coger en brazos al pequeño y, una vez lo hizo, apenas pudo soportar dejarlo ir.

A menudo se preguntaba si, de haber aprendido antes a querer al niño, no habría intentado cambiar los planes e insistido en criarlo ella. Pero dudaba de que James lo hubiera permitido y, al estar ya todo organizado, habría sido difícil incumplir lo dispuesto. Por fin un día se cerró la casa de Blackwell y Anne viajó al sur con la niñera, que continuó viaje hasta Surrey para dejar al recién nacido en su nuevo hogar. La niñera recibió un pago por su discreción y la vida volvió a la normalidad. Es decir, a la normalidad sin Sophia. Croft, cuyos servicios ya no eran necesarios, fue despedida entre lágrimas. Anne le dio una bonificación a modo de adiós, pero le intrigó que la doncella no mostrara curiosidad alguna por la causa de la muerte de su joven señora. Tal vez había adivinado la verdad. Para una mujer debía de ser difícil disimular un embarazo a su doncella.

Fueron pasando los años. El plan original había sido formar a Charles para que fuera sastre, pero había demostrado un talento precoz para las matemáticas y, cuando se acercaba a la edad adulta, anunció su intención de probar suerte en la City. A James le fue imposible no sentirse halagado por lo ocurrido, pues dedujo que debía de ser su sangre aflorando en el joven, aunque seguían sin verle. Solo podía juzgar por los informes enviados por el reverendo Pope. La realidad era que James ansiaba ayudar a su nieto, pero no sabía muy bien cómo hacerlo sin destapar la caja de Pandora, algo que sucedería de revelar sus orígenes. Así que se mantuvo al margen y le dio una pequeña asignación, que el señor Pope justificó a Charles como un regalo de «alguien que le quería bien», y siguió viviendo por y para las cartas que Pope le enviaba cuatro veces al año con la puntualidad de un reloj. El muchacho había sido muy feliz. De eso estaba seguro. Al menos no tenía motivos para pensar de otra manera. Siguiendo instrucciones de los Trenchard, los Pope le habían dicho que su padre había muerto en el frente y su madre durante el parto y que por lo tanto era adoptado, pero eso era todo. Parecía haberlo aceptado, y los Pope le habían cobrado afecto, así que no había motivo de preocupación, pero aun así, tal y como se repetía Anne en sus noches en vela, era su nieto y sin embargo no lo conocían.

Y ahora había entrado en escena lady Brockenhurst para complicar más las cosas. Anne no conocía a Charles Pope, pero al menos sabía de su existencia. Sabía que su hija no había desaparecido de la faz de la tierra sin dejar rastro. Lady Brockenhurst casi había llorado al hablar de que no tenían heredero cuando ella, Anne, podía haberle dicho que su hijo había sido padre de un niño, un varón sano y prometedor. Pero James se lo había prohibido, por supuesto. En parte por motivos que ella no podía respetar, pero en parte para proteger el buen nombre de su hija muerta, algo a lo que no podía renunciar sin más. Pasó horas en vela con James roncando a su lado incapaz de decidir lo que debía hacer, hasta que por fin se sumió en un sueño inquieto del que despertó temprano y sin sensación de haber descansado.

Fue necesario un mes de falta de sueño y de dolor para que Anne se decidiera por una forma de proceder. No le gustaba lady Brockenhurst. Ni siquiera la conocía, pero el secreto le pesaba de forma insoportable. Era muy consciente de que, de ser la situación la contraria y ella la que descubriera que lady Brockenhurst le había ocultado algo así, nunca se lo perdonaría. Así que un día se sentó al bonito escritorio de su gabinete de la segunda planta y escribió: «Querida lady Brockenhurst: Quisiera visitarla a la hora que considere conveniente. Le agradecería que buscara un momento en el que podamos estar solas». No fue difícil enterarse de cuál era la casa de Belgravia en que residía, puesto que la había construido su marido. Dobló el papel, lo selló con oblea, escribió la dirección y lo entregó ella misma a un mensajero. Su doncella habría tardado diez minutos en llevar la nota de puerta a puerta, pero Anne quería evitar ser tema de conversación en el piso de abajo.

No tuvo que esperar mucho. A la mañana siguiente había una nota en la bandeja con el desayuno que le puso Ellis en el regazo. La cogió.

—La han entregado en mano, señora. La trajo un criado esta mañana.

—¿Dijo algo?

—No, la entregó y se fue.

Naturalmente la pregunta no hizo más que despertar el apetito de saber de Ellis, pero Anne no tenía intención de darle pista alguna. Cogió el cuchillito de plata que estaba en la bandeja y abrió el sobre. Una hoja pequeña de grueso papel color crema, con una B mayúscula bajo una corona de conde a modo de membrete, que contenía un escueto mensaje: «Venga hoy a las cuatro. Estaremos solas media hora. CB».

Anne no pidió un coche. Lady Brockenhurst probablemente no lo aprobaría, pero no quería testigos. Hacía un día agradable, en cualquier caso, y el paseo sería corto. Pero sobre todo no quería ni siquiera pedir ayuda para ponerse la capa y el sombrero, por lo que se limitó a subir a su habitación veinte minutos antes de la hora y a ponérselos sola. Luego bajó las escaleras y salió. El criado de la entrada le sostuvo la puerta, así que la excursión no sería del todo secreta, pero ¿qué era secreto en su vida aquellos días con miradas puestas en ellos desde el instante en que se levantaban por la mañana?

Ya fuera, por un momento se arrepintió de no haberse llevado a Agnes, pero decidió que no haría más que complicar la cosas, y se puso en marcha. El cielo estaba algo más oscuro que por la mañana, torció a la izquierda y caminó hasta Belgrave Place, a continuación giró de nuevo a la izquierda y, en menos de quince minutos desde que saliera de casa, estaba a la puerta de Brockenhurst House. Era un edificio grande, que ocupaba la esquina entre Upper Belgrave Street y Chapel Street, uno de los palacetes exentos de las esquinas de la plaza. Vaciló, pero entonces reparó en que el lacayo esperando junto a la verja de entrada la miraba. Se enderezó y fue hasta la entrada principal. Antes de que pudiera llamar al timbre, la puerta se abrió y otro criado con librea la invitó a pasar.

—Señora de James Trenchard —dijo Anne.

—Milady la está esperando —contestó el hombre con esa voz curiosamente neutral que no transmite ni aprobación ni desaprobación y que todo criado veterano domina a la perfección—. Milady está en el salón. Si me acompaña.

Anne se quitó la capa y se la dio para que la dejara en uno de los sofás dorados del vestíbulo y a continuación siguió al hombre por la ancha escalinata de mármol verde. Llegaron al final, el hombre abrió una de las puertas dobles y anunció: «La señora Trenchard», antes de cerrarla y dejar que Anne cruzara sola el ancho trecho de alfombra Savonnerie de vivos colores hasta donde la condesa esperaba sentada junto al fuego. La saludó con una inclinación de cabeza.

—Pase, señora Trenchard, y siéntese a mi lado. Espero que no le moleste la chimenea en verano. Me temo que siempre tengo frío.

Era el recibimiento más cordial que, Anne sospechó, era capaz de dar. Tomó asiento en una *bergère* estilo Luis XV tapizada de damasco frente a su anfitriona. Sobre la repisa de la chimenea había un retrato de una belleza al estilo del siglo anterior, con peluca voluminosa y empolvada, *décolleté* de encaje y miriñaque. Con ligera sorpresa, se dio cuenta de que era un retrato de lady Brockenhurst.

—Lo pintó Beechey —dijo su anfitriona riendo—. Cuando me casé, en 1792. Tenía diecisiete años. En su momento se consideró un retrato fiel, pero ahora nadie lo diría.

—La he reconocido.

—Me sorprende usted. —La condesa esperó paciente. Después de todo, Anne era quien había solicitado el encuentro.

No había rodeo posible. El momento había llegado.

—Lady Brockenhurst, estoy al tanto de un secreto que he jurado a mi marido no revelar jamás y de hecho se enfadaría mucho si supiera que estoy aquí hoy…

Se interrumpió. No se sentía capaz de articular las palabras.

Lady Brockenhurst no tenía deseo alguno de entrar en las complejidades del matrimonio Trenchard, así que se limitó a decir:

—¿Sí?

Anne no pudo evitar admirarla. Había algo muy poderoso en la compostura de su anfitriona. Para entonces tenía que haber deducido que estaba a punto de revelársele algo crucial, pero por la expresión de su cara se habría dicho que estaba conversando con la esposa del vicario.

—El otro día dijo que, cuando usted y su marido no estén, no quedará nada.

—Así es.

—Bien. Pues no es del todo cierto.

Lady Brockenhurst se tensó de manera casi imperceptible. Por fin Anne tenía su atención.

—Antes de morir, Sophia dio a luz un varón, el hijo de lord Bellasis.

En aquel momento las amplias puertas dobles del salón se abrieron y entraron dos criados con bandejas de té. Montaron una mesa, la cubrieron con un mantel y lo dispusieron todo de manera similar a como habían hecho los criados de la duquesa de Bedford.

Lady Brockenhurst sonrió.

—Me gustó más de lo que reconocí en su momento, y he adoptado la costumbre de imitarlo cada día pasadas las cuatro. Estoy segura de que terminará por ponerse de moda.

Anne estuvo de acuerdo y charlaron sobre las bondades de comer y de tomar el té hasta que los hombres hubieron terminado con su tarea.

—Gracias, Peter. Hoy nos las arreglaremos solas.

Para cuando se fueron, Anne tenía la sensación de que había pasado un siglo y de ser físicamente más vieja.

Lady Brockenhurst sirvió dos tazas de té y le ofreció una.

—¿Dónde está ahora el niño?

No dejó traslucir ni emoción ni rechazo. De hecho, no dejó traslucir nada. Como era su costumbre.

—En Londres, y el niño es un hombre. Cumplió veinticinco años el febrero pasado. Trabaja en la City.

—¿Cómo es? ¿Lo conocen ustedes bien?

—No lo conocemos en absoluto. Mi marido lo dejó, poco después de nacer, al cuidado de un clérigo llamado Pope. Ahora su nombre es Charles Pope. Nunca consideramos útil hacer públicos sus orígenes. Él mismo no sabe nada.

—Deben proteger la memoria de su hija, pobre niña. Lo entiendo muy bien. No debemos tratar de culparla cuando es digna de compasión. Usted misma dijo que la atmósfera en Bruselas antes de la batalla era tal que cualquiera habría podido perder la razón por unos momentos.

Si aquello tenía intención de ser una defensa de Sophia, no surtió efecto.

—No la culpo y no perdió la razón —dijo Anne con firmeza—. Creía que estaba casada con lord Bellasis. Él le hizo pensar que el matrimonio se había celebrado.

Aquello no era en absoluto lo que lady Brockenhurst había esperado. Se enderezó en el asiento.

—¿Cómo dice?

—La engañó. La engatusó. Le dijo que había organizado la boda y después persuadió a un oficial compañero suyo para que simulara ser un pastor. Sophia no descubrió la verdad hasta que fue demasiado tarde.

—No la creo. —Lady Brockenhurst habló con una convicción absoluta, incontestable.

Anne fue igual de firme. Habló con calma mientras dejaba la taza en el plato.

—Es usted muy dueña, claro, pero le estoy diciendo la verdad. Hasta que no nos marchamos del baile, inmediatamente antes de que lord Bellasis saliera a caballo con su regimiento, Sophia no reconoció al cómplice de su perdición. El supuesto pastor estaba riendo y bromeando con los otros oficiales con maneras de lo más impropias para un hombre de iglesia. Mi hija estuvo a punto de desmayarse.

Lady Brockenhurst también había dejado con firmeza su taza en el plato y ahora se puso de pie.

—Entiendo. Su hija tramaba atrapar a mi hijo en sus redes, sin duda espoleada por sus padres…

Anne la interrumpió.

—Ahora me toca a mí mostrarme incrédula.

Pero Lady Brockenhurst prosiguió su argumentación, entusiasmándose con ella a medida que la exponía.

—Cuando supo que estaba muerto y que su seducción había sido en vano, inventó una historia que le proporcionara una excusa si ocurría lo peor, y así fue.

Anne rebosaba indignación, estaba furiosa con aquella mujer fría y sin corazón, furiosa con el difunto lord Bellasis, furiosa consigo misma por haber estado tan ciega.

—¿Quiere decir que lord Bellasis era incapaz de un comportamiento así?

—Desde luego. Era incapaz siquiera de concebirlo.

Lady Brockenhurst se estaba dejando llevar por su interpretación. Era la viva estampa de la indignación. No valoraba a las mujeres como Anne, por tanto no podía verla ni juzgarla con claridad. Pero Anne era tan luchadora como ella.

—¿No era lord Berkeley su padrino?

Anne se dio cuenta enseguida de que aquel nombre era como una bofetada para lady Brockenhurst, que casi hizo una mueca de dolor.

—¿Cómo sabe eso?

—Porque lord Bellasis hablaba de él. Me contó que cuando lord Berkeley murió, en 1810, a su hijo mayor le retiraron los títulos porque su padre no se había casado legítimamente con su madre antes de que naciera, tal como ella creía. Más tarde se supo que había convencido a un amigo para que se hiciera pasar por sacerdote, y llevarse así a la ingenua muchacha a la cama. Luego se casaron, pero no lograron que el niño fuera reconocido. Sabe que todo eso es verdad. —Lady Brockenhurst guardó silencio—. Le ruego que no me diga que lord Bellasis era incapaz de concebir una idea así.

Tras una pausa para reunir fuerzas, lady Brockenhurst volvió a ser ella. Se dirigió despacio hasta la repisa de la chimenea y tiró del cordón bordado de la campanilla diciendo:

—Solo diré una cosa. A mi hijo lo sedujo una joven ambiciosa y sin escrúpulos, ayudada, hasta donde yo sé, por sus igualmente ambiciosos padres. Quería aprovechar el caos de la guerra para hacer posible un enlace que la haría ascender más incluso de lo que su padre había soñado. Pero fracasó. Mi hijo la convirtió en su amante, no lo niego. ¿Y qué? Era un hombre joven y ella una bonita ramera que se ofreció a él en bandeja. Y no pienso disculparme por eso porque me trae sin cuidado. Sí, Peter, por favor, acompañe a la señora Trenchard. Ya se marcha —dijo al criado que había acudido a la llamada y que esperaba en la puerta.

Anne no podía, por supuesto, contestar en su presencia, pero en cualquier caso estaba demasiado indignada para hablar, así que se limitó a despedirse con una inclinación de cabeza ante su enemiga para no dar pista alguna de lo que en realidad había sucedido. Hizo ademán de ir hacia la puerta, pero lady Brockenhurst no había terminado.

—Es curioso. Pensaba que iba a contarme alguna historia sentimental sobre mi hijo, un relato feliz de sus últimos días en este mundo. Habló tan bien de él cuando nos conocimos…

Anne se detuvo.

—Hablé de la imagen que tenía de él antes de aquella noche. Es verdad que nos divertíamos con él. No mentí. Y no quería hacerle daño. Pero estaba equivocada. Tarde o temprano habría sabido la verdad. Debería haber sido más franca. Si le sirve de consuelo, a nadie le sorprendió tanto como a mí saber de lo que era capaz. —Al llegar a la puerta dudó. El sirviente había salido a la galería y por un momento estuvieron las dos solas—. ¿Guardará el secreto? —Odiaba preguntarlo, pero tenía que hacerlo—. ¿Tengo su palabra?

—Por supuesto que la tiene. —La sonrisa de la condesa habría congelado un vaso de agua—. ¿Para qué divulgar la degradación de mi difunto hijo?

Con eso Anne no tuvo más remedio que aceptar que le había dado a lady Brockenhurst la última palabra sobre el asunto. Salió de la habitación, bajó la escalera y hasta que no estuvo en la calle no se permitió detenerse y darse cuenta de lo extremadamente furiosa que estaba.

.3.

Lazos familiares

*L*ymington Park no era la sede más antigua de la dinastía Bellasis, pero sin duda sí la más grandiosa. Habían empezado su andadura en la aristocracia terrateniente en una modesta casa solariega en Leicestershire, pero la boda con una heredera a principios del siglo XVII había aportado la heredad de Hampshire a modo de bienvenida dote y la familia había estado encantada de mudarse más al sur. Una llamada desesperada del rey Carlos I, en plena guerra civil, había traído la promesa de un condado y el hijo del rey decapitado hizo realidad la promesa cuando ocupó el trono rodeado de gloria en la Restauración. Aunque fue el segundo conde quien decidió que la casa existente no estaba ya a la altura de su posición y en su lugar se propuso un gran palacio de estilo palladiano diseñado por William Kent. Se costeó gracias a unas cuantas inversiones sensatas hechas en los primeros días del Imperio, pero una recesión repentina impidió que los planes se hicieran realidad y a la postre fue el abuelo del actual conde quien empleó al arquitecto George Steuart, en la década de 1780, para que diseñara un envoltorio nuevo y más grandioso del edificio original. El resultado no podía tildarse de acogedor, ni siquiera de confortable, pero reflejaba tradición y alta cuna y cuando Peregrine Bellasis, quinto conde de Brockenhurst, cruzaba el espacioso vestíbulo o se sentaba en la biblioteca rodeado de sus valiosos libros y con sus perros a los pies, o subía la escalera con las paredes llenas de retratos de sus antecesores, sentía que era el escenario apropiado para un noble. Su mujer, Caroline, sabía llevar una residencia así, o más bien reunir el equipo adecuado para que la llevara, y aunque su interés por la casa, al igual que el resto de sus intereses, yacía bajo tierra, en la tumba de su hijo, sabía mantener las apariencias y ejercer de señora del condado.

Pero aquella mañana sus pensamientos estaban en otros asuntos. Dio las gracias a su doncella, Dawson, cuando le puso la bandeja con el desayuno sobre las rodillas y miró por los ventanales un grupo de gamos desplazarse silenciosos por los jardines. Sonrió y la extrañeza de la sensación pareció paralizarla durante un instante.

—¿Se encuentra bien, señora? —Dawson parecía preocupada.

Caroline asintió con la cabeza.

—Estoy perfectamente, gracias. Llamaré cuando vaya a vestirme.

La doncella asintió con la cabeza y salió. Lady Brockenhurst se sirvió el café despacio. ¿Por qué se sentía aliviada? ¿Tan extraño era que una joven arpía hubiera tratado de chantajear a su hijo muerto? Esa era sin duda la razón de la existencia del niño, y sin embargo… Cerró los ojos. A Edmund le encantaba Lymington. Desde niño había conocido cada centímetro de la heredad. Podían haberle dejado en cualquier parte de ella con los ojos vendados y habría encontrado el camino de vuelta sin ayuda. Aunque ayuda no le habría faltado nunca, puesto que hasta el último guardés, arrendatario y bracero habían cobrado afecto al niño. Caroline sabía muy bien que no era querida, como tampoco lo era su marido. Eran respetados, pero nada más. Los aldeanos los consideraban fríos y sin sentimientos, estrictos, crueles incluso, pero habían traído al mundo a un prodigio. Así veían a Edmund, como un prodigio, un niño dorado al que todos querían. Al menos así había terminado pareciendo a medida que transcurrían los años vacíos y solitarios hasta que, con la pátina embellecedora de la historia, también ella se convenció de que había dado a luz al hijo perfecto. Habían querido tener más, claro. Al final, después de tres mortinatos, solo quedó Edmund para ocupar las habitaciones de los niños en la segunda planta, y sin embargo había sido suficiente. Era lo que Caroline se decía entonces, y era la verdad. Edmund era suficiente. Mientras crecía, los arrendatarios y aldeanos esperaban con ilusión el día que heredara. Eso también lo sabía Caroline, y así lo contaba, aunque fuera en perjuicio propio. Edmund era para ellos su esperanza de un futuro mejor, y era posible que se lo hubiera proporcionado. En cambio, ahora tenían que tolerar a Peregrine y esperar a John: un hombre mayor sin interés por la vida al que sucedería un pavo real avaricioso y egoísta que se ocuparía de ellos tanto como de los guijarros del camino. Qué triste.

Y sin embargo aquella mañana Caroline se sentía distinta. Paseó la vista por la habitación, forrada de seda verde pálido a rayas, con un espejo alto y de marco dorado encima de la repisa de la chimenea y una colección de grabados en las paredes, preguntándose qué sería lo que la hacía sentirse tan diferente. Luego, con cierta sorpresa, se dio cuenta de que estaba feliz. Aquella sensación era algo tan olvidado que le llevó un rato identificarla. Pero así era. Se sentía feliz al pensar que su hijo había dejado un hijo. No cambiaría nada. El título, las propiedades, la casa de Londres y todo lo demás seguirían siendo de John, pero Edmund había dejado un hijo y ¿por qué no iban a poder conocerlo? ¿Por qué no buscarlo y encontrarlo? Después de todo, no serían la primera familia noble que hiciera público un niño natural. Los bastardos del difunto rey eran recibidos en la corte por la joven reina. Sin duda podrían sacarlo del anonimato. Sin duda debía de quedar alguna propiedad fuera de los bienes vinculados. Su imaginación empezaba a desbordarse con un sinnúmero de posibilidades. ¿No había dicho aquella fastidiosa mujer que el niño había sido criado por un clérigo en un hogar respetable, y no por ella y su vulgar marido? Con un poco de suerte, se parecería a su padre y no a su madre. Incluso podía ser hasta cierto punto un caballero. Claro que sabía que había dado su palabra de no decir nada que revelara la verdad, pero ¿era necesario cumplir la palabra cuando había sido dada a alguien como la señora Trenchard? Se estremeció. Caroline Brockenhurst era una mujer fría y una esnob, eso podía admitirlo, pero no era mentirosa ni deshonesta. Sabía que no podía romper su promesa y convertirse en una embustera. Tenía que haber otra manera de sortear el laberinto.

Lord Brockenhurst seguía en el comedor cuando ella bajó, absorto en su ejemplar de *The Times*.

—Parece que Peel podría ganar las elecciones —dijo sin levantar la vista—. Al parecer Melbourne abandona. A ella no le va a gustar.

—Creo que el príncipe prefiere a sir Robert Peel.

—Como era de esperar. Es alemán.

Lady Brockenhurst no tenía interés en seguir con aquel tema de conversación.

—¿Te acuerdas de que Stephen y Grace vienen a comer?

—¿Traen a John?

—Creo que sí. Está hospedado con ellos.

—Vaya por Dios. —Su marido no levantó la vista del periódico—. Supongo que querrán dinero.

—Gracias, Jenkins. —Lady Brockenhurst sonrió al mayordomo que esperaba junto al aparador. Este inclinó la cabeza y salió—. En serio, Peregrine, ¿es que no vamos a tener ningún secreto?

—Por Jenkins no te preocupes. Sabe más de esta familia de lo que sabré yo nunca.

Era cierto que Jenkins era un hijo de Lymington. Su padre había sido granjero arrendatario, él había entrado a servir en la casa a los trece años y desde entonces allí seguía. Con los años había subido en el escalafón hasta ceñirse la deslumbrante corona de mayordomo. Su lealtad al clan de los Bellasis estaba fuera de duda.

—No me preocupo. Pero es que ponerle así a prueba me parece descortés. Te guste o no, Stephen es tu hermano y heredero y debería ser tratado con respeto, al menos en público.

—Pero no en privado, por amor del cielo. Además, solo es mi heredero si vive más que yo y pienso asegurarme por todos los medios de que no sea así.

—Nos cercioraremos de que así figure en tu lápida.

Pero Caroline permaneció con su marido charlando, animándolo a hablar de la heredad, en un tono amistoso que no había mostrado desde hacía meses, o incluso años, quizá porque se sentía culpable por todas las cosas que no le estaba contando.

Al final, el honorable y reverendísimo Stephen Bellasis llegó acompañado de su familia temprano, poco después de mediodía. La disculpa que ofreció durante el almuerzo fue que quería dar un paseo por los jardines antes de comer, pero Peregrine estaba convencido de que habían adelantado la visita solo para fastidiarle. En cualquier caso, ninguno de los Brockenhurst estaba allí para recibir a sus parientes cuando llegaron.

De menor estatura que su hermano mayor y bastante más grueso, Stephen Bellasis no había heredado nada del encanto de los Brockenhurst que había hecho a Peregrine tan atractivo en su juventud, por no hablar del difunto lord Bellasis, que atraía todas las miradas en los bailes con su hermosura oscura y masculina. En cambio, la cabeza calva de Stephen luchaba por conservar unos pocos mechones de pelo gris con los que se cubría el cráneo cada mañana, mientras que su inesperadamente profuso y largo bigote cano ocultaba un mentón blando y sin personalidad.

Entró seguido de su mujer, Grace. La mayor de cinco hermanas, Grace era hija de un baronet de Gloucestershire y había crecido con la esperanza de algo mejor que un hijo menor gordo y sin fortuna. Pero había sobreestimado su propio valor en el mercado de los matrimonios y, con sus ojos castaño pálido y labios delgados, Grace, tal como le había dicho repetidas veces su madre, estaba destinada a un hermano menor. Su cuna y su educación podrían haber permitido que la joven Grace elevara sus expectativas y ambicionara una posición mejor, pero su físico y lo modesto de su dote habían garantizado lo contrario.

Mientras se quitaba la capa, el sombrero y los guantes y se los daba al criado miró el enorme jarrón con lilas en la mesa al final de los peldaños de piedra anchos y poco empinados. Inhaló su suave aroma. Le encantaban las lilas y le habría complacido inmensamente llenar su hogar con ellas, pero la casa de la vicaría era demasiado pequeña para algo tan ostentoso.

John Bellasis adelantó a su madre. Siempre era muy lenta y él estaba impaciente por tomar una copa. Le dio su bastón al criado y fue directo al comedor, a la colección de decantadores de vidrio tallado que había sobre una bandeja de plata a la derecha de la amplia chimenea de mármol. Antes de que a Jenkins le diera tiempo a llegar ya había cogido uno y se estaba sirviendo un generoso trago de brandi, que se bebió de golpe.

—Gracias, Jenkins —dijo volviéndose hacia el mayordomo—. Puede servirme otro.

Jenkins, que cruzaba corriendo la habitación, cogió una botella pequeña y sin abrir—. ¿Quiere soda, señor?

—Sí.

Jenkins no pestañeó. Estaba acostumbrado al señorito John. Le rellenó el vaso con brandi, esta vez mezclado con soda, y se lo ofreció en una bandeja pequeña de plata. John lo cogió y fue a reunirse con sus padres, que habían sido conducidos al salón al otro lado del vestíbulo. Cuando entró, interrumpieron su conversación.

—Aquí estás —dijo Grace—. Nos estábamos preguntando qué te podía haber pasado.

—Lo que le puedo decir es lo que me va a pasar —contestó John apoyando la frente en el fresco cristal de la ventana mientras miraba hacia los jardines— como no consiga fondos.

—Bueno, qué poco has tardado —replicó lord Brockenhurst—. Pensaba que nos daría tiempo a llegar a los postres antes de que empezaras a hablar de dinero.

Estaba en la puerta, junto a su mujer.

—¿Dónde estabais? —preguntó Stephen.

—En la granja Lower —contestó Caroline enérgica, dejando atrás a su marido. Le dio a Grace un beso rápido y frío cuando esta se levantó para saludarla—. ¿Qué decías, John?

—Hablo en serio —dijo John—. No hay alternativa.

Se volvió para mirar a su tía a los ojos.

—¿No hay alternativa a qué? —preguntó Peregrine con las manos detrás de la espalda mientras se calentaba delante de la chimenea. Aunque afuera hacía un día de junio agradable y soleado, había un fuego vivo. A Caroline le gustaba tener todas las habitaciones tan caldeadas como un invernadero de orquídeas.

—Tengo pendiente la factura del sastre y el alquiler de Albany. —John negó con la cabeza e hizo un gesto de sorpresa con las manos, como si fuera por completo inocente y esos gastos le hubieran venido impuestos por algún insensato desconocido.

—¿Albany? ¿Eso no lo paga tu madre? —preguntó su tío simulando asombro—. ¿Y más facturas del sastre?

—Un hombre de mi posición no puede desenvolverse en plena temporada sin ropa —contestó John encogiéndose de hombros y dando un sorbo a su bebida.

Grace asintió con la cabeza.

—No es justo esperar que vaya como un desharrapado. Sobre todo ahora.

Caroline levantó la vista.

—¿Por qué? ¿Qué ocurre ahora?

Grace sonrió.

—Es la razón por la que hemos venido…

—Querrás decir la otra razón —dijo Peregrine.

—Sigue. —Caroline estaba impaciente por saber.

—John está en relaciones con lady Maria Grey.

Quizá para su sorpresa, a Peregrine le complació la noticia.

—¿La hija de lord Templemore?

Stephen asintió. Le agradaba anotarse un tanto a su favor.

—Su padre ha muerto. El título de conde lo lleva ahora su hermano.

—Con todo, sigue siendo la hija de lord Templemore.

Pero Peregrine sonreía. Se dio cuenta de que estaba casi entusiasmado.

—Eso está muy bien, John. Bien hecho. Te felicito.

A John le irritó lo evidente del asombro de su tío.

—No entiendo de qué se sorprende tanto. ¿Por qué no iba a casarme con Maria Grey?

—Por nada. Por nada en absoluto. Es un buen partido. Lo repito, bien hecho, y lo digo de corazón.

Stephen resopló.

—La que se lleva un buen partido es ella. Los Temple-more no tienen dinero y, después de todo, se casa con el futuro conde de Brockenhurst.

Nunca se resistía a aludir a la falta de herederos de su hermano y su cuñada.

Peregrine le miró pero no contestó. Nunca le había tenido afecto a su hermano Stephen, ni siquiera cuando eran niños. Quizá era por su cara colorada de mejillas sonrosadas. O porque de pequeño lloraba mucho y requería atención constante. Había habido una hermana más pequeña que ellos, pero lady Alice no había cumplido los seis años cuando se la llevó la tos ferina. Como resultado Stephen, que solo tenía dos años menos que su hermano, se había convertido en el bebé de la familia, un papel que su madre había favorecido en gran medida.

John dio otro sorbo a su bebida.

—¿Qué estás tomando? —Peregrine miró a su sobrino.

—Brandi, señor. —John no parecía nada contrito.

—¿Tenías frío?

—No especialmente.

Peregrine rio. John no le gustaba mucho, pero le prefería a su padre. Al menos tenía descaro. Se volvió a Stephen con un desagrado mal disimulado.

—¿Cómo es que habéis venido tan temprano?

—¿Cómo te encuentras? —contestó el reverendo desde su butaca ignorando la pregunta. Había cruzado una rodilla encima de la otra y balanceaba el pie derecho—. ¿Este tiempo tan húmedo no te afecta?

Su hermano negó con la cabeza.

—A mí me parece que hace calor.

—¿Todo bien en la granja Lower?

—¿Te preocupan tus futuras obligaciones? —preguntó Peregrine.

—En absoluto —dijo Stephen—. ¿Es delito mostrar interés?

—Me alegro de verte, querida —mintió Caroline sentándose cerca de Grace. El continuo ejercicio de esgrima entre los hermanos le resultaba cansado e inútil.

—Qué amable por tu parte. —Grace era una mujer que siempre veía la taza medio vacía—. Me preguntaba si tendrías algo que darme para el bazar benéfico. Necesito encaje, pañuelos, cojines, cosas así. —Juntó los dedos de las manos para formar un tejado—. Me temo que la necesidad es grande. —Hizo una pausa—. Tenemos muchas peticiones de ayuda. Ancianos, inválidos, viudas jóvenes con hijos y sin nadie que pueda llevar comida a la mesa. Le rompe a una el corazón.

Caroline asintió con la cabeza.

—¿Y mujeres descarriadas?

Grace pareció no comprender.

—¿Descarriadas?

—Madres que no llegaron a casarse.

—Ah, entiendo. —Grace frunció el ceño como si Caroline hubiera cometido un error gramatical—. Esas, por lo general, las dejamos al cuidado de la parroquia.

—¿Os piden ayuda?

—A veces. —Aquel tema de conversación incomodaba a Grace—. Pero tratamos de no dejarnos conmover. ¿Cómo van a aprender las jóvenes si no es del triste ejemplo de las mujeres perdidas?

Volvió a aguas más seguras y empezó a relatar sus planes para el bazar.

Mientras la condesa escuchaba a Caroline explicar propuestas de juegos y puestos de tiro al coco no pudo evitar pensar en Sophia Trenchard, encinta a los dieciocho años. De haberse presentado retorciendo las manos y llorando ante aquel comité de rostros inescrutables, ¿la habría rechazado Grace también? Probablemente. ¿Y ella? ¿Habría sido más compasiva si Sophia hubiera acudido a la familia en busca de ayuda?

—Te encontraré alguna cosa que te sirva —contestó por fin.

—Gracias —dijo Grace—. El comité te lo agradecerá.

El almuerzo se sirvió en el comedor con cuatro criados y Jenkins presente. Era algo muy alejado de las multitudinarias partidas de tiro y de caza de los viejos tiempos. Desde la muerte de Edmund los condes apenas habían tenido invitados. Pero incluso si solo estaba la familia, Peregrine era puntilloso con las costumbres. Se sirvieron seis platos: consomé, *quenelles* de lucio, codornices, chuletas de cordero con mostaza de cebolla, sorbete de limón y pudín de pasas, lo que en cierto modo resultaba excesivo, pero Caroline sabía que su cuñado se quejaría si se le daba la más mínima excusa para hacerlo.

Mientras se bebían el consomé, Grace, fortalecida por la poco habitual disposición de la condesa a ayudarla con la venta benéfica, decidió entretenerlos con novedades familiares.

—Emma espera otro hijo.

—Qué alegría. Le escribiré. —Caroline asintió con la cabeza.

Emma tenía cinco años más que su hermano John. Era una mujer agradable, bastante más que el resto de la familia, e incluso a Caroline le complacía oír una buena nueva suya. Se había casado con un terrateniente local, sir Hugo Scott, baronet, y llevaban esa existencia intachable y poco imaginativa a la que habían estado destinados desde un primer momento. La primogénita de Emma, una niña llamada Constance, había nacido puntualmente nueve meses después de la boda y a partir de entonces Emma había tenido un hijo cada año. Este sería el quinto. Hasta el momento había traído al mundo tres hijas sanas, pero solo un varón.

—Creemos que nacerá en otoño, aunque Emma no está muy segura. —Grace dio un sorbo de consomé—. Hugo espera que esta vez sea un niño. Un heredero y un repuesto, no deja de decir. —Rio bastante contenta pero, cuando dejó la cuchara en la sopa y vio la expresión de Caroline, guardó silencio.

Pero Caroline no estaba enfadada. Estaba aburrida. Había perdido la cuenta del número de veces que Grace o Stephen la habían obsequiado con historias de sus muchos y ruidosos nietos. No estaba segura de si su intención era herirla, o si carecían de tacto sin más. Peregrine siempre era de la opinión de que se mostraban deliberadamente desagradables, pero Caroline se inclinaba más a considerarlos estúpidos. Estaba convencida de que Grace era demasiado corta de entendimiento para comportarse de manera tan malévola.

El criado retiró los platos en silencio. Estaban acostumbrados a que lord Brockenhurst no se esforzara demasiado cuando se trataba de hablar de cosas sin importancia durante un almuerzo, o de hecho a ninguna hora, y en compañía de su hermano siempre se mostraba más taciturno de lo habitual. Habiendo empleado considerable energía durante su juventud en revitalizar la heredad, perdió todo interés por ella cuando murió su hijo, y en los últimos años tendía a pasar cada vez más tiempo a solas en su biblioteca.

—Me preguntaba, querido hermano —dijo Stephen dando un sorbo de clarete—, si podría hablar contigo en privado después de comer.

—¿En privado? —inquirió Peregrine reclinándose en su silla—. Todos sabemos qué quiere decir eso. Quieres hablar de dinero.

—Bueno. —Stephen carraspeó. La cara pálida y sudorosa le brillaba a la luz del sol que entraba a raudales por las ventanas. Se pasó los dedos por el alzacuellos como si quisiera aflojarlo—. No queremos aburrir a las damas. —Le fallaba la voz. Cómo odiaba estar en aquella situación. Su hermano sabía muy bien lo que quería, lo que necesitaba, y pensar que encontrarse en semejante aprieto se debía únicamente a una cuestión de tiempo, a la mala suerte. ¿Cómo podía describirse si no haber nacido solo dos años después que el apuesto y en otro tiempo popular Peregrine? ¿Por qué se veía obligado a soportar tanta humillación?

—Bueno, parece que no te importa aburrirme a mí. —Peregrine se sirvió un poco de oporto y pasó el decantador.

—Si pudiéramos…

—Venga, suéltalo.

—Lo que le está pidiendo mi padre es un préstamo a cuenta de mi futura herencia —dijo John mirando fijamente a su tío.

Peregrine rio.

—¿Tu herencia o la suya?

Quedaba claro que John no esperaba que su padre sobreviviera a su tío, ni tampoco lo pensaba nadie de los presentes.

—Nuestra herencia —rectificó John sin inmutarse.

Peregrine tuvo que admitir que el joven iba acicalado, bien vestido y con la apariencia, de los pies a la cabeza, del heredero que estaba destinado a ser. El problema era que no le caía simpático.

—Dirás que quiere otro préstamo a cuenta de la herencia.

—Muy bien. Otro préstamo. —John le sostuvo la mirada a su tío. No se amilanaba con facilidad.

Peregrine dio un sorbo de oporto.

—Me temo que mi hermanito ya le ha hincado bastante el diente a su futura herencia.

Stephen odiaba que le llamaran «hermanito». Tenía sesenta y seis años. Tenía dos hijos vivos y pronto cinco nietos. Estaba furioso.

—Coincidirás conmigo en que el honor de la familia exige que guardemos las apariencias. Es nuestro deber hacerlo.

—No coincido en absoluto —replicó Peregrine—. Debes vivir decentemente, en eso estoy de acuerdo, como debería vivir un vicario rural. Pero más allá de eso, toda ostentación por parte de un hombre de iglesia es algo que la gente ni espera ni aprueba. No puedo evitar preguntarme en qué te gastas el dinero.

—En nada que mereciera tu desaprobación. —Stephen pisaba terreno peligroso. Peregrine no aprobaría en absoluto el destino del dinero, de conocerlo—. Nos has dado dinero en el pasado.

—Muchas veces. Demasiadas.

Peregrine negó con la cabeza. Así que por eso había sugerido su hermano aquel almuerzo. Como si no fuera de esperar.

La situación empezaba a ser tensa y Caroline decidió tomar el control.

—Contadme más cosas de Maria Grey. —En cierta medida parecía bastante sorprendida—. Tenía entendido que acaba de presentarse en sociedad.

Grace se sirvió una chuleta de cordero.

—No, no. Fue hace dos años. Ahora tiene veintiuno.

—Veintiuno… —dijo Caroline y parecía algo nostálgica—. Cómo pasa el tiempo. Me sorprende que lady Templemore no me haya dicho nada.

La madre de Maria Templemore y ella tenían amistad desde hacía años.

—Quizá estaba esperando a que la cosa estuviera decidida —contestó Grace con una sonrisa—. Y ya lo está. Se han prometido.

Consciente o inconscientemente, el tono de lady Brockenhurst estaba dando a entender al resto de comensales que aquel enlace le parecía algo bastante improbable.

La sonrisa de Grace era más firme cuando dejó el cuchillo y el tenedor en la mesa.

—Quedan por aclarar uno o dos detalles, pero después lo anunciaremos como es debido.

Caroline pensó en la joven bonita e inteligente que conocía y en su sobrino pomposo y despótico y a continuación, sin poderlo evitar, en su maravilloso hijo que yacía frío bajo tierra.

—Así que necesitamos, quiero decir, John necesita fondos —dijo Stephen con una mirada agradecida a su mujer. Había hecho bien en jugar esa carta. Peregrine no podría negarles el dinero. La familia quedaría en mal lugar si se sabía que Peregrine hacía pasar penalidades a su heredero. Porque además las condesas hablarían del asunto entre ellas casi inmediatamente.

Por fin, cuando hubieron terminado el pudín de pasas y el sorbete de limón, bebido café en el salón, y paseado por los jardines, Stephen, John y Grace se marcharon. Habían conseguido dinero suficiente para pagar a sus sastres y para saldar otras deudas que Stephen no había mencionado. Peregrine se retiró a la biblioteca.

Cuando se sentó junto al fuego en un butacón de cuero para leer a Plinio, lo hizo con pesadumbre. Prefería al Viejo que al Joven, porque le gustaba leer sobre hechos históricos y científicos; pero aquella tarde las palabras no saltaban de la página para cobrar vida, sino que se desdibujaban ante sus ojos. Había leído el mismo párrafo tres veces cuando entró Caroline.

—Has estado muy callado durante el almuerzo. ¿Qué pasa? —preguntó.

Peregrine cerró el libro y permaneció en silencio un instante. Paseó la vista por la habitación, por la hilera de retratos sobre los estantes de caoba, hombres de aspecto serio con peluca, mujeres enfundadas en vestidos de satén, sus antepasados, su familia, que le habían dado su sangre, a él, el último de una estirpe. Luego miró a su mujer.

—¿Cómo es que mi hermano, un hombre que jamás ha dicho ni hecho nada que tenga el más mínimo valor, ha vivido para ver a sus hijos casados y a sus nietos reunidos a su alrededor?

—Ay, querido. —Caroline se sentó a su lado y le puso una mano en la delgada rodilla.

—Discúlpame —dijo Peregrine negando con la cabeza mientras se ruborizaba—. Estoy portándome como un viejo tonto. Pero a veces no puedo evitar indignarme por lo injusto que es todo.

—¿Y crees que yo no?

Peregrine suspiró.

—¿No te preguntas nunca cómo sería ahora? Estaría casado, por supuesto, y bastante más entrado en carnes. Tendría hijos inteligentes e hijas bonitas.

—Quizá tendría hijas inteligentes e hijos apuestos.

—La cuestión es que no está. Nuestro hijo, Edmund, se ha ido y Dios sabe que no comprendo por qué tenía que pasarnos a nosotros.

Peregrine Brockenhurst sufría de esa falta de naturalidad tan británica cada vez que tenía que hablar de sus emociones, que en ocasiones eran más fuertes que su capacidad oratoria. Cogió la mano de su mujer y la apretó. Tenía los ojos azul pálido llenos de lágrimas.

—Lo siento, querida. Estoy siendo un tonto. —Miró a su mujer con algo parecido a la ternura—. Supongo que no puedo evitar preguntarme qué sentido tiene todo. —Pero a continuación rio y recobró la compostura—. No me hagas caso —añadió—. Tengo que dejar de beber oporto. Siempre me hace sentirme desgraciado.

Caroline le acarició el dorso de la mano. Qué fácil habría sido contarle la verdad, decirle que tenía un nieto, un heredero de su misma sangre, si no de su posición social. Pero no conocía aún todos los hechos. ¿Le había contado la verdad Anne Trenchard? Tenía que investigar. Además, le había prometido a aquella mujer guardar silencio y Caroline era una dama que solía cumplir sus promesas.

La valeriana no parecía ser de ayuda para la terrible jaqueca de Anne. Era como si le hubieran abierto el cráneo en dos con un cuchillo de acero. Conocía la causa y, aunque era poco aficionada al melodrama, tuvo que reconocer que el solitario paseo de vuelta a Eaton Square después de su encuentro con lady Brockenhurst había sido uno de los más difíciles de su vida.

Temblaba de tal manera cuando llegó al número 110 que cuando llamó a la puerta de su propia casa no consiguió dar explicación coherente de su estado. Billy se había quedado perplejo cuando contestó al timbre. ¿Qué hacía la señora allí sola temblando como la gelatina? ¿Dónde estaba Quirk, el cochero? Fue todo de lo más desconcertante y motivo de encendidas discusiones en el comedor de servicio mientras esperaban a que les dieran de cenar, más tarde aquella noche. Pero nadie parecía más desconcertado que Anne mientras subía despacio la escalera hacia sus habitaciones.

—Estaba como atontada —dijo su doncella, Ellis, cuando se sentó a la mesa aquella noche—. Abrazando a la perra y meciéndose en la silla.

El paso del tiempo no había sido demasiado amable con Ellis. Después de los emocionantes días de Waterloo, cuando las calles de Bruselas rebosaban de apuestos soldados deseando charlar un rato con una bonita doncella, encontraba Londres demasiado tranquilo para su gusto. Hablaba de su amiga Jane Croft, la doncella de la señorita Sophia en los viejos tiempos, a la que ahora le iba bien como ama de llaves en el campo, y siempre estaba amenazando con irse y probar algo parecido. Pero lo cierto era que sabía que sería una tontería marcharse. Suspiraba por un empleo en una casa más ilustre y le irritaba no trabajar para una familia con título, pero los Trenchard pagaban a sus sirvientes más que la mayoría de los aristócratas de los que tenía conocimiento, y la comida que servían en el piso de abajo era significativamente mejor que en cualquier otro sitio en el que hubiera estado. La señora Babbage disponía de un presupuesto adecuado y servía carne en casi todas las comidas.

—Tiene razón —convino Billy frotándose las manos al oler el aroma a estofado de carne con patatas que salía de una gran cazuela de cobre puesta en el centro de la mesa—. A ver, ¿dónde se ha visto que la señora de una casa vague sola por las calles de esa manera? Había ido a hacer algo a escondidas del señor, eso sin duda.

—¿Crees que tiene un amante? —dijo entre risas una de las doncellas.

—¡Mercy, a tu habitación!

La señora Frant estaba en la puerta, los brazos en jarras, vestida con una camisa negra de cuello alto, falda también negra y un camafeo verde pálido prendido a la altura de la garganta. Solo llevaba tres años trabajando para los Trenchard, pero había servido el tiempo suficiente como para saber que tenía un empleo que merecía la pena conservar, así que no toleraba ninguna clase de tontería en el piso de abajo.

—Perdón, señora Frant, es que...

—Es que te vas arriba sin cenar y, si oigo una sola palabra más, mañana estarás despedida y sin referencias.

La chica se sorbió la nariz pero desistió de intentar defenderse. Cuando se marchó a toda prisa, la señora Frant ocupó su sitio en la mesa.

—Y ahora vamos a conversar educadamente, pero no sobre las personas que nos emplean.

—Aun así, señora Frant —dijo Ellis, que estaba ansiosa por demostrar que no se consideraba a las órdenes del ama de llaves—. La señora no suele necesitar valeriana para una jaqueca. No la he visto tan indispuesta desde que la señorita Sophia y ella fueron a visitar a aquella sobrina enferma en Derbyshire.

Las dos mujeres intercambiaron una mirada de lo más penetrante.

A falta de una explicación, James Trenchard tuvo que contentarse con hacer conjeturas sobre por qué su mujer se había acostado y pedido que le subieran la cena en una bandeja. Supuso que tendría algo que ver con Charles Pope y su negativa a permitir a Anne que hiciera partícipe de su existencia a lady Brockenhurst, y aunque no había cambiado de opinión al respecto, estaba ansioso por reconciliarse con su mujer en cuanto le fuera razonablemente posible. Así que cuando vio la tarjeta entre las cartas que habían llegado en el correo de la tarde invitándola a una recepción en Kew Gardens, decidió que se la subiría sin más dilación, con la esperanza de que la animara. A Anne le gustaba mucho la jardinería y era una benefactora entusiasta de Kew, como James sabía muy bien.

—Puedo acompañarte —sugirió alegre mientras la veía dar la vuelta a la carta en las manos. Estaba recostada en almohadas y con aspecto más bien lánguido, pero también interesada. Se daba cuenta.

—¿A Kew? —contestó Anne—. Pero si no te gusta recorrer caminando ni el largo de los jardines de Glanville si puedes evitarlo.

Sin embargo sonreía.

—A Susan igual le apetece ir.

—A Susan no le gustan las flores y es incapaz de ver belleza en nada a no ser que reluzca en el escaparate del señor Asprey. La semana pasada me obligó a llevarla a ver la nueva tienda. No sabes lo que me costó conseguir que se subiera al coche de vuelta.

—Lo supongo. —James asintió con una sonrisa—. Lo que me recuerda una cosa. Desde nuestra conversación durante la cena el otro día me he estado preguntando si no debería dejar a Oliver participar más en el negocio. De momento no hace más que chapotear un poco por la orilla, y tal vez necesite que lo guíen. Mañana tengo una reunión con William Cubitt sobre el proyecto de la isla de los Perros y si Oliver quiere participar, como dio a entender, he pensado que puedo intentar proponerle la idea.

—Pero ¿crees que lo decía de verdad? —replicó Anne—. No parece la clase de proyecto que pueda interesar a Oliver.

—Quizá debería ser menos puntilloso con lo que le interesa. —James no había tenido intención de saltar, pero el desdén que Oliver parecía sentir por el comercio y el trabajo duro le irritaba.

—Bueno, supongo que no pasa nada por intentarlo —convino Anne—. Pregúntaselo.

No era la reacción que había esperado James. Pedir a William Cubitt que le diera a su hijo una participación en el negocio, un negocio respecto al que Oliver había demostrado una aptitud y un interés escasos, sería toda una imposición. A pesar de lo lucrativo de su sociedad, era un acto audaz.

Anne se daba cuenta de su preocupación y la compartía, pero de alguna manera no encontraba fuerzas para oponerse. Siempre se había enorgullecido de su habilidad para comprender las situaciones; se le daba bien interpretar a las personas y siempre mantenía las cartas bien pegadas al pecho. No era una de esas mujeres tontas que empiezan a decir indiscreciones después de una copa de champán. Siendo así, ¿en qué había estado pensando cuando le contó la verdad a lady Brockenhurst? ¿Se había dejado intimidar por la condesa? ¿O es que llevaba demasiado tiempo cargando sola con ese peso? Con todo, lo cierto era que había desvelado un secreto de magnitud inimaginable, un secreto que podía causar daños ilimitados, a una completa desconocida, a una mujer de la que sabía poco o nada, y que, al hacerlo, había dado munición a lady Brockenhurst para destruir a Anne y a toda su familia. La pregunta era: ¿haría uso de ella? Llamó a Ellis para que sacara a Agnes a dar su paseo vespertino.

Al día siguiente James se marchó temprano. Por lo general pasaba a ver a su mujer antes de irse, pero esta había dormido tan mal que en mitad de la noche se había tomado una poción y probablemente no se levantaría hasta mediodía. Aun así, no estaba demasiado preocupado. Fuera lo que fuera se le pasaría. Le preocupaba más su entrevista con William Cubitt. Tenía que ir a sus oficinas, terminar el trabajo de la mañana y reunirse con él a las doce.

Cubitt había elegido el Athenaeum para el encuentro y James estaba decidido a llegar pronto para poder echar un vistazo al lugar. Había oído que el club había relajado un poco sus requisitos de membresía —andaba escaso de fondos— y había solicitado entrar. James no era socio de ningún club para caballeros y eso le fastidiaba.

Cuando llegó al 107 de Pall Mall admiró las imponentes columnas en la fachada del edificio e incluso cruzó la calle para ver el homenaje al friso del Partenón en la parte superior. Era difícil creer que Decimus Burton tuviera solo veinticuatro años cuando proyectó aquel lugar.

Cuando entró y le dio sus guantes y su bastón al camarero se preguntó ansioso a quién podría preguntar sobre su solicitud. Había pasado ya tiempo y no había recibido noticias. ¿Tal vez la habían rechazado? Pero en ese caso ¿no se lo habrían dicho? Qué tedioso resultaba todo. Recorrió con la vista el enorme vestíbulo con su espléndida escalera imperial que en el primer rellano se dividía a ambos lados del amplio espacio para continuar hacia el piso de arriba.

—¡James! —dijo William levantándose de un salto para saludar a su amigo—. Me alegro de verte. —Delgado, con una cabeza de abundante pelo gris, William Cubitt tenía un semblante amable y despierto, con ojos grandes e inteligentes que entrecerraba cuando escuchaba algo con atención—. ¿Has visto el nuevo Reform Club de camino hacia aquí? ¿No es una maravilla? Qué tipo más listo, ese Charles Barry. Lo que no me gusta tanto es su ambiente político—añadió levantando una ceja—. Lleno de liberales, siempre dispuestos a armar jaleo, pero, con todo y con eso, es un logro notable. —Al haber construido Covent Garden, Fishmongers' Hall, el pórtico de Euston Station y muchas otras cosas más, Cubitt siempre comentaba detalles en los que pocos reparaban—. ¿Te has fijado en el tratamiento del hierro en la fachada? De lo más audaz —observó pensativo—. Y las dimensiones. Hace palidecer al pobre Travellers Club. Bueno, ¿te apetece algo de beber? ¿Subimos a la biblioteca?

La biblioteca del club, una sala enorme que ocupaba casi todo el primer piso, con paredes cubiertas de estanterías que albergaban la espléndida colección de libros, avivó los deseos de James de ser parte de aquel lugar. ¿Con qué derecho le excluían? Tuvo que hacer un gran esfuerzo para concentrarse en la conversación pero al final se calmó y, mientras tomaban una copa de madeira, Cubitt y él se pusieron al día de planes, ideas y los cambios que tenía William pensados para «Cubitt Town».

—Le cambiaré el nombre —dijo reclinándose en su butaca—. Pero de momento se va a llamar así.

—Entonces, ¿la idea es ampliar el muelle, crear negocio local y construir viviendas para los que trabajen en las inmediaciones?

—Exacto. Hay cerámica, fabricación de ladrillos, cemento. Todos trabajos sucios, pero necesarios, y yo quiero ser quien los haga —comentó Cubitt—. Pero también nos interesa hacer casas para los contables y oficinistas, y con un poco de suerte convenceremos a algunos de los administradores de que se instalen allí, si conseguimos crear las áreas salubres suficientes. En resumen, quiero reinventar el lugar por completo y reconstruirlo para que sea una comunidad.

—Hay mucho trabajo —dijo James.

—Desde luego que lo hay. Primero hay que drenar el terreno, claro, pero eso ya lo sabemos hacer muy bien después de haber construido Belgravia, y tengo el presentimiento de que este proyecto nos va a reportar muchas satisfacciones.

—¿Crees que puede haber una vacante para Oliver? Es justo la clase de proyecto en el que le encantaría participar.

—James se esforzó por simular despreocupación.

—¿Oliver?

—Mi hijo. —James pudo sentir cómo se le quebraba la voz.

—Ah, ese Oliver. —Por un momento la conversación perdió animación—. Tal vez es que tarda en acostumbrarse al negocio, pero he tenido la impresión de que no le interesa demasiado la arquitectura —explicó William—. O la construcción, para el caso. No digo que me oponga a que trabaje con nosotros, entiéndeme, solo que las exigencias de un proyecto de esta envergadura quizá sean más de lo que esté dispuesto a asumir.

—No, no, está deseando participar —insistió James, tratando de disimular su incomodidad y sin dejar de pensar en los comentarios de Anne—. Está tremendamente interesado. Pero a veces no se le da bien… expresar su entusiasmo.

—Entiendo.

No podía decirse que William Cubitt pareciera convencido. James conocía a William y a su hermano mayor, Thomas, desde casi veinte años atrás y en aquel tiempo habían desarrollado una relación de confianza, no solo de socios, también de amigos. Los tres habían hecho mucho dinero y tenían mucho de que sentirse orgullosos, pero aquella era la primera vez que

James le pedía algo parecido un favor a uno de los hermanos y no le gustaba la sensación. Se frotó la sien derecha. En realidad eso no era cierto. El primer favor había sido pedirles que emplearan a Oliver. Era evidente que el joven no les había causado buena impresión y James estaba tentando a la suerte.

William entrecerró los ojos. A decir verdad estaba un poco desilusionado; no había esperado aquella petición. Conocía a Oliver desde que era poco más que un niño y en el tiempo que llevaba trabajando para la compañía no le había hecho una sola pregunta sobre los proyectos de construcción en Bloomsbury o Belgravia ni sobre ninguno de los anteriores contratos. Había trabajado siempre en las oficinas. Más o menos. Pero sin aparente entusiasmo, ni siquiera interés. Dicho esto, William le tenía afecto a James Trenchard. Era un hombre listo, tenaz, trabajador y completamente de fiar. En ocasiones podía ser pomposo y su insaciable ambición por ascender socialmente a veces le hacía parecer ridículo, pero nadie está exento de debilidades.

—Muy bien. Buscaré la manera de que pueda participar —dijo Cubitt—. Creo que es importante que las familias trabajen juntas. Mi hermano y yo llevamos años haciéndolo, así que ¿por qué no vas a hacer tú lo mismo con tu hijo? Lo sacaremos de las oficinas y lo llevaremos a la obra. Los buenos administradores siempre son necesarios. Dile que venga a verme el lunes y le pondremos a trabajar en el proyecto de la isla de los Perros. Tienes mi palabra.

Alargó la mano y James la estrechó con una sonrisa. Pero se sentía menos satisfecho del resultado de aquella conversación de lo que le habría gustado.

Una vez recuperada, habría sido necesario algo como el tifus para impedir a Anne asistir a la reunión en Kew. Los jardines se habían abierto al público el año anterior, en 1840, en gran medida debido al entusiasmo del duque de Devonshire que, como presidente de la Real Sociedad de Horticultura, había estado en el corazón mismo del proyecto. Contó con el apoyo del creciente interés por la jardinería en todo el país. En la década de 1840 la jardinería se antojaba la perfecta afición para ingleses de todas las clases. Anne Trenchard había sido una de las principales mecenas del proyecto, lo que sin duda explicaba su inclusión en la lista de invitados. A pesar de que le preocupaban lady Brockenhurst y su falta de soltura cuando acudía a algún acto social siguiendo instrucciones de James, se trataba de un acontecimiento que le hacía verdadera ilusión.

La jardinería no era un mero pasatiempo para Anne, era su pasión, su obsesión. Había empezado a interesarse por todo lo relativo a la horticultura justo después de la muerte de Sophia. Y le había resultado terapéutico cuidar y estudiar las flores, que parecían proporcionarle una suerte de paz. James la había animado sin saberlo una tarde que se encontró un libro extremadamente raro y caro en Bloomsbury, *Jardinero de ciudad*, de Thomas Fairchild, publicado en 1722, y desde entonces continuaba ampliando su biblioteca.

Pero la compra de Glanville en 1825 era lo que de verdad había avivado su entusiasmo. Aquella casa solariega isabelina destartalada tenía algo que Anne adoraba, y nunca se sentía más feliz que enfrascada en alguna conversación con Hooper, su jardinero jefe. Juntos volvieron a plantar árboles frutales, organizaron un huerto espléndido que ahora proporcionaba hortalizas a la casa y a toda la heredad y recrearon las terrazas abandonadas siguiendo, por un lado, las modas de jardines abiertos del siglo anterior y recuperando las formas originales y los setos del periodo en que había sido construida la casa, por otro. Incluso mandó hacer un invernadero, en el que había conseguido cultivar membrillos y melocotones. Estos últimos eran escasos, pero fragantes y de formas perfectas, y el año anterior había encargado a Hooper que los presentara en la exhibición de la Real Sociedad de Horticultura en Chiswick.

Naturalmente, con los años había hecho amistades en la fraternidad jardinera y entre ellas estaba Joseph Paxton, un principiante de talento cuando Anne lo conoció, con ideas extraordinarias y casi revolucionarias. Le había hecho mucha ilusión que Paxton le pidiera que trabajara con él en los jardines del duque de Devonshire en su villa a las afueras de Londres, Chiswick House. Más complacida todavía estuvo cuando Paxton se mudó a Chatsworth, al gran palacio que el duque tenía en Derbyshire, donde había sido responsable de supervisar la construcción de un invernadero de cien metros de longitud. Claro que Anne no conocía personalmente al duque, pero en tanto presidente de la Real Sociedad de Horticultura estaba claro que compartía la pasión de Anne por la jardinería.

A Paxton era a quien tenía la esperanza de ver aquel día en Kew. Había llegado armada de preguntas sobre sus membrillos, puesto que Paxton lo sabía todo sobre cultivar en un recinto acristalado. Cuando llegó, había ya mucha gente en los jardines. Cientos de mujeres vestidas de bonitos tonos pastel con sombreros y parasoles paseaban por las avenidas de césped admirando los arriates y senderos nuevos diseñados para dar cabida al siempre creciente entusiasmo de las multitudes que salían de Londres en tropel en días soleados. Anne se dirigía hacia el invernadero de naranjos cuando encontró al hombre que buscaba.

—Señor Paxton, tenía la esperanza de encontrarle aquí. —Le tendió la mano.

—Señora Trenchard —contestó él con una ancha sonrisa—. ¿Cómo está? ¿Y qué tal sus famosos melocotones?

—Qué buena memoria —dijo Anne, y pronto se pusieron a hablar sobre los pormenores del membrillo y lo difícil que era conseguir que diera frutos con un tiempo tan antipático, y lo que se encontrarían los jueces si Anne se decidiera a presentarlos al concurso de la Real Sociedad de Horticultura. De hecho, estaban tan absortos que ninguno vio acercarse a dos personas de porte distinguido.

—Por fin le encuentro, Paxton —exclamó el duque de Devonshire—. Le he buscado por todas partes. —Era un hombre alto y elegante con pelo oscuro, nariz alargada y grandes ojos almendrados que irradiaban buen humor—. ¿Se ha enterado de la noticia?

—¿Qué noticia, excelencia? —contestó Paxton.

—Han sacado todos los cítricos del invernadero. —Estaba claro que se trataba de una noticia sorprendente—. ¿Puede creerlo? Al parecer es demasiado oscuro. Lo han construido donde no debían, no contaron con su ayuda para planearlo. —Sonrió y se giró con amabilidad hacia Anne, claramente esperando ser presentado. En aquel momento Anne se fijó en la acompañante del duque, que la miraba desde debajo del ala del sombrero.

—Excelencia, milady —dijo Paxton dando un paso atrás—. Permítanme que les presente a una jardinera entusiasta y miembro reconocido de la Sociedad, la señora Trenchard.

—Es un placer, señora Trenchard —contestó el duque con una inclinación cortés de cabeza—. Ya había oído hablar de usted. Entre otros a Paxton. —Miró a la mujer que estaba a su lado—. ¿Me permite…?

—La señora Trenchard y yo ya nos conocemos —dijo lady Brockenhurst con una mirada carente de toda expresión.

—¡Excelente! —exclamó el duque mientras miraba primero a una y luego a la otra con el ceño algo fruncido. No entendía cómo su amiga, lady Brockenhurst, podía conocer a aquella mujer, pero se alegraba de ello—. ¿Quieren que vayamos a inspeccionar lo que han hecho con el invernadero de naranjos?

Se puso en marcha con paso vivo y Paxton y las dos mujeres le siguieron. El duque no podía saberlo, pero su orgullosa acompañante era presa de una excitación que le oprimía el estómago. Aquella era su oportunidad.

—Señora Trenchard —dijo la condesa—. El hombre del que estuvimos hablando el otro día…

Anne tenía el corazón en la boca. ¿Qué se suponía que debía decir? Pero el secreto había salido a la luz. ¿Por qué simular que era de otra manera?

—¿Charles Pope? —Su voz sonó un poco ronca, algo por otra parte fácil de entender.

Lady Brockenhurst asintió con la cabeza.

—Ese mismo. Charles Pope.

—¿Qué ocurre con él? —Anne miró hacia las familias, los hombres tomando apuntes en cuadernos de bolsillo, las mujeres tratando de controlar a sus hijos y, como a veces le ocurría en situaciones así, se preguntó cómo podían todos vivir sus vidas como si nada extraordinario estuviera sucediendo a pocos metros de ellos.

—Se me ha olvidado dónde vive, este señor Pope. —Para entonces Paxton las miraba. Algo en el tono de sus voces le transmitía que estaba asistiendo a alguna clase de revelación, que se estaban preguntando y desvelando secretos. Anne reparó en su curiosidad y deseó poder saciarla.

—No estoy segura de la dirección.

—¿Y qué hay de la de los padres?

Por un momento Anne consideró marcharse, disculparse ante los demás, fingir dolor de cabeza, desmayarse incluso. Pero lady Brockenhurst no estaba dispuesta a permitir algo así.

—Recuerdo que el padre era pastor.

—El reverendo Benjamin Pope.

—Eso es. No ha sido tan doloroso, ¿verdad? —La fría sonrisa de lady Brockenhurst podría haber congelado la nieve—. ¿Y el condado?

—Surrey. Pero es todo lo que le puedo decir. —Anne estaba desesperada por escapar de aquella mujer que tenía sus destinos en la palma de la mano—. Charles Pope es el hijo del reverendo Benjamin Pope, que vive en Surrey. Y basta.

Y resultó que sí bastaba.

A Caroline Brockenhurst no le llevó mucho tiempo localizar a su nieto. Como todos los miembros de su clase, tenía muchas amistades y conocidos en el clero y había muchas personas dispuestas a ayudarla a encontrar a ese joven que, pronto tuvo ocasión de comprobar, se estaba labrando una reputación en la City. Descubrió que era ambicioso, que tenía planes. Había comprado una fábrica textil en Manchester y estaba buscando un proveedor fijo de algodón en bruto para expandir su producción, tal vez en el subcontinente indio o en otra parte. En cualquier caso, era un hombre activo, lleno de ideas y emprendedor. Solo necesitaba más inversores. Al menos ese fue el resultado de sus pesquisas.

Cuando lady Brockenhurst llamó a la puerta de la oficina de Charles Pope se sentía inesperadamente tranquila. Había empleado un tono de lo más natural cuando habló con su cochero, Hutchinson, dándole instrucciones de que la llevara a una dirección en Bishopsgate. Le había dicho que esperara y que media hora bastaría. Tal y como lo imaginaba, el encuentro sería breve. No había pensado demasiado en los detalles ni ensayado lo que diría. Era casi como si no se atreviera a creer que la historia que le había contado esa mujer, Trenchard, fuera cierta. Después de todo, ¿por qué iba a serlo?

—¿La condesa de Brockenhurst? ¿Que está aquí?

El joven saltó de su silla cuando el oficinista abrió la puerta y anunció el nombre. Allí estaba, en la puerta, frente a él.

Por un momento Caroline quedó paralizada. Miró fijamente la cara del joven: sus rizos oscuros, sus ojos azules, su nariz perfecta, su boca cincelada. Era la cara de su hijo, Edmund renacido, más campechano quizá, más afable sin duda, pero al fin y al cabo su querido Edmund.

—Busco al señor Charles Pope —dijo, sabiendo de sobra que lo tenía delante.

—Yo soy Charles Pope. —El joven sonrió y caminó hasta ella—. Pase, por favor. —Hizo una pausa y frunció el ceño—. ¿Se encuentra bien, lady Brockenhurst? Tiene aspecto de haber visto un fantasma.

En realidad era su culpa, pensó, mientras Charles la ayudaba a sentarse al otro lado de la mesa, frente a él. Debería haberse preparado para aquello, en lugar de concertar una cita llevada por un impulso, con el pretexto de querer invertir en su negocio. Habría sido más fácil de estar allí Peregrine. Aunque entonces quizá habría llorado, y ya había derramado lágrimas suficientes para toda una vida. Además, había querido asegurarse antes. Él le ofreció un vaso de agua y lo aceptó. No se había desmayado exactamente, pero desde luego las piernas le habían flaqueado por la conmoción. Pues claro que el hijo de Edmund se parecía a Edmund. ¿Cómo no lo había pensado? ¿Cómo no se había preparado para algo así?

—Bien —dijo por fin—. Cuénteme un poco de dónde es usted.

—¿De dónde soy? —El joven pareció desconcertado. Había supuesto que iba a hablar de su proyecto de negocio con la condesa. No estaba del todo seguro de cómo lo había conocido, a él y su fábrica textil, pero sabía que estaba bien relacionada y desde luego era lo bastante rica como para invertir en ella—. No tengo una historia muy interesante —continuó—. Soy de Surrey, hijo de un vicario.

—Entiendo. —Se estaba poniendo a sí misma en una situación difícil. ¿Qué podía decir ahora? ¿Cómo podía justificar que conocía de antemano sus circunstancias? Pero él se tomó la pregunta al pie de la letra, sin cuestionarse sus razones para hacerla.

—En realidad mi verdadero padre murió antes de que yo naciera. Así que su primo, el reverendo Benjamin Pope, me crio. Le considero mi padre, pero por desgracia tampoco vive ya.

—Lo siento. —Caroline casi se estremeció por el dolor que las palabras del joven le causaban. Escuchó con atención a su nieto. Qué extraño se le hacía oírle hablar de un oscuro vicario rural como su padre. ¡Si supiera quién había sido su padre en realidad! Deseaba hacerle una pregunta detrás de otra, sobre todo por seguir oyendo su voz, pero ¿qué podía decir? Era como si la asustara pensar que, si ponía fin a aquel encuentro, tal vez se levantara al día siguiente y se encontrara con que él, Charles Pope, ya no existía, nunca había existido y todo había sido un sueño. Porque aquel joven era todo lo que había esperado que fuera un nieto suyo.

Por fin, después de prometer que invertiría una suma considerable en su plan, llegó la hora de irse. Caminó hasta la puerta y una vez allí se detuvo.

—Señor Pope —dijo—. Este jueves doy una recepción. Por lo general recibo el segundo jueves de cada mes durante la temporada, y me preguntaba si le gustaría asistir.

—¿Yo? —Si antes había estado desconcertado, ahora estaba atónito.

—Empieza a las diez. Para entonces habremos cenado ya, pero habrá una sobrecena a medianoche, así que no es necesario venir comido, si no quiere.

Charles no pertenecía ni de lejos a la alta sociedad, pero sabía lo bastante de ella para darse cuenta de que aquello era un cumplido enorme. ¿Cómo podía ser él el objeto de tamaño honor?

—No acabo de comprender…

—Señor Pope, le estoy invitando a una fiesta el jueves. ¿Tan desconcertante le resulta?

No carecía de espíritu aventurero. Sin duda la explicación terminaría por llegar.

—Será un placer, milady —dijo.

Cuando el criado con librea llegó a Eaton Square con una invitación para el señor y la señora Trenchard a una velada ofrecida por la condesa de Brockenhurst, el secreto no duró mucho tiempo. Anne habría querido esperar a que James volviera a casa para hablarlo con él. No tenía ningún deseo de ir a la casa de aquella mujer. ¿Y por qué los habrían invitado? Lady Brockenhurst había dejado muy claros sus sentimientos en Kew Gardens. La condesa era altiva, desagradable, y Anne no quería saber nada más de ella. Pero era una invitación que a James le resultaría difícil declinar. Los Brockenhurst eran justo la clase de personas con las que su marido ardía en deseos de relacionarse. Antes de que pudiera seguir pensando en ello, llamaron a la puerta.

—¿Madre? —Susan entró con una bonita sonrisa en su bonita cara, sus intenciones tan transparentes como el cristal. Se inclinó para acariciar a la perrita, algo que siempre la delataba—. ¿Lo he entendido mal o han recibido una invitación a cenar de la condesa de Brockenhurst? —preguntó agitando los rizos, un gesto seguramente pensado para transmitir un encanto aniñado al que su suegra era completamente inmune.

—A cenar no, a una recepción después de cenar, aunque me atrevo a decir que seguro que dan algo de comer más tarde —contestó Anne—. Pero no estoy segura de si iremos.

Sonrió y esperó a que Susan actuara. La pobrecita era tan predecible…

—¿No van a ir?

—Apenas la conocemos. Y es difícil entusiasmarse con algo que empieza tan tarde.

Susan torció el gesto casi como si la estuvieran torturando.

—Pero...

—¿Qué es lo que quieres preguntarme, querida?

—Pues pensaba que tal vez... nos habían incluido en la invitación.

—Pero no es así.

—Por favor, no me haga suplicar. Después de todo, Oliver y yo vivimos en la misma casa que ustedes. ¿No deberíamos participar de su vida social? ¿Tan difícil sería preguntarlo?

—Lo que quieres decirme es que estás decidida a que vayamos.

—Padre cree que deberían. —Susan había recobrado el ánimo. Aquel era un buen argumento. James no le permitiría declinar la invitación y Anne sabía que no tendría descanso hasta que no les pidiera a Oliver y a ella que los acompañaran. Sencillamente, resistirse no merecía la pena.

Así que aquella noche Anne se sentó ante su secreter, cogió su pluma y escribió una respuesta a lady Brockenhurst solicitando, con la mayor de las cortesías, que su hijo y su esposa, Susan, pudieran asistir a la velada con ellos. Mientras cogía la cera para sellar el sobre era consciente de que su petición sería considerada descarada, vulgar posiblemente, pero también de que lady Brockenhurst no se negaría.

Lo que Anne no se esperaba era el mensaje que llegó acompañando la respuesta. Cuando lo recibió, la carta se le cayó al suelo. El corazón le latía tan deprisa que apenas podía respirar. Tuvo que releerla. En el sobre, además de una tarjeta de invitación a nombre del señor Oliver Trenchard y señora, había una nota, que decía solo:

«También he invitado al señor Charles Pope».

.4.

Velada en Belgrave Square

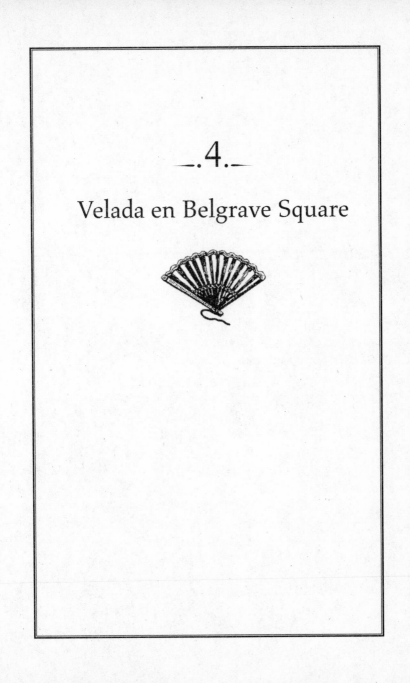

*E*ran casi las diez. A Anne Trenchard le temblaban las manos y tenía un nudo en el estómago por la emoción. Se miró en el espejo, deseando en silencio que Ellis se diera prisa en darle los últimos toques a su peinado. Llevaba tiara y algunas horquillas se le clavaban en el cuero cabelludo. Antes de que terminara la velada tendría dolor de cabeza. De eso no había duda.

Miró hacia el reloj dorado de la repisa de la chimenea. Dos querubes de semblante más bien ceñudo sostenían la esfera. Belgrave Square estaba a menos de cinco minutos en coche. Sería descortés llegar mucho antes de a y media, pero no estaba segura de poder esperar tanto.

Era inusual que Anne se ilusionara por cualquier tipo de compromiso social. Pero más inusual era estar a punto de conocer a un nieto de veinticinco años.

¿Decía la verdad la nota de lady Brockenhurst? Anne no conseguía convencerse de que así fuera. ¿Cómo sería?, se preguntaba mientras se ajustaba su brazalete de diamantes. Había tenido ojos azules, iguales a los de Sophia, pero todos los niños nacían con ojos azules, así que quizá le habían cambiado. Recordaba su olor, cálido y dulce, a leche, sus piernecitas robustas, sus rodillas con hoyuelos y la fuerza de su mano diminuta. También recordó todas las emociones que había atravesado: la ira y la tristeza terrible, dolorosa, cuando se lo llevaron de su lado. Cómo podía un ser humano tan pequeño e indefenso despertar tales sentimientos era algo incomprensible. Levantó a Agnes de su posición de espera a los pies de su ama. Había algo reconfortante en su amor incondicional, ¿o era solo la necesidad de ser alimentada lo que la hacía ser fiel? Sintiéndose culpable por dudar de ella, Anne besó a la perra en el hocico.

—¿Estás preparada? —preguntó James asomando su calva incipiente por la puerta—. Susan y Oliver están en el vestíbulo.

—No queremos llegar los primeros. —Pero Anne sonrió ante el entusiasmo de su marido; no había nada que disfrutara James más que una noche de esplendor, y pocas cosas en el mundo había más espléndidas que las recepciones de Brockenhurst.

—No vamos a ser los primeros. Habrán tenido muchos invitados a cenar.

Lo que era cierto. Ellos estaban en la segunda «grada» de *invités.* Anne sabía que James habría dado su alma por figurar entre los invitados a cenar, pero estaba demasiado ilusionado para dejar que eso le arruinara la noche. Era extraño cómo parecía haber olvidado, llevado por su deseo de ser recibido en Brockenhurst House, la naturaleza del lazo que unía a las dos familias. Al parecer debían comportarse como si tal vínculo no existiera, como si no hubiera habido nunca un niño. Claro que saldría de su olvido si Charles Pope estaba presente, pero no tenía sentido inquietarle ahora. Se puso de pie.

—Muy bien. Ellis, ¿me daría mi abanico, por favor? El Duvelleroy nuevo.

A pesar de lo generoso del presupuesto de James, a Anne le interesaba poco la moda, y los abanicos eran uno de los pocos lujos que se permitía. De hecho tenía una colección notable. El Duvelleroy era uno de los mejores. Pintado a mano y de confección exquisita, lo reservaba para ocasiones especiales. Ellis se lo dio. Estaba decorado con una escena pintada de la nueva familia real francesa que una revolución ocurrida una década antes había llevado al trono. Miró al rey regordete y anciano. ¿Hasta cuándo se aferraría a esa corona llena de complicaciones y resbaladiza?, se preguntó. Y ella, ¿cuánto tiempo sería capaz de guardar su secreto? ¿Cuánto tiempo les seguiría sonriendo la fortuna antes de que todo se derrumbara a su alrededor?

La impaciencia de James interrumpió sus ensoñaciones.

—Los caballos van a coger frío.

Anne asintió con la cabeza, se pegó el abanico al pecho y trató de dominar sus nervios mientras seguía el paso vivaz de su marido en dirección a la escalera. Deseaba, rezaba por que comprendiera lo que la había impulsado a romper el silencio. No había tenido elección, se dijo. Tal vez, con el tiempo, la perdonaría. Se había equivocado al pensar que James se había olvidado de Sophia y Bellasis, se dio cuenta de ello al terminar de bajar la escalera cuando su marido se volvió hacia ella y le dijo:

—No olvides —le apoyó con suavidad una mano en la manga— que no debes hacer mención alguna del otro asunto. Lo prohíbo terminantemente.

Anne dijo que sí con la cabeza pero sintió una opresión en el pecho. Sin duda, cuando les presentaran al señor Pope, James sabría que se había desvelado el secreto. Por enésima vez tuvo el corazón dividido entre el enfado y un cosquilleo de emoción.

Se dio cuenta de que no era la única nerviosa. Susan estaba bastante más animada de lo habitual. Llevaba el pelo castaño rojizo recogido y un aderezo de collar, pulsera y pendientes de perlas. Pero, sobre todo, había cambiado su habitual mohín por una sonrisa. Por fin su asedio a la ciudadela había tenido éxito y saltaba a la vista que tenía intención de disfrutarlo al máximo. Había pasado tres días con su modista dando los toques finales a su atuendo. Quizá era un poco demasiado *jeune fille* para una mujer casada, pero Anne tuvo que reconocer que estaba guapa.

—Qué bonito peinado —dijo con amabilidad. Estaba decidida a empezar la velada con buen pie, pero había hecho una mala elección. Susan llevaba estrellas de diamantes en el pelo y le quedaban bien, pero su semblante se nubló.

—No tengo tiara —contestó—. Si no me la habría puesto.

—Tendremos que ponerle remedio a eso —terció James con una risa—. Y ahora vamos, todos a bordo.

Salió el primero a la calle, donde el coche les esperaba junto a la acera. Anne decidió ignorar el comentario de su nuera. Nada había tan cansino como el constante escrutinio de Susan. ¿Cuánto se había gastado Anne en la sombrerería? ¿Cuántos zafiros tenía aquel broche? Era una de las cosas que más fastidio le causaban de compartir casa con su hijo y su cada vez más codiciosa mujer.

A las dos parejas Trenchard les llevó pocos minutos, después de subir y bajar del coche, llegar a Brockenhurst House, en la esquina de Belgrave Square. Un lacayo les abrió la puerta y los condujo por entre los sofás dorados del vestíbulo y por el suelo de mármol ajedrezado hasta la espléndida escalinata de malaquita verde custodiada por más lacayos inmóviles. A medida que subían hacia el salón empezaron a oír las animadas conversaciones de otros invitados.

—Me pregunto cuántos invitados habrán tenido a cenar —susurró Susan a su marido mientras se recogía la falda del vestido.

—Desde luego parecen muchos.

A Anne no debería haberle preocupado llegar demasiado temprano. El salón ya estaba lleno cuando cruzaron las puertas de doble hoja. Entre la bruma de sedas de colores pálidos y el ruidoso frufrú del tafetán reconoció algunos rostros familiares, pero la mayoría le eran desconocidos. Mientras esperaban a que el mayordomo los anunciara, examinó de nuevo la habitación, escudriñando entre corrillos y parejas enfrascadas en conversaciones, con la esperanza de ver su cara. Pero ¿qué cara? Sonrió para sus adentros cuando se dio cuenta de que se mostraba segura de poder reconocerle, aunque no tenía razones para pensar así. Estaba convencida de que habría un detalle revelador —la forma de su mentón, esas cejas bonitas y alargadas de Sophia— que la ayudaría a reconocer a su propia sangre aunque estuviera en el extremo contrario de una habitación llena a rebosar.

—Qué alegría que hayan venido —dijo la condesa acercándose desde las inmediaciones de un gran jarrón con fragantes lilas rosa pálido.

—Lady Brockenhurst.

Anne se dio cuenta de que su contestación había sonado un poco sobresaltada. Había estado tan pendiente de la llegada de Charles Pope que no había prestado atención a nada más. Lady Brockenhurst se fijó en la expresión ansiosa de su invitada mientras sus ojos recorrían la habitación. Aquella mujer había mantenido en secreto la existencia de su nieto durante mucho tiempo. Ahora le tocaba a ella permanecer al margen. Caroline necesitó toda su fuerza de voluntad para no parecer triunfal.

—Qué flores tan bonitas. —Anne trató de recobrar la compostura. Lo que en realidad quería hacer era coger a aquella mujer imposible del brazo y asaetarla a preguntas: ¿De verdad va a venir? ¿Cómo es? ¿Cómo ha conseguido localizarlo? Pero en lugar de eso añadió—: Y qué aroma celestial.

—Han llegado esta mañana de Lymington. —Lady Brockenhurst estaba encantada de representar su papel—. Me parece que su marido y yo no hemos sido presentados.

—Lady Brockenhurst —dijo Anne haciéndose a un lado—. Permítame que le presente al señor Trenchard.

James no era lo que la condesa había esperado. Era peor. Aunque tampoco había dedicado tiempo a imaginar qué aspecto tendría. Sabía que era comerciante, así que no se había hecho ilusiones, pero era más pequeño de lo que había pensado y desde luego más grueso. Durante años había oído hablar con frecuencia a su hermana de la belleza de Sophia, así que tenía que suponer que la joven había heredado sus cualidades de su madre.

—Lady Brockenhurst, es muy amable por su parte invitarnos a su encantadora casa. —James hizo una especie de media reverencia, tan torpe como inapropiada.

A Anne se le congeló la sonrisa. Su marido no podía evitarlo. Había algo en su manera de inclinarse, en su servilismo, que todavía, después de tantos años, transmitía a quienes estaban en su presencia que él, y en consecuencia también ella, no encajaba en un salón de Belgravia.

—Es un placer —contestó lady Brockenhurst—. Imagino que la casa no le ha deparado ninguna sorpresa, señor Trenchard. Puesto que fue usted quien la construyó.

James rio con un ligero exceso de entusiasmo.

—Permítame que le presente a mi hijo, el señor Oliver Trenchard, y a su mujer.

Susan se adelantó e inclinó la cabeza.

—Condesa —dijo, horrorizando a Anne con su vulgaridad—, qué salón tan bonito.

Lady Brockenhurst le devolvió el saludo.

—Señora Trenchard —respondió con cuidado, sin permitir que su voz dejara traslucir ni aprobación ni desaprobación.

La muchacha era bastante bonita; su vestido azul pálido contrastaba inteligentemente con su espesa melena rojiza. Pero el que despertó su interés fue su marido. Así que aquel era el hermano pequeño de Sophia, demasiado joven para asistir al baile de la duquesa de Richmond, pero sin duda lo bastante mayor para haber conocido a su hijo—. Dígame, señor Trenchard —añadió—. ¿Tiene usted los mismos intereses que su padre?

—Oliver trabaja para mí —contestó James antes de ver la expresión de la cara de su nuera—. ¿O debería decir conmigo? —corrigió—. Hemos empezado un nuevo proyecto, vamos a construir en la isla de los Perros.

Lady Brockenhurst no parecía entender.

—¿La isla de los Perros?

—En el este de Londres.

—¿Este de Londres? —La condesa parecía cada vez más perdida. Era como si estuvieran hablando de una civilización recién descubierta más allá de Zanzíbar. James no se dio cuenta.

—Estamos haciendo un terraplén nuevo, con locales para negocios, viviendas para trabajadores e incluso casas para administradores, etcétera. Los barcos se han quedado sin espacio. —Anne trató de captar su atención, ¿podía por favor dejar de hablar de negocios? Pero James prosiguió—: Necesitan nuevos espacios donde cargar y descargar con todo ese comercio que llega de todas partes. Cuanto más se expande el Imperio, más...

—Entiendo. —Lady Brockenhurst sonrió tensa—. Tal y como lo cuenta suena trepidante. Y ahora si me disculpan...

—Y con el pretexto de tener que saludar a alguien más lady Brockenhurst se alejó dejando a Anne, James, Oliver y Susan de pie en la entrada de la habitación, ignorados por el resto de invitados. Solos.

—¿A quién se le ocurre tener las chimeneas encendidas en verano? —murmuró Susan abanicándose—. Hace un calor asfixiante. Oliver, entremos.

James hizo ademán de irse con su hijo y su nuera, pero Anne le tocó el brazo para indicarle que debía permanecer donde estaba. Él la miró sin comprender.

—Prefiero quedarme aquí —le explicó—. Para ver quién viene. Quizá haya alguien a quien conozcamos y que nos pueda presentar.

Miró en dirección a la puerta y en ese momento una joven exquisita con rizos rubios y piel palidísima llegó escoltada por su igualmente atractiva madre.

—La condesa de Templemore —anunció el mayordomo— y lady Maria Grey.

Lady Templemore llevaba un vestido de muaré azul con cuello de encaje y miriñaque de crin bajo las amplias faldas. Pero la que capturó la atención de los asistentes fue la hija. Su pálido vestido color crema caía bellamente de unos hombros tan tersos y perfectos como las estatuas de mármol de lord Elgin. Llevaba el pelo rubio peinado en *hurlupée*, con raya en medio, moño en la coronilla y realzado por dos grandes racimos de tirabuzones que le caían a ambos lados de la cara, enmarcando a la perfección el bonito óvalo del rostro. Anne miró a la pareja caminar entre los invitados hacia un salón más pequeño que había al fondo.

—¿Señor Trenchard? —James se volvió de golpe y se encontró con un personaje mofletudo embutido en una levita delante de él. El recién llegado tenía una cara grande y brillante, bigote gris de tiras largas y una nariz prominente atravesada por venillas rotas como ramitas de un árbol. Era sin duda un hombre aficionado a trasnochar y al vino de Oporto—. Soy Stephen Bellasis.

—Señor.

—El reverendo Bellasis es hermano de nuestro anfitrión —dijo Anne con voz firme. Había pocas cosas que ignorara de la familia Brockenhurst.

Grace estaba muy recta detrás de su marido. Sus ojos castaño pálido eran algo distantes mientras miraba a los presentes sin expresión alguna. Tenía la boca rígida y era evidente que su vestido de seda marrón había conocido tiempos mejores.

—Señora Bellasis. —James hizo una inclinación de cabeza—. Permítame que le presente a mi esposa.

Anne saludó cortés. Grace la miró, examinando su vestido, y consiguió esbozar una leve sonrisa que no llegó a iluminarle la mirada.

—Tengo entendido que es usted la mano derecha de Cubitt —dijo Bellasis con un pie delante del otro—. El responsable de haber convertido las calles de Londres en una columnata blanca de la noche a la mañana.

—Ha llevado algo más de tiempo. —James estaba acostumbrado a esa clase de críticas. Las había oído muchas veces en muchos salones de Londres y había perdido la cuenta de lo a menudo que había tenido que recibir con risas la acusación de estar ahogando la ciudad en «pasteles de boda»—. Parece que lo que hacemos resulta popular, reverendo.

—También las revueltas son populares, señor. Y las revoluciones. ¿Qué vara de medir es esa?

—¿No le gusta Brockenhurst House?

—El tamaño de las habitaciones y su altura son aceptables. Pero no puedo decir que la prefiera a la casa de Londres de mis padres.

—¿Y dónde está?

—Hertford Street, en Mayfair.

James asintió con la cabeza.

—Supongo que las casas nuevas están mejor equipadas para recibir invitados.

—¿Así es como ha hecho su fortuna entonces? ¿Gracias al deseo de ostentación de la gente?

Grace sabía que a Stephen simplemente le irritaba que aquel hombrecillo extraño tuviera mucho más dinero que ellos, pero nunca tendría la honestidad suficiente como para reconocerlo, ni siquiera ante sí mismo.

James no supo qué responder a aquello, pero Anne tomó el relevo.

—Cielos, no hace más que llegar gente.

Por una vez, Grace estaba preparada para ayudar.

—Hemos sabido por lady Brockenhurst que conocieron a nuestro sobrino, lord Bellasis.

—En efecto —dijo James, agradecido por el rescate—. Lo conocimos bien, pero me temo que eso fue hace mucho tiempo.

—¿Y estuvieron en el famoso baile?

—Si se refiere al baile de la duquesa de Richmond, entonces sí, estuvimos.

—Qué interesante. Aquellos días parecen ahora legendarios, ¿no creen? —Grace sonrió. Había conseguido reparar el daño producido por la grosería de su marido.

Anne dijo que sí con la cabeza.

—Legendarios y trágicos. Es terrible pensar en el pobre lord Bellasis, en realidad en cualquiera de esos hombres jóvenes y galantes que dejaron el baile para ir a encontrarse con la muerte.

Stephen empezaba a arrepentirse de su impertinencia. ¿Por qué había cruzado la habitación para insultar a aquel hombre que podía serle útil?

—Tiene razón, por supuesto. La pérdida de Edmund fue algo terrible para esta familia. Ahora solo mi hijo John nos separa de la extinción, al menos de la rama masculina. Ahí lo tienen, hablando con la bonita joven de azul.

James miró al otro extremo de la habitación y vio al hombre en animada charla con Susan. Esta pasaba el dedo índice por el borde de su copa de champán y reía mientras le miraba desde detrás de las pestañas.

—Y esa bonita joven de azul es mi nuera —añadió James observando cómo John se inclinaba y tocaba brevemente la mano de Susan—. Parece muy entretenida.

—John está a punto de anunciar su compromiso.

Es de suponer que Grace dijo esto para atajar cualquier indicio de comportamiento inapropiado, pero, por supuesto, tuvo el efecto contrario. Anne no pudo evitar sonreír. Esperó que la pobre muchacha, quienquiera que fuese, supiera que iba a casarse con un seductor.

—Deben de estar muy contentos —comentó.

—¿Podemos saber el nombre de la elegida? —preguntó James, ansioso por dar muestra de su familiaridad con personas de tan alta cuna.

—Lady Maria Grey. —Grace miró hacia el otro salón—. Hija del difunto conde de Templemore.

Sonrió por la satisfacción que le producía que todo estuviera decidido.

—Qué buena noticia para ustedes —dijo James con bastante envidia—. ¿Verdad, Anne?

Anne, sin embargo, sentía bastante lástima por aquella joven encantadora a la que había visto llegar antes. Parecía demasiado buena para aquel petimetre. Pero no contestó. Estaba demasiado atenta a la llegada de un joven que había aparecido de pronto en la puerta. Alto, de tez morena, ojos azul pálido y cejas bien formadas. Tenía que ser él. Era la viva imagen de Edmund Bellasis. Podía haber sido hermano gemelo de su padre. Se le secó la boca y los nudillos se le pusieron blancos de tan fuerte como aferró la copa. El joven dudaba en el umbral, al parecer demasiado nervioso para entrar, inspeccionando la habitación y obviamente buscando a alguien.

Lady Brockenhurst fue hacia él con pausada elegancia, declinando dos ofrecimientos de conversación por el camino para poder recibir a su invitado. Anne observó el alivio evidente en la cara de este cuando por fin vio a su anfitriona. Entonces los dos se giraron y echaron a andar hacia ella. ¿Cómo debía reaccionar? ¿Qué diría? Anne había imaginado tantas veces aquella escena, no solo desde que le llegó la carta de lady Brockenhurst, sino desde años atrás. ¿Cómo sería el encuentro?

—Señora Trenchard —dijo lady Brockenhurst acercándose a ella como un galeón a toda vela. Su voz tenía un matiz de victoria que no conseguía disimular—. Permítame que le presente a un nuevo conocido mío. —Hizo una pausa—. El señor Charles Pope.

Pero la reacción del señor Pope no fue en absoluto la esperada. Miró más allá de Anne hacia donde estaba James con la boca abierta como un bacalao.

—Señor Trenchard —dijo el joven—. ¿Qué hace aquí?

—Señor Pope —balbuceó James y soltó su copa.

El fuerte ruido del cristal al romperse interrumpió las conversaciones y todos los presentes se volvieron para mirar al grupo reunido junto a la puerta. En el centro del mismo estaba James, alterado, avergonzado y completamente desorientado, con las mejillas adquiriendo un tono violáceo y los lóbulos de las orejas enrojeciendo aún más.

Por supuesto, la primera en reponerse fue lady Brockenhurst.

—Bueno, esto sí que es gracioso —comento, según se reanudaban las conversaciones en la sala y aparecían dos criados en un torbellino de eficacia y pisadas silenciosas para barrer el cristal del suelo de parqué—. Y yo que pensaba que el señor Pope era mi secreto, señor Trenchard, y resulta que se conocen bien. Qué curioso. —Rio—. ¿Hace mucho tiempo de eso?

James dudó.

—No. No mucho.

—¿No mucho? ¿Un tiempo entonces? —repitió lady Brockenhurst mirando a uno y a otro.

Anne se volvió hacia su marido. Desde que Sophia había anunciado su embarazo, tantos años atrás, no había vuelto a sentir una patada así en el estómago. Pero aquí estaba de nuevo. Y, por algún motivo, ahora resultaba aún más devastadora. Décadas de soportar cenas de gala y recepciones insípidas, de hombres y mujeres hablándole por encima del hombro y casi sin molestarse en ocultar su desdén habían enseñado a Anne a disimular sus sentimientos, pero la expresión de su cara en aquel momento era algo que James no había visto en más de cuarenta años de matrimonio. El sentimiento de traición, de injusticia, la ira por la hipocresía del único hombre del que creía que podía fiarse se leían con total claridad en sus sensibles ojos grises.

—Sí, querido, cuéntanos —dijo cuando fue capaz de hablar—. ¿Desde cuándo conoces al señor Pope?

James trató de que todo sonara lo más normal posible. Le había conocido cuando empezó a trabajar en la City. El padre de Charles era un viejo amigo y le había pedido que le diera al joven algunos consejos sobre cómo proceder una vez instalado en Londres. A James le había complacido el muchacho y cuando supo de su plan de hacerse cargo de una fábrica textil en Manchester sintió que podía serle de utilidad, con eso y también ayudándolo a conseguir suministros de algodón en bruto.

—¿Y dónde se compra ahora el algodón? —preguntó lady Brockenhurst, uniéndose a los valerosos esfuerzos de James por normalizar la conversación—. Supongo que en América.

—Preferiría traerlo de la India, a ser posible —contestó Charles.

—Y yo he comerciado con la India en el pasado. —James estaba ahora más tranquilo, de vuelta a su elemento—. Conozco algo el país, así que me pareció lógico tratar de echar una mano. —Casi rio, como si quisiera probar la naturalidad con la que los dos habían trabado una suerte de amistad.

—¿Y lo hiciste? —dijo Anne.

—¿Si hice qué?

—Echar una mano. —La voz de Anne era fría como el acero.

—Lo hizo y mucho. —A Charles le pasaban desapercibidos los dardos y corrientes que fluían de un lado a otro—. Yo había aprendido contabilidad en Guildford y empezado algún negocio allí, así que por supuesto me consideraba preparado para cualquier cosa, pero cuando llegué a Londres no tardé en darme cuenta de que el juego era muy distinto. La intervención del señor Trenchard me salvó, y me ayudó a poner en marcha mi negocio. Sin su ayuda no lo habría logrado. Es la misma inversión en la que está usted interesada, lady Brockenhurst...

—¿Interesada en qué sentido? —Anne se volvió hacia su anfitriona.

Pero Caroline no se dejaba atrapar tan fácilmente.

—¿No les parece que el mundo es un pañuelo? —Juntó las manos con alegría.

—Perdónenme, pero no acabo de comprender... —A Anne cada vez le costaba más controlar su indignación—. ¿El señor Trenchard y usted son...? —Se había quedado literalmente sin palabras.

—¿Socios comerciales? —añadió Charles, solícito—. Pues sí, en cierto modo, me alegra decir que así es.

—¿Y cuánto tiempo hace de esto?

—Nueve o diez meses. Pero el señor Trenchard fue un buen amigo de mi padre durante años.

—El padre del señor Pope —intervino James— me pidió que ayudara a su hijo poco antes de morir. Era un viejo amigo, así que naturalmente me tomé su petición muy en serio, y con gran placer.

Pero lady Brockenhurst tenía otros planes. Cogió a Charles del codo y se lo llevó. Tenía a su nieto, al hijo de Edmund, a su lado, y nada iba a estropearle aquel momento.

—Señor Pope —dijo con amabilidad—. Tiene que venir a conocer a lord Brockenhurst.

Los Trenchard se quedaron solos. Por un momento Anne se limitó a mirar a James.

—Anne, me… —James usó su tono más persuasivo.

—No puedo hablar contigo —susurró Anne e hizo ademán de darle la espalda.

—Pero tú sabías que iba a estar aquí —replicó James—. ¿Por qué no me lo dijiste? —Anne se detuvo en seco. No podía mentir. A diferencia de su marido, al parecer. Este siguió hablando, cada vez con más vehemencia—. Sabías que ibas a verle. Te ha sorprendido que yo le conociera, eso lo entiendo, pero esperabas que estuviera aquí. En otras palabras, has ignorado mis instrucciones y le has contado todo a nuestra anfitriona.

—Baja la voz —susurró Anne cuando dos invitados se volvieron a mirarles.

—Creía que teníamos un acuerdo. —El cuello de James volvía a estar de color carmesí.

—No estás en situación de sermonearme sobre nada —dijo Anne mientras se alejaba—. Estás trabajando con nuestro nieto y no me lo has dicho.

—No trabajo con él. No exactamente. He invertido en su negocio. Le doy consejos. ¿No crees que Sophia lo habría querido?

—¡Señor Trenchard, aquí esta! Estaba buscándole. —Era la voz suave del reverendo Bellasis—. Por favor, permítame que le presente a mi hijo, John Bellasis.

James estaba desconcertado. ¿Qué significaba la presencia de Charles Pope allí? ¿Y por qué se tomaba tantas molestias Stephen Bellasis para presentarle a su hijo? ¿Es que sabían todos que era el padre de Sophia? ¿Que lord Brockenhurst y él tenían un nieto bastardo común? El corazón le latía a mil por hora cuando John se adelantó con la mano derecha extendida.

En el extremo opuesto del salón, lady Brockenhurst guiaba a Charles por entre la gente. Era casi como si no pudiera resistirse a alardear de él, y, de haber sido una persona con menos dominio de sí misma, es posible que hubiera pedido silencio y anunciado su llegada a todos los presentes. En lugar de eso le paseaba triunfal mientras le decía un nombre detrás de otro. Para los que conocían bien a lady Brockenhurst era un comportamiento extraño; no era de esas mujeres que cultivan favoritos, que adoptan patitos feos y los devuelven al mundo convertidos en cisnes. El señor Pope parecía agradable para ser un comerciante y nadie le deseaba ningún mal, pero ¿qué hacía lady Brockenhurst alabando las virtudes de aquel oscuro mercader de algodón?

Aparte de abandonar la fiesta, pocas opciones tenía Anne salvo circular, charlar de cosas sin importancia y hacer tiempo antes de poder irse a casa. Marcharse ahora daría lugar a chismorreos, y eso era lo último que necesitaban los Trenchard en aquel momento.

Miró a lady Brockenhurst presentar a Charles a los grandes nombres de Londres. Qué apuesto era, tan seguro de sí mismo, tan instruido y en apariencia tan paciente y amable. Era evidente que el reverendo Pope y su mujer le habían enseñado buenos modales, además de darle una educación. Cómo le habría gustado a Sophia. Anne sintió una oleada de orgullo, pero se controló. ¿Qué motivos tenía ella para sentirse orgullosa? Ella, la abuela, que le había dado en adopción...

Mientras tanto John estaba desesperado por zafarse de la compañía de aquel hombrecillo absurdo que insistía en explicarle —con todo detalle— los pormenores de sus negocios en el East End. Claro que a John le interesaba el dinero en sí mismo, de eso no cabía ninguna duda, pero el esfuerzo necesario para ganarlo no le atraía en absoluto. Era una verdadera suerte, había concluido varios años atrás, que fuera el heredero presunto de una importante fortuna. Quizá a su padre le fascinara un hombre capaz de ganar dinero porque él era por completo incapaz, pero John veía las cosas de manera muy distinta. Lo único que tenía que hacer era esperar. Y mientras esperaba, ¿quién podía culparle si se divertía un poco? La diversión favorita de John no era el juego —había visto el daño que ese vicio concreto había infligido a su padre—, sino la compañía de mujeres, cuanto más bonitas mejor. Fuera de los círculos de sociedad esto era bastante fácil, aunque caro, de solucionar. Pero cuando se trataba de mujeres respetables, entonces solía inclinarse por las casadas. Las esposas aburridas eran las que más probabilidades tenían de sucumbir y, una vez lo hacían, no estaban en situación de pedirle más de lo que estaba dispuesto a dar. La amenaza de escándalo y de pérdida de reputación bastaba para disuadir a las mujeres más impetuosas de emprender cualquier acción.

Su inminente compromiso con Maria Grey no había alterado su disposición. Era hermosa y se alegraba de ello. Pero, a decir verdad, estaba resultando ser muy exigente e incluso, vacilaba a la hora de usar la palabra, más «intelectual» de lo que había pensado en un principio. Empezaba a sospechar que lo encontraba… ¿era «aburrido» la palabra que buscaba? Qué idea tan extraña. Que una joven lo encontrara a él, John Bellasis, uno de los solteros más codiciados de Londres, aburrido para su gusto. Así pues, y aunque Maria estaba en la habitación y podía meterse en un buen lío en cualquier momento, John se sentía poco inclinado a ignorar los encantos mucho más obvios de Susan Trenchard.

Esta le vio acechando mientras conversaba animadamente con un diplomático de un país del que nunca había oído hablar. Le guiñó el ojo y por supuesto Susan supo que debía censurar un gesto así, pero le resultaba difícil mostrar desaprobación y en lugar de ello se echó a reír. Su acompañante al principio se mostró desconcertado y a continuación ofendido cuando vio a John merodear detrás de ellos. Sin perder tiempo se disculpó y se alejó.

—Volvemos a encontrarnos. —John se acercó más.

—Señor Bellasis, debería darle vergüenza. —Susan sonrió y los lazos que llevaba en el pelo temblaron con ella de placer—. Ha conseguido que ofenda al barón como se llame. Y yo que estaba siendo de lo más formal.

—Estoy convencido de que siempre es usted muy formal, lo cual es una lástima. —John rio—. ¡Deprisa! —dijo de pronto y tiró de ella hasta una salita adyacente que estaba mucho más vacía que el salón que acababan de abandonar—. Ese hombre aburridísimo venía hacia nosotros y la última vez me llevó media hora librarme de él.

Susan siguió su mirada.

—Ese señor aburridísimo es mi suegro —dijo.

—Pobrecita.

John rio y, a su pesar, también Susan.

—Conozco a los hombres como usted. Es de esos que me hacen decir todo el tiempo cosas que no quiero decir.

—También espero conseguir que haga cosas que no quiere hacer. —La miró a los ojos mientras hablaba y Susan empezó a darse cuenta de que se adentraba en terreno peligroso. John se preguntó si debía seguir insinuándose. Pensaba más bien que para una noche ya había hecho bastante. Era una mujer muy bonita y no parecía inconquistable, pero no había prisa. Durante su conversación no había dirigido más que una mirada fugaz a su marido, así que podía incluirla sin problemas en la categoría de esposa aburrida. Pero era mejor que se separaran ahora. No tenía sentido provocar habladurías antes de que ocurriera nada.

Maria Grey paseaba más bien sin rumbo de un salón a otro. Vio a su madre conversar con una tía entrada en años, y en lugar de unirse a la conversación habitual sobre lo extraño que era que hubiera crecido tanto desde la última vez que se habían visto, decidió dedicar un momento a admirar el retrato de Beechey de la condesa de Brockenhurst que estaba encima de la chimenea. Pero el rugiente calor no tardó en ser excesivo y buscó refugio en la terraza.

—Disculpe —dijo cuando salió al aire fresco de la noche de junio—. No quería molestarle.

Charles Pope se volvió al oír sus pisadas. Había estado mirando pensativo los jardines por encima de la balaustrada de piedra blanca.

—En absoluto —contestó—. Me temo que soy yo el que molesta. ¿Prefiere estar sola?

—No.

—Sospecho que su madre preferiría que estuviera sola. O al menos que no estuviera a solas con un desconocido a quien no ha sido presentada.

Pero cuando lo dijo parecía divertido. A Maria le intrigó.

—Mi madre está enfrascada en una conversación con mi tía abuela, que no la dejará libre si no es por la fuerza.

Esta vez Charles rio.

—Entonces quizá deberíamos presentarnos. Soy Charles Pope.

Le ofreció la mano y ella la cogió.

—Maria Grey. —Sonrió.

Hubo un silencio mientras los dos fijaban la vista en los jardines a sus pies. Las aceras estaban casi vacías, pero las calzadas estaban llenas de carruajes con caballos que daban alguna que otra coz en el suelo, y se oía el familiar arañazo de los cascos contra la piedra.

—¿Por qué se ha escondido aquí fuera? —preguntó por fin Maria.

—¿Tanto se nota?

Maria estudió la cara de aquel hombre; no se podía negar que era atractivo. Sobre todo porque, a diferencia de John, no parecía saberlo.

—Sentí lástima de usted antes, cuando nuestra anfitriona le paseó por la sala. ¿De qué se conocen? ¿Son parientes?

Charles negó con la cabeza.

—No, por Dios. —La miró, a aquella muchacha bonita que parecía encontrarse a sus anchas en un ambiente que a él le resultaba inquietantemente ajeno—. Este no es mi hábitat natural en absoluto. Soy un hombre de lo más corriente.

Maria no pareció nada impresionada por aquella confesión.

—Pues no parece que lady Brockenhurst esté de acuerdo con usted. Nunca la había visto tan animada. No es una mujer famosa por su entusiasmo.

—Tiene razón en lo de que se interesa por mí, aunque no sabría decirle la razón. Quiere invertir en un negocio en el que estoy trabajando.

Aquello sí que fue extraordinario. Maria casi dio un respingo.

—¿Que lady Brockenhurst quiere invertir en un negocio?

No habría estado más sorprendida de haber oído que su anfitriona quería pisar la luna. Charles se encogió de hombros.

—No sé. Yo tampoco lo entiendo, pero parece entusiasmada con la idea.

—¿Y qué idea es?

—He comprado una fábrica textil en Manchester. Ahora necesito mejorar el suministro de algodón en bruto, y para eso preciso fondos. También tengo una hipoteca contra la fábrica y creo que me saldría más económico pagar menos por ella y aumentar mi deuda con lady Brockenhurst, si ella está dispuesta. Es la que saldrá ganando al final. De eso estoy convencido.

—Pues claro que lo está. —La conmovía lo obvio del deseo del joven de causar buena impresión.

Charles vio que parecía divertida. ¿Estaba siendo un torpe? ¿Qué interés podía tener en sus tratos de negocios aquella joven tan hermosa? ¿Es que no le habían enseñado a no hablar nunca de dinero? ¿Y menos con una dama?

—No sé por qué he dicho eso. Ahora tengo la impresión de que le he contado todo lo que hay que saber de mí.

—En absoluto. —Maria le estudió—. Tenía entendido que la producción de algodón en la India era un caos. Que el transporte era demasiado caro para que compensara. ¿No han cambiado casi todas las fábricas al algodón americano?

Ahora era el turno de Charles de asombrarse.

—¿Y cómo es que sabe todas esas cosas?

—Me interesa la India. —Maria sonrió. La complacía haberle sorprendido—. Tengo un tío que fue gobernador de Bombay. Por desgracia yo era demasiado joven para visitarle mientras estuvo en el cargo, pero a día de hoy continúa muy pendiente de las flaquezas y ventajas del país. Sigue leyendo periódicos indios, aunque le llegan con tres meses de retraso.

Rio y Charles se maravilló de lo uniforme y blanco de su dentadura. Luego asintió con la cabeza.

—No he estado, pero creo que es un país con un gran futuro.

—Dentro del Imperio.

¿Esto lo dijo con aprobación? Charles no lo supo a ciencia cierta.

—Dentro del Imperio por ahora, pero no para siempre —replicó—. ¿Cómo se llama su tío?

—Lord Clare. Estuvo allí entre 1831 y 1835. Traía unas sedas negras como nunca las he visto, y unas piedras preciosas sencillamente impresionantes. ¿Sabía usted que hay pozos en los que hay que bajar mil peldaños antes de llegar al agua? ¿Y ciudades cuyos cielos están llenos de cometas? Y templos hechos de oro. He oído que no entierran a los muertos como nosotros. Los queman, o los hacen flotar río abajo. Siempre he querido ir a la India. —Charles miró sus ojos azul claro mientras admiraba el suave contorno de sus labios y la curva decidida del mentón. Nunca había conocido a alguien tan encantador—. ¿Sabe con qué región de la India trabajará? —continuó ella, muy consciente de la mirada de él y sin embargo insegura de qué hacer al respecto.

—Aún no estoy seguro. El norte, creo…

—Ah. —El entusiasmo dio color a sus mejillas y Charles pensó que no había visto algo tan bonito en toda su vida—. Entonces, si fuera usted, no dejaría de visitar el Taj Mahal, en Agra. —La idea casi la hizo suspirar—. Se dice que es el monumento al amor más bonito que se ha construido. Un emperador mogol quedó tan consternado por la muerte de su esposa favorita que ordenó su construcción. Me temo que tenía varias mujeres, algo que por supuesto nosotros desaprobamos absolutamente. —Rio y Charles rio con ella—. Pero esta era su favorita. Se supone que el mármol cambia de color, de un rubor sonrosado por la mañana a un blanco lechoso al atardecer, y a dorado las noches de luna. Dice la leyenda que refleja el estado de ánimo de la mujer que lo mira.

Charles Pope estaba extasiado. La manera en que la joven se movía, en que hablaba, su inteligencia, la forma tan fascinante en que parecía ignorar lo bella que era.

—¿Y qué hay de los hombres que lo miran? —preguntó—. ¿De ellos qué dice?

—Que cuando encuentran a la mujer adecuada reemplazarla les resulta más difícil de lo que esperaban.

Seguían riendo cuando oyeron una voz.

—¿Maria?

La joven se giró.

—Mamá.

La silueta de lady Templemore se recortaba en la puerta.

—Están anunciando la cena —dijo mirando a Charles de arriba abajo. Fue obvio que no mereció su aprobación—. Tenemos que ir a buscar a John. Casi no he hablado con él en toda la noche.

Y un instante después se fueron. Charles se quedó mirando el lugar donde había estado sentada Maria y no salió de su ensoñación hasta que lady Brockenhurst lo encontró en el balcón e insistió en que la acompañara a la cena, que estaban sirviendo en ese momento.

Los invitados se reunieron en el comedor, donde había una serie de mesas redondas vestidas con manteles de lino, candelabros de plata y bandejas y decantadores exquisitamente decorados. Charles nunca había visto un lujo semejante. Sabía que las cosas se hacían bien en la alta sociedad y había oído que lady Brockenhurst era una anfitriona famosa, pero no había esperado algo de tamaña envergadura.

—Señor Pope —dijo lady Brockenhurst señalando el asiento contiguo al suyo—. Se sentará conmigo.

Solo había otras cuatro sillas libres en la mesa. Charles miró a su alrededor desesperado. Sin duda su anfitriona preferiría tener a otra persona sentada en el lugar de honor. Notó que se ponía colorado. Lady Brockenhurst dio unos golpecitos al asiento con su abanico cerrado y le sonrió. Poco podía hacer Charles más que aceptar. Los criados circulaban por la habitación mientras los invitados se acomodaban y pronto Charles se encontró hundiendo la cuchara en un plato de sopa fría. Siguieron una mousse de salmón, codorniz, algo de venado, piña, sorbetes y, para terminar, frutas escarchadas. Todo se sirvió según la última moda, *à la Russe,* con criados que traían cada plato y permanecían a la izquierda de los invitados para permitir que se sirvieran. Y durante toda la cena lady Brockenhurst estuvo encantadora, haciendo partícipe a Charles de todas las conversaciones posibles, incluso interrumpiendo en un momento determinado a su marido cuando pasaba para que pudiera oír los planes de Charles.

—¿Se puede saber qué pretende mi cuñada? —se quejó Stephen a su hijo, sentado al otro lado de Anne Trenchard. Esta se vio incluida en la conversación sin tener el más mínimo deseo—. ¿Por qué le presta tanta atención a ese hombre insignificante?

John negó con la cabeza.

—No lo entiendo.

—Hay por lo menos tres duques en la estancia, pero cuando miran la silla a la derecha de nuestra querida anfitriona la ven ocupada por... ¿Por quién exactamente? ¿Quién es? —Mientras hablaba, Stephen sacaba tiempo para forcejear con una codorniz más bien sanguinolenta. John se volvió a su vecina de mesa.

—Creo que la señora Trenchard conocerá la respuesta. ¿No trabaja para su marido, señora Trenchard?

Anne se sorprendió mucho, pues hasta ese momento el señor Bellasis no había dado muestra alguna de conocerla. Negó con la cabeza.

—No, no trabaja para él. Trabaja para sí mismo. Se conocen. Es posible que tengan algún interés común. Eso es todo.

—¿Así que no puede explicarnos la fascinación de lady Brockenhurst?

—Me temo que no.

Anne miró hacia la mesa. Caroline Brockenhurst estaba jugando a un juego peligroso. Incluso John Bellasis había reparado en la atención que prestaba a su nieto, y Anne estaba preocupada. ¿Sabía lord Brockenhurst la verdad? De no ser así, ¿cuánto tardaría en saberla, si su mujer estaba dispuesta a comportarse de manera tan indiscreta? ¿Cuánto tardaría el secreto en salir a la luz? ¿Cuánto antes de que la reputación de Sophia saltara por los aires y todo por lo que habían luchado yaciera hecho añicos a sus pies? Miró a su marido, sentado frente a ella flanqueado por Oliver y la tediosa Grace. Él la miró también y asintió con la cabeza en alusión a la peligrosa situación que se desarrollaba delante de ellos.

—Tengo entendido que a su tía le interesa uno de los negocios del señor Pope —sugirió por fin Anne, abandonando su codorniz y deseando no haber dejado que se llevaran la mousse de salmón. Al menos era blanda y se podía tragar. Se sentía incapaz de comer nada.

—Yo hago negocios con el carnicero local —dijo John indignado—, pero no lo siento a cenar a mi mesa.

—No creo que se pueda comparar al señor Pope con el carnicero local —contestó Anne con toda la diplomacia de que fue capaz.

—Ah, ¿no? —replicó John mientras miraba a Susan, en el otro extremo de la estancia, y le sonreía. Susan se había enfadado porque no había conseguido sentarse a su mesa y trataba de conformarse con un grupo de políticos que la ignoraban. Pero ahora, después de la sonrisa de John, se sentía con ganas de romper a cantar.

Ya era casi la hora de irse cuando Anne consiguió hablar a solas con su anfitriona. Y para ello tuvo que abordarla en el rellano de la escalera principal y tirar de ella hacia el espacio retranqueado de una ventana protegido por columnas.

—¿Qué hace? —susurró.

—Conocer al nieto que me han ocultado durante un cuarto de siglo.

—Pero ¿por qué de manera tan pública? ¿No se da cuenta de que media fiesta se pregunta quién es ese extraño joven?

La condesa sonrió con frialdad.

—Claro. Usted tiene motivos para preocuparse.

Entonces Anne vio la trampa en la que había caído. Lady Brockenhurst había prometido que la identidad de Charles permanecería secreta y su honor la obligaba a cumplir su promesa, pero no le molestaba en absoluto que los demás adivinaran la verdad. Su hijo había tenido una aventura en Bruselas antes de morir. ¿Qué decía eso de él que la alta sociedad no estuviera dispuesta a perdonar? Nada. Había echado una cana al aire. Pocos hombres había en aquellas habitaciones que no hubieran hecho lo mismo. El hijo ilegítimo de un caballero no podía integrarse en sociedad con la facilidad de un siglo antes, pero aun así no era nada nuevo. Y si alguien se atrevía a dar una opinión, ¿sin duda la señora Trenchard no esperaría que lady Brockenhurst mintiera? Era posible que no brindara la información voluntariamente, pero no podía esperarse que la negara.

—Quiere que lo adivinen —murmuró Anne al tiempo que se le caía la venda de los ojos—. Quiere que lo adivinen y que nosotros seamos testigos.

Caroline Brockenhurst la miró. Aquella mujer ya no le desagradaba tanto como al principio. Anne la había conducido hasta Charles y por eso debía estarle agradecida, o al menos perdonarla. Miró hacia el vestíbulo.

—Creo que se marchan los Cathcart —dijo—. ¿Me disculpa si bajo a despedirme?

Y se alejó, bajando las escaleras con tanta ligereza que casi parecía flotar sobre los peldaños.

El viaje de vuelta a Eaton Square se hizo eterno. Todos los pasajeros del coche estaban tan absortos en los acontecimientos de la velada que ninguno dijo una palabra. El cochero, Albert Quirk, era un hombre por lo común más interesado en los cambios de tiempo y en la graduación del brandi que llevaba en una petaca que en los caprichos de la familia a la que servía, pero en aquella ocasión no pudo evitar reparar en el estado de ánimo general.

—Si están así cuando vienen de una fiesta —le dijo más tarde a la señora Frant mientras se tomaba una gran taza de té en el comedor de servicio—, más les valdría quedarse en casa. ¿No le parece, señorita Ellis?

Pero la doncella no dijo nada y siguió cosiendo un botón.

—No le va a sacar nada a Ellis —dijo la señora Frant con un bufido de irritación.

—Que es precisamente lo correcto en una doncella —replicó el señor Quirk, que tenía mucha simpatía a Ellis.

James había decidido que la mejor defensa era el ataque. Una vez descubiertos sus tratos secretos con Charles, decidió culpar del desastre a su mujer. Si hubiera guardado el secreto, nada de aquello habría sucedido.

Lo que por supuesto era cierto, salvo que lo absolvía a él muy oportunamente de haber llevado una doble vida, tratando a su nieto, disfrutando de su compañía y ocultándoselo a su mujer.

Anne no podía casi ni mirarle. Era como si el marido que había conocido y amado hubiera sido raptado por unas hadas malvadas y sustituido por un ser hostil.

Oliver estaba igual de enfadado con su mujer, pero por razones más convencionales. Le había ignorado durante toda la velada y había flirteado sin pausa con John Bellasis, quien apenas se había dignado a reparar en él. También estaba furioso con su padre. Y además, ¿quién era aquel hombre, Pope? ¿Y por qué se le iluminaba la cara a su padre cuando entraba en una habitación?

En cuanto a Susan, se debatía entre la depresión y el hastío que le provocaba la familia en la que había entrado al casarse y la admiración por el mundo con el que llevaba soñando tanto tiempo y al que por fin se había asomado. Aquellos salones y escalinatas, aquellas galerías de retratos de marcos dorados, aquellos comedores, todas esas estancias amplias, magníficas y habitadas por una rutilante concurrencia cuyos apellidos eran como un viaje por la historia de Inglaterra…, y luego estaba John Bellasis. Miró a Oliver. Se daba cuenta de que tenía ganas de discutir, pero le daba igual. Estudió su cara pastosa y petulante y pensó con nostalgia en ese otro rostro, tan diferente, que había estado mirando hasta pocos minutos antes. Sabía que su marido estaba enfadado, pero eso era porque no estaba habituado a las costumbres de moda. Nadie más en la fiesta habría negado a una mujer casada y respetable que flirteara un poco, que pasara una velada divertida en compañía de un desconocido ingenioso y apuesto. Reflexionó sobre aquella palabra. ¿Sería siempre un desconocido? ¿No estaba destinada a saber más del señor John Bellasis? El coche se detuvo. Habían llegado.

—Gracias, William. Ya lo hago yo. Puede retirarse.

A Oliver le encantaba hablar a los sirvientes como si estuvieran en una obra de teatro del Haymarket, pero Billy estaba acostumbrado, y le gustaba mucho ser ayuda de cámara. Incluso de Oliver. Suponía un cambio después de limpiar la plata y servir la mesa, y estaba seguro de que encontraría un empleo de ayuda de cámara como es debido cuando estuviera preparado para irse. Sería un paso en la dirección correcta, no una equivocación.

—Muy bien, señor. ¿Quiere que le despierte por la mañana?

—Venga a las nueve. Llegaré tarde a trabajar, pero creo que se me perdonará después de la noche que he tenido.

Naturalmente a Billy le habría gustado oír más detalles, pero el señor Oliver ya estaba en batín, así que había perdido su oportunidad. Podía intentar sacar el tema al día siguiente. Con una ligera inclinación de cabeza se retiró y cerró despacio las puertas detrás de él. Oliver esperó unos instantes, recreándose en su irritación con todo el mundo: Susan, Charles Pope, su estúpido ayuda de cámara que en realidad no era más que un simple criado. Luego, cuando calculó que Billy ya no seguiría en el pasillo, salió del vestidor y entró sin llamar en el dormitorio de Susan.

—¡Oh! —Había conseguido sobresaltarla—. Creía que te habías acostado.

—Qué velada atroz. —Escupió las palabras como si le quitara la tapa a un barril, algo que en cierto modo era así.

—A mí me ha divertido. No tendrás queja de los invitados. Debía de estar medio gabinete ministerial, y estoy convencida de haber visto a la marquesa de Abercorn hablando con uno de los ministros de Exteriores. Al menos creo que era ella, solo que mucho más hermosa que en ese retrato que le hicieron…

—¡La velada ha sido abominable! ¡Y tú la has empeorado!

Susan respiró hondo. Iba a ser una de esas noches. Era muy consciente de que su doncella, Speer, esperaba, muy quieta en la puerta. Estaba callada para que se olvidaran de su presencia, eso Susan lo sabía muy bien.

—Puede irse, Speer —dijo con voz serena y despreocupada—. La llamaré en un rato.

La doncella, decepcionada, se retiró. Susan se volvió a mirar a Oliver.

—¿Qué es lo que pasa?

—Lo sabrías si no te hubieras pasado la velada entera mirando a los ojos de ese degenerado con perfume.

—¿Llevaba perfume el señor Bellasis? No me di cuenta. —Pero el comentario le interesó porque en la manera de hablar de su marido quedaba claro que John no era su principal motivo de enfado.

—Pórtate como una cualquiera y así te tratarán. No tienes carta blanca, por si no lo sabías. Ser estéril no te da derecho a hacer lo que te venga en gana.

Susan calló un momento tratando de ordenar sus pensamientos. Aquello estaba siendo más desagradable de lo que había esperado. Miró a Oliver con calma.

—Deberías irte a la cama. Estás cansado.

Oliver se arrepentía de lo que había dicho. Susan le conocía lo bastante para saberlo. Pero siendo como era, no se disculparía. Era imposible. En lugar de eso cambió el tono.

—¿Quién es ese Pope? ¿De dónde sale? ¿Y por qué invierte padre en su negocio? ¿Cuándo ha invertido en un negocio mío?

—Tú no tienes ningún negocio.

—¿Pero por qué nunca ha invertido en mí? ¿Y por qué lo paseaba lady Brockenhurst por su salón como si fuera un caballo de exposición cuando a nosotros casi no nos dirigió la palabra en toda la noche?

Hablaba de forma entrecortada y por un momento Susan se preguntó si no estaría llorando.

Oliver empezó a caminar por la habitación. Susan le miró mientras repasaba mentalmente su experiencia en Brockenhurst House. Se había divertido mucho. John había sido muy ameno. La había hecho sentir atractiva, más de lo que se había sentido en años, y le había gustado la sensación.

—Me gustó el reverendo... —Miró a su marido con expresión interrogativa. Se había quedado en blanco—. Bellasis. Sí, claro, el padre del señor Bellasis. Parece una familia agradable. —Estaba intentando justificar su larga y escandalosa conversación con John. Con un poco de suerte, Oliver estaría demasiado absorto en su furia contra el señor Pope y aceptaría aquella explicación no explícita a su comportamiento.

—¿Sabes quién es? Quiero decir, aparte del padre de ese hombre.

—¿Debería? —Susan no estaba segura de adónde los llevaba aquello—. ¿El reverendo Bellasis?

Oliver miró a su mujer. ¿De verdad no sabía quién era aquel hombre? No había perdido completamente el tiempo desde el éxito de su padre y conocía la verdad detrás de la leyenda de la mayoría de las familias aristocráticas, pero pensaba que Susan también.

—Es el hermano pequeño de lord Brockenhurst. Su heredero, aunque es probable que termine siéndolo su hijo John, puesto que lord Brockenhurst tiene un aspecto considerablemente más saludable que su hermano menor.

—¿John Bellasis será el próximo...? —Susan se deslizó en sueños por una pendiente azucarada, perdida en sus fantasías.

—El próximo conde de Brockenhurst, sí —confirmó Oliver—. El único hijo del conde actual murió en Waterloo. No hay nadie más.

Se acercaban las tres de la madrugada cuando lady Brockenhurst por fin se sentó ante el espejo y se quitó los pendientes de diamantes mientras su doncella, Dawson, le quitaba las horquillas del pelo.

—Parece que todos se han divertido mucho, milady. —Dawson retiró con cuidado las últimas horquillas y cogió la pesada tiara. Caroline sacudió la cabeza. Disfrutaba llevando sus joyas; le gustaba la magnificencia, pero cuando se las quitaba y era libre se sentía aliviada. Se rascó la cabeza y sonrió.

—Creo que ha ido bien —dijo contenta.

Llamaron con suavidad a la puerta y apareció la cabeza de lord Brockenhurst.

—¿Puedo pasar?

—Por favor —contestó su mujer.

Entró en la habitación y se sentó en una butaca próxima.

—Qué alivio que se hayan ido ya.

—Estábamos hablando de lo bien que ha ido.

—Supongo que sí. Pero hay un máximo de veces por velada que puede uno interesarse por la salud de alguien, o alegrarse de que la reina esté encinta. O preguntar por los planes para el verano. ¿Quién era el comerciante de algodón? ¿Y qué hacía aquí?

Caroline escrutó el rostro de su marido en el espejo. ¿Había adivinado? ¿Se daba cuenta de cuánto se parecía Charles al hermoso Edmund? Esos ojos. Esos dedos tan largos. Su forma de reír. El joven era Bellasis puro. ¿No saltaba a la vista?

—¿Te refieres al señor Pope?

—¿Pope? ¿Se llamaba así? —Peregrine se alisó el bigote e hizo una pequeña mueca de dolor. Le hacían daño los zapatos—. Sí —dijo pensativo mirando una de las acuarelas de Lymington Park de su mujer—. Me pareció un tipo agradable, y más interesante que las mujeres con que me sentaste a cenar, pero sigo sin entender qué hacía en nuestro salón.

—Estoy interesada en él.

—Pero ¿por qué?

—Bueno… —Caroline hizo una pausa, lo mismo que Dawson. La doncella sostenía un cepillo en la mano derecha y otro en la izquierda y ladeaba la cabeza, expectante. Era una de las facetas más interesantes de su trabajo, ayudar a la señora a desvestirse después de una velada en sociedad. El vino siempre aflojaba la lengua, y los retazos de información que reunía daban para muchas conversaciones en el comedor de servicio—. Verás...

Entonces Caroline vio a Dawson y se interrumpió. Quería por encima de todo contar la verdad a su marido, pero había dado su palabra. ¿La promesa era aplicable también para cónyuges? ¿No estaban desobedeciendo uno de los mandamientos ocultándose cosas mutuamente? ¿No decía eso la Biblia? Pero aunque así fuera, Caroline se daba cuenta de que no estaría bien presentar a Charles en sociedad impulsado por una marea de chismorreos de criados. Era posible que Dawson fuera, por regla general, discreta, pero no se podía contar con la discreción de una segunda doncella. Podía muy bien difundir la noticia por Belgravia antes de que llegara el repartidor de carne con el cuarto de kilo de beicon a las cinco de la tarde. En eso los sirvientes eran peor que las ratas, iban de casa en casa contando lo que les venía en gana. Sabía lo mucho que hablaban en el piso de abajo, incluso los que eran leales. No, no podía contárselo ahora a su marido, luego ya se vería. Así que Caroline hizo lo que hacía siempre cuando las cosas se complicaban: cambió de tema.

—Maria Grey se ha convertido en una muchacha muy bonita —dijo—. Antes era muy seria, siempre con la cabeza metida en un libro. Ahora está encantadora.

—Mmm —estuvo de acuerdo Peregrine—. John tiene suerte. Espero que sea digno de ella.

Se quitó los zapatos en un intento por reunir energías para irse a la cama.

—Da la impresión de haber aceptado bien la muerte de su padre.

—Qué asunto más espantoso.

Dawson cogió de nuevo un cepillo y siguió desenredando el pelo de lady Brockenhurst. Aquella historia ya la había oído, cómo lord Templemore se había caído del caballo y estrellado la cabeza contra una roca mientras cazaba—. Lady Templemore se ha deshecho en alabanzas sobre Reggie.

—¿Reggie?

—Su hijo. Me decía que prácticamente administra la heredad. Y con solo veinte años. Dice que el administrador es un buen hombre, pero que aun así.

Peregrine gruñó.

—Necesitará algo más que un buen administrador si quiere mantener la heredad a salvo de los alguaciles. Tengo entendido que el padre la dejó lastrada por deudas más pesadas que un saco de piedras.

Caroline suspiró, conmiserativa.

—Esta noche llevaban vestidos nuevos, madre e hija. Me sorprendió. Pero supongo que sabían que John venía y no habría quedado bien parecer pobres. Desde luego no delante del futuro esposo.

Peregrine apoyó la cabeza en las manos, invadido de una repentina oleada de tristeza. Había algo en la llegada del verano, tanta esperanza en el aire, tanta gente de fiesta en fiesta, todos llenos de planes para escapar del calor de la ciudad... Y ver a John aquella noche coquetear con la bonita nuera de ese curioso señor Trenchard... ¿Qué edad tenía? ¿Treinta y dos o treinta y tres años? Daba igual. Edmund tendría ahora cuarenta y ocho, un hombre aún en la plenitud de la vida. Pero no se escaparía a la costa norte de Francia ni a las montañas alrededor de los lagos de Italia. Estaba atrapado en su tumba, igual que todos esos jóvenes galantes que habían muerto aquella mañana de junio tanto tiempo atrás. Peregrine había albergado la esperanza de que el traslado a la nueva casa en Belgrave Square, con sus espléndidos salones para recibir, les daría a Caroline y a él nuevos motivos para vivir, nueva energía. Pero aquella noche sentía de alguna manera que había ocurrido lo contrario, que la visión de la frivolidad, las ropas, la cháchara, los diamantes solo habían servido para ilustrar el sinsentido de la existencia humana, abocada sin remedio a una tumba fría y solitaria. Se puso en pie con esfuerzo y se dirigió hacia la puerta.

—Voy a acostarme. Mañana tengo un día ocupado.

Caroline notaba su tristeza; flotaba en la habitación igual que una nube. Ansiaba darle la noticia, ahora estaba segura. Edmund tenía un hijo. Tenían alguien a quien amar.

—Querido. —Su marido se volvió—. Descansa. Mañana quizá veas las cosas distintas.

James Trenchard tenía pavor al día siguiente. Y al subsiguiente también. Tenía pavor con independencia de lo que tardara el escándalo en salir a la luz. Era como un reloj que marcara las horas antes del juicio final, concluyó, acostado en la cama y estudiando la intricada cornisa del techo. Era como la granada de un soldado a punto de estallar. No era de extrañar que no pudiera dormir. Llevaba tumbado una hora, escuchando el silencio. Sabía que Anne tampoco dormía. Estaba tumbada a su lado dándole la espalda, rígida. Notaba su tensión.

Habían vuelto a casa en silencio. James se metió en su vestidor y Anne sacó a la perra y a continuación se retiró a sus habitaciones. No solía ser muy habladora, pero incluso a Ellis le sorprendió su silencio. Las amables invitaciones de la doncella a charlar sobre la fiesta de lady Brockenhurst habían sido ignoradas y, en cuanto pudo, Ellis terminó su tarea y se fue. Para cuando apareció James, Anne ya estaba en la cama, bien envuelta en las mantas, con la perra hecha un ovillo en sus brazos. Descalzo y en pijama, James había estado a punto de irse a su lujoso dormitorio, algo que había hecho solo en unas pocas ocasiones en cuarenta años de matrimonio. Pero luego se metió en la cama, apagó la vela de su lado y se tumbó de espaldas con los ojos abiertos. No tenía sentido retrasar una colisión que era inevitable, puesto que cada uno culpaba al otro de su infelicidad. Estaban furiosos, enfadados por el comportamiento taimado, hipócrita, del otro.

—Charles tiene que saberlo —dijo James por fin, incapaz de guardarse más tiempo sus pensamientos.

—¡De eso nada! —Anne se sentó, sobresaltando a Agnes, que dormía. Veía el perfil de su marido iluminado por la farola de la calle. En ocasiones echaba de menos la oscuridad absoluta de las noches en la ciudad de su juventud. Aquella penumbra generalizada parecía tener el mundo en un atardecer perpetuo. Claro que Londres era ahora más segura y eso era bueno.

James no había terminado.

—Lo sentó a su lado en la cena. A la derecha. Todo el mundo se dio cuenta. El resto de la familia Bellasis desde luego que lo hizo. Fue como publicarlo en *The Times*. Seguro que quería que se fijaran en él y ¿por qué iba a hacer eso de no querer que se supiera? Si él no conoce aún la verdad, es solo cuestión de días.

—¿Desde cuándo estás en contacto con él?

James no tuvo ni la cortesía de contestar a su pregunta.

—¿Cómo sabes que no se lo ha contado ya? ¿Qué otra razón puede haber para que estuviera invitado? Tiene que saberlo. Las personas como Charles Pope no reciben invitaciones a una cena íntima en Belgrave Square para que puedan compartir un faisán con la mitad de la nobleza. Las personas como Charles Pope no se sientan al lado de la condesa de Brockenhurst. Las personas como Charles Pope ni siquiera conocen a la condesa de Brockenhurst. En un orden de cosas normal y corriente, la condesa de Brockenhurst no se hablaría con Charles Pope ¡y mucho menos lo invitaría a sentarse a su lado durante la cena!

Para entonces James se había incorporado y hablaba cada vez más alto con la cara vuelta a su mujer.

—¡Baja la voz! —siseó Anne. Oliver y Susan dormían justo encima de ellos. Cubitt había revestido los techos de aquellas casas de manera que los ruidos no pasaran de una planta a otra, pero no eran tan gruesos.

—Y en cuanto a esa tontería de que va a invertir en sus negocios…

—¿Por qué tontería? Tú has invertido. Llevas meses ayudándole.

El tono de Anne no era tranquilizador.

—Yo soy un hombre. Lady Brockenhurst no tiene dinero. Al menos no que pueda invertir sin permiso de su marido. Y ¿por qué iba a dárselo si no conoce el motivo de su interés? ¡No son más que tonterías y chismorreos que terminarán por arruinarnos!

No era casualidad que James hubiera prosperado tanto en el ambiente sin ley y de libre circulación de Bruselas en tiempo de guerra. Cuando tenía que jugar duro y sin escrúpulos lo hacía. Seguía siendo el hijo de un vendedor, más que capaz de defender su esquina en el mercado. Y ahora le habían arrinconado. Todo lo que había ganado y por lo que había luchado estaba a punto de echarse a perder y por culpa de su esposa, nada menos.

—No podía dejar que siguiera creyendo que su marido y ella eran los últimos de una estirpe. —Anne alisó las sábanas a sus lados.

—¿Por qué no? ¡Llevaban veinticinco años creyéndolo! ¡Seguramente ya se habían hecho a la idea! —Empezaba a ponerse rojo de nuevo. Ahora que había dado rienda suelta a su furia no podía contenerla—. ¿Qué ha cambiado? Charles Pope no puede reclamar absolutamente nada a la familia. No tiene derechos. Es un bastardo, ¡aunque no creo que te vaya a estar agradecido por hacer público ese hecho!

—Tienen un nieto. Tenían que saberlo.

—¿Por eso nos invitaron, entonces? —preguntó James—. ¿Es así? —Pero Anne guardó silencio—. Para que la viéramos pasear a Charles delante de nuestros ojos, sin que pudiéramos hablar con él. ¿Ha sido su forma de vengarse?

—Tú sí has podido hablar con él. A estas alturas sois viejos amigos. —Su voz era fría como el hielo.

—Claro que su presencia allí no fue ninguna sorpresa para ti.

Hasta cierto punto, reconocerlo fue casi un alivio para Anne.

—Sí —contestó—. Sí, sabía que iba a estar. Y si piensas que voy a escuchar un solo reproche estás muy equivocado. Tú tienes tanta culpa como yo.

—¿Yo? —James Trenchard se sobresaltó sobre la cama—. ¿Qué he hecho yo?

—Has estado en tratos con nuestro nieto, le has conocido, incluso trabajas con él y nunca se te ocurrió contármelo a mí, a la madre de la mujer que le dio a luz. —Se le quebraba la voz, se daba cuenta de ello, y, por mucho que deseara mostrarse fuerte y firme, las lágrimas siguieron pugnando por salir—. Has hablado con él. Le has tocado. Y no me lo dijiste. He estado más de veinte años viviendo en la ignorancia, preguntándome cada día qué aspecto tendría, cómo sería su voz, y tú le conocías y no me lo contaste. No ha habido una sola hora de mi vida en que no me haya arrepentido de mi decisión de entregarlo a una familia de extraños. Renuncié a mi hermoso nieto porque a ti te daba miedo que recibiéramos menos invitaciones a cenar si lo criábamos nosotros. ¡Y ahora me engañas de esta manera tan odiosa y cruel!

Por supuesto, en su diatriba, Anne había olvidado oportunamente que, después de muerta Sophia, había aceptado de buen grado el plan de deshacerse de aquel niño no deseado.

James pensó en recordárselo, pero cambió de idea. Probablemente era mejor. Miró el brillo de las lágrimas que rodaban por las mejillas de su mujer. Con las manos tiraba de las sábanas.

—La ignorancia de lady Brockenhurst no era excusa para la crueldad que suponía seguir ocultando el secreto. Era hora de que lo supiera. Tenía que saberlo.

No tenía sentido añadir nada más. James lo sabía, pero no pudo resistirse a una última recriminación:

—Tu sentimentalismo va a hacer que el techo se desplome sobre nuestras cabezas. Cuando arrastren el nombre de tu hija por el fango, cuando se refieran a ella como una cualquiera, una perdida, cuando todas las puertas que tanto trabajo nos ha costado abrir se nos cierren, entonces solo podrás culparte a ti misma.

Y con esas palabras James Trenchard se volvió, dando la espalda con determinación a su llorosa mujer, y cerró los ojos.

.5.

La aventura

Susan Trenchard estaba acostada oyendo las campanas de All Saints, en Isleworth. De tanto en tanto le llegaban ruidos del río: barqueros llamándose entre sí, el chapoteo de un remo. Paseó la vista por la habitación. Estaba decorada como el dormitorio de una gran mansión más que como una casa de huéspedes, con gruesas cortinas de brocado, una chimenea de estilo clásico y una elegante cama con dosel que encontraba muy cómoda. Otra mujer se habría alarmado al descubrir que John Bellasis mantenía una pequeña residencia en Isleworth con una única habitación para comer, un dormitorio espacioso y lujosamente amueblado y poco más, a excepción de una zona de servicio y, era de suponer, un cuarto para el hombre casi mudo que les atendía. De nuevo, el hecho de que el criado no hubiera hecho preguntas cuando llegaron y en lugar de ello les hubiera servido un delicioso almuerzo antes de hacerles pasar a un dormitorio con las cortinas echadas y el fuego encendido podría haber dado a entender que conocía demasiado bien aquella clase de encuentros. Pero Susan estaba demasiado complacida, demasiado satisfecha —más satisfecha, de hecho, de lo que lo había estado en años— para poner pegas a su felicidad. Se estiró.

—Tal vez deberías vestirte. —John estaba a los pies de la cama abotonándose los pantalones—. Yo ceno en la ciudad, y tú debes volver a tiempo para cambiarte.

—¿De verdad tenemos que irnos?

Susan se sentó en la cama. El pelo castaño rojizo le caía en rizos sobre los hombros. Se mordió el labio inferior abultado y miró a John. En ese estado de ánimo resultaba irresistible y lo sabía. John fue a sentarse a su lado y le pasó el dedo índice por uno de los lados del cuello, trazando la curva de la clavícula, mientras Susan cerraba los ojos. Le acarició la barbilla y la besó.

Qué revelación tan extraordinaria había resultado ser Susan Trenchard. Su encuentro en la velada de su tía había sido fortuito y en absoluto planeado, pero era el mejor descubrimiento de la temporada. Estaba convencido de que le tendría entretenido durante semanas.

Tenía que agradecer a Speer, la doncella de Susan, que hubiera hecho posible aquella aventura. A pesar de su aspecto enjuto e infeliz, se había mostrado más que dispuesta a ser cómplice de la seducción de su señora. Aunque Susan tampoco había necesitado que le insistiera mucho, sobre todo cuando la requería alguien tan competente en las artes amatorias como John. Siempre tenía buena vista a la hora de elegir a la mujer a la que quería llevar por el mal camino. El aburrimiento de Susan y la falta de afecto por su marido le habían resultado evidentes desde el momento en que la abordó aquella noche en Brocken-hurst House. Lo único que necesitó fue halagarla un poco, decirle lo bonita que era, fruncir el ceño simulando interés por sus opiniones y, poco a poco, se había convencido de que conseguiría arrebatársela al pusilánime de Oliver Trenchard. A la postre, las mujeres eran criaturas bien simples, pensó mientras miraba sus ojos azul pálido. Podían temblar de indecisión, simular consternación y horror ante la idea misma, pero John sabía que aquello no eran más que etapas que era necesario superar. Desde el momento en que Susan rio con sus chistes, supo que podría hacerla suya cuando quisiera.

Había dado seguimiento a su encuentro en Belgrave Square con una carta. En aras de la discreción, la había enviado por correo, con un sello de un penique. En ella le exponía, con términos floridos y románticos, lo mucho que había disfrutado de su compañía y que la consideraba una belleza singular. No conseguía sacársela de la cabeza, había escrito con fervor, sonriendo al imaginarla leyendo sus palabras.

Había sugerido que tomaran el té en el hotel Morley's, en Trafalgar Square. Era un establecimiento muy frecuentado, pero normalmente no por personas del círculo íntimo de John. La invitación había sido una especie de examen. Si Susan era de esas mujeres capaces de inventarse una excusa para cruzar Londres y reunirse con él en pleno día, entonces era una mujer que jugaba con la verdad, capaz de mentir y por tanto a la que merecía la pena seducir. Apenas consiguió contener la sensación de triunfo cuando la vio entrar por las puertas giratorias del hotel acompañada de Speer.

Por supuesto hay que decir que John se equivocaba en casi todo. Tenía en tan alta estima sus poderes de seducción que nunca se le pasó por la cabeza que Susan Trenchard no necesitara ser seducida. Lo cierto era que una vez supo de las brillantes perspectivas económicas de John, y a la vista de la atracción que había sentido por él cuando se conocieron, Susan había decidido que primero sería su amante y después, si todo marchaba bien, decidiría hasta dónde progresaría la relación. John debería haber sabido que el simple hecho de haber hecho partícipe a su doncella del secreto —algo de lo que no había duda, puesto que la había acompañado al hotel— quería decir que

Susan era partícipe activa, y no pasiva, del plan. Sabía muy bien que nadie cuestionaría que una mujer casada saliera de su casa con su doncella. Había muchas razones legítimas para desplazarse por Londres u otro lugar: hacer compras, almorzar, visitar a alguien, siempre que fuera con una doncella. Convertir a Speer en confidente garantizaba el éxito del plan de Susan. Estaba dispuesta a dejar que John se atribuyera el mérito de llamar su atención y arrastrarla al pecado —a los hombres les gusta siempre pensar que llevan la voz cantante—, pero lo cierto era que si Susan no hubiera decidido descarriarse, aquello no habría ocurrido.

El día en cuestión le dijo a Oliver que iba a encontrarse con una antigua compañera del colegio que vivía en el campo y ver una exposición en la National Gallery. Oliver ni siquiera se había molestado en preguntar el nombre de la mujer con la que se iba a encontrar. Pareció contento de que Susan se mantuviera ocupada.

Speer desapareció con mucho tacto en cuanto estuvieron en el vestíbulo del hotel y dejó que su señora se acercara a John sola. Este estaba sentado en un rincón, cerca de un piano de cola, con una frondosa palmera a su espalda. Era más atractivo de lo que Susan recordaba, mucho más atractivo que el infeliz de su marido. Mientras caminaba entre sillas y mesas se dio cuenta, para su sorpresa, de que ahora que había llegado el momento estaba un poco nerviosa. No era la posibilidad de tener una aventura. Sabía desde un año o dos atrás que terminaría teniendo una, tan insatisfactorios se habían vuelto los ocasionales escarceos con Oliver. Y era estéril, algo que le había causado gran dolor de corazón en el pasado pero que ahora le resultaba útil. Se permitió sonreír. Los nervios debían de ser lo único que conservaba de su modestia infantil, un fragmento que había sobrevivido intacto al proceso de endurecimiento que la había convertido en la mujer que era. Mantuvo la cabeza baja para evitar cualquier contacto visual con los grupos de señoras sentadas tomando el té. El Morley's no era la clase de hotel que frecuentaría su círculo íntimo, en eso al menos John había acertado, pero toda precaución era poca. La ciudad era un pañuelo y bastaba una tarde para arruinar una reputación.

Se sentó enseguida de espaldas al resto de la sala y miró a John. Puesto que era bien versado en esa clase de situaciones, o al menos eso pensaba, John se ocupó de hacerla sentir cómoda y Susan se lo permitió. Sabía muy bien que John necesitaría la emoción de conquistar a una mujer virtuosa para disfrutar por completo de la experiencia, y ella quería que John se divirtiera, y mucho. Su modestia ruborosa hizo su papel y John no tardó en sugerir que volvieran a verse, pero en circunstancias algo diferentes.

Oliver Trenchard no era marido para Susan. Durante los primeros cinco años de su matrimonio habían intentado sin éxito concebir, pero después Oliver casi había dejado de buscar su compañía íntima. Susan no le culpaba enteramente. Una vez quedó claro que no habría descendencia, no se gustaban lo bastante para que la idea de estar juntos resultara tentadora a ninguno de los dos. No era algo de lo que hablaran, a no ser para usarlo a modo de insulto durante una discusión, o en una conversación especialmente cortante en el vestidor de ella después de cenar, sobre todo si Oliver había bebido demasiado. Pero Susan se había dado cuenta de que, en tanto esposa sin hijos, había perdido toda influencia sobre su marido y de que nunca podría controlar a sus suegros. A esto siguió la conclusión de que, si no tenía cuidado, podía terminar sin nada. Incluso su padre había perdido el interés en ella. De esto podría haber culpado a su afán derrochador, al menos en parte, pero prefirió atribuirlo a la decepción por no haberle dado nietos. No tendría descendientes, y Susan no estaba segura de que pudiera perdonarla por ello, mientras que los Trenchard sin duda se alegrarían si alguna enfermedad se la llevaba y permitía así a Oliver encontrar otra esposa que llenara el cuarto de los niños de Eaton Square. Quizá fue esta amarga verdad la que llevó a Susan a decidir que, si quería llevar una vida satisfactoria, era el momento de forjarse su propio camino. Por supuesto este viaje llevó tiempo —viajar del optimismo atravesando la desilusión hasta llegar a la determinación de cambiar de vida—, y justo para cuando las ideas hubieron tomado forma plena en sus pensamientos conoció a John Bellasis.

Así que cuando, aquella tarde, este sugirió ir a Isleworth, donde tenía unas habitaciones que usaba para escapar del ajetreo londinense, Susan apenas se había molestado en simular vacilación. Solo necesitaba una excusa para ir a pasar el día a Isleworth. Había decidido no mentir sobre su destino, porque alguien podía verla, y no había necesidad de arriesgarse a que la descubrieran. Al final decidió decir que estaba pensando en comprar un huerto y que quería ver cuáles había allí. Muchas de las residencias más ricas de Londres tenían huertos en la zona que les suministraban fruta fresca a finales de verano y durante el otoño y, aunque Oliver algo dijo sobre que tendría que ser él quien lo comprara, no había puesto objeción. Para completar su imagen de inocencia, viajaría con Speer y organizaría dónde esperaría la doncella hasta que Susan estuviera preparada para volver.

Y eso era exactamente lo que habían hecho. La Bridge Inn, a poca distancia río abajo de las habitaciones de John, sería donde esperaría Speer a partir de las tres de la tarde. Una vez decidido esto, Susan se marchó, dejando al segundo cochero en la ignorancia total. Incluso los criados habían sido informados del proyecto de compra de un huerto, porque ello daría una excusa a Susan para nuevas escapadas en el futuro.

—Estaba pensando que podría dar un descanso a mi caballo y volver contigo. —John le acarició la mejilla con el pulgar.

—¿No sería maravilloso? —contestó Susan mientras se estiraba somnolienta—. Pero no podemos.

—Ah, ¿no? —John estaba bastante sorprendido.

Susan le dedicó una sonrisa lánguida, promesa de más atenciones cuando la ocasión fuera propicia.

—Viajo con mi doncella y en el coche de mi marido.

Al principio John no entendía cuál era el problema. ¿Por qué no podía la doncella viajar en el pescante con el cochero y así volver los dos juntos a la ciudad? Le daba bastante igual ser visto con una bonita mujer casada en el coche de su marido. Pero, cuando se paró a pensarlo, incluso él se dio cuenta de que a Susan sí le importaría y mucho ser reconocida, y además su expresión dejaba claro que algo así no iba a ocurrir. Durante un segundo casi atisbó que Susan era tan fuerte como él, y que era tan dueña como él de los acontecimientos, pero luego esta visión desapareció y solo vio a una mujer risueña recostada en almohadas con los ojos entrecerrados, locamente enamorada de él. Eso era algo con lo que se sentía cómodo y no insistió.

Con un suspiro, como dando a entender, tal y como era su intención, que su deseo más ferviente sería quedarse para siempre junto a él, Susan se levantó y se puso la camisola. Caminó descalza hasta la ventana arrastrando los pies por la lujosa alfombra turca, y cogió su corsé.

—Speer me está esperando en la Bridge Inn. —Hizo un mohín seductor—. Así que necesito que me ayudes con esto.

John levantó las cejas y también simuló suspirar. Susan rio y él hizo lo mismo, aunque en realidad las complejidades de la moda femenina le resultaban de lo más tediosas.

—¿Tengo que atar las cintas?

—No, eso solo se hace en el teatro. Las cintas están atadas, pero los corchetes de la parte delantera pueden ser obstinados.

John tardó más de cinco minutos en abrochar los odiosos corchetes y cuando lo consiguió Susan le pidió que la ayudara con unos complicados botoncitos que cerraban el vestido por la espalda y hasta los pies. En la habitación hacía cada vez más calor y a John le sudaban los dedos mientras manipulaba con torpeza la seda amarilla.

—La próxima vez —sugirió amable—, sería buena idea que llevaras algo… un poco menos… complicado.

—No esperarás que salga a la calle en bata. Ni siquiera por ti. Y no te quejabas tanto cuando me estabas ayudando a desvestirme.

De nuevo John tuvo la leve sospecha de que se estaba burlando de él; de alguna forma él estaba obedeciendo las órdenes de ella y no al revés, tal y como había imaginado. Pero ahuyentó el pensamiento una vez más.

—La próxima vez ¿quieres que nos veamos en Londres? —dijo tras consultar su reloj de bolsillo—. ¿O por lo menos más cerca?

Susan asintió con la cabeza.

—Cómo van a cambiar las cosas con estos ferrocarriles modernos.

—¿Por qué lo dices?

Susan sonrió.

—Solo quería decir que podremos vernos lejos de Londres y estar de vuelta a la hora del té. Dicen que Brighton estará a solo una hora o dos, y York a cinco o seis. Solo de pensarlo me quedo sin respiración.

John no estaba tan convencido.

—No entiendo por qué tienen que cambiar siempre las cosas. Soy perfectamente feliz con cómo están ahora.

—Bueno, yo no cambiaría nada de la tarde que acabamos de disfrutar. —Susan aduló su vanidad tal y como le gustaba a John que lo hicieran. Algo que por supuesto ella sabía—. Y ahora tengo que irme. —Le besó una vez más permitiendo que su lengua rozara los labios de él antes de separarse, una promesa para la siguiente ocasión—. No me hagas esperar demasiado —le susurró al oído, y antes de que John pudiera reaccionar ya había salido por la puerta y bajaba hacia el vestíbulo, donde el criado mudo la esperaba para abrirle la puerta. Era obvio que aquella era una rutina que conocía bien.

Ahora Susan solo tenía que llegar hasta la Bridge Inn. Una vez conseguido esto, tendría a su doncella y el coche, y su imagen sería tan serena y formal como la de cualquier otra señora londinense. Llevaba un velo más grueso de lo habitual, de modo que si alguien la veía no pudiera reconocerla con seguridad, pero mantuvo la calma y caminó tranquila de vuelta al hotel, a territorio seguro. Speer la esperaba en actitud recatada delante de una taza de té vacía. Se puso de pie cuando vio a Susan acercarse.

—He ido a dar un paseo, señora.

—Me alegro. No me habría gustado que pasara toda la tarde metida en una taberna.

—Fui a ver a un agente y me ha dado descripciones de algunas huertas en venta. —Sacó folletos de tres o cuatro huertos—. Pensé que nos vendrían bien.

Susan cogió los papeles, los dobló con cuidado y se los guardó en el ridículo sin decir nada. Su coartada era sólida como una roca.

¿Existen las rachas perdedoras?, se preguntó distraído Stephen Bellasis mientras veía cómo el crupier se llevaba una vez más sus fichas. Siempre se habla de racha ganadora, pero ¿y las rachas perdedoras? Porque si era una racha, en algún momento tendría que terminar, pero la suya no parecía hacerlo nunca. Esa tarde ya había perdido mucho. Una pequeña fortuna, de hecho. Mientras su hijo se divertía en Isleworth, Stephen ya había perdido mil libras en el Jessop's Club, cera de Kinnerton Street.

El Jessop no era de esos clubes de los que hombres ambiciosos aspiran a ser socios, sino uno de esos lugares a los que van a parar los gandules. Fétido, mugriento y repartido en cuatro plantas, el club estaba formado por una serie de lóbregos comedores en los que se servía alcohol de baja graduación a jugadores varios mientras malgastaban el poco dinero que les quedaba o que habían reunido a base de mendigar, tomar prestado o robar. Era la otra cara de Belgravia.

Unos pocos años antes Stephen había sido socio del Crockford en St. James's, donde acudían los ricos y poderosos a cenar y a divertirse. Pero William Crockford era un hombre astuto que había estudiado la historia y a los miembros de las familias nobles del país y conocía bien el valor de cada una. Sabía a quién podía conceder una generosa línea de crédito y a quién no. Huelga decir que el honorable reverendo Stephen Bellasis no duró mucho tiempo en el Crockford's Club. Se convenció de que no necesitaba un chef de moda ni conversación inteligente para acompañar su afición al juego y empezó a frecuentar establecimientos menos distinguidos. Le tomó mucho cariño al Victoria Sporting Club en Wellington Street, cuyos socios no hablaban de apostar, sino de «jugar», y empezó a hacer apuestas allí para las carreras de Ascot o Epsom. Por desgracia, con los caballos parecía tener tan poca fortuna como con las cartas.

¡Pero cómo le gustaba la sensación de victoria! No hacía falta mucho, solo oler el triunfo, apostar unas pocas libras a un caballo ganador, y volvía a la carga. En ocasiones para disfrutar con sosiego de los encantos de Argyll Rooms, donde celebraba a su manera propia e inimitable, con una botella de oporto y la posibilidad de una incursión bajo las faldas de una bonita corista. En otras ocasiones era más audaz y se desplazaba al este de la ciudad, al Rookery, en los alrededores de Seven Dials, un lugar que incluso la policía evitaba siempre que le era posible. Igual que un hombre que arriesga su vida por capricho, bebía en los bares que encontraba allí, charlaba con ladrones y prostitutas y de vez en cuando permitía que la noche se volviera peligrosa y se preguntaba si la mañana lo encontraría muerto en una zanja o de vuelta en su cama, al lado de una mujer que no le proporcionaba placer alguno.

Aquel día, sin embargo, la victoria brillaba por su ausencia. No le faltaba talento para el whist, en la medida en que se le daba bien el juego, y a menudo recuperaba sus pérdidas, pensó, mientras estudiaba sus cartas. Pero aquella tarde nada parecía funcionar. La diosa Fortuna le había abandonado y empezaba a arrepentirse de haber sido tan despreocupado con su dinero.

De hecho, no estaba arrepentido, estaba aterrado. Mil libras era una gran suma de dinero que no estaba en situación de pagar, a no ser que la recuperara jugando. A medida que seguía perdiendo, la apenas iluminada habitación se fue volviendo más claustrofóbica. La temperatura en aquel sótano de paredes de madera oscura era asfixiante y se aflojó el cuello de la camisa que rodeaba su pescuezo sudoroso. Nunca se ponía alzacuellos para jugar, pero el grueso pañuelo con que lo había sustituido parecía estrangularle. La ginebra ingerida tampoco ayudaba, como no lo hacía el humo que salía sin parar de la pipa del conde Sikorsky. Stephen tenía la sensación de que casi no podía respirar.

Había tres jugadores más sentados a la pegajosa mesa, dos de ellos conocidos de Stephen. Estaba Oleg Sikorsky, aristócrata ruso entrado en años con una heredad en pésimo estado en Crimea que no podía ya permitirse visitar. Sikorsky hablaba sin fin de los buenos tiempos en San Petersburgo, sorbiendo champán en el Fontanka mientras despilfarraba la fortuna de su abuela, una dama venerable que, de ser cierto lo que contaba el nieto, había sido persona de confianza del zar Alejandro I. A su lado estaba el capitán Black, oficial de granaderos y amigo de John. Era nuevo en la mesa, los hombres de su regimiento le habían contagiado el «virus» del juego. Tenía una mente ágil y memoria para trucos, pero también tendía a las jugadas temerarias y a gestos extravagantes que rara vez daban como resultado ganancias importantes, aunque aquella tarde no le estaba yendo nada mal, eso sin duda. El cuarto jugador era el señor Schmitt, un hombre grande como un oso cuyo cráneo había resultado al parecer dañado por un martillo en el transcurso de una pelea en su juventud desperdiciada. Cosa extraña, había sobrevivido al ataque, y para probarlo tenía una espantosa hendidura en la frente. Schmitt había fundado un lucrativo negocio como prestamista, razón por la que estaba allí. Porque no solo le gustaba apostar, también sustentaba la costumbre en los demás. Y aquel día había sido muy generoso con Stephen. Dicho en pocas palabras, su generosidad había resultado en que Stephen le debía ahora mil libras.

—Creo que me voy a retirar —anunció Oleg entre bocanadas de humo de su desagradable pipa—. Esta noche voy al teatro.

—¡No puedes retirarte! —dijo Stephen pensando a toda velocidad mientras cogía el vaso para terminarse lo que le quedaba de ginebra—. ¡Eres mi socio! ¡Estamos a punto de entrar en una racha ganadora!

—¿Racha ganadora? —resopló Schmitt. Apoyó los gruesos antebrazos en la mesa y miró a Stephen—. ¿Cómo la de la armada española?

—Lo siento, Bellasis —El conde Sikorsky se frotó la cara sin quitarse las gafas—, pero no tengo elección. Estoy sin fondos y ya le debo dinero al señor Schmitt de la semana pasada.

—Doscientas guineas —confirmó Schmitt—. Más las trescientas de hoy. ¿Cuándo me pagará?

—No debemos aburrir a estos caballeros —contestó el conde, claramente reacio a revelar los detalles de su situación.

—¿Cuándo me pagará? —insistió Schmitt.

—El viernes. Y ahora tengo que irme —dijo Oleg con una inclinación de cabeza.

—Pues si te vas, Oleg —replicó Black—, yo voy a hacer lo propio. No todos los días gana uno setecientas libras. —Rio y, haciendo chirriar la silla de madera contra el suelo de piedra, se puso en pie algo tambaleante. Llevaban tres horas sentados alrededor de aquella mesa y tardó un momento en recuperar la circulación sanguínea en las extremidades—. No sé si había ganado tanto antes. —Cogió su dinero y formó un fajo con el montón de billetes—. Mala suerte —le dijo a Stephen con una palmadita en la espalda—. ¿Hasta la semana que viene?

—¡No! —exclamó Stephen. Había en su voz un atisbo de pánico que todos advirtieron. En su afán por salvar una situación insalvable, Stephen rio con energía—. No, por favor. —Levantó una mano y la agitó jocoso en un intento por imponerse—. Venga, ¿no podemos jugar otra mano? ¡Venga! Solo serán veinte minutos. Black, no puedes irte así, ¡tienes que darme la oportunidad de recuperar algo de mi dinero! —Miró de un hombre a otro, una expresión suplicante en sus ojos pequeños y negros—. Solo una. No es mucho pedir…

Se le quebró la voz. Se daba cuenta de lo lamentable que sonaba, pero no podía evitarlo. Tenía que hacer algo.

Los demás se estaban poniendo en pie, dejando la mesa, abandonándolo en aquel oscuro sótano con Schmitt. Y era imposible saber lo que haría aquel hombre. Stephen le había debido dinero en el pasado, pero nunca una suma tan elevada, y siempre se las había arreglado para devolverlo.

Permaneció sentado mientras el capitán Black y el conde Sikorsky subían las escaleras, sus pisadas singularmente sonoras en el espacio lleno de eco. La cera de los candelabros baratos de latón goteaba despacio y caía en la mesa delante de él.

—Bien, milord —dijo Schmitt sarcástico mientras se levantaba de su silla y estiraba su cuerpo de grandes proporciones.

—¿Sí? —Stephen negó desafiante con la cabeza. No pensaba dejarse intimidar por aquel hombre espantoso. Estaba bien relacionado, recordó, tenía amigos influyentes.

—Tenemos pendiente el asunto de las mil libras.

Stephen hizo una mueca y esperó que el hombre hiciera crujir sus nudillos o diera un puñetazo en la mesa. Pero Schmitt no hizo ninguna de las dos cosas. En lugar de ello caminó por el suelo de piedra haciendo resonar las tachuelas de sus botas.

—Los dos somos caballeros —empezó a decir Schmitt. Stephen se sobrepuso a la tentación de señalar que Schmitt, como prestamista con la cabeza abollada, quizá no lo era—. También soy una persona complaciente, y estoy preparado para mostrarme razonable.

—Gracias. —La respuesta de Stephen fue apenas audible.

—Tiene dos días para reunir el dinero. Dos días para entregármelo. —Se interrumpió y con un gesto brusco golpeó la botella vacía de ginebra contra la mesa justo delante de Stephen, haciendo añicos el cristal. Stephen se puso en pie de un salto—. Dos días —siseó Schmitt, acercando su cráneo deforme a Stephen y blandiendo la botella rota—. Dos —repitió mientras le acercaba el cristal a la cara.

Stephen salió de allí corriendo en la medida que puede correr un hombre pequeño y grueso lleno de ginebra, y no dejó de correr hasta que llegó a la esquina de Sloane Street. Entonces, apoyado contra una pared y entre jadeos y resoplidos, cayó en la cuenta de que algo iba mal. Dos señoras que daban un paseo vespertino le evitaron. Un hombre se acercó y a continuación cruzó la calle a toda prisa. Se pasó las yemas de los dedos por la cara. Estaba húmeda. Sacó el pañuelo y se restregó la piel. Estaba ensangrentado. Un escaparate cercano le mostró que tenía cortes en toda la cara producidos por esquirlas del cristal roto.

Al día siguiente las cosas pintaban mejor. Al menos la cara de Stephen, como comprobó al mirarse en el espejo. No eran más que unos rasguños, se dijo, nada grave, nada que llamara la atención, lo cual era una suerte pues se disponía a ir, de nuevo, a pedir dinero a su hermano. Lo último que necesitaba era presentar mal aspecto.

Abajo, en el lóbrego comedor de la casa de Harley Street, el aire entre Stephen y Grace era glacial. A ninguno de los dos le gustaba vivir allí. La casa había sido un regalo de bodas de la madre de Grace pero, como casi todo lo relacionado con esta, ahora estaba raída y ajada. Con tantos edificios nuevos construyéndose en la ciudad, Stephen tenía a veces la impresión de que Harley Street no tardaría en quedarse atrás. Y era una vivienda estrecha, oscura y en la que siempre hacía frío. Con independencia del tiempo que hiciera fuera, el aire siempre era fresco; si ello se debía a la parsimonia de Grace cuando se trataba de encender fuegos o a la falta de criados para mantenerlos, el resultado final era el mismo. Las visitas solían empezar a tiritar en cuanto cruzaban el umbral. Aunque no recibían demasiado. En ocasiones Grace invitaba a unas pocas damas de la parroquia, o al comité de una de sus actividades benéficas, pero por lo general Stephen cenaba fuera y Grace lo hacía sola.

Sobrevivían con un servicio mínimo: una cocinera y una pinche, un mayordomo que también hacía de ayuda de cámara, un ama de llaves que ayudaba a vestirse a Grace y dos doncellas que parecían despedirse con abrumadora regularidad.

Grace se decía que la razón era lo limitado de la paga, pero había empezado a sospechar que Stephen podía estar detrás de varias de las marchas apresuradas. Lo cierto era que no podían permitirse una vida en Londres, y, de haber tenido sentido común, habrían vendido la casa años atrás y se habrían contentado con vivir en Hampshire, ahorrando el dinero que ahora gastaban en pagar a un coadjutor. Pero no tenían sentido común. O no lo tenía Stephen, pensaba Grace irónica; ni sentido común, ni ambición ni desde luego intención alguna de cumplir con sus obligaciones parroquiales, por poco exigentes que fueran. Se comió el poco suculento desayuno. Grace siempre se enorgullecía de no desayunar en la cama como otras mujeres casadas que conocía, pero hoy lo lamentaba. Al menos en su dormitorio hacía calor. Cogió el sobre que había en la mesa.

No levantó los ojos de la carta de su hija cuando bajó su marido. Sabía que la noche anterior había estado jugando y que probablemente había perdido. Lo supo por cómo suspiró al tomar asiento. De haber ganado, habría juntado las manos y se habría frotado las palmas al entrar en la habitación. Habría caminado con brío. En cambio ahora casi ni se molestó en comer. Levantó la tapa del plato caliente y miró los resecos huevos revueltos.

—Emma está bien —dijo por fin Grace. Levantó la vista y se puso rígida—. Dios del cielo, ¿qué te ha pasado?

—Nada, nada. Se rompió una ventana cerca de mí. ¿Cómo están los niños? —Se sirvió una loncha de beicon tibio.

—Dice que Freddie tiene tos.

—Qué bien. —Se dejó caer en la silla.

—¿Cómo que bien? —Grace le miró desde el otro extremo de la mesa de madera oscura—. ¿Cómo va a ser bueno que el niño esté enfermo?

Stephen la miró un momento.

—Había pensado en ir a ver a mi hermano hoy.

—¿La visita tiene algo que ver con cómo pasaste la tarde de ayer? —dijo Grace poniéndose en pie.

—No fue una buena tarde. —Stephen habló sin levantar la vista, como si estuviera poniendo voz a un pensamiento y no hablando con su mujer.

Aquello no le sonó bien a Grace. Por regla general, Stephen nunca admitía una derrota ni un fracaso de ninguna clase. De hecho pocas veces reconocía su afición al juego.

—¿Cuánto ha sido exactamente? —preguntó pensando que no quedaba ya gran cosa en su empobrecido joyero que pudieran vender. Por fortuna ya había pagado el alquiler de las habitaciones de John en Albany, aunque no lograba entender por qué no vivía con ellos en Harley Street.

—Nada que deba preocuparte. —Stephen había recuperado el dominio de sí mismo y sonrió débilmente a su mujer—. Esta tarde lo arreglaré.

—Primero arréglate la cara.

Cuando llegó a la casa de Belgrave Square, Stephen esperó un momento antes de anunciar su presencia. En la ancha calle pavimentada, mirando los escalones que conducían a la puerta negra reluciente flanqueada por columnas dóricas de color blanco, movió la cabeza ante la injusticia de todo ello y entonó la cantinela que tenía siempre en la cabeza. ¿Por qué, por un mero defecto cronológico, Peregrine vivía rodeado de aquel esplendor mientras él tenía que soportar su casa estrecha y mísera? No era de extrañar que apostara, pensó. ¿Quién no lo haría cuando la vida era tan cruel? ¿Era de extrañar que buscara refugio en brazos de mujeres de costumbres relajadas? ¿Era culpa suya ser adicto a la emoción y el peligro del juego?

Llamó a la puerta. La abrió un criado joven con librea que le hizo pasar a la biblioteca para que esperara a su hermano.

—¡Qué inesperado placer! —exclamó Peregrine cuando entró cinco minutos largos más tarde—. Estaba a punto de salir para ir a White's.

—Entonces me alegro de haberte encontrado —dijo Stephen. No estaba muy seguro de cómo empezar la conversación, aunque sabía muy bien que su hermano ya se esperaba lo que se avecinaba.

—¿Qué te ha pasado en la cara? —Peregrine miró las pequeñas costras repartidas por las mejillas de Stephen.

—Una mala experiencia en el barbero —contestó este. Le pareció una explicación más plausible que la ventana rota, pero ambos sabían que no era cierta.

—Recuérdame que no le llame —comentó Peregrine riendo mientras se sentaba ante su escritorio—. Entonces, ¿a qué debo este honor?

Los dos sabían que bromeaba. Lo único que quería Stephen de él era dinero, pero Peregrine necesitaba oír a su hermano decirlo en voz alta. Si iba a darle algo, exigía que estuviera precedido por la humillación máxima.

—Me temo que estoy en un pequeño apuro —empezó Stephen bajando la cabeza. Tenía la esperanza de que si se mostraba arrepentido, o si se prosternaba un poco, Peregrine sería más generoso.

—¿Qué clase de apuro?

—Uno de mil libras.

—¿Mil libras?

Peregrine estaba verdaderamente asombrado. Todos se concedían un capricho de cuando en cuando. Su viejo amigo el duque de Wellington era capaz de perder más de mil en una sola noche jugando al whist en Crockford's, pero podía permitírselo. ¿De verdad había perdido Stephen mil libras? Levantó las cejas. No había esperado una suma tan elevada. Por no mencionar que ya le había dado a su hermano casi esa misma cantidad de dinero hacía poco, después del almuerzo en Lymington.

—Normalmente no te lo pediría...

—Pero es que sí me lo pides normalmente —le interrumpió Peregrine—. Continuamente, de hecho. No recuerdo la última vez que viniste a mi casa y no me pediste dinero. —Hizo una pausa—. No.

—¿No? —Stephen estaba confuso.

—No. No te lo voy a dar. ¿Te queda claro? —¿Estaba oyendo bien Stephen?—. Esta vez no.

—¿Cómo? —Stephen no daba crédito. La humildad simulada se borró de su rostro y la sustituyó la simple cólera—. ¡Pero tienes que dármelo! ¡Tienes que hacerlo! ¡Soy tu hermano y lo necesito! ¡No puedo irme sin él!

—Eso deberías haberlo pensado antes de apostártelo. Te has jugado un dinero que no tenías y este es el resultado.

—¡No me lo he jugado! ¡Eso no ha sido lo que ha pasado!

Las manos rechonchas de Stephen eran dos tensos puños. Aquel no era el resultado que había esperado. Le zumbaba la cabeza. Si no había apostado el dinero ¿qué excusa podía dar? ¿Dónde podía decir que había ido a parar el dinero?

—Ambos sabemos que eso es mentira. —Peregrine estaba muy tranquilo. Su hermano era intolerable, no tenía ni un ápice de sentido de la responsabilidad, era una vergüenza para la familia. ¿Por qué tenía que seguir costeando su vida malgastada?

—¿Cómo te atreves a acusarme de mentiroso? —Stephen se inflamó—. ¡Soy un hombre de iglesia!

—Digo que mientes porque es la verdad. —Peregrine negó con la cabeza—. No voy a pagarte más deudas. Tienes una renta decente de tu herencia y de la Iglesia, o deberías tenerla, y tu mujer te proporciona ingresos adicionales. Debes aprender a vivir con los medios de que dispones, eso es todo.

—¡Vivir con los medios de que dispongo! —Stephen estaba a punto de explotar—. ¿Cómo te atreves? ¿Quién te crees que eres? Solo porque tienes dos años más que yo te corresponden el título, la casa, las heredades y todo el dinero...

—No todo.

—¿Piensas alguna vez en lo injusto que es? ¿Y tienes la osadía de decirme que viva con los medios de que dispongo?

—La vida no es justa —convino Peregrine—. Eso lo reconozco. Pero es el sistema en el que nacimos los dos. Nadie te dijo nunca que esperaras más de lo que te correspondía. Hay hombres que se conformarían con ser clérigos y vivir en una rectoría grande, sin tener que dar golpe de enero a diciembre.

—Bueno, pues un día John heredará. —Stephen levantó el mentón, triunfal—. Mi hijo, no el tuyo, lo tendrá todo.

Aquel fue un golpe bajo, pero Peregrine decidió no ponerse a la altura de su hermano.

—Y cuando lo haga te recuerdo que tú ya estarás muerto, así que será demasiado tarde para que pueda costear los vicios de su padre.

Stephen se puso en pie y le miró fijamente; tenía los dientes apretados y la cara arañada color rosa brillante. Estaba tan enfadado que se había quedado sin palabras.

—Bueno, bueno —dijo al fin—. Que tengas un buen día, hermano.

Salió, dando un portazo lo bastante fuerte para que del techo se desprendiera un poco de escayola.

Fuera, en el rellano, se detuvo un instante. No tenía ni idea de qué hacer a continuación. Peregrine no le había seguido. No había echado a correr detrás de él ni le había puesto un puñado de billetes en la mano. ¿Qué se suponía que tenía que hacer? No tenía manera de pagar sus deudas. En cuanto a Schmitt, solo pensar en él le daba escalofríos. Caminó de un lado a otro preguntándose si debía volver dentro y suplicar, decirle a su hermano que lo sentía mucho, apelar a su compasión. Necesitaba un plan. ¿Debía quedarse? ¿O debía irse? Se tiró del mentón, absorto en sus pensamientos.

Se oyó una carcajada, una risa de mujer. Miró hacia la reluciente escalera. Venía del gabinete de Caroline. Se preguntó si les habría oído discutir. ¿Se reía de él? Reía, de eso no había duda. ¿Estaba deleitándose en su caída? Stephen cruzó la galería hacia la puerta. Allí estaba, aquella mujer odiosa, riendo y ¿eso que oía era una voz de hombre? ¿Quién podía estar divirtiendo tanto a lady Brockenhurst? Se arrodilló y pegó la oreja cerca de la cerradura. Entonces se abrió la puerta.

—¡Dios mío! ¡Stephen! ¡Casi me da un ataque al corazón! —Caroline se llevó la mano al pecho, conmocionada—. ¿Se puede saber qué haces aquí?

—Nada —contestó Stephen incorporándose con cierta dificultad y entrecerrando los ojos. ¿Quién era aquel individuo de pelo oscuro? Le resultaba familiar. El joven estaba ruborizado, como si le hubieran pillado in fraganti. Caroline seguía mirándole—. Estaba… —No terminó la frase.

—¿Te acuerdas del señor Pope? Estuvo aquí la otra noche —dijo Caroline al tiempo que daba un paso atrás y presentaba, orgullosa, a su invitado.

—Me acuerdo —respondió Stephen con una inclinación de cabeza. Se acordaba muy bien de aquel hombre. Era el joven que se había sentado al lado de Caroline, en el sitio de honor. Era el hombre al que había paseado triunfal por la fiesta. Tenía alguna clase de negocio con el pomposo del señor Trenchard. Y allí estaba de nuevo.

—Charles me estaba contando todos sus planes. Tiene una fábrica textil en Manchester. —Caroline estaba radiante.

—Lady Brockenhurst es mi benefactora. —Charles sonrió como si aquello lo explicara todo.

—¿De verdad? —Stephen miró a uno y otro alternativamente.

La condesa asintió con la cabeza.

—Sí —dijo. Pero no añadió nada. En lugar de ello, dirigió a Charles hacia las escaleras—. Y ya le he entretenido bastante —añadió riendo alegremente y pasó al lado de Stephen para seguir a Charles escaleras abajo—. He disfrutado mucho de nuestra charla, señor Pope. Espero que volvamos a vernos pronto.

En el vestíbulo, el criado le dio a Charles su abrigo y sostuvo la puerta mientras salía. Caroline miró hacia el piso de arriba pero, en lugar de reunirse con su cuñado, entró en el comedor y cerró la puerta. Pasaron algunos minutos antes de que Stephen bajara. Tenía la creciente sospecha de que lo que acababa de presenciar y sus problemas de dinero podían, de alguna manera, combinarse a su favor, pero aún no sabía cómo.

Cuando Charles Pope salió de Brockenhurst House al sol resplandeciente de Belgrave Square estaba contento. Su entrevista con la condesa había ido bien y le había prometido más dinero de lo que se habría atrevido a esperar, el doble de la cantidad que le había propuesto en primera instancia. Claro que la pregunta acuciante era: ¿por qué? Pero ¿por qué había sido tan generoso también el señor Trenchard al adelantarle el depósito para comprar la fábrica y en condiciones muy ventajosas? Ahora esta nueva benefactora le permitiría establecer sus propias fuentes de suministro en la India y expandir el negocio de una forma que, de lo contrario, le habría llevado una década. De nuevo, ¿por qué? Era todo de lo más desconcertante. Se sentía muy honrado por haber sido invitado a la residencia de lady Brockenhurst, y esta le había hecho sentirse bienvenido. Pero no podía evitar preguntarse qué había hecho para merecer tanta fortuna.

—Parece usted encantado consigo mismo.

Charles se giró y guiñó los ojos, deslumbrado por el sol.

—¿Usted?

—¿Yo? —La joven sonrió.

—Lady Maria Grey, si no me equivoco.

Había preguntado por ella después de la fiesta, señalándola a su anfitriona, así que sabía su rango. Enterarse había sido un duro golpe. Si había tenido alguna esperanza respecto a ella, la información le confirmó que no era así. Con todo, se alegraba de volver a verla. Eso no lo podía negar.

—La misma. Y usted es el señor Pope. —Llevaba una chaqueta entallada azul oscuro sobre una amplia falda y un sombrero decorado con flores del mismo color. Charles decidió que nunca había visto nada tan bonito—. ¿Y puedo preguntarle a qué se debe ese estado de ánimo tan primaveral? —preguntó, riendo de forma agradable.

—Son solo negocios. Le resultarían muy aburridos —contestó Charles.

—Eso no lo sabe. ¿Por qué suponen los hombres siempre que a las mujeres solo nos interesan los chismes o la moda? —Se miraron. Se oyó una tosecilla. Charles se volvió y vio a una mujer de negro. Debía de ser la doncella de lady Maria, pensó. Claro. Nunca le permitirían salir sin acompañante.

—Perdóneme —dijo Charles juntando las manos como a modo de súplica—. No quería ofenderla, es que no se me ocurrió que costear un suministro de algodón fuera algo especialmente interesante.

—Déjeme que eso lo decida yo, señor Pope. —Lady Maria sonrió—. Cuénteme algo más sobre su fábrica y su algodón, y, si el tema me resulta aburrido, disimularé un bostezo con la mano enguantada y se dará cuenta de que no ha conseguido entretenerme. ¿Le parece bien? —Ladeó la cabeza.

Charles sonrió. Maria Grey no se parecía a ninguna de las mujeres que había conocido. Era hermosa y encantadora, sin duda, pero también directa, desconcertante y posiblemente obstinada.

—Me esforzaré por estar a la altura —contestó—. ¿Va de camino a alguna parte?

—Voy a la nueva biblioteca; había pensado hacerme socia. El señor Carlyle es amigo de mamá y se deshace en elogios sobre sus méritos, que, según él, son muy superiores a los de la biblioteca del Británico, aunque me cuesta trabajo creerlo. Me acompaña Ryan.

Inclinó la cabeza hacia la mujer que iba con ella, pero la señorita Ryan no parecía muy cómoda con cómo se desarrollaban las cosas. Por fin habló:

—Milady…

—¿Qué ocurre? —Pero la doncella guardó silencio, así que Maria hizo un aparte con ella. Al momento volvió, sonriendo—. Cree que a mamá no le parecerá bien que nos vean pasear juntos y hablar.

—¿Y tiene razón?

—Es probable. —Pero la respuesta no pareció indicar que la aventura propuesta no fuera a ocurrir—. ¿Adónde va?

—Iba de vuelta a mi oficina.

—¿Y dónde está eso?

—Bishopsgate. En la City.

—Entonces haremos parte del camino con usted. La biblioteca está en el 49 de Pall Mall, así que no tendrá que desviarse. Y mientras vamos nos hablará del mundo del algodón y de lo que tiene exactamente planeado hacer en la India de la manera más amena posible. Luego nos separaremos y seguiremos con nuestros respectivos asuntos.

Y así fue como durante la media hora siguiente, mientras los tres cruzaban Green Park, Charles Pope explicó los pormenores del comercio del algodón. Habló de cómo planeaba expandirse, y también de un telar nuevo con un sistema de interrupción automático que actuaba en cuanto se rompían los hilos. Y Maria observó su ilusión y escuchó el fervor en su voz y disfrutó de ver sus labios moverse. Para cuando llegaron a la esquina de Green Park con Piccadilly, Maria lo sabía casi todo de la recolección, el suministro y el tejido del algodón.

—¡Usted gana! —exclamó haciendo girar el parasol color lila sobre su hombro.

—¿Qué gano? —Charles no comprendía.

—No he tenido que disimular un solo bostezo. Ha estado usted informativo y ameno al mismo tiempo. ¡Bravo! —Rio y juntó las manos enguantadas. Charles hizo una reverencia—. Me encantaría ver sus oficinas algún día —dijo Maria.

—Me temo que si su madre no aprueba que paseemos juntos —Charles miró a Ryan, que estaba parada con expresión pétrea—, es difícil que considere una visita a Bishopsgate…

—Tonterías. Si lady Brockenhurst se ha interesado por su compañía, ¿por qué no voy yo a visitarla?

—No veo qué relación puede haber. —Charles frunció el ceño.

Pero Maria había hablado sin pensar y ahora tartamudeó.

—Estoy… prometida en matrimonio a su sobrino.

—Ah.

Qué tonto era por sentirse decepcionado. Peor que decepcionado, se sentía como si hubiera perdido una perla de gran valor. ¿En qué había estado pensando? ¿En que una joven tan atractiva e inteligente como Maria Grey no tendría pretendientes? Pues claro que estaba prometida. Y, en cualquier caso, ella era de familia noble y él un don nadie, hijo de nadie. Pero solo fue capaz de decir: «Ah».

—Tal vez lady Brockenhurst y yo podamos visitarle juntas —prosiguió Maria con alegría algo forzada.

—Nada me agradaría más. —Charles Pope sonrió y levantó el sombrero—. Y ahora a trabajar —añadió. A continuación les dijo adiós, se volvió y echó a andar hacia Piccadilly.

John Bellasis estaba en Mr Pimm's Chop House, en el número 3 de Poultry, bebiendo una jarra de cerveza cuando su padre entró y se sentó frente a él. John había estado visitando a un viejo amigo agente de inversiones que tenía su despacho allí al lado, en Old Jewry, como casi todos los martes. Había empezado ya a estudiar maneras de expandir e invertir su futura fortuna. Era importante que le vieran tomarse las molestias, se decía, para que aquellos a quienes debía dinero en la actualidad confiaran en que con el tiempo les pagaría.

—Aquí estás —anunció Stephen.

—Buenos días, padre. ¿Cómo ha sabido dónde encontrarme?

—Siempre estás aquí —contestó Stephen acercándose a él—. Bueno. —Apoyó con ímpetu las manos en la mesa—. Ha dicho que no.

—¿Quién? —John dejó la jarra y empujó el plato con huesos de cordero bien roídos.

—Tu tío, por supuesto. —Stephen se tiró del alzacuellos—. ¿Qué voy a hacer? —Era consciente del timbre agudo de su voz, pero le estaba entrando el pánico—. Solo tengo dos días… Más bien uno ya.

—¿Cuánto le pidió? —John no necesitaba preguntar la razón de la preocupación de su padre. Siempre se debía al dinero y a las deudas de juego.

—Mil libras. —Stephen miró el plato de John para ver si quedaba algo que pudiera comer. Rebuscó con los dedos entre los huesos pero terminó por coger una zanahoria fría untada con mantequilla—. Le debo dinero a Schmitt.

—¿A ese salvaje? —John arqueó las cejas y suspiró—. Entonces será mejor que le pague.

—Ya lo sé. —Stephen asintió mientras masticaba la zanahoria—. ¿Se te ocurre alguien que pueda ayudarme?

—¿Se refiere a un prestamista?

—Pues claro que me refiero a un prestamista. Si me prestaran para pagar a Schmitt, eso me daría unos cuantos días para negociar un préstamo o algo. Habrá intereses, pero hasta con quinientas libras podría tal vez comprar algo de tiempo.

—Conozco a unos cuantos, pero no sé si va a poder conseguir tanto dinero en tan poco tiempo. ¿Por qué no acude a un banco? —John tamborileó en la mesa con sus uñas bien cuidadas—. Saben quiénes somos, saben que nuestra familia tiene una fortuna y que con el tiempo será mía. ¿No puede usar eso de aval?

—Ya lo he intentado. —Stephen no se guardaba secretos—. Opinan que mi hermano goza de muy buena salud y que la espera será larga.

John se encogió de hombros.

—Conozco a un sujeto polaco, Emile Kruchinsky, que vive cerca del East End. Podría conseguirle el dinero a tiempo.

—¿Cuánto cobra?

—El cincuenta por ciento.

—¡El cincuenta! —Stephen hinchó los carrillos mientras miraba a la tabernera inclinarse para limpiar el pequeño reservado de madera frente a ellos. Sus regordetas posaderas se balanceaban de izquierda a derecha mientras pasaba el paño—. Me parece un tanto elevado.

—Es el tipo actual para emergencias —contestó John—. Le tienen cogido por el cuello y lo sabe. ¿No queda nada que podamos vender?

—Solo Harley Street y está completamente hipotecada. Dudo que nos dieran un solo penique.

—Entonces tiene que convencer a un banco o visitar al polaco. —John se sorbió la nariz.

—¿Sabes a quién he visto hoy en Belgrave Square, en casa de tu tío? —dijo Stephen con el ceño fruncido—. A ese hombre. Charles Pope.

—¿El protegido de Trenchard? ¿El que estaba en la fiesta? —John parecía confuso—. ¿Y qué hacía allí otra vez?

—Quién sabe. —Stephen asintió con la cabeza—. Pero allí estaba. Tu tía y él no dejaban de reírse, y en el gabinete privado de ella, nada menos. Les sorprendí cuando ya me iba. Me pareció de lo más peculiar. El muchacho se sonrojó cuando le vi. Pero se sonrojó de verdad.

—No cree que sean amantes, ¿verdad?

—Cielos, no. —Stephen rio y se recostó en el respaldo del banco—. Pero te digo que ahí ocurre algo. Ella está invirtiendo en los negocios de él.

—Ah, ¿sí? —John se enderezó. Ahora que había salido a relucir el dinero, estaba repentinamente intrigado —. ¿Por qué iba a interesarse en un negocio, y mucho menos en el negocio de un desconocido venido de ninguna parte?

—Eso me pregunto yo también —convino con él su padre—. Y se trataban con mucha cordialidad para ser dos personas que se acaban de conocer. ¿Te acuerdas de cómo lo paseó por las habitaciones durante la velada? Fue casi indecente. Una mujer de su posición, con ese joven…

—¿Quién es? ¿Alguien sabe algo de su procedencia? Tiene que haber algo que podamos descubrir.

—No que yo sepa. A mí tampoco me gusta, y desde luego no me agrada la influencia que tiene en lady Brockenhurst. Está haciendo el ridículo.

—¿Sabe cuánto ha invertido?

—Bueno, el joven señor Pope parecía de lo más complacido cuando se iba —dijo Stephen pensativo—. Así que imagino que debe de ser una bonita suma. No logro entender por qué le da dinero a un desconocido cuando mi querido hermano no es capaz de ayudar a los de su misma sangre.

—Exacto —asintió John.

Estuvieron un momento en silencio, reflexionando sobre lo injusto de la situación.

—Tenemos que averiguar quién es ese hombre —dijo por fin Stephen.

—Creo que tal vez pueda ayudarle —contestó John.

—¿Cómo? —Stephen miró a su hijo sentado frente a él.

—Tengo cierta amistad con la joven señora Trenchard —explicó John—. Me dijo que su suegro conoce a Charles Pope desde hace tiempo.

Su padre le miraba.

—¿Cómo de amigos sois?

—Me encontré con ella en la National Gallery y tomamos el té.

—No me digas. —Stephen conocía demasiado bien a su hijo.

Este negó con la cabeza.

—Fue todo de lo más respetable. Vino con su doncella. Podría preguntarle qué más sabe.

—¿A la doncella?

—Me refería a la señora Trenchard, pero quizá no sea mala idea lo que dice. Los criados siempre se enteran de todo. Y sea lo que sea lo que esté pasando con ese Charles Pope, quiero enterarme. De momento solo sabemos que es amigo de negocios de ese ordinario de James Trenchard y ahora, de pronto, mi escrupulosa tía le está regalando dinero, un dinero que un día, de soplar un viento frío en la dirección correcta, será nuestro. ¿Tan disparatado es que queramos saber por qué?

Stephen movió la cabeza con energía.

—Los Trenchard tienen la respuesta.

—Y cuando la averigüemos, encontraremos el vínculo con mi tía.

Stephen volvió a asentir.

—Tiene que haber alguna clase de relación entre ellos. Entre el señor Pope y Caroline o quizá entre Pope y Peregrine. Y si lo descubrimos entonces quizá, visto que Caroline está tan generosa con su dinero últimamente, pagará por que la información siga siendo un secreto.

—¿Está sugiriendo que chantajeemos a mi tía? —John miró a su padre. Por una vez estaba casi escandalizado.

—Por supuesto que sí. Y vas a empezar por averiguar los secretos de la familia Trenchard. —Stephen empezó a mover la pierna derecha debajo de la mesa. Aquella podía ser la respuesta a todas sus plegarias.

Dos días después, John entró en la taberna The Horse and Groom en Groom Place. Puede que estuviera a solo unos minutos caminando de Eaton Square y las lujosas residencias de Belgravia, pero era otro mundo.

Había conseguido concertar un breve encuentro con Speer en la acera frente a la casa de los Trenchard. Con el pretexto de organizar una nueva cita con Susan, había interrogado a la doncella acerca de cómo les gustaba pasar el tiempo a los miembros de la familia Trenchard. Por supuesto Speer había sabido que tramaba algo y, por un instante, John había considerado la posibilidad de pedirle que investigara en su nombre, pero sospechó que la criada y Susan se contaban la mayoría de las cosas y aún no quería hacer a esta partícipe de su plan. Era deliciosa, por supuesto, pero la velocidad con que se la había llevado a la cama le hacía desconfiar. Resulta evidente que no era una mujer cautelosa y no estaba seguro de poder fiarse de ella. Al final la doncella sugirió que si quería un aliado dentro de la casa acudiera al señor Turton, el mayordomo, y que este siempre iba a beber a The Horse and Groom, a la vuelta de la esquina. Al principio John se sorprendió. El mayordomo solía ser el miembro del servicio mejor pagado y por tanto el más fiel. Pero decidió que Speer sabría de lo que hablaba.

Cuando entró en la taberna, el olor a cerveza derramada y a serrín húmedo le resultó abrumador. John frecuentaba algunos de los rincones más sórdidos de la ciudad, pero aun así The Horse and Groom le resultó excesivo.

Pidió una pinta de cerveza y esperó de pie con la espalda cerca de la pared. Speer le había dicho que el señor Turton siempre entraba a tomar un trago rápido alrededor de las cinco y justo cuando las dieron, de hecho cuando el reloj encima de la barra marcaba esa hora, un hombre algo delgado y de rostro grisáceo con abrigo negro y zapatos negros relucientes cruzó la puerta. Parecía fuera de lugar en aquel establecimiento y sin embargo, cuando sacó una silla, el tabernero fue hasta él con una botella de ginebra y se la sirvió en un vaso pequeño sin que entre ambos mediara palabra alguna. Turton asintió con la cabeza. Puede que no fuera una persona muy animada, pero saltaba a la vista que sí era un habitual de aquel sitio y un animal de costumbres.

—El señor Turton, ¿verdad? —preguntó John.

Turton vació el vaso de ginebra y a continuación levantó la vista para mirarle.

—Es posible. —Visto de cerca, parecía cansado—. ¿Le conozco?

—No —contestó John mientras tomaba asiento frente a él—. Pero tengo la impresión de que podemos hacer negocios juntos.

—¿Usted y yo? —Turton estaba ligeramente inquieto. Tenía la costumbre de revender un trozo de buey, sisar un poco de queso de calidad o unas cuantas botellas de buen clarete que nadie echaba de menos. Él y la cocinera, la señora Babbage, tenían un acuerdo. Ella pedía siempre un poco de más, nada excesivo, unos cuantos faisanes adicionales de los que mandaban desde Glanville, un poco más del cordero necesario y él se encargaba de vender el sobrante. En la taberna le conocían bien; se sentaba allí de cinco a seis de la tarde y hacía algún negocio. Por supuesto le daba una parte de los beneficios a la señora Babbage. Tal vez no tanto como se merecía, pero él era quien se arriesgaba; ella solo tenía que equivocarse de forma deliberada con los pedidos y con eso nadie podría acusarla nunca de nada. Turton llevaba casi veinticinco años trabajando para los Trenchard, había entrado en la casa poco después de que muriera su hija, de modo que confiaban en él. La única persona de la que tenía que estar pendiente era la señora Frant. Era una metomentodo de lo más irritante, siempre husmeando. La señora Babbage y él tenían un negocio lucrativo y estaba resuelto a no dar al ama de llaves ocasión de destruirlo. Examinó a John de arriba abajo, reparando en la ropa cara y la cadena de oro del reloj de bolsillo. No tenía aspecto de hombre en busca de una pierna de jamón—. Dudo que usted y yo tengamos negocios que hacer juntos, señor —añadió.

—Ah —dijo John—, pues se equivoca. —Dio un sorbo a su cerveza—. Estoy buscando ayuda para un asunto privado y usted podría ser la persona indicada. Habría una pequeña recompensa, por supuesto.

—¿Cómo de pequeña?

John sonrió.

—Eso dependerá de los resultados.

Aquello aseguró la atención de Turton. Vender un corte de buey estaba muy bien, pero dinero de verdad, lo suficiente para tener unos ahorros, sería muy bien recibido. De modo que permitió que aquel gentil caballero le invitara a otra ginebra mientras escuchaba con atención lo que buscaba.

Cuarenta minutos después, los dos salieron de The Horse and Groom y emprendieron el camino de vuelta a Eaton Square. Turton le pidió a John que le esperara en la esquina de la calle trasera. Estaría de vuelta en unos minutos. Tenía a la persona idónea, dijo, alguien que también llevaba años trabajando en la casa y que siempre estaba interesada en ganarse un poco de dinero.

—Es una mujer que sabe lo que le conviene —comentó, antes de desaparecer tras doblar la esquina—. Ya lo verá.

John esperó debajo de una farola con el cuello del abrigo subido y el sombrero bien calado. Estaba demasiado cerca de la casa de los Trenchard para sentirse cómodo. Deseó que Turton se diera prisa. Lo último que quería era encontrarse con Susan, o, para el caso, con el propio Trenchard.

Por fin regresó Turton acompañado de una mujer robusta. Llevaba sombrero negro y un chal de encaje marrón de aspecto caro.

—Señor —dijo Turton con la mano extendida—. Esta es la señorita Ellis, la doncella de la señora Trenchard. Lleva treinta años trabajando en la casa. Lo que no sepa ella de las idas y venidas de esta familia no merece saberse.

A Turton le irritaba no poder cobrar la comisión sin la ayuda de la señorita Ellis, pero sabía que era así. El señor Trenchard y él se entendían bien, pero no eran ni mucho menos confidentes, mientras que la señorita Ellis... Ella y la señora Trenchard eran uña y carne. Era un misterio que la señora no sospechara que lo único que necesitaba Ellis para revelar sus secretos era una oferta lo bastante generosa y ahora, con un poco de suerte, iban a recibir una.

—Ah, la señorita Ellis. —John asintió despacio. Le irritaba que Speer no le hubiera puesto en contacto con Ellis directamente. Sospechaba que a Speer le molestaba la posición superior de Ellis en la casa y no se equivocaba. Ahora tendría que pagar para mantener contentos a los dos, lo que resultaba un fastidio, pero Turton tenía razón. Un ayuda de cámara o una doncella tenían más acceso que nadie a los secretos de una familia. Había oído en alguna parte que la mitad de los poderosos pagaban a ayudas de cámara y doncellas para que les hicieran de espías. Sonrió a Ellis, que aguardaba en silencio—. Me preguntaba si podríamos llegar a un acuerdo.

.6.

Una espía entre nosotros

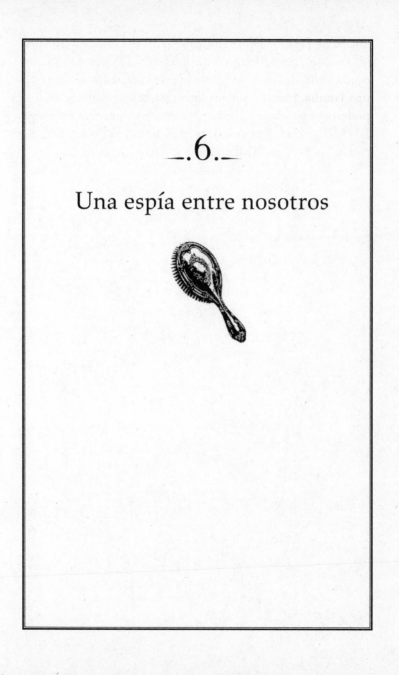

*J*ames Trenchard estaba sentado ante un escritorio estilo imperio especialmente opulento con aplicaciones sobredoradas en su despacho en Gray Inn's Road. Situado en la primera planta, encima de una firma de abogados y al final de una amplia escalinata, era una estancia amplia y con paneles de madera que contenía algunos óleos de calidad y muebles impresionantes. Aunque no se lo había dicho a nadie, James se veía a sí mismo como un cruce entre caballero y hombre de negocios. La mayoría de sus contemporáneos habrían considerado esto un oxímoron, pero era su visión y le gustaba que su entorno la reflejara. Había dibujos de Cubitt Town dispuestos con cuidado en un lugar destacado sobre una mesa redonda en un rincón, y un bello retrato de Sophia colgaba encima de la chimenea. Pintado durante su estancia en Bruselas, era una representación de su hija en su máximo esplendor: joven y segura de sí misma, mirando de frente, ataviada con un vestido color crema y peinada según la moda del momento. Era un buen retrato, excelente de hecho, y un recordatorio vívido de la muchacha que James conoció. Probablemente por esta razón Anne se negaba a tenerlo en Eaton Square; la entristecía, pero a James le gustaba mirar a su querida hija; le gustaba recordarla en sus escasos momentos de tranquila soledad.

Aquel día, no obstante, se dedicó a contemplar una carta que tenía encima de la mesa. La habían entregado cuando estaba con su secretario, pero había querido leerla en privado. Le dio la vuelta en sus manos regordetas inspeccionando la caligrafía florida y el grueso papel crema. No necesitaba abrirla para saber de quién era, puesto que había recibido una carta idéntica diciendo que estaba en la lista de candidatos a socios del Athenaeum. Esta sería la contestación, escrita por Edward Magrath, secretario del club. Contuvo el aliento; deseaba tanto ser admitido que casi no se atrevía a leerla. Sabía que el Athenaeum no respondía a la idea que tenía la mayoría de la gente de un club a la moda. La comida tenía fama de pésima y la alta sociedad lo veía como el lugar de reunión en Londres de una mezcla de clérigos y académicos. Pero aun así era un club para caballeros, eso no podía negarlo nadie; con la diferencia de que, de acuerdo con unas reglas ligeramente revolucionarias, el club también admitía a hombres eminentes en ciencia, literatura o las artes. Incluso tenían socios que eran empleados públicos sin que cumplieran especiales requisitos referidos a la cuna o la educación.

Estos criterios de admisión permitían una diversidad de socios mucho mayor que la de los clubes de St. James's. Así era como había sido aceptado William Cubitt, ¿y no había ayudado James a Cubitt y a su hermano a construir la mitad de las casas de moda de Londres? ¿No era eso servicio público? William le había inscrito en la lista de solicitudes meses atrás y, cuando no tuvieron noticias, James le había presionado para que insistiera. Sabía que no era el tipo de socio que buscaba el club a pesar de sus normas de admisión más liberales; ser hijo del dueño de un puesto en un mercado no era la clase de estirpe que admiraran los bastiones de las altas esferas, pero ¿sería Dios tan cruel como para negarle aquella satisfacción? Sabía que no tenía posibilidades de ser admitido en White's, en Boodle's o en Brook's, ni en ninguno de los clubes verdaderamente elegantes, pero ¿acaso no se merecía aquello? Además, había oído que el club andaba escaso de fondos, y a él le sobraban. Claro que existía el riesgo de que lo trataran con desdén y superioridad, y Anne nunca comprendería qué podía darle aquel lugar que no tuviera ya en casa, pero aun así necesitaba esa sensación de pertenecer al gran mundo, y si ofrecer dinero bastaba para ello, entonces que así fuera. Que el dinero bastara.

Para ser justos, había una parte de James, por pequeña que fuera, que sabía que sus ambiciones eran ridículas. Que la aprobación reacia de tontos y dandis no añadiría valor real a la vida, y sin embargo… no podía contener su ansia secreta de sentirse aceptado. Era el motor que lo impulsaba, y quería viajar tan lejos y tan rápido como pudiera.

Se abrió la puerta y entró su secretario.

—El señor Pope está fuera, señor. Solicita el honor de entrevistarse con usted.

—¿De veras? Entonces hágale pasar.

—Espero no molestar, señor Trenchard —dijo Charles cruzando la puerta a buen paso—, pero me ha dicho su secretario que se encontraba aquí y tengo buenas noticias.

Su sonrisa era cálida y sus modales tan encantadores como siempre.

—Por supuesto —asintió James dejando la carta en la mesa. Se puso de pie para estrechar la mano del joven admirándose del placer que le producía contemplar a su nieto—. ¿Quiere sentarse?

—Me quedaré de pie, si no le importa. Estoy demasiado nervioso.

—Ah, ¿sí?

—Lady Brockenhurst ha sido tan amable de escribirme y comunicarme que su marido y ella desean invertir. Y creo que ya tengo todo el dinero que necesito. —Era evidente que estaba a punto de reventar de alegría, pero se contenía. No cabía duda de que era un joven excelente.

—Nadie tiene nunca todo el dinero que necesita. —James sonrió, pero tenía el corazón dividido. Al ver al muchacho tan lleno de energía y entusiasmo, con sus sueños a punto de hacerse realidad, le resultaba difícil no sentirse complacido. Pero no podía engañarse a sí mismo. La singularidad de aquello, que una dama de la alta sociedad invirtiera una fortuna en los negocios de un completo don nadie, sin duda despertaría comentarios. Eso, unido a las atenciones de que había colmado lady Brockenhurst a Charles en público la noche de la fiesta, no tardaría en provocar que alguien atara cabos.

Charles no había terminado.

—Con su inversión, señor, y la de la condesa, tendré lo necesario para amortizar la hipoteca, costear los nuevos telares, renovar la fábrica y, en general, mejorar la producción. Puedo planear mi viaje a la India, organizar los suministros del algodón en bruto, nombrar a un agente allí y después sentarme a ver cómo nos situamos en la primera línea de la industria. Claro que yo no pienso sentarme —añadió con una carcajada.

—Por supuesto que no. —James sonrió. Se maldecía interiormente por no haberse ofrecido a costear por entero el emprendimiento desde un primer momento y haber eliminado así la necesidad de que interviniera la condesa. Podía haberlo hecho, pero había pensado que eso facilitaría las cosas en exceso a Charles, que el muchacho debía aprender algo sobre negocios en el mundo moderno. Ahora, sin embargo, quería darse de bofetadas. Claro que lady Brockenhurst habría encontrado otra vía para estar presente en la vida de Charles. Una vez informada de quién era nada la habría mantenido alejada por mucho tiempo. ¿Por qué, en el nombre del cielo, había pensado Anne que tenía que contárselo? Pero incluso mientras se hacía esa pregunta por enésima vez comprendía que estaban en un camino sin retorno. Su caída no se haría esperar demasiado—. Bueno —dijo afable—, confieso que estoy un poco sorprendido. Cuando supe la otra noche que la condesa se había interesado por sus planes me extrañó por lo improbable y supongo que dudé de que cumpliera su promesa. Pero lo ha hecho. Estaba equivocado y me alegro de corazón de que así sea.

Charles asintió entusiasta.

—Voy a proveerme de algodón en bruto, todo lo que pueda y en cuanto pueda, hasta tener cubierta la producción de un año. Hecho eso, zarparé hacia la India y colocaré la última pieza del puzle. Entonces creo que ya estará todo.

—Sin duda. ¿Y sigue sin conocer la razón del interés de lady Brockenhurst? ¿No le ha explicado por qué quiere ayudarle? Resulta tan extraño.

—Estoy de acuerdo. —Charles negó con la cabeza—. Le gusto. Merezco su «aprobación», sea lo que sea eso. Me invita a su casa. Pero nunca me ha explicado cómo supo de mi existencia.

—Bueno… A caballo regalado… Ya se sabe.

—No, algún día descubriré la verdad. Sí mencionó que le recuerdo a alguien, alguien a quien profesó afecto en otro tiempo. Pero esa no puede ser la verdadera razón, ¿no es cierto? —La mera idea le hizo arquear las cejas.

—Yo diría que no. Tiene que haber algo más.

Menudo mentiroso soy, pensó James. Nunca lo habría sospechado, pero resulta que soy capaz de mirar a un hombre a los ojos y mentirle con la facilidad con que escribo mi nombre. Con cada día que pasa aprendemos algo nuevo de nosotros mismos.

Distraído, cogió la carta de la mesa y la abrió. Era de Edward Magrath. Leyó por encima los dos primeros párrafos hasta la última frase y ahí estaba: «Nos complace sobremanera aceptarle como socio del Athenaeum». Sonrió, no sin ironía, y se preguntó cuánto tiempo transcurriría antes de que le pidieran su dimisión.

—¿Buenas noticias, señor? —Charles le miraba desde donde se encontraba, delante de la repisa de la chimenea.

—Soy socio del Athenaeum —dijo James dejando caer la carta sobre la mesa.

Qué irónico resultaba. Justo cuando conseguía abrirse un hueco en la alta sociedad, en cierta manera al menos, todo estaba a punto de desmoronarse a su alrededor. Ahora Caroline Brockenhurst no cumpliría su promesa. Y si lo hacía, otros adivinarían la verdad. Para empezar debía de habérselo contado todo a su marido para que este estuviera de acuerdo en la inversión. Aunque en esto se equivocaba. Solo había tenido que decirle a su esposo que quería ayudar al joven Pope y él estuvo encantado de dejar el asunto en sus manos, como había hecho siempre. Pero James tenía razón en que, si la noticia salía a la luz, todo Londres lo sabría en un día y Sophia sería tachada de haber sido una cualquiera y él, James Trenchard, sería el padre de una meretriz. La compasión de Anne por la condesa les traería la ruina.

Con la espada de Damocles sobre su cabeza, James Trenchard decidió que debía aprovechar el momento, puesto que no iba a durar. Así que invitó a Charles a almorzar en su nuevo club a modo de celebración, y juntos salieron a la calle soleada. Mientras viajaba en el coche con su nieto sentado a su lado y Quirk en el pescante camino de Pall Mall, James no podía evitar pensar que aquel podría haber sido uno de los días más felices de su vida. Después de todo allí estaba, a punto de entrar en los sacrosantos salones del único club elegante de Londres al que se le permitiría jamás pertenecer, acompañado del hijo de Sophia. Al pensar en ello, se permitió el lujo de sonreír.

Cuando entró en el vestíbulo con su espléndida escalinata que dominaba el espacio, sus suelos de mármol, sus estatuas, sus columnas blancas y doradas, a James se le aceleró un poco el corazón. La majestuosidad que antes, cuando había ido invitado por William Cubitt, le resultaba tan amenazadora, parecía de pronto transformada en la cálida acogida que se dispensa a un viejo amigo.

—Disculpe, señor —habló un hombre de aspecto puntilloso y vestido completamente de negro a excepción de una camisa blanca. Con su pelo gris pálido y ojos azul intenso le recordó a James a Robespierre—. ¿Puedo ayudarle?

—Me llamo Trenchard —dijo James mientras buscaba su carta en el bolsillo—. James Trenchard. —Agitó el papel delante de la cara del hombre. Su seguridad parecía haberle abandonado de pronto—. Soy un nuevo socio.

—Ah, sí, señor Trenchard. —El hombre sonrió y se inclinó cortés—. Bienvenido al club. ¿Almorzará hoy con nosotros?

—Por supuesto —confirmó James frotándose las manos.

—¿Con el señor Cubitt, señor?

—¿El señor Cubitt? No. —James estaba confuso. ¿Por qué creerían que William iría también?

El criado del club era muy impertinente. Frunció un poco el ceño para transmitir consternación.

—Es costumbre que el primer almuerzo de los socios sea en compañía de quien los propuso, señor.

Su aire de superioridad empezaba a ser difícil de soportar.

—¿Es una regla? —preguntó James con una sonrisa forzada.

—No es una regla, señor. Solo una costumbre.

James notó el nudo de furia que tan bien conocía empezar a formársele en el pecho. Por un lado, lo que más quería era ser tomado por un miembro de la alta sociedad, por otro deseaba poder reducirlos a todos a polvo.

—Pues si es una costumbre, hoy tendremos que dejarla a un lado. He venido con mi… —se interrumpió y tosió deprisa—, con mi invitado, el señor Pope.

—Muy bien, señor. ¿Querrán pasar directamente al comedor o ir primero a uno de los salones?

James empezaba a recuperar la compostura.

—Creo que comeremos directamente. Gracias.

Sonrió a Charles, de nuevo seguro de sí mismo.

Los escoltaron por el vestíbulo, dejando atrás la escalera y hasta el comedor que estaba a continuación. Con grandes ventanas de guillotina que daban a la frondosa vegetación de Waterloo Gardens, la estancia era espaciosa y, para cuando estuvieron sentados a una mesa en el rincón de la derecha y les hubieron preguntado si querían algo de beber, James empezaba a sentirse a sus anchas.

Pidió dos copas de champán y se puso la servilleta de algodón blanco de gran tamaño en el regazo. Aquello era una delicia, un sueño largo tiempo acariciado hecho realidad, y mientras el camarero les servía examinó el resto del comedor, los grupos de hombres almorzando juntos, los grades jarrones con flores, los cuadros de caballos de carreras colgados en hilera en una de las paredes laterales. ¿Por qué tenían que simular todos los caballeros que les interesaban los caballos?, se preguntó distraído mientras cogía la copa.

—A su salud y por la salud de su nueva empresa. —Hizo además de tocar la copa de Charles con la suya antes de recordar que no debía y retirarla. ¿Reparó Charles en su error? Si lo hizo no lo demostró. Claro, pensó James, mi nieto es demasiado caballeroso para que le importen esa clase de cosas. Por un momento casi envidió al joven—. Estoy muy orgulloso de usted —dijo, y era verdad. Su nieto era el hombre que James quería ser pero que, en su fuero interno, sentía que no llegaría a ser nunca. Con aplomo, seguro de sí mismo, a sus anchas en aquel entorno. Charles podía encontrarse un poco inseguro en las imponentes estancias de Brockenhurst House, pero no allí, donde muchos hombres prominentes trabajaban para procurarse un sustento. James se preguntó si no debería contarle la verdad. Pronto se sabría la noticia y se enteraría igualmente. ¿No sería mejor decirle quién era, allí y ahora, en aquel ambiente grato y apacible, y no dejar que lo supiera por un chismorreo en una velada?

—Hace falta ser de una pasta especial para poner en marcha un emprendimiento tan deprisa como lo ha hecho usted, una persona centrada y decidida, que trabaja duro y con un sentido muy claro de la realidad. Veo mucho de mí mismo en usted.

—Eso es todo un cumplido, señor Trenchard —contestó Charles riendo y devolviendo así a James al presente de manera un tanto brusca. Pues claro que no podía decirle nada al muchacho antes de que se divulgara el secreto. Tal vez nadie lo adivinara. Tal vez lady Brockenhurst perdiera el juicio. O muriera. Tal vez hubiera otra guerra con Francia. Podía pasar cualquier cosa.

—Lo digo de veras. Muy bien hecho —se apresuró a añadir James antes de que sus emociones lo dominaran—. Y en cuanto al negocio —prosiguió con toda la brusquedad de que fue capaz sacando unos documentos del bolsillo interior de la chaqueta—. Creo que los beneficios, a pesar de los gastos iniciales, pueden ser inmensos. Y tampoco creo que se hagan esperar demasiado. Las personas necesitan algodón, es innegable. —Alisó los papeles—. Y si estudia con atención esta columna…

—Disculpe, señor. —James levantó la vista. De pie frente a él estaba el mismo hombre que les había recibido a la entrada—. Lo siento mucho, señor Trenchard, pero en el edificio no se permiten los documentos de negocios. Y eso sí es una regla. Me temo —añadió en caso de que su descortesía hubiera sido excesiva.

—Pues claro. —Las orejas de James se habían vuelto escarlata. ¿Es que no le iban a conceder un solo momento de dignidad en presencia de su nieto? ¿Tenía que ser completa su humillación?

—Ha sido culpa mía —dijo Charles—. Le pedí al señor Trenchard que me los enseñara. No soy socio, así que espero que mi ignorancia me sea perdonada.

—Gracias, señor.

El sirviente se fue. James observó al hombre joven sentado frente a él. Con una punzada de alegría cayó en la cuenta de que nunca conocería la inseguridad que había minado la vida social de su abuelo. No se sentiría en desventaja ante la facilidad con que los otros se desenvolvían en sociedad; jamás se encontraría perdido en una reunión.

—Son muy puntillosos, debo decir —comentó Charles—. Deberían enorgullecerse de que un socio tenga documentos de negocios que enseñar. —Trenchard miró la mesa. Charles le estaba defendiendo. Eso debía significar que sentía lástima de su benefactor, pero también que le profesaba afecto suficiente para no querer ver heridos sus sentimientos. Aquel pensamiento le reconfortó sobremanera y cuando llegó el primer plato los dos empezaron a comer y el resto del almuerzo transcurrió sin nuevos incidentes. Degustaron salmón, perdiz y bolitas de arroz y manzana, seguidos de una porción de queso cheddar y un trozo de membrillo. «Estoy almorzando con mi nieto», pensó James, y el corazón le bailó dentro del pecho hasta que temió que le desabotonara el chaleco.

—No ha estado mal, ¿qué opina usted? —Apuró la copita de oporto que habían pedido para acompañar el queso—. Dada la reputación que tiene la cocina de este sitio.

—Me ha parecido excelente, señor. —El semblante de Charles era serio—. Pero me temo que tengo que irme. No debería haberme entretenido tanto.

James empujó su silla y se levantó.

—Entonces saldremos juntos.

Fueron hasta el vestíbulo, donde se encontraron con un visiblemente furioso Oliver Trenchard.

—¡Oliver! ¿Cómo sabías dónde estaba?

—Me lo han dicho en su oficina. Llevo aquí veinte minutos.

—¿Por qué no has pedido que vinieran a buscarme?

—Porque me dijeron a qué hora había llegado y no podía creerme que tardaría hora y media en almorzar. ¿Desde cuándo es socio? —Su petulancia resultaba violenta. Qué mala impresión causaba comparado con su sobrino secreto, pensó James, mientras esperaba paciente a que Oliver recobrara la calma.

—Siento si te he hecho perder tiempo —dijo—. El señor Pope y yo estábamos celebrando una buena noticia.

—¿El señor Pope? —Oliver giró la cabeza. La ira le había nublado la vista y no había reparado en el joven a su lado—. Señor Pope, ¿qué hace usted aquí? —Oliver apenas lograba contenerse.

—Hemos almorzado juntos. —Charles se mostró tan conciliador y cortés como fue capaz, pero sin resultado.

—¿Por qué?

—El señor Pope ha tenido noticias maravillosas —anunció James—. Ha conseguido reunir la inversión necesaria para su compañía. Y a mí me acaban de admitir como socio de este club, así que hemos venido a celebrarlo.

—¿Más inversión? —Oliver miró a un hombre y después al otro.

—Su padre ha sido extremadamente amable y alentador —dijo Charles. Pero si aquello estaba pensado para aplacar la ira de Oliver, no funcionó.

—Pero ya tenía asegurado el dinero de mi padre. Eso no es lo que han estado celebrando hoy.

—No. Hoy he recibido la excelente noticia de que otro inversor está dispuesto a proporcionarme el dinero que necesito y más.

Oliver fijó sus ojos en él.

—Parece usted tener una habilidad especial para lograr que la gente se rasque los bolsillos, señor Pope. ¿Qué hace falta para despertar tal grado de entusiasmo? Supongo que basta recordar cómo le condujo la condesa de Brockenhurst por su salón como si fuera un trofeo. De tener yo sus talentos, señor Pope, mis preocupaciones desaparecerían.

—Ya basta. —James se retorcía de culpa. La cruda verdad era que prefería a su nieto bastardo a su hijo legítimo. Imaginaba que Oliver tenía celos porque sospechaba las preferencias de su padre, pero, de ser así, le había dado motivos. Habló con sequedad—: Si lady Brockenhurst decide beneficiar al señor Pope no nos corresponde a nosotros...

—¿Lady Brockenhurst? —Esta vez la expresión de Oliver era de puro asombro—. Así que lady Brockenhurst se interesa por sus asuntos y al minuto siguiente le está proporcionando «la inversión necesaria». Cielos, qué cambio tan radical. —Su voz destilaba veneno.

James se maldijo. Se había ido de la lengua sin que fuera esa su intención. En fin, ya era demasiado tarde. No podía desdecirse.

—Tiene confianza en mi negocio, sí —aclaró Charles—. Tiene fe en mí y confía en obtener beneficios.

—Es un proyecto espléndido —confirmó James—. Ha tomado una decisión acertada.

—¿De verdad? —Oliver entrecerró los ojos.

Hubo un silencio. Charles cambió el peso de una pierna a otra, incómodo.

—Gracias por el almuerzo, señor Trenchard —dijo por fin—. Pero ahora debo irme, caballeros.

Saludó a Oliver con una rápida inclinación de cabeza y salió del club. Oliver se volvió hacia su padre.

—¿Le importaría explicarme qué atractivo le ve a ese hombre? —Arqueó las cejas como simulando sorpresa—. No logro entender por qué mi padre primero y ahora la condesa de Brockenhurst le dan dinero a un provinciano con ambiciones. ¿Qué es lo que hay detrás? En este negocio hay algún elemento que me está ocultando.

—Te equivocas. Tiene talento y su negocio es prometedor. —Mientras hablaba, James se daba cuenta de que no había contestado a la pregunta—. Y su difunto padre, el reverendo Pope, era un viejo amigo mío...

—Tanto que nunca he oído hablar de él.

—Ah, ¿no? —James sonrió, tenso—. Bueno, pues lo era, y me pidió que velara por Charles cuando este vino a Londres y encontró empleo en el negocio del algodón. Naturalmente, cuando supe que su padre había muerto sentí una responsabilidad mayor y he querido ayudarlo todo lo que me ha sido posible.

—Pues lo ha conseguido, diría yo. —La voz de Oliver bordeaba la histeria—. Ha ayudado muchísimo a «Charles». —Su desdén empezaba a incomodar a James—. De hecho le ha ayudado más que a su propio hijo. Tome —dijo alargándole un fajo de papeles—. He venido a traerle esto.

No se molestó en esperar a que su padre cogiera los documentos y retiró la mano demasiado pronto, de manera que cayeron en cascada al suelo rodeando a James en un mar de papel.

—Señor Trenchard. —La pesadilla vestida de negro se acercó enseguida—. Permítame que le ayude.

Juntos se agacharon y recogieron los papeles con números y cifras ante la evidente desaprobación de dos socios entrados en años que salían en ese momento.

James no volvió a la oficina. Estaba demasiado alterado por la insolencia de Oliver. Pero para cuando llegó a Eaton Square, la indignación que inicialmente le había provocado el comportamiento inaceptable de su hijo había dado paso a una suerte de lástima. Si hubiera hecho las cosas de otra manera, pensó. Si no hubieran entregado al hijo de Sophia, ¿no se habría disipado hacía tiempo el interés por su nacimiento? ¿No podría haber disfrutado de un almuerzo como el de aquel día sin miedo a las habladurías, con la felicidad que da a un abuelo ver prosperar a sus descendientes? Pero ¿sería Charles el hombre de maneras distinguidas que era hoy de haberlo educado los Trenchard? Aquel pensamiento le tranquilizó y le hirió a la vez. ¿Era posible que los Pope hubieran hecho mejor trabajo del que habrían sido capaces de hacer los Trenchard?

—Qué serio estas. —Anne estaba ante su mesa de tocador cuando James entró a verla.

—Ah, ¿sí? —Se detuvo en la puerta—. Hoy he almorzado con el señor Pope. Te manda saludos. —Si Anne estaba sorprendida, no dio muestras de ello. James no vio que Ellis estaba en la habitación, detrás de su señora. Antes de que Anne pudiera advertirle, continuó hablando—: Quizá no te sorprenda saber que lady Brockenhurst le ha proporcionado la inversión que le faltaba para poner en marcha su negocio.

En lugar de contestar, Anne se volvió hacia la doncella.

—Gracias, Ellis, puede retirarse, pero llévese el vestido rosa a ver si consigue quitarle la mancha.

James estaba repasando mentalmente sus palabras cuando la doncella salió de la habitación con un vestido sobre el brazo y se dirigió a las escaleras de servicio. ¿Había dicho algo incriminatorio? No lo creía. Entró en el dormitorio y cerró la puerta.

—Deberíamos tener una contraseña para saber cuándo podemos hablar —dijo.

Anne asintió con la cabeza.

—Es triste pensar que tenemos tantos secretos como para necesitar una contraseña. —Se inclinó para coger a Agnes en brazos y empezó a acariciarle las orejas—. Háblame del almuerzo.

—Se presentó en la oficina, feliz con la noticia. Le llevé al Athenaeum.

—¿Te han aceptado? ¿Por qué no me lo habías dicho?

—Lo he sabido esta mañana. En fin, el caso es que le ha dado el dinero que le faltaba.

—Entiendo.

—¿De verdad?

El tono de James dejaba bien claro que aquel era un momento solemne para los dos.

—Entiendo que será difícil explicarlo cuando todo se sepa.

—No hará falta explicarlo. Ella al menos no lo necesitará. La gente adivinará la verdad y ella la confirmará.

Anne frunció el ceño. Era consciente, más incluso que James, de que lady Brockenhurst estaba deseando que la noticia saliera a la luz de manera que su marido y ella pudieran disfrutar de su nieto sin necesidad de subterfugios. Había dado su palabra de que no lo contaría, pero no podría negarlo si se lo contaban a ella.

—Supongo que existe la posibilidad de que no aludan a Sophia. —James se aferraba a un clavo ardiendo.

Anne movió la cabeza.

—La atención que le prestas tú remitirá a Sophia. Y es probable que haya alguien que recuerde haberlos visto juntos en Bruselas. No. Una vez se sepa que es hijo de lord Bellasis no pasará mucho tiempo antes de que deduzcan quién era su madre. —Anne se levantó con la perra aún en brazos—. Hablaré con ella. Iré a verla.

—¿Y de qué servirá eso?

—No lo sé, pero mal no puede hacer. Y puesto que todo esto es culpa mía, a mí me corresponde tratar de evitar el desastre.

James no hizo comentario alguno sobre aquella admisión de culpabilidad, pero su enfado había desaparecido. La situación era la que era. Hasta él se daba cuenta de que no tenía sentido darle más vueltas. Y hasta ese momento no había pensado en que su interés por el joven Pope podría volverse en su contra.

—¿Le mando recado a Quirk de que no desenganche los caballos, si es que no lo ha hecho ya?

—Iré caminando. Está muy cerca.

—¿Te acompaño?

—No, y no te preocupes. Nadie pondrá en peligro el honor de una mujer casada de más de sesenta años.

Anne se puso el sombrero sin ayuda, cogió un chal y salió antes de que a James le diera tiempo a decir nada más.

El paseo hasta Belgrave Square era demasiado corto para que Anne pudiera cambiar de opinión, pero cuando se encontró en la acera a la puerta de Brockenhurst House, se preguntó qué iba a pedir exactamente. Anne no solía ser una persona impetuosa; normalmente pensaba las cosas, sopesando con cuidado los pros y los contras. Pero había algo en lady Brockenhurst que la hacía ser impulsiva. La altanería de aquella mujer la enfurecía.

Para cuando llamó a la puerta, a Anne había dejado de importarle la extrañeza que pudiera causar su visita. Estaba ofendida y su ofensa estaba más que justificada. Y si lady Brockenhurst no estaba en casa, encontraría un banco en el que sentarse y esperar. Miró hacia los jardines en el centro de la plaza. Dada su pasión por la jardinería, la irritaba un poco que ni su marido ni el señor Cubitt hubieran pedido su opinión cuando se estaban planeando los jardines, pero aun así no estaban mal. Entonces abrió la puerta un criado que se mostró abiertamente perplejo al verla. No esperaban a nadie.

—¿Está milady en casa? —preguntó Anne entrando en el vestíbulo.

—¿A quién debo anunciar?

—A la señora de James Trenchard.

—Muy bien, señora Trenchard. —El criado se inclinó y se dirigió hacia las escaleras—. Por favor, espere aquí, voy a ver si milady está en casa.

Anne sonrió al oír aquellas palabras. Lo que quería decir el criado era que iba a ver si lady Brockenhurst estaba preparada para recibirla. Se sentó en uno de los sofás dorados pero al segundo se levantó. Se dio cuenta, para su sorpresa, de que le hacía ilusión la confrontación con la condesa. Tenía el ánimo encendido, sobre todo después de haber caminado a paso enérgico hasta allí. Miró hacia la ancha escalera y sus ojos se posaron en las puertas dobles del salón del piso de arriba. Era evidente que alguien discutía al otro lado de las mismas. Vio girar la manilla y al momento se dio la vuelta y simuló estudiar un retrato de uno de los ancestros de lord Brockenhurst pintado por Lely. Su expresión era petulante, con aquella peluca alta y un pequeño King Charles spaniel tumbado a sus pies.

—¿Señora Trenchard? —dijo el criado a su lado. Anne se volvió con una sonrisa—. ¿Me acompaña, por favor?

Anne le dio el chal y los guantes y le siguió escaleras arriba.

—Señora Trenchard. —La condesa habló en cuanto se abrió la puerta—. Me temo que acabamos de tomar el té. Simon, traiga por favor té para la señora Trenchard.

El criado hizo una pequeña inclinación.

—No, por favor, no se moleste —dijo Anne—. No quiero nada. —El hombre se inclinó de nuevo y se retiró. Anne siguió caminando por la alfombra Savonnerie color rosa—. Es muy amable por su parte recibirme, lady Brockenhurst —continuó con toda la confianza y seguridad de que fue capaz—. Le prometo que no le quitaré mucho tiempo. He venido...

Caroline Brockenhurst adivinó enseguida que su visitante venía con ánimo belicoso, así que la interrumpió antes de que Anne pudiera expresar sus intenciones.

—Señora Trenchard, siéntese. —Señaló una butaquita tapizada de damasco—. ¿Recuerda a lady Maria Grey, de la cena íntima que ofrecí?

Anne miró hacia la ventana, a la bonita muchacha rubia vestida de verde pálido que estaba allí de pie. Había creído que la duquesa y ella estaban solas. Sintió una gratitud pasajera hacia la condesa por interrumpirla antes de que revelara los secretos que ambas compartían.

La joven sonrió.

—La recuerdo de la velada, pero no creo que nos presentaran.

—No —contestó Anne—. No lo creo.

—Me complace que se le haya ocurrido visitarme —dijo la condesa en un tono que daba a entender lo contrario.

—Pasaba por aquí. —Anne se sentó enfrente de ella—. Y quería hablarle de un asunto, pero puede esperar.

—Las dejaré solas —dijo Maria.

—No es necesario. —Anne sonrió—. No tiene la más mínima importancia.

Lo cierto era que se sentía incómoda. Ahora que no podía reprender a la condesa por su insensata generosidad con Charles, no tenía motivo alguno para estar allí. Se preguntó cuándo podría irse sin que su comportamiento pareciera extraño.

—Lady Maria me estaba contando que se encontró con mi joven protegido, Charles Pope, antes de ayer. Estaba cruzando la plaza, imagino que salía de esta casa. ¿Le recuerda de la velada? —Mientras hablaba, la condesa miró a Anne a los ojos. ¿A qué estaba jugando?

—¿Charles Pope? Creo que sí. —Anne miró a su anfitriona deslizar su abanico cerrado sobre una mano y abrirlo y cerrarlo dos veces. ¿Estaba esperando a ver la reacción de Anne? ¿Intentaba provocarla solo por diversión? De ser así, Anne estaba decidida a decepcionarla—. Un hombre encantador.

—Estoy de acuerdo —dijo Maria con entusiasmo, del todo ajena al juego de las otras dos mujeres—. Encantador y ameno. Terminamos caminando juntos hasta la London Library. Creo que mi doncella no lo aprobó. Y mamá desde luego no lo aprobó en absoluto cuando lo supo, pero para entonces ya era demasiado tarde. —Rio alegre—. ¿Quién es? ¿Cómo le conoció?

—No lo recuerdo. —Caroline debía de ser buena con los naipes, pensó Anne. No dejaba traslucir nada—. Pero lord Brockenhurst y yo nos hemos interesado por él. Creemos que es un joven prometedor.

Maria asintió con vehemencia.

—Me habló de sus planes y del viaje que quiere hacer a la India. ¿Conoce usted la India, señora Trenchard?

Anne negó con la cabeza y Maria siguió hablando:

—Me encantaría ir. Todo ese color. Y el caos. Me dice mi tío que es muy hermosa. Claro que no he viajado a ninguna parte —declaró pensativa—. Bueno, he pasado mucho tiempo en Irlanda, tenemos allí una heredad, pero eso no es el extranjero, ¿verdad? —Sonrió a las dos mujeres. Ninguna dijo nada. A falta de comentarios, la joven siguió hablando—. También me encantaría visitar Italia. Lo cierto es que me gustaría mucho hacer el Grand Tour que antes solían hacer los jóvenes, ver el *David* de Miguel Ángel y recorrer los pasillos de los Uffizi. Lady Brockenhurst, debe de ser aficionada al arte. Dice mamá que pinta usted de forma maravillosa.

—¿Es eso cierto? —Anne estaba sorprendida y pronunció las palabras sin pararse a pensar qué efecto causarían.

—¿Tan difícil es de creer? —preguntó lady Brockenhurst.

—Pero sigue sin explicarme por qué empezó a interesarse por el señor Pope —continuó Maria. Anne se preguntó si aquella muchacha era consciente de hasta qué punto se estaba delatando.

—No recuerdo quién nos presentó —dijo Caroline con cuidado—, pero a lord Brockenhurst y a mí nos gusta ayudar a jóvenes con talento cuando tenemos ocasión. Como sabe, no tenemos hijos vivos, pero disfrutamos ayudando a los de otros.

Anne la miró. Probablemente había algo de verdad en aquello, pensó. Incluso si, en este caso, las palabras de la condesa escondían más de lo que explicaban.

—Me sugirió visitar un día sus oficinas —comentó Maria.

—Ah, ¿sí? Lo encuentro un poco descarado. —La expresión de lady Brockenhurst era indescifrable. Algo le pasaba por la cabeza mientras miraba a la joven. ¿Estaría planeando alguna cosa?, se preguntó Anne. Y en ese caso, ¿qué?

—Bueno —dijo Maria con cierto rubor—. Quizá lo sugerí yo, pero no hizo nada por disuadirme. —Ladeó la cabeza al tiempo que bajaba los ojos. Sus largas pestañas temblaron un poco y las mejillas se le tiñeron de rosa. Sabía que no estaba siendo sensata. Estaba comprometida. Su madre le había dejado bien claro que su futuro estaba con John Bellasis. La heredad de Irlanda de la que había hablado antes estaba cargada de deudas, y aunque su hermano hacía cuanto estaba en su mano con lo que les había dejado su padre, a Maria le habían dicho sin rodeos que tenía la obligación de mantener a su madre en su vejez. Vaciló, a punto de admitir lo que de verdad quería, pero si lady Brockenhurst se había interesado por Charles y si fuera posible persuadirla…

Anne miró a la condesa. ¿Se había fijado en el rubor de la muchacha y en cómo no dejaba de jugar con su abanico? Desde luego era osada. Anne sintió simpatía por ella.

—Bien. —Lady Brockenhurst se interrumpió. Maria Grey estaba prometida al sobrino de su marido y las normas dictaban que no fomentara un encuentro de esa clase. Pero Anne tenía razón. Caroline Brockenhurst tenía su plan particular. Y, si no lo tenía, lo decidió en aquel momento—. Si quiere ir, no veo por qué no deba hacerlo. Yo ya le he visitado allí, pero tenemos nuevos asuntos que discutir.

Maria apenas daba crédito a lo que oía.

—¿De verdad?

Aquello era extraordinario. ¡La tía de John Bellasis estaba sugiriendo una visita a la City para ver al señor Pope!

—No creo que debamos anunciar la visita —advirtió lady Brockenhurst con amabilidad—. El señor Pope se sentiría obligado a hacer un esfuerzo extraordinario en su honor, querida. —Miró a Maria—. Creo que será más sencillo si improvisamos.

Todas sabían a qué se refería. Una visita espontánea sería mucho más sencilla de explicar a lady Templemore llegado el caso.

—¿Puedo acompañarlas? —dijo Anne con voz de lo más inocente.

Caroline la miró. Qué extraño resultaba compartir aquel secreto con una mujer con la que nunca habría pensado tener nada en común. Con todo, era un secreto compartido, al menos hasta el momento. Anne estaba en lo cierto al pensar que Caroline estaba cansada de mentir. Prefería que se supiera todo. A sus conocidos les resultaría divertido, comentarían entre risas lo sinvergüenza que había sido Edmund mientras leían el periódico matutino, pero ese sería todo el precio a pagar. Aunque a medida que le tomaba afecto a Charles, empezaba a remorderle la conciencia la ruina póstuma de esa cualquiera que lo había traído al mundo e incluso sentía un ápice de lástima por su madre.

—Por supuesto —contestó—. Si es su deseo.

Anne permaneció en silencio. Iba a visitar a su nieto, tendría una nueva oportunidad de hablar con él. Cuando le conoció en la fiesta la felicidad la había abrumado, pero la ira contra James le había impedido entablar nada parecido a una conversación. Ahora podría conocerle, puesto que la participación de James en sus negocios le proporcionaría la excusa perfecta. Claro que cuando la verdad saliera a la luz la relación entre ambos sería sometida a intenso escrutinio, pero al menos tenía la oportunidad de volver a verle y hablar con él una vez más, antes de que estallara la tormenta. No podía resistirse.

—Me gustaría mucho —se oyó decir—. Quizá podríamos aprovechar para hacer algunas compras, así tendremos una disculpa para la excursión.

Y así quedó zanjada la cuestión. Mientras volvía a casa en el aire frío del anochecer, Anne pensó con emoción en el plan, aunque fuera un secreto más que ocultar a su marido.

Aquella noche la atmósfera durante la cena en casa de los Trenchard era tensa. James estaba cansado y pensativo y Oliver parecía igual de abatido. El día debería haber sido triunfal, padre e hijo almorzando juntos en el nuevo club del primero.

Pero James había elegido llevar a Charles Pope, un individuo salido de ninguna parte que estaba acaparando toda su atención así como su dinero. Pope parecía el hombre del momento, ganándose la protección de lady Brockenhurst, invitado a reuniones íntimas en Brockenhurst House... Bastaba para despertar celos en cualquiera. Y Oliver estaba muy celoso.

Susan no estaba desanimada, sino nerviosa. No había tenido noticias de John Bellasis desde su encuentro secreto en Isleworth. Había esperado al menos una carta. Había hablado con Speer en la calle, según le había informado la doncella, con el pretexto de que quería organizar una nueva cita, pero no había llegado propuesta ni sugerencia alguna. Susan había obligado a Speer a que la acompañara a Albany y habían pasado casi toda una tarde paseando por Piccadilly como dos vagabundas con la esperanza de encontrarse con él, pero sin éxito. Cuando lo recordaba se le encendían las mejillas. Masticaba sin prestar atención al sabor de la comida mientras se preguntaba si no se habría equivocado dejándose seducir tan pronto. ¿Había cedido con demasiada facilidad? Frunció el ceño. El problema era que le gustaba John Bellasis. Era apuesto y seductor, por no mencionar el hecho de que iba a heredar un título importante y una fortuna considerable. Era, en suma, el hombre perfecto con el que escapar de la tediosa familia en la que se encontraba atrapada. Miró a su marido, que picoteaba la comida de su plato. Comparado con Oliver, John había sido un amante generoso y lleno de vigor. Se le escapó un suspiro.

—¿Estás bien, querida? —preguntó Anne.

—Sí, madre —contestó Susan—. Por supuesto.

—Pareces distraída.

—Me temo que no me encuentro bien desde que pasé el día en Isleworth. Alguna de las personas que vi debió de contagiarme algo.

Simuló un escalofrío para dar veracidad a sus palabras.

—Cuánto lo siento —contestó Anne estudiando a su nuera. Había algo distinto en ella, algo nuevo en su comportamiento, pero no lograba identificar qué.

—¿Cómo te fue con lady Brockenhurst? —preguntó James cambiando de sitio el marisco que tenía en el plato. Tampoco él tenía hambre.

Anne miró los semblantes glaciales de Billy y Morris, de pie a ambos lados de la chimenea.

—Muy bien, gracias.

—¿No le importó que te presentaras sin avisar? —preguntó James.

—¿Ha ido a ver a lady Brockenhurst? —Era evidente que Susan se sentía decepcionada por haber perdido la oportunidad de acompañarla en aquella visita. Anne asintió—. ¿Estaba allí su sobrino?

—¿El señor Bellasis? —Anne arrugó el ceño—. No. —Qué pregunta tan extraña aquella—. Él no estaba, pero su prometida sí.

—¿Su prometida? ¿De verdad? —El tono de voz de Susan se había endurecido ligeramente.

—Lady Maria Grey —confirmó Anne—. Es una joven muy atractiva. Me ha gustado.

—Estaba en la cena —dijo Oliver mientras hacía un gesto a Billy para que le sirviera más sopa—. No me pareció nada extraordinario.

—¿Y hablaste con la condesa? —preguntó James.

—Hablamos —contestó Anne sonriendo por la poca cautela de su marido. ¿Por qué le hacía esas preguntas delante de los criados? ¿Delante de Susan y Oliver incluso?

Lo cierto era que el ansia de saber había hecho olvidar a James momentáneamente la necesidad de ser discreto. La mirada de Anne le devolvió a la realidad.

—Bien —dijo—. Ya me lo contarás.

Anne sonrió.

Ellis estaba agachada a los pies de Anne con un abotonador en la mano izquierda, desabotonándole las botas de piel. Había sabido por el parlanchín de Billy que su señora había ido a ver a lady Brockenhurst y estaba intrigada.

—¿Ha pasado buena tarde milady?

Ellis no estaba del todo segura de qué clase de información esperaba de ella el señor Bellasis ni lo que sabía la señora Trenchard de aquel hombre, Charles Pope. Pero sí sabía que había alguna clase de secreto entre el señor y su mujer que no querían compartir con el resto del mundo. Que la mandaran salir de la habitación aquella tarde se lo había confirmado. Y como resultado de la conversación a solas con su marido, la señora Trenchard había salido de la casa sin avisar. Ahora Ellis sabía dónde había ido.

—Sí —contestó Anne mientras sacaba el pie derecho del botín—. Gracias —añadió y movió los dedos dentro de la media de seda—. Estas botas siguen sin quedarme cómodas.

Era evidente que Anne no estaba dispuesta a dar tanta información como había esperado Ellis. Lo intentó de nuevo.

—No sé si están hechas para caminar distancias largas, milady.

—No he ido lejos —respondió Anne, que se quitó los pendientes y se miró en el espejo—. A Belgrave Square. —Vio que Agnes estaba sentada junto a su silla y la cogió en brazos.

—Ah, ¿sí? —Ellis se interrumpió entre botón y botón con el abotonador en la mano.

—Sí —dijo Anne. Más que hablar con Ellis, pensaba en voz alta. Lo cierto era que le hacía ilusión la visita a las oficinas de Charles que habían planeado. Era obvio que no podía hablar de ello con James, pero quería comentarlo con alguien—. ¿Qué sabe de Bishopsgate?

—¿De Bishopsgate, señora? —Ellis levantó la vista—. ¿Por qué querría ir usted a Bishopsgate?

Sacó el segundo botín.

—Por nada. —Anne se había recobrado antes de lanzarse a dar información a la doncella curiosa—. Tengo que visitar a alguien que tiene allí una oficina. Pero llevo años sin ir, me preguntaba si hay algún lugar que deba visitar por la zona.

—Es posible que haya almacenes donde comprar telas a buen precio —dijo Ellis—. Preguntaré. ¿Cuándo irá?

—No estoy segura. En uno o dos días. —Anne no quería contestar a más preguntas. Era consciente de haber hablado ya más de la cuenta—. Mañana deberíamos sacar el viejo vestido de alepín negro. Quiero saber si tiene arreglo o si debo encargar uno nuevo. Siempre conviene tener ropa de luto en buen estado.

Ellis asintió. Era lo bastante despierta para comprender que la conversación sobre Bishopsgate había terminado.

John Bellasis recompensó muy bien a Ellis por su información. Pocas veces recibía una doncella un soberano a cambio de algo que había oído mientras le desabotonaba las botas a su señora. Pero cuando supo que los señores de la casa habían tenido una conversación en privado después de la cual la señora Trenchard había visitado a lady Brockenhurst y de la excursión a Bishopsgate, John estuvo a punto de echarse a reír. Su investigación estaba dando resultado. Sabía muy bien quién trabajaba en Bishopsgate; al menos quién trabajaba allí que fuera de interés para lady Brockenhurst y los Trenchard. El relato de su padre sobre su visita a Brockenhurst House había despertado en John una avidez por averiguar todo lo que pudiera sobre el joven Charles Pope.

—¿Pero no llamó al señor Pope por su nombre?

—No que yo recuerde, señor. Esta vez no.

—Pero aun así tiene que haber algo entre Pope y la condesa —dijo John apurando lo que quedaba de una copita de ginebra, de pie a la puerta de The Horse and Groom—. Además de la inversión, quiero decir.

—¿Eso piensa, señor? Me resulta difícil de creer —replicó Ellis desde debajo del chal, en el que se había envuelto de forma que su cara estuviera en sombras. Se lo había puesto en el último momento para evitar que la reconocieran hablando con el señor Bellasis. También ella tenía una reputación que cuidar.

—No me malinterprete. No estoy diciendo que sepa lo que hay entre los dos, pero algo hay. —John asintió con energía, como para probar su argumento—. Y le garantizo que será algo que nos sorprenderá a todos.

—Si usted lo dice, señor. —Ellis chasqueó la lengua y se cruzó de brazos. Le gustaban los chismes, pero no estaba segura de que aquel fuera a ser de su agrado.

—Recuerde mis palabras —dijo John—. Ese hombre es un advenedizo y de alguna manera se está aprovechando de ella.

—¿«Aprovechando» cómo, señor?

—Eso es lo que tenemos que averiguar —repuso John con firmeza dejando su copa—. Y cuando lo hagamos, estoy seguro de que pagará una fortuna a cambio de que no se sepa.

Ellis abrió la boca de par en par.

—¿Una fortuna?

—Y usted puede ayudarme a conseguirla.

La tarde siguiente Ellis esperaba junto a la entrada de servicio de Brockenhurst House. Estaba nerviosa y no le importaba reconocerlo. El señor Bellasis había sugerido que hablara con la doncella de lady Brockenhurst para ver qué podía averiguar sobre las actividades de su señora, y en especial por qué recibía a un apuesto joven como Charles Pope en su gabinete a puerta cerrada, por la tarde. El señor Bellasis le había sugerido que empezara la conversación preguntando si la señora Trenchard no había olvidado su abanico allí después de la cena. No era así, por supuesto. De hecho, Ellis llevaba el abanico en el bolsillo por si resultara necesario «encontrarlo». Se alisó la capa y ajustó el sombrero antes de llamar a la puerta.

—¿Sí? —Era un muchacho vestido con la librea verde oscuro de la casa.

—Soy la señorita Ellis —empezó a decir—. La doncella de la señora de James Trenchard.

—¿De quién? —preguntó el muchacho.

Ellis se mordió la comisura de los labios en un gesto de irritación. De haber trabajado para una duquesa, no estaría aún de pie en el umbral.

—La señora de James Trenchard —insistió—. Vino a la cena de milady la otra noche y teme haber olvidado aquí su abanico.

—Será mejor que hable con el señor Jenkins.

El sótano de Brockenhurst House rebosaba de actividad. Las habitaciones y pasillos eran más anchos que en Eaton Square y Ellis sintió una leve punzada de envidia cuando se sentó en una dura silla de madera junto a la despensa.

Nadie le prestó demasiada atención. Todos tenían tareas que hacer. Por la puerta abierta frente a ella vio a tres criados limpiar la plata. Delante de ellos, en una mesa cubierta con una tela de suave fieltro gris había un impresionante despliegue de objetos. Fuentes con y sin tapa, bandejas, salseras, soperas, teteras, hervidores y al menos dos docenas de platos apilados esperando a que los hombres les sacaran brillo. No era un trabajo que envidiara Ellis. Tenías que meter los dedos en un

cuenco con *rouge* —un fino polvo rojo mezclado con amonia-
co— y frotar la plata hasta que brillaba o te salían ampollas en
los dedos, o ambas cosas. Y sin embargo aquellos hombres
parecían disfrutar de la tarea, quizá porque les daba la oportunidad de charlar.

—Espere aquí —confirmó el mozo—. Voy buscar al señor Jenkins.

Ellis asintió con la cabeza. Por una ventana interior situada a su derecha veía a la cocinera en plena faena. Inclinada
sobre una tabla, rodeada de una colección de cazuelas de cobre
que colgaban de las paredes o estaban apiladas en estantes, estaba trabajando una masa. La cogía y la dejaba caer juntando
las manos y al hacerlo provocaba una nube de harina. Había
polvo suspendido a su alrededor iluminado por un haz de luz
que entraba por la ventana.

—¿Señorita Ellis?

Ellis se sobresaltó. Había estado tan hipnotizada con la
cocinera que no oyó cuando el señor Jenkins se le acercó sin
hacer ruido.

—Señor Jenkins. —Se puso de pie.

—Entiendo que busca algo.

—Sí, señor. El abanico de mi señora. Cree que puede
haberlo olvidado aquí después de la recepción de la condesa la
otra noche. Me preguntaba si podía haberse mezclado con los
de milady. Si pudiera hablar con su doncella…

—Me temo que nadie ha encontrado un abanico de ninguna clase. Lo siento. —Jenkins se volvió hacia la puerta preparado para despedirla.

—Ah… —Por un momento Ellis no supo qué hacer. Tenía que hablar con la doncella de lady Brockenhurst o de lo
contrario la visita habría sido en vano—. La señora Trenchard
también me pidió que hablara con la doncella de milady sobre
su peinado…

—¿Su peinado? —Las anchas cejas grises de Jenkins se levantaron despacio.

—Sí, señor. El peinado que llevaba milady en la fiesta le causó gran admiración y se preguntaba si podría yo averiguar cómo conseguir ese efecto. —Esbozó una sonrisa que pensaba resultaría encantadora.

Jenkins frunció el ceño. No era la primera vez que oía una petición semejante. Las doncellas acostumbraban a compartir consejos de moda continuamente.

—Muy bien, voy a ver si la señorita Dawson está libre —contestó—. ¿Le importa esperar aquí? Es posible que esté con milady, en cuyo caso no puedo hacer nada.

Diez minutos más tarde apareció Dawson, la doncella. La petición le había resultado algo impertinente, pero también estaba halagada, puesto que se sentía orgullosa de sus dotes de peluquera. Había pasado horas peinando el postizo para su señora, siempre atenta a que el color no se hubiera desvaído, de modo que casara a la perfección con el pelo, y estaba secretamente encantada de que alguien más hubiera reparado en su trabajo. Pronto escoltó a Ellis por las escaleras de servicio y varios pasillos hasta entrar por una puerta forrada de tela cercana a la entrada a las habitaciones privadas de lady Brockenhurst.

Situadas en la segunda planta del edificio con ventanales de guillotina por los que se veía un amplio panorama de los jardines y la plaza, las habitaciones de lady Brockenhurst eran espaciosas y confortables. No solo tenía un dormitorio de gran tamaño, con cama adoselada, bonitas sillas doradas y una mesa, también disponía de una segunda salita privada y, por supuesto, de un vestidor.

—¿Le gustan las acuarelas? —preguntó Dawson volviéndose a mirar a Ellis mientras cruzaban el dormitorio—. Casi todas las ha pintado milady. Esta es su casa. —Señaló un cuadro con un dedo regordete—. Lymington Park. Pertenece a la familia desde 1600.

—Vaya, pues no parece tan vieja —dijo Ellis, a quien no podían importar menos ni la casa ni los cuadros.

—Ha sido reconstruida dos veces. La heredad tiene más de cuatro mil hectáreas. —Estaba claro que, contra toda lógica, Dawson se enorgullecía de las posesiones de sus señores, como si de alguna manera la engrandecieran también a ella. Algo que, en su opinión, era así.

—Es impresionante —comentó Ellis—. Debe de ser maravilloso trabajar para una familia de tanta alcurnia. —Hizo una pausa—. Ojalá tuviera yo esa suerte.

En cuanto entró en el vestidor Ellis supo que su tarea sería difícil, imposible incluso. Dawson era una doncella chapada a la antigua que vivía la vida de su señora como si fuera la suya propia. Robusta, con un rostro ancho y caminar lento, sus maneras eran cordiales, pero estaba claro que no era dada a los chismes, al menos no fuera de la sala de los criados, ni desleal. Llevaba sirviendo en la familia demasiado tiempo y ya tenía la vista puesta en el pequeño estipendio que recibiría como jubilación. No tenía nada que ganar siendo indiscreta con una desconocida.

—Antes trabajaba para la condesa viuda —dijo.

—Dos generaciones de condesas, menuda suerte —exclamó Ellis tratando de mostrarse encantadora—. Y ha debido usted de viajar mucho, mucho más que yo, y habrá visto cosas interesantes.

Dawson asintió.

—No me puedo quejar. He tenido una buena vida con esta familia.

Ellis la miró. Dawson era una criatura singular, la criada feliz. No buscaba vengarse de mil agravios. No pensaba que la fortuna le hubiera dado la espalda al destinarla a la servidumbre. Estaba satisfecha. Para Ellis era un concepto difícil de entender. No se trataba de que le desagradara la señora Trenchard. Simplemente no la consideraba de su misma raza. A pesar de los muchos años que llevaban juntas, la injusticia implícita en la posición que ocupaba cada una impedía a Ellis tener remordimientos a la hora de traicionar a su señora. El dinero que había cobrado sirviendo a Anne se lo había ganado. Ganado con años de trabajar sin descanso, de mentir, de arrastrarse y de verse obligada a simular que le gustaba servir cuando en realidad deseaba ver a sus señores en el fondo del mar. Era capaz de mentir a Anne sin inmutarse. Le robaría si pensara que podría hacerlo sin ser descubierta. Había confiado en encontrar sentimientos similares en la doncella de lady Brockenhurst, que la idea de hacer daño a la condesa fuera recibida con gratitud por una compañera de esclavitud. Pero vista la lealtad de Dawson, a Ellis le estaba costando mucho decidir qué hacer.

—No me extraña que peine usted tan bien —dijo con una sonrisa radiante—. Es usted la clase de persona de la que puedo aprender, incluso a mi edad. —Rio y Dawson se unió a su risa—. A mi señora le fascinó el peinado de la condesa.

Ellis sabía que era una mentirosa convincente. Se había formado en una escuela muy dura.

—¿De verdad? —Dawson se llevó una mano al pecho, más emocionada de lo que estaba dispuesta a admitir.

—Ya lo creo —continuó Ellis—. Dígame. ¿Cómo consiguió hacer esos bucles delante de las orejas?

—Bueno, ese es mi pequeño secreto. —Dawson abrió el cajón de la cómoda donde había varias tenazas de pelo y bigudíes—. Esto lo encontré en París hace mucho tiempo y lo uso desde entonces. —Cogió una tenaza muy estrecha y de aspecto delicado—. La caliento ahí, en el fuego.

—¿Cómo? —La voz de Ellis era de asombro.

—Tengo un aparato que sirve para sujetarlo a la rejilla. —Sacó una bandeja de bronce.

—Pero qué cosas se inventan —dijo Ellis mientras se preguntaba cuánto tardaría en conseguir algo de información que pudiera llevarse a casa.

—Es maravilloso cuando uno piensa en cómo se las arreglaban hace treinta años. Aunque —añadió Dawson—, quizá lo más importante sea tener un buen suministro de pelo postizo. A mí me gusta Madame Gabriel, junto a Bond Street. Tiene buenos proveedores. Dice que casi todo el pelo lo saca de monjas y no de muchachas pobres, y creo que por eso es de mejor calidad. Es más grueso y tiene más brillo.

Mientras Dawson seguía explicando su técnica para calentar pelo sin destruirlo, y que usar papeles aromatizados también era importante para evitar accidentes, Ellis inspeccionó la habitación. En el tocador, entre los altos ventanales, había un pequeño retrato en esmalte de un oficial vestido de uniforme de al menos veinte años de antigüedad.

—¿Quién es? —preguntó.

Dawson miró hacia donde miraba ella.

—El pobre lord Bellasis, el hijo de milady. Murió en Waterloo. Fue algo terrible para esta casa. Milady nunca se recuperó, no del todo. Era su único hijo.

—Qué tragedia. —Ellis estudió el cuadro con más atención. La respuesta de Dawson le había dado una excusa para acercarse y mirarlo como es debido.

—Es un buen retrato. Lo hizo Henry Bone. —De nuevo salía a relucir lo orgullosa que se sentía Dawson de las posesiones de la familia.

Ellis entrecerró los ojos. El rostro le resultaba curiosamente familiar. Había algo en aquellos rizos oscuros y ojos azules que le recordaba a alguien que había visitado su casa mucho tiempo atrás. ¿Fue en Bruselas? Eso tenía sentido si había muerto en Waterloo... Entonces recordó. Era un amigo de la señorita Sophia. Se acordaba de lo apuesto que era. Qué extraño ver aquel retrato en el tocador de lady Brockenhurst. Pero no dijo nada. Ellis nunca revelaba información a menos que la obligaran.

—¿Se divirtió milady en la fiesta el otro día? —preguntó.

—Creo que sí —asintió Dawson.

—Mi señora también. Mucho. Dijo que conoció a muchas personas agradables.

—No a todo el mundo le invitan a Brockenhurst House —señaló Dawson complacida, olvidando que ella nunca sería una invitada en aquella casa.

—Había un hombre joven que le causó una impresión muy favorable. ¿Cómo se llamaba? ¿El señor Pope quizá? —Ellis esperó.

—¿El señor Pope? Oh, sí —confirmó Dawson—. Un caballero muy agradable. Milady le tiene en gran estima. Desde hace poco, pero ahora viene a menudo.

—¿De verdad? —Ellis sonrió.

Dawson pareció desconcertada. ¿Qué estaba insinuando aquella mujer? Cogió los enseres para rizar el pelo y empezó a guardarlos.

—Sí —dijo con firmeza—. Mi señora y lord Brockenhurst se han interesado por sus negocios. Les gusta ayudar a los jóvenes. Son muy generosos en ese sentido.

Esto último no era cierto —no hasta entonces—, pero Dawson no estaba dispuesta a permitir que aquella desconocida sugiriera que en aquella casa ocurría algo poco respetable. «Si insiste, le voy a decir que se busque consejos de peinado en otra parte», pensó mientras cerraba de golpe el cajón.

—¡Qué admirable! —Ellis sabía que había cometido un tropiezo y quiso ponerle remedio—. Nunca había oído una cosa igual. Que una gran dama se interese por los negocios de un joven prometedor. La señora Trenchard sabe llevar la casa, pero no creo que pudiera considerársela una mujer de negocios, ni nada parecido.

—Será poco usual, pero cierto. —Dawson estaba más tranquila. Ellis había logrado aplacar su indignación—. Dentro de uno o dos días va a ir a la City a visitarle. En su oficina. No puede hacer una inversión sin tener claro primero en qué está invirtiendo. De eso estoy segura.

—Entonces, ¿le va a dar dinero? Tiene que ser un hombre encantador. —Ellis no pudo contenerse y, como resultado, la expresión de Dawson se ensombreció de nuevo.

—No entiendo qué tiene eso que ver. Milady se interesa por muchas cosas. —Por un instante estuvo a punto de mencionar que iría con lady Maria, para demostrar así que la visita no tenía nada de inapropiada, pero entonces se preguntó por qué estaba proporcionando a aquella desconocida información familiar. Se le tensaron las facciones—. Y no hay nada más que decir. Creo que es hora de que se marche, señorita Ellis. Estoy muy ocupada y seguro que usted también. Que tenga un buen día. —Se puso de pie—. Supongo que podrá encontrar sola la escalera de servicio, ¿verdad?

—Por supuesto. —Ellis trató de darle la mano—. Ha sido usted muy amable y generosa. Gracias.

Pero esta vez no tuvo tanto éxito a la hora de recuperar terreno.

—No tiene importancia —dijo Dawson—. Y ahora tengo que seguir con mi tarea.

Ya en el pasillo, Ellis supo que sería difícil poder volver a Brockenhurst House, pero eso no le preocupaba demasiado. La señorita Dawson no revelaría secreto alguno si podía evitarlo, estaba claro. Además, Ellis tenía información que llevar al señor Bellasis y por la que este pagaría bien. La pregunta era ¿qué haría él después?

.7.

Un hombre de negocios

Cuando el coche de lady Brockenhurst se detuvo delante de Eaton Square, Ellis apenas podía contener la curiosidad. Frente a la ventana del vestidor de la señora Trenchard, con el aliento empañando el cristal, se esforzó por seguir lo que ocurría en la calle. La condesa, con un elegante sombrero de plumas y llevando un parasol, estaba inclinada hacia delante dando instrucciones al cochero. Junto a ella en el birlocho iba lady Maria Grey. Vestía una falda de rayas azul pálido y blancas completada con una chaqueta entallada de estilo militar azul marino. Le enmarcaba el rostro un sombrero del mismo tono con remates de encaje crema. En resumen, su aspecto era, tal y como había sido su intención, arrebatador. No bajaron a la acera, sino que uno de los postillones se acercó a la puerta y llamó al timbre.

Ellis sabía que habían ido a recoger a la señora, así que se dirigió a las escaleras lo más deprisa que pudo y con todo lo que necesitaría para la salida. La señora Trenchard ya esperaba en el vestíbulo.

—¿Me va a necesitar el resto de la mañana, señora? —preguntó la doncella mientras sostenía una capa verde.

—No, gracias.

—Espero que vaya a un sitio agradable, señora.

—Bastante. —Anne estaba demasiado emocionada con lo que le esperaba como para prestar atención a la pregunta. Y después de todo había conseguido ocultarle el destino de la excursión a James, así que era poco probable que lo desvelara a la doncella.

Claro que Ellis imaginaba adónde iba, pero le habría gustado recibir confirmación. En cualquier caso, si se sentía frustrada no lo demostró.

—Muy bien, señora. Espero que se divierta.

—Gracias. —Anne hizo una señal con la cabeza al criado, que abrió la puerta. También ella llevaba sombrilla, por si acaso. Estaba más que preparada.

Tanto lady Brockenhurst como Maria sonrieron cuando subió al coche. Maria se había cambiado de sitio y colocado de espaldas a los caballos, una auténtica cortesía con alguien de rango inferior que Anne agradeció. Todo apuntaba a que nada estropearía aquel día. Lady Brockenhurst no era su compañía preferida en la tierra, pero tenían algo en común —eso ninguna de las dos podría negarlo— y aquel día iban, de alguna manera, a celebrarlo.

—¿Seguro que va usted cómoda, querida? —Anne asintió con la cabeza—. Entonces nos vamos.

El cochero cogió las riendas y el coche se puso en marcha.

Caroline Brockenhurst había decidido ser agradable con la señora Trenchard aquel día. Al igual que Anne, estaba deseando volver a ver al joven, y la compasión que le inspiraba aquella mujer cuyo mundo estaba al borde de la destrucción era, si acaso, más intensa que antes. No creía que la historia tardara mucho más en ver la luz, después de lo cual el recuerdo de Edmund saldría, en el peor de lo casos, reforzado, y el de Sophia Trenchard, mancillado. Realmente era algo muy triste. Incluso ella se daba cuenta.

Anne miró los muros de Buckingham Palace cuando pasaron junto a ellos. Qué extraña era la composición de su mundo. Una mujer en la veintena representaba la cúspide de la ambición social; estar en su presencia era la cima que hombres como James, hombres inteligentes, hombres de talento, prósperos, luchaban por alcanzar como colofón de una vida de éxitos, y sin embargo ¿qué había hecho aquella joven? Nada, solo nacer. Anne no era una revolucionaria. No quería ver la corona derrocada. No le gustaban las repúblicas y estaría encantada de inclinarse ante la reina si se presentaba la ocasión, pero aun así no podía evitar asombrarse ante lo ilógico del sistema en que vivía.

—Oh, miren. Está en Londres. —Maria miraba hacia arriba. Era cierto. El estandarte real ondeaba sobre el tejado del palacio, al fondo del patio. Anne miró la amplia arcada y el pórtico acristalado para proteger a la familia cada vez que subía o bajaba de los coches. Estaba bastante descubierto, en realidad. Claro que debían de estar acostumbrados a ser objeto de la curiosidad ajena.

El coche continuó por el Mall y pronto Anne se encontró admirando el esplendor de Carlton House Terrace, que seguía impresionándola por lo novedoso y magnificente de su diseño, once años después de haber sido terminado.

—Tengo entendido que lord Palmerston ha alquilado el número cinco —dijo Maria—. ¿Conocen ustedes las casas?

—Nunca he entrado en ninguna —contestó Anne.

Pero nada podía hacer callar a Maria. Estaba tan excitada como un niño en una juguetería y todas sabían por qué.

—Ay, cómo me gusta el gran duque de York. No sé muy bien por qué se le conmemora tanto, pero me alegra mucho que así sea. —Habían llegado a la interrupción entre las terrazas, donde una amplia escalinata conducía hasta una alta columna rematada por una estatua del segundo hijo del rey Jorge III—. Me pregunto cuánto medirá la estatua.

—Eso se lo puedo decir —respondió Anne—. Estuve aquí mismo hace cinco años, cuando la erigieron. Medía más del doble del tamaño de un hombre. Tres metros y medio, cuatro incluso.

Anne sonrió a Maria. Le gustaba la joven, de eso no tenía duda. Le gustaba porque a ella le gustaba Charles aunque no pudiera haber entre ellos un final feliz, pero también le gustaba por sí misma. Maria tenía brío y audacia, y de haber sido otros sus orígenes podría haber hecho cosas, cosas interesantes. Claro que la hija de un conde de fortuna limitada no tenía demasiadas oportunidades, pero eso no era culpa de Maria Grey.

Por un momento Anne sintió una punzada de culpa porque James no estuviera allí. Por mucho que afirmara estar siempre muy ocupado, no habría querido perderse aquello. Disfrutaba de la compañía de su nieto —ese nieto que conocía mucho mejor que ella— y no se molestaba en ocultárselo a nadie. Ni siquiera a Oliver.

Y sin embargo Anne no le había mencionado la excursión. Lo cierto era que había dejado que creyera que durante su visita a lady Brockenhurst había conseguido convencer a la condesa de que recapacitara y fuera más discreta en sus atenciones a Charles, de modo que aquella visita a las oficinas de este, *en pleine vue,* en un carruaje llamativo con su mujer y una joven belleza de la alta sociedad, le habría horrorizado. Anne era muy consciente de que Caroline Brockenhurst no tenía interés en mantener el secreto, que este se acabaría sabiendo y que aquella exhibición pública solo serviría para llamar más la atención, algo de lo que James, en última instancia, la culparía a ella. ¿Por esa razón no le había dicho nada? Y si así era, ¿se sentía ella culpable? Después de todo él había estado años mintiéndole o, si no mintiendo, al menos ocultándole la verdad. Ahora le había llegado su turno. Pero, sobre todo, simplemente quería ver a su nieto una vez más.

Las tres mujeres charlaron mientras atravesaban las calles de Londres en dirección a la City y las oficinas de Charles Pope en Bishopsgate.

—¿Encontró su abanico? —preguntó lady Brockenhurst a Anne cuando pasaban por Whitehall.

—¿Mi abanico?

—Ese Duvelleroy tan bonito que llevó a la cena. Me fijé en lo delicado que era. Es una pena que lo haya extraviado.

—Pero es que no lo he extraviado —dijo Anne conmovida porque la condesa recordara su abanico.

—No lo entiendo. —Lady Brockenhurst parecía perpleja—. El otro día vino su doncella a casa para buscarlo. O eso me dijo mi doncella.

—Ah, ¿sí? ¿Ellis? Qué extraño. Le preguntaré cuando vuelva a casa.

Ellis había estado comportándose de manera bastante extraña, reflexionó Anne. Qué poco conocía uno a sus sirvientes, ni siquiera a las doncellas y los ayudas de cámara que atendían a los señores en sus habitaciones. Hablaban y reían en la medida que se les animaba a hacerlo, y en ocasiones se formaba una amistad. O esa impresión daba. Pero en realidad ¿qué sabían de ninguno de ellos?

Pronto el coche dejó atrás el Londres más de moda, y empezaron a recorrer las viejas, serpenteantes y sobreedificadas calles de la antigua City, cuyo trazado apenas se había visto alterado desde que los Plantagenet ocupaban el trono. A Anne le impresionó el aspecto sórdido de algunas zonas, aun estando muy próximas a las vías principales. El cochero, Hutchinson, había hecho todo lo posible por evitar las partes menos salubres de la ciudad, pero cuanto más avanzaban, más fuerte se sentía el olor de las alcantarillas y más angostas y desagradables se volvían las calles.

Estaban llegando al final del trayecto, y atravesaron los puestos destartalados del mercado a las puertas de la iglesia de

St. Helen. Las aceras y los callejones estaban atestados de vendedores que gritaban desde sus carros de madera cargados de artículos y sus gritos ahogaron la conversación del birlocho. «¡Guisantes, a seis peniques el cuarto! ¡Arenques ahumados de Yarmouth, tres por un penique! ¡Sabrosos conejos!», gritaba un individuo que se acercó al coche llevando en alto un puñado de los pobres seres peludos que se agitaban infelices sujetos por las patas.

—¿Por qué tienen que estar vivas las pobres criaturas? —suspiró Maria más para ella que para el hombre. Pero este se volvió y la miró a los ojos.

—¿Cómo si no vamos a mantenerlos frescos, señorita? —Siguió mirando fijamente a Maria, quizá sorprendido de la presencia de aquella hermosa criatura venida de un planeta remoto, antes de limpiarse la nariz con el dorso de la mano y volverse para dirigirse a otro coche.

Había niños y niñas por todas partes, la mayoría descalzos y jugando con todo lo que encontraban: cajas viejas, ladrillos, las conchas de ostras vacías que alfombraban el empedrado. Uno hasta tenía un aro viejísimo, sin duda desechado por algún niño rico. Pero los pequeños que jugaban eran afortunados. Otros no tenían tiempo para diversiones. Estaban demasiado ocupados intentando vender cualquier cosa que encontraran. Anne miró a un chiquillo desaliñado de no más de seis años abrirse paso con apatía entre la gente con una ristra de cebollas que confiaba en vender. En una esquina vio a una anciana sentada en unos escalones de piedra con un cesto con brezo y huevos delante. A pesar de que lucía el sol, llevaba la gruesa capa negra cerrada y tenía la cabeza canosa apoyada en el rugoso muro. Para cuando llegaron a las oficinas de Charles Pope, tenían los sentidos embotados por la pobreza y el hambre que habían presenciado.

Maria fue la primera en romper el silencio.

—Odio ver a chiquillos descalzos, pobrecitos míos. Qué frío deben de pasar. —Movió la cabeza.

—Estoy de acuerdo —dijo Anne y le tocó la rodilla a Maria en señal de comprensión.

Aquello era demasiado sentimental para Caroline Brockenhurst.

—Pero ¿qué podemos hacer? Por mucho dinero que donemos no parece cambiar nada.

—Necesitan algo más que nuestra caridad —replicó Maria—. Necesitan que cambien las cosas.

Y aunque Anne no dijo nada, movió la cabeza suavemente en señal de asentimiento.

La oficina de Charles Pope estaba en la segunda planta de un edificio grande y bastante vetusto que en otra época debía de haber sido una residencia privada, pero que se había rendido desde hacía ya tiempo al serio negocio de hacer dinero. Las habitaciones estaban lo bastante altas para que no llegaran ruidos de la calle. Después de subir varios tramos de la empinada escalera, entraron y apenas les había dado tiempo a preguntar cuando se abrió de golpe una puerta interior y apareció Charles.

—Lady Brockenhurst —dijo con una sonrisa de oreja a oreja mientras se acercaba para saludarlas—. Qué maravillosa sorpresa.

Lo era. Apenas daba crédito.

A Caroline le complació su evidente alegría. Había considerado la idea de avisarle de la visita, pero había querido conocer la atmósfera del lugar y, de haberle dado tiempo, sin duda el joven se habría esforzado por causar una buena, y tal vez equivocada, impresión. Para su primera visita le había escrito con antelación, pero esta vez no. Claro que siempre existía el riesgo de que hubiera salido, pero había decidido asumirlo. No podía saber que Anne Trenchard no había estado dispuesta, como ella, a hacer la visita en el día equivocado y había enviado al lacayo, Billy, el día antes a preguntar si el señor Pope estaría en su oficina a primera hora de la tarde siguiente, pero sin revelar nombres. De manera que Charles había sabido que alguien iría a verle, pero no de quién se trataba. Ellis supo todo esto por Billy una vez se hubieron ido, de manera que ahora tenía otro chisme que contarle al señor Bellasis, aunque por supuesto Anne ignoraba los subterfugios que la rodeaban.

En Bishopsgate, Caroline estaba de lo más interesada en observar la reacción de Charles ante la presencia de Maria Grey.

—No puedo creer que haya venido —dijo sin pensar. Y a continuación, para disimular—. Que hayan venido.

Después de aquello, si Caroline había abrigado alguna sospecha de que entre los dos jóvenes pudiera haber algo, ahora no le cabía la menor duda. O al menos que podía haberlo, caso de que se les permitiera.

—Me dijo lady Brockenhurst que iba a venir y decidí invitarme a mí misma a acompañarla. Espero que no le importe —contestó Maria.

—En absoluto. Ni lo más mínimo. Al contrario.

Maria asintió con la mano extendida. Charles la miró. ¿Debía estrecharla? ¿Besarla? Su falda azul y blanca inmaculada parecía fuera de lugar en los prosaicos confines de su lugar de trabajo. Sus rizos rubios, sus hermosos labios; Charles apenas era capaz de mirarla a los ojos.

—Es usted muy amable por permitir que nos presentemos así —se apresuró a decir Caroline.

¿Está lady Brockenhurst tratando de encubrir mi azoramiento?, se preguntó Charles. ¿Tan evidente es mi comportamiento? Era dolorosamente consciente de que Maria estaba prometida al sobrino de lady Brockenhurst. Y sin embargo sus maneras no transmitían desaprobación.

Maria fue la primera en recobrar la compostura.

—Íbamos de camino a comprar sedas —dijo con tono despreocupado— a Nicholson and Company. —Tenía sus propias razones para desdibujar los motivos de su visita—. Y no pudimos resistirnos a la tentación de pasar a verle.

Charles se ruborizó mientras le cogía la sombrilla y la dejaba a un lado.

—¿Qué puedo ofrecerles? ¿Té? ¿Un poco de vino? —Paseó la vista por la habitación como si fuera a encontrar una seductora botella colocada por ensalmo en un estante, guardada y olvidada, ideal para agasajar a unas damas de alta cuna en una tarde como aquella. Entonces vio a Anne, que había permanecido detrás de las otras dos mujeres.

Lady Brockenhurst dio un paso al frente.

—Permítame que le presente a la señora de James Trenchard. La señora Trenchard es la esposa del mismo señor Trenchard que tan generoso ha sido con usted. —La condesa sonrió. Cómo se balancea el péndulo del poder. Hacía menos de un mes ni siquiera sabía que tenía un nieto. Anne Trenchard le había ocultado el secreto durante un cuarto de siglo. Y ahora allí estaba, haciendo las presentaciones. La ironía era maravillosa.

Charles miró a la señora Trenchard. Tenía un semblante grato y amable y ojos benevolentes que parecían estudiarle desde debajo del ala del sombrero. Había algo en ella que le daba la sensación de que ya se conocían, pero no lograba situarla. Entonces recordó.

—Hablamos brevemente en casa de lady Brockenhurst la otra noche —dijo.

Anne sonrió con amabilidad.

—Por supuesto.

La realidad era que quería gritar, abrazarle y estrecharle contra su pecho. Pero, aunque no podía, se sentía feliz. Su sonrisa no era fingida.

—Aquella noche conoció usted a mucha gente. —La condesa rio contenta. Anne le lanzó una mirada. Lady Brockenhurst parecía estar disfrutando de lo incómodo de la situación algo más de la cuenta.

—La conozco por su esposo —siguió diciendo Charles—. El señor Trenchard ha sido mi benefactor hasta extremos halagüeños, casi increíbles. Le estoy muy agradecido por toda la ayuda que me ha prestado y por supuesto es un placer recibir aquí a su esposa. —La sonrisa de Charles parecía sincera—. ¿Quieren pasar a mi despacho?

Las condujo hacia la habitación del fondo, donde encontraron un sofá y unas sillas en las que tomaron asiento una vez Charles hubo recogido los papeles y dibujos que cubrían casi todas las superficies.

—Creo recordar que nuestra conversación se interrumpió cuando a mi marido se le cayó la copa —comentó Anne sonriendo. Había revivido aquella escena una y otra vez en sus pensamientos.

—Su marido ha sido muy amable conmigo, señora Trenchard —prosiguió Charles—. De verdad. Ha dado muestras de una generosidad excepcional. Y de fe. —Asintió con la cabeza—. De hecho, no podría haber soñado con tener mi propia fábrica textil de no ser por él. Me ha cambiado literalmente la vida. —Lady Brockenhurst no tenía objeción que hacer a nada de aquello, pero en su rostro había un atisbo de indignación contenida que Charles detectó al instante. No le apetecía compartir el papel de benefactora con ese hombrecillo irritante—. Con usted tengo una deuda similar, lady Brockenhurst —se apresuró a decir Charles—. Usted y lord Brockenhurst han tendido un puente sobre el río caudaloso que me separaba de mi porvenir. Ahora, gracias a ustedes, puedo empezar de verdad.

Conforme hablaba, decidió que sus palabras sonaban bien.

—Cuántos halagos —comentó Maria—. Si no supiera que no es así, pensaría que está usted intentando vendernos unos cepillos.

Aquella no era la reacción que había buscado Charles, pero Maria rio y juntó las palmas de las manos al ver la expresión de su cara. Entonces se abrió la puerta y entró el secretario con una bandeja con el té y el momento quedó atrás. A Caroline no le pasó desapercibido.

—¿Es eso la India? —preguntó Maria después de mirar un gran mapa enmarcado que casi ocupaba una de las paredes de la habitación.

—Lo es. —A Charles le agradó que la conversación hubiera vuelto a un territorio en el que se sentía más cómodo.

Maria se levantó para estudiarlo con más detalle.

—¿Es nuevo?

Charles se reunió con ella.

—Es el último —contestó—. Los actualizan constantemente. Cuantas más provincias se cartografían, más detallados son los mapas.

—Qué maravilla.

—¿De verdad le gusta? —Charles sonrió radiante. Casi estaba irritado consigo mismo. Era muy consciente de su deseo de impresionar a aquella joven con su seriedad y sus planes para la vida, y, sin embargo, cada vez que ella le dirigía la palabra empezaba a sonreír como un payaso de circo—. Antes tenía uno con los territorios marcados según el gobierno. Las provincias nativas estaban coloreadas de verde y las zonas regidas por la Compañía de las Indias Orientales, de rosa. Pero este mapa se basa más en los rasgos geográficos. Como puede ver, se han esmerado en representar ríos, montañas y desiertos.

—Cuesta trabajo imaginar un país tan grande —observó Maria pasando el guante de cabritilla color crema por la superficie del cristal—. Bengala —leyó—. Punjab, Cachemira... —Suspiró—. Qué lugar tan salvaje y tan romántico debe de ser.

—Hay partes del país que sin duda son muy salvajes y sin civilizar. Hay tigres —comentó Charles con aire sabio confiando en sonar como un experto—. Y también elefantes, serpientes y monos. Y hay muchas lenguas y religiones distintas. En realidad es un mundo en sí mismo.

—Me encantaría ver un tigre en la selva —dijo Maria volviéndose a mirarle. Estaba tan cerca que a Charles le pareció notar el calor de su aliento en la mejilla.

—Pues cuando lo haga asegúrese de ir a lomos de un elefante.

Maria dio un respingo.

—¿Así es como viajan?

—Usan elefantes igual que usamos nosotros coches —continuó Charles. Sabía que debía separarse de ella, pero no quería. Pensó que si ella se sentía incómoda, siempre podía dar un paso atrás. Pero tampoco lo hizo. La falda, que le caía sobre la enagua rígida, rozaba la rodilla de Charles. Este hizo un esfuerzo y se serenó—. Al parecer son inteligentes y muy obedientes, pero ir a lomos de ellos es como navegar, uno se mece con cada ola.

—Me lo imagino —contestó Maria entrecerrando los ojos.

—Y esto —Charles deslizó la mano hacia la zona superior del mapa— es parte de la ruta de la seda, que empieza en China y luego atraviesa estas montañas hasta Europa.

—Y ahora le ha llegado el turno al algodón. —Maria disfrutaba de lo lindo, más incluso de lo que había esperado. ¿Por qué?, se preguntó. ¿Es la presencia de este hombre? ¿Puede ser tan sencilla la razón?

—Tenía la impresión de que el comercio de algodón existía desde hace bastante tiempo —comentó Anne acercándose al mapa.

—Así es, señora Trenchard —confirmó Charles—. Y la India llegará a dominarlo, con el tiempo.

—Tengo entendido que los principales productores hoy son las plantaciones de los estados del sur de Estados Unidos. —Era evidente que Maria había ido bien provista de información.

—¿Dónde ha leído eso?

Maria se ruborizó.

—Se me ha olvidado. En alguna parte. —Lo cierto era que había devorado todos los libros y revistas que habían caído en sus manos. Quería tener algo que decir cuando volviera a ver a Charles.

—Prefiero que mis suministros lleguen de la India —señaló Charles.

—¿Por qué? —El interés de Anne era sincero. Estaba tan habituada al permanente resentimiento de Oliver contra el mundo y a las quejas de Susan, que casi había olvidado la clase de conversación que se podía mantener con los jóvenes cuando están entrando en la edad adulta. A diferencia de su hijo, aquel hombre tenía la voluntad y la determinación necesarias para triunfar. Resultaba vivificante.

—Los americanos logran mantener los precios bajos mediante el uso de esclavos y yo soy seguidor de Wilberforce y de Clarkson. No creo que deban extraerse beneficios de ninguna forma de esclavitud. —Cuando las mujeres movieron la cabeza en señal de aprobación levantó una mano—. Y antes de que alaben mis virtudes les diré que mi decisión también obra en interés propio. No creo que la esclavitud pueda perdurar en el mundo moderno y, cuando sea abolida, América no podrá competir con la India. El día que eso ocurra, prefiero que mi negocio tenga unos cimientos sólidos para así disponer de ventaja.

Anne intercambió una mirada con lady Brockenhurst. Qué joven tan extraordinario. No podía culpar a la condesa por querer reconocerle en público. Y viendo el interés que sentía por él Maria Grey... ¿Tan impensable era aquel matrimonio? Se daba cuenta de que lady Brockenhurst ya había empezado a hacer planes para la joven pareja, sin importarle el sobrino de su marido. Y, después de todo, las hijas que había tenido el rey anterior con actrices se habían casado bien: la condesa de Erroll, la vizcondesa Falkland, lady de L'Isle... ¿Y no se había casado el hijo ilegítimo del duque de Norfolk con lady Mary Keppel diez años después de que James y ella volvieran de Bruselas? Estaba segura de haberlo leído. ¿No podía ser eso un precedente? ¿Qué habría querido Sophia que hicieran? Esa era la pregunta que tenían que plantearse. Cayó en la cuenta de que Charles la miraba, así que preguntó, animada:

—¿Sabe ya qué zonas de la India visitará, señor Pope? ¿Qué perspectivas de desarrollo tienen? Seguro que un joven como usted está lleno de ideas.

—Lo está —dijo Maria con entusiasmo juntando las manos—. Y haber logrado todo esto a una edad tan temprana... —Señaló las oficinas con una de sus manitas enguantadas. No se daba cuenta de hasta qué punto estaba dejando ver sus sentimientos.

—Siento curiosidad por usted, señor Pope —intervino lady Brockenhurst acercándose a la mesa de Charles. Estaba cubierta de pilas de papel, documentos y una selección de cajas marrones atadas con cuerda roja—. Es usted un modelo de energía y diligencia y sin embargo, a diferencia de la mayoría de los jóvenes de su esfera, no nació para ello. En circunstancias normales, el hijo de un pastor rural, tengo entendido que eso es usted, se habría unido al ejército o a la marina, aunque es más probable que estuviera trabajando como coadjutor a la espera de que alguien le ofreciera una feligresía.

Anne se preguntó qué buscaba lady Brockenhurst. Si Charles demostraba tener cualidades de nacimiento, sin duda se debían a la influencia de James, y no a la estirpe Bellasis. Ningún Bellasis había llevado un libro de cuentas desde las Cruzadas. Durante un momento se sintió muy orgullosa de su marido. Podía resultar ridículo en su afán por medrar, pero era un hombre inteligente, con verdadero talento para los negocios.

—¿Cómo supo que soy hijo de vicario?

Buena pregunta. La condesa vaciló, pero solo una fracción de segundo.

—Me lo dijo usted. La última vez que le visité aquí.

—Ah. —Charles asintió—. Bueno, no era un vicario corriente, lo que probablemente explica todo. Era un hombre excepcional.

—¿Era?

—Murió no hace mucho.

Por supuesto que había muerto. Anne lo había olvidado. Cuando James se lo contó, dio a entender que lo había leído en *The Times*, pero ahora dudó. Se preguntó si James no había echado de menos sus cartas. Veinticinco años de cartas informando de los progresos de Charles. Claro que una vez James conoció a Charles en persona, la función de intermediario del señor Pope habría quedado reducida a casi nada. Aun así, tenía que haber sido un buen hombre.

—Por lo que dice, debió de ser una persona excelente —comentó.

—He sido muy afortunado. —Charles levantó la vista hacia una pintura al pastel colgada detrás de su mesa. El retratado era de edad avanzada, con una cabeza salpicada de canas y vestido de negro de los pies a la cabeza. El alzacuellos resaltaba su rostro de líneas delicadas, casi en perfil, tal vez con los pensamientos en instancias más elevadas. En la mano derecha tenía un libro que, si se miraba de cerca, resultaba ser la Biblia. Los toques de luz estaban bien ejecutados y el estilo de la composición recordó a Anne a George Richmond. A la vista de cómo habían resultado las cosas, se sentía agradecida al reverendo Pope. Tal vez los ingresos suplementarios hubieran sido la razón inicial de acoger a un niño ilegítimo y no deseado, pero era evidente que le había cobrado afecto y le había proporcionado unos sólidos cimientos para la vida.

—Es un retrato atractivo. —Lady Brockenhurst lo estudió—. Al menos de la clase que sugiere que la semejanza con el retratado es mucha, aunque yo no lo conociera. Parece inteligente y amable. Espero que fuera las dos cosas.

—Era esas cosas y más. Creo que le hablé de él cuando nos conocimos.

—Cuéntemelo otra vez.

Qué bien mentía, Anne casi la admiró por ello. Ese es el problema de una situación como la nuestra, pensó, que nos convierte a todos en mentirosos. En aquella habitación, sin ir más lejos, lady Brockenhurst y ella eran dos embusteras simulando inocencia ante su ignorante nieto. Incluso Maria mentía, simulando que iba a casarse con John Bellasis cuando saltaba a la vista que no era así, al menos no de buen grado. Solo Charles era sincero, a no ser que estuviera intentando ocultar que se había enamorado perdidamente de Maria Grey.

—No soy hijo suyo en realidad. —Charles hablaba con toda naturalidad, claro que ¿por qué debería sentirse incómodo?—. Mi madre murió al darme a luz y mi padre en el frente poco antes, o eso me dijeron. Mi padre era primo del señor Pope y él y su mujer, o mi madre, pues eso la considero, sintieron que debían acogerme. No tenían hijos, así que quizá fue una decisión beneficiosa para ambas partes, pero el caso es que fueron muy buenos conmigo y mi madre sigue siendo atenta y afectuosa hasta hoy.

—¿Y qué hay del señor Trenchard? ¿Qué función ha desempeñado en todo esto?

Anne sentía curiosidad por saber cómo se había establecido el primer vínculo.

—En un principio yo estaba destinado a la Iglesia, tal y como ha sugerido lady Brockenhurst. Pero a medida que crecí mi padre fue dándose cuenta de que mis talentos residían en otra parte, así que consiguió que me admitieran de aprendiz en un banco. Pero cuando vine a Londres supe enseguida que aquel no era un mundo que yo fuera a comprender fácilmente. Así que mi padre le pidió al señor Trenchard que fuera mi guía hasta que pudiera desenvolverme solo. Él y mi padre eran amigos desde muchos años atrás.

Anne miró a lady Brockenhurst. Era obvio que encontraba divertido conocer la historia secreta de su nieto.

—Qué coincidencia tan afortunada que el reverendo Pope tuviera amistades en el mundo de los negocios.

—Tenía amigos de todas las profesiones. Por suerte el señor Trenchard se interesó por mí y desde entonces ha seguido pendiente de mis pasos. Cuando decidí dejar el banco acudí a él con la idea de adquirir una modesta fábrica textil y dio su apoyo a mi proyecto, haciéndolo así posible, y ahora lord y lady Brockenhurst han sido tan amables de darme lo que necesito para llevar a buen término la operación.

—¿Funciona ya la fábrica? —Maria decidió que ya llevaba callada el tiempo suficiente.

—Sí, pero de forma algo improvisada, usando el algodón que logro encontrar. Ahora quiero poner en práctica un funcionamiento más estable que me permita expandirme. Es lo que ha hecho posible lady Brockenhurst. ¿Pido más té?

—No será necesario, gracias. —Anne estaba sentada en el sofá con Maria y la luz del sol que se colaba entre los postigos de las ventanas dibujaba rayas en el suelo de madera. Charles recogió las cosas del té y las colocó en la bandeja. Anne observó sus movimientos fluidos, elegantes. Era asombroso

que el pequeñuelo regordete y llorón que había tenido brevemente en brazos un cuarto de siglo antes se hubiera convertido
en un hombre tan apuesto y seguro.

Por su parte, Maria observaba también a Charles Pope. Su
padre había sido soldado, pensaba, y primo de un hombre de
Iglesia. ¿Qué tenía eso de malo? Puede que no fuera de alta cuna,
pero al menos era un caballero. Claro que John Bellasis heredaría una gran fortuna, pero ¿acaso Charles no amasaría la suya
propia? ¿Y no lo haría antes? Lord Brockenhurst tenía aspecto
de ir a vivir todavía muchos años. Y mientras pensaba estas cosas no dejó de hablar, de hacer una pregunta detrás de otra sobre
el negocio y los planes de Charles, de escuchar con atención cada
palabra. ¿Cuánto tiempo tardaría en irse a la India? ¿Viajaría
solo? ¿Cómo sabría, una vez allí, si sus fuentes eran de fiar?

—La fiabilidad no es lo más importante al principio, sino
la calidad —explicó Charles caminando de un lado a otro llevado por el entusiasmo—. La situación en la India es difícil y
la mayor parte del algodón es en la actualidad de baja calidad,
pero cuando encontremos al proveedor correcto deberemos
comprometernos con él. Solo así podremos empezar a mejorar
el negocio. El clima es perfecto, así que debe ser posible.

—¡Así se habla! —Una voz llegó desde la puerta acompañada de un sonoro aplauso—. Bien dicho, sí señor.

John Bellasis estaba apoyado en el marco de la puerta del
despacho. Charles le miró sorprendido.

—¿Señor? ¿Puedo ayudarle? —preguntó.

El hombre le resultaba familiar, pero sus maneras eran
altaneras y en cierto modo hostiles, como si los dos fueran ya
enemigos. John tenía los ojos entrecerrados y la boca apretada.
Era el vivo retrato de la arrogancia.

—¿John? —dijo lady Brockenhurst—. ¿Qué haces aquí?

—Eso mismo podría preguntarle yo a usted, querida tía.
—Pero no aguardó respuesta—. ¡Pero si es lady Maria! Buen

día tenga usted —continuó John ignorando por completo a Charles y cruzando la habitación en dirección a la joven, que estaba paralizada por la sorpresa.

Como si le hubiera leído el pensamiento a Maria, lady Brockenhurst volvió a hablar.

—¿Cómo sabías dónde encontrarnos?

—No lo sabía. Al menos no a las tres. A usted sí esperaba encontrarla aquí, tía, pero no a… —Miró interrogante a Anne—. Discúlpeme.

Habló Charles:

—La señora Trenchard.

—Por supuesto, la señora Trenchard. Sé muy bien quién es. —Lo irónico era que en realidad sí lo sabía, pues había estado sentado con ella durante la cena de la velada en casa de su tía, pero no quería demostrarlo—. Y encontrar aquí a lady Maria es sin duda una bendición del cielo. —Su tono no daba a entender que la presencia de Maria en las oficinas de Charles fuera una bendición. No lo daba a entender en absoluto.

Al principio, cuando recibió la nota de Ellis pidiéndole que fuera a Piccadilly, su impertinencia por mandarle recado le había enfurecido, pero cuando oyó lo que Billy le había contado a la doncella, que aquel era el día de la visita a Bishopsgate, tuvo que reconocer que Ellis había obrado con sensatez. ¿Quién era el señor Pope, aquel personaje salido de la nada que había cautivado la atención de todos de manera tan misteriosa? Tenía que llegar al fondo del asunto, a la razón de la influencia de aquel hombre. ¿Podría tratarse de chantaje por alguna falta enterrada en el pasado de su tío? Pero ¿cómo explicaría eso el interés de los Trenchard? Le dio una moneda a Ellis y las gracias.

—¿La señora Trenchard no ha dicho nada que pudiera explicar la visita?

—No lo mencionó, señor. Lo he sabido por un criado. Por lo general es discreta con sus asuntos.

—¿De verdad? Bueno, veremos si lo sigue siendo cuando las sorprenda en la madriguera del lobo, a la señora Trenchard y a mi amada tía.

—No me delatará, ¿verdad, señor? —Ellis no estaba preparada aún para perder su empleo. Lo dejaría cuando le conviniera y no antes.

—No se preocupe. Si la despidieran no me resultaría de utilidad.

Su problema, claro, era explicar cómo había seguido a Anne Trenchard, una mujer a la que apenas conocía, a una cita de la que no debía tener noticia.

Fue deprisa a Brockenhurst House y, por suerte, lord Brockenhurst estaba en casa. John no tardó en conseguir que su tío le contara que Caroline había ido a Bishopsgate a visitar al joven señor Pope. John asintió al conocer la noticia.

—Los dos se interesan mucho por ese hombre, señor.

—Caroline le encuentra prometedor y a mí me resulta agradable. —Peregrine jamás cuestionaría una nueva ilusión de su mujer. Desde la muerte de Edmund había tenido muy pocas.

—Qué cosa más curiosa —dijo John—. Precisamente me dirigía a Bishopsgate en este instante. ¡Menuda coincidencia! Quizá me acerque a ver si la encuentro allí. —Conocía la dirección de las oficinas de Pope. Era el resultado de sus pesquisas y lord Brockenhurst nunca se acordaría de que no se la había pedido a él. Una vez establecida la coartada, John detuvo un coche y se puso en camino.

Y allí estaba, cara a cara con su enemigo y la señora Trenchard y en presencia también de lady Maria y su tía.

—Me temo que ya hemos tomado el té, pero puedo pedir más, señor...

La incapacidad de Charles de reconocer a John irritó profundamente a este. ¿Cómo se atrevía aquel advenedizo a no recordarle de la cena? ¿Quién era aquel hombre odioso que parecía tener encandiladas a las damas? Aquel era por lo común territorio de John. Su padre había tenido razón al respecto: había algo muy extraño —y nada atractivo— en la manera en que se comportaba su tía con aquel insignificante don nadie. Y, lo que era más grave, estaban privándoles de dinero a su padre y a él, y esa idea no le gustaba. Hasta el momento su futuro le había parecido razonablemente fácil, lo único que tenía que hacer era pedir dinero prestado hasta la muerte de su tío. Luego su padre —o, con mayor probabilidad, él— heredaría, las cosas se arreglarían y todos contentos. Pero la aparición del señor Pope amenazaba con cambiar las tornas.

—Conoció al sobrino de lord Brockenhurst, el señor Bellasis, en la velada —dijo la condesa abandonando su asiento. Saltaba a la vista que se sentía irritada por la intrusión de John. Y también sutilmente desautorizada. Miró a Anne. Aquel episodio había concluido, era hora de irse.

—El señor Bellasis, por supuesto —contestó Charles, con una rápida inclinación de cabeza. De manera que aquel era el prometido de Maria—. Le pido disculpas. Había tanta gente que me sentí algo abrumado.

—Pues no lo parecía. —John miró con fijeza a Charles desde su butaca. Aquel hombre no tenía nada de particular y sin embargo su tía había atravesado Londres para tomar el té en su anodino despacho—. En fin, aquí estamos —dijo juntando las yemas de los dedos de ambas manos.

—Eso quisiéramos saber —replicó Maria—. ¿Por qué está usted aquí?

Sonreía al hablar, pero su mirada era seria. Lady Brockenhurst asintió.

—Sí, John. ¿Por qué estás aquí?

—He pasado por su casa esta mañana y mi tío me informó de que había venido usted a Bishopsgate. Tenía una cita por aquí y sentía curiosidad por volver a ver al señor Pope. Es un hombre de lo más misterioso. Al menos para mí. La mitad de mi familia y ahora la esposa de uno de los constructores más prominentes de Londres llaman a su modesta puerta y quería saber por qué. Espero que lo de «modesta» no le ofenda, señor —dijo con fingido tono servil.

Charles se obligó a sonreír.

—En absoluto.

John siguió hablando:

—Cuando supe que venían ustedes, tía, decidí que era la oportunidad perfecta.

Charles tuvo la impresión de que le correspondía intervenir para restaurar la normalidad.

—No se preocupe, señor Bellasis. También para mí es un misterio que tantas personas se interesen así por mi bienestar. —Esta vez su sonrisa fue más sincera—. De eso puede estar seguro.

—Me preguntaba —John se volvió hacia Maria—. El jueves voy a Epsom. Corre uno de los caballos de un primo mío y he pensado que lady Templemore y usted querrían acompañarme.

—Le preguntaré a mamá, claro, aunque me temo que no le gustan demasiado las carreras.

—¿Y usted, Pope? ¿Es aficionado a los caballos?

—No mucho —contestó Charles. Se sentía dichoso porque Maria hubiera declinado una invitación para pasar un día en compañía de aquel hombre. ¿Podía interpretarlo como una señal?

—Lo suponía —dijo John, y fue hasta el mapa de la India con las manos detrás de la espalda—. Probablemente tiene la cabeza demasiado llena de algodón. —Rio para hacer pasar el insulto por una broma.

Lady Brockenhurst se dirigió hacia la puerta.

—Es hora de que dejemos trabajar al señor Pope. Y nosotras tenemos cosas que hacer. ¿Nos acompañas a hacer unas compras, John?

—Creo que no, tía. A no ser que duden de su criterio a la hora de elegir —respondió él aún sonriendo—. Como he dicho, tengo un asunto que atender.

Lady Brockenhurst asintió. Saltaba a la vista que John no quería pasar el resto del día siguiéndolas por los almacenes de un vendedor de sedas, pero no podía culparle por ello.

Lo cierto era que John Bellasis tenía otros planes. Había concertado una cita con Susan Trenchard más tarde, en el hotel Morley de Trafalgar Square. Si se paraba a pensarlo, tenía que reconocer que no había nada más efectivo contra la humillación y la irritación que acostarse con la esposa de otro hombre.

Había reservado una habitación a nombre de una mujer, aunque falso, y cuando abrió la puerta de la número 27, en la primera planta, encontró a Susan esperando. Había visto a su doncella, Speer, aguardando pacientemente en el vestíbulo de la planta baja, de manera que sabía que había llegado. Había dicho que no disponía de tiempo para viajar a Isleworth, y ambos sabían que no podía invitarla a Albany, aún no. Sus habitaciones secretas no casaban bien con la imagen de aristócrata ocioso y acaudalado que quería dar. Encontrar alojamiento confortable en Isleworth entraba dentro de su presupuesto, pero en Piccadilly no. O a duras penas. Se esmeraba en mencionar su dirección con frecuencia, recordando a su interlocutor que lord Byron había vivido en el número A2, pero nunca recibía allí, ni siquiera a miembros de su mismo sexo. De manera que en esta ocasión había pagado una habitación en el Morley. El gasto le causaba fastidio, pero tumbado en la cama más tarde, desnudo y ahíto, hubo de concluir que Susan lo merecía. Rara vez había encontrado una amante tan entusiasta. A la mayoría de las mujeres con las que se acostaba les preocupaba de forma irritante el peligro de quedarse encintas y el inevitable escándalo que ello traería consigo, pero a Susan Trenchard no parecía inquietarle la idea. Era dócil y muy servicial, y eso a John le gustaba, le gustaba mucho.

—Susan, querida —murmuró mientras se giraba hacia ella, se acercaba y empezaba a besarle el brazo.

—Qué agradable. —Susan presentía la inminencia de una petición, un favor, quizá, o una orden. A esas alturas ya conocía a John. Sabía de su egoísmo. De su avaricia. Y aun así, cuando iba a encontrarse con él, el corazón le latía con fuerza en el pecho. No estaba segura de si era amor o lujuria, pero era más de lo que había sentido nunca por Oliver. Así que se preparó para recibir sus órdenes. Le obedecería si estaba en su mano.

Él la miraba.

—Debo tener cuidado. Empiezo a profesarte mucho afecto.

No era el colmo de los cumplidos, pero Susan lo tomó como uno.

—Me alegro.

—Necesito que hagas algo por mí —dijo John.

—Claro. Si está en mi mano.

—Necesito que averigües más cosas sobre Charles Pope.

—¿Cómo? —Susan se sentó, de mal humor—. ¿Tú también? ¡Todo el mundo parece obsesionado con ese infeliz! Oliver está furioso.

—No me gusta coincidir con tu marido sobre ningún asunto, pero de eso se trata precisamente —dijo John y se sentó a su lado—. No sé qué es, pero hay algo en ese hombre que me hace desconfiar. Tiene hipnotizada a mi tía, cuando estuve esta tarde en sus oficinas encontré allí a tu suegra. Así como a Ma…

—¿Así como a…?

—Olvídalo.

Aquello hizo sonreír a Susan, y esa no era la reacción que esperaba John. Lo cierto era que Susan sabía cuál era el nombre que había estado a punto de pronunciar. En cierta manera le complacía que John fuera tan considerado con sus sentimientos. Algún día tal vez necesitaría usar eso en su contra.

—¿Por qué has ido a sus oficinas? —inquirió—. ¿También a ti te tiene hipnotizado?

—Quería saber por qué todos buscan su compañía. ¿Por qué le han elegido como protegido?

—¿En lugar de a ti? —Susan rio.

—No bromeo. —La voz de John era dura y fría. Bastaba un instante para hacerle cambiar de tono.

—No —coincidió Susan. Pero no era la voz de su amo. Había empezado ya a dar vueltas a posibles maneras de manipular aquella situación en beneficio propio.

—Lo que más me intriga —John le dio la espalda y se sentó en el borde de la cama— es por qué le han dado los dos tanto dinero.

De perfil se le veía claramente irritado.

—¿Cómo está lady Maria?

—¿Por qué lo preguntas?

—Por nada en realidad. Pero si la has visto esta tarde… —Le estaba retando a que lo negara, pero John no dijo nada. Ambos sabían que le molestaba que Susan se entrometiera en su vida privada, pero John había revelado que la joven había estado en las oficinas de Charles, y Susan deseaba provocarle. Si quería, podía ponerle en un aprieto y disfrutaba recordándoselo de tanto en tanto.

—Pues está muy bien. ¿No se te está haciendo tarde?

Pero Maria Grey no estaba demasiado bien en aquel momento, o al menos no estaba saliendo bien parada en la discusión provocada, de manera indirecta, por John. Este había encontrado tiempo, de camino a su cita con Susan, de pasar por su club en

St. James y garabatear una nota a lady Templemore lamentando que no le gustaran las carreras. Terminaba expresando su deseo de organizar alguna otra actividad pronto.

—¿Por qué dijiste que no me gustan las carreras? —Lady Templemore hablaba con total serenidad. No era una mujer inteligente, pero tenía instinto para las personas y estaba convencida de que algo ocurría y que, de haber sabido qué era, no merecería su aprobación.

Maria casi se estremeció ante la mirada de su madre.

—¿No es así?

—Me gustan tanto como cualquier otra actividad inútil a la que tenemos que dedicar tiempo.

Maria miró a su madre.

—Entonces escriba una respuesta y diga que acepta la invitación.

—¿En nombre de las dos?

—No. De las dos no, de usted.

Ambas sabían de qué estaban hablando, aunque ninguna lo hubiera reconocido aún.

—Espero que no creas que puedes retractarte de tu palabra —dijo lady Templemore y aguardó la contestación de su hija.

Pero Maria no dijo nada. Se limitó a seguir sentada en la hermosa salita de su madre con las manos unidas, callada. No confirmaría ni negaría la insinuación de su madre, que tan amenazadora resultaba. Lady Templemore había temido aquella situación y durante un tiempo había considerado la posibilidad de hacer venir a su hijo desde Irlanda, pero no estaba segura de que Reggie no fuera a tomar partido por su hermana. A fin de cuentas, él no tenía nada que ganar de la fortuna de John. Era ella, Corinne Templemore, quien se proponía beneficiarse de la seguridad que le daría un yerno con fortuna y posición, que le proporcionaría un bienestar en su vejez del que se consideraba merecedora.

—¿Acaso no te he protegido desde que eras una niña? ¿No me merezco un poco de seguridad al final de mis días? No tendrás que esperar mucho para quedarte sin mi compañía. —Sofocó un sollozo y se reclinó en la *bergère* tapizada de damasco a comprobar si sus palabras tenían el efecto deseado.

—Mamá, es usted fuerte como un roble y nos enterrará a todos. En cuanto a cuidarla, por supuesto que lo haré en la medida de mis posibilidades, así que no tiene nada que temer.

Corinne se secó los ojos.

—Me cuidarás casándote con John Bellasis. Es todo lo que pido. ¿Qué tiene de malo?

—No estoy segura de si me gusta o de si yo le gusto a él.

Aquel le parecía a Maria un argumento de lo más razonable, pero su madre no pensaba igual.

—¡Eso son bobadas! —Se habían terminado las lágrimas. Lady Templemore había vuelto al grano—. Una pareja de jóvenes debe aprender a gustarse a medida que se conoce. Yo apenas conocía a tu padre cuando me casé con él. ¿Cómo iba a ser de otra manera si no se nos permitió vernos a solas antes de que nos prometiéramos? Nos dejaban sentarnos juntos en un sofá, pero siempre que nuestros acompañantes pudieran oírnos. Ninguna muchacha de nuestra posición conoce a su marido antes de contraer matrimonio.

Maria miró a su madre.

—¿Y su matrimonio con mi querido padre ha de ser el modelo que me impulse a aceptar mi situación con John?

Aquel fue un golpe bajo, y Maria se arrepintió un tanto. Pero se acercaba el momento en que tendrían que hacer frente al hecho de que no iba a casarse con John Bellasis. Quizá lo había dudado hasta entonces, pero después de aquella tarde estaba segura, así que más le valía empezar a preparar el terreno.

Por supuesto, no tenía pruebas de las intenciones de Charles respecto a ella. Es decir, no tenía prueba verbal. Pero estaba segura de que lo que le disuadían eran su compromiso y su rango. No era tan ingenua para no darse cuenta de cuando un hombre se sentía atraído por ella, y confiaba en poder animar a Charles a hablar cuando lo decidiera. No le preocupaba su hermano. Era posible que a Reggie le agradara la idea de tener una hermana condesa, pero no la obligaría a casarse contra su voluntad. Y Charles le gustaría, de eso estaba segura. No, la tarea más dura a la que se enfrentaba era la de persuadir a su madre de que le permitiera ser cortejada por el propietario de una fábrica textil en Manchester en lugar de por un conde, y no sería sencilla, eso lo sabía muy bien. Pero lo primero era lo primero.

—Has dado tu palabra.

Mientras escuchaba los argumentos de su madre Maria se preguntó extrañada por qué le habría dado su palabra a John Bellasis. ¿En qué había estado pensando? ¿Se debía quizá a que nunca había estado enamorada y no sabía lo que significaba aquella sensación? ¿Estaba ahora enamorada? Suponía que sí.

—No sería la primera mujer que cambia de opinión —dijo.

—No vas a tirar por la borda un futuro prometedor, no te lo permitiré. Te lo prohíbo.

Lady Templemore se recostó en su asiento, exasperada. Al verla, Maria decidió abandonar el tema. Por el momento. Debía permitir que su madre fuera comprendiendo poco a poco que el enlace que tanto deseaba nunca se haría realidad, pero no había necesidad de apresurarse. Mientras se decía en silencio estas palabras, Maria no pudo evitar sonreír. Acababa de reconocer por primera vez que estaba planeando para sí misma una boda poco ventajosa. El corazón le latía con fuerza ante la enormidad del plan, pero lo cierto era que esa era su intención y pensaba llevarla a cabo.

En circunstancias normales, Susan no habría aceptado la invitación de Anne de acompañarlos a Glanville. Detestaba aquel lugar. Nada en el caserón isabelino y sus hermosos jardines en el corazón de Somerset le resultaba interesante, ni siquiera confortable.

En primer lugar estaba el tedio del viaje, que incluía una planificación meticulosa y cantidades interminables de ropa de cama, con Quirk guiando el coche de camino, y paradas en casas de postas para almorzar, o para cenar, dormir y cambiar de caballos para la siguiente jornada. Era un viaje de dos días al menos, pero Anne Trenchard prefería hacerlo en tres. Decía que era demasiado mayor para que sus huesos soportaran tanta velocidad y le gustaba hacer paradas para que Agnes correteara un rato. Sin duda el ferrocarril cambiaría las cosas, pero esto no había ocurrido aún. De manera que Susan pasaba tres días, o incluso más, si el tiempo era lluvioso y el vehículo se quedaba atascado en el barro, encerrada en el coche hablando de pormenores de jardinería.

Pero el motivo principal de su resistencia a ir a Glanville era que no veía la razón de hacer un viaje así. Una vez allí, ¿qué había que hacer? A excepción de hablar de jardinería, pasear por los jardines de la casa y comer sin parar en la gran mesa de comedor. De tanto en tanto acudían a cenar dignatarios de la vecindad deseosos de tratar con James Trenchard con la esperanza de persuadirle de que se desprendiera de parte de su dinero y costeara sus causas ilustres. De la nobleza terrateniente del condado apenas veían a nadie. Como todo el mundo sabía, pensaba Susan sarcástica, medrar socialmente era mucho más difícil en el campo. En Londres a la gente le importa menos quién eres siempre que vistas de manera adecuada y digas las cosas correctas. En el campo son menos magnánimos. Solo de pensarlo le daban ganas de bostezar.

Pero esta vez John la había persuadido de que sería una buena idea. Habían pasado el resto de la tarde en la cama y él había trazado el plan. Susan tenía que averiguar quién era exactamente Charles y por qué estaba James Trenchard tan interesado en costear su negocio, por no mencionar la extraña alianza que empezaba a existir entre la tía de John y la suegra de Susan. En todo aquello podía haber algo que Susan aprovechara en beneficio propio. En cualquier caso, que John Bellasis estuviera en deuda con ella casaba bien con sus intereses.

El más sorprendido quizá cuando Susan aceptó la invitación de pasar un mes en el campo con sus padres fue Oliver. Por lo general había rabietas y lágrimas. En ocasiones hasta tenía que ir de compras y adquirir alguna cosa en el joyero para ayudar a que Susan accediera. Pero esta vez no.

Su reacción le complació. En honor a la verdad, Oliver había descubierto recientemente que prefería la vida en Glanville a la de Londres. Había hecho un verdadero esfuerzo, o eso pensaba, para interesarse en el negocio de su padre, pero se sentía más hecho para el estilo de vida terrateniente. ¿Y por qué no iba a ser así? Había sido educado como un caballero y aquel era el resultado. Le gustaban la caza y el tiro, de hecho prefería las tradiciones y la sencillez y la alegría de la vida en el campo a pasar horas estudiando planos y cuentas en las oficinas de su padre o de William Cubitt. Paseaba por la heredad, conversaba con los arrendatarios, escuchaba sus preocupaciones. Se sentía ocupado, valorado y capaz. En un determinado momento había aceptado que no vivirían en Glanville cuando sus padres murieran, que Susan insistiría en comprar algo más grande y magnífico más cerca de Londres, pero últimamente, desde que su esposa y él habían empezado a hacer vidas separadas, había comenzado a preguntarse si no sería posible llegar a algún acuerdo. Claro que no tenía un heredero, y una casa como la de Glanville estaba concebida para la continuidad familiar.

Se le hinchó el corazón cuando el coche por fin cruzó las puertas altas color miel. Al final del largo sendero se alzaba una hermosa casa de tres plantas en un estado considerablemente mejor que cuando su madre la descubrió en 1825. Llevado por su amor a la ostentación, James había encargado a su mujer que buscara una «sede» para la familia en el campo. Por supuesto había esperado que comprara algo impresionante, pero cómodo, un caserón decente en Hertfordshire, o Surrey, o al menos en algún lugar más o menos cercano a Londres. Pero Anne tenía otros planes. Cuando vio por casualidad Glanville, un hermoso ejemplo de arquitectura de transición resultado de cuando la moda cambió el gótico medieval por el neoclasicismo renacentista, con sus jardines y parques rodeados de cientos de hectáreas de tierra cultivable, supo que era lo que buscaba. Lo que siempre había estado de algún modo buscando. Claro que tenía un tejado enorme y lleno de goteras, así como todo tipo de plagas, y James se había negado en un principio. No era en absoluto lo que tenía en la cabeza. No había querido vivir en Somerset y había imaginado una casa que no hubiera que reconstruir casi por completo. Sin embargo y como había hecho pocas veces en su vida, Anne había insistido.

Ahora, casi veinte años después, ambos la consideraban el mayor logro de Anne. Había restaurado la casa a conciencia y se había enamorado de sus pequeñas peculiaridades: los monos de piedra que trepaban por los aguilones del tejado, los Nueve de la Fama en sus nueve hornacinas de la fachada este. En ocasiones James pensaba que aquel acto de amor era una compensación por otra cosa. Si Anne no había sido capaz de salvar a su propia hija, al menos salvaría aquella vieja y espléndida mansión. Y cuanto más se esforzaba, más entusiasmo y vida le infundía y más brillaba el lugar.

Su gran triunfo fue la creación de los jardines, diseñados a partir de una amplia extensión de nada, y, cuando el coche se detuvo a la puerta de la casa, el jardinero jefe, Hooper, ya la estaba esperando. Pero antes de saludarle había que observar ciertos rituales y Turton, que había viajado antes para recibirles, se adelantó para abrir la puerta del coche.

—Señora —dijo el mayordomo mientras Anne bajaba la escalera con la perra debajo del brazo—. Espero que hayan tenido un viaje agradable.

Su tono sonaba algo hastiado. Lo cierto era que Turton se sentía de manera muy similar a la señora Oliver en lo referido a Glanville. También detestaba el viaje hasta allí, pero le desagradaba aún más la calidad de los criados locales con los que tenía que tratar durante aquellas improductivas estancias en el campo. A diferencia de la mayoría de aristócratas, que tenían su principal lugar de residencia en sus heredades, los Trenchard vivían en Londres. Así que casi todo el servicio se quedaba allí y solo unos pocos viajaban a Somerset. Turton, Ellis, Speer y Billy, el lacayo, que también se encargaba de vestir a Oliver, eran los únicos que acompañaban a la familia a Glanville. La cocinera, la señora Babbage, también había viajado las primeras veces, pero la tensión y las discusiones que provocaba su llegada en las cocinas terminaron siendo tan perturbadoras que Anne decidió contratar a una mujer del pueblo que era más simpática y exigía que le enviaran de la capital menos ingredientes. El resultado fue que los menús eran bastante más sencillos en el campo, el servicio algo más lento, y Turton siempre tenía aspecto de estar pasando un calvario.

—Gracias, Turton, espero que esté todo el mundo instalado.

—Hacemos lo que podemos, habida cuenta de la situación —contestó Turton con expresión lúgubre, pero Anne no estaba dispuesta a atender los problemas del servicio nada más llegar. Sabía muy bien cómo se sentía Turton, pero era de la opinión de que si Glanville tenía que sobrevivir necesitaba el apoyo de la comunidad local y eso exigía, en primer lugar, emplear a los hijos e hijas de los arrendatarios y de quienes trabajaban en la heredad. ¿Dónde si no iban a ir los jóvenes? Necesitaban empleos, y era deber de la heredad proporcionárselos. Y si Turton decidía irritarse por ello era su problema y no el de Anne.

—Ah, Hooper —exclamó frotándose las manos mientras se acercaba al jardinero—. ¿Qué noticias tiene para mí?

—Querida —llamó James Trenchard a su esposa—. ¿No quieres entrar? Tienes que estar cansada.

—Enseguida. Es que quiero saber qué ha pasado con el jardín durante el tiempo que he estado fuera. Además, Agnes necesita pasear.

—No te canses demasiado —dijo James antes de irse con los otros. Pero lo cierto era que le daba igual. Le encantaba ver a su mujer feliz, y en Glanville siempre lo era.

Más tarde aquella noche se sentarían a cenar en lo que antes habían sido la despensa y la cava. La casa era demasiado antigua para disponer de un comedor propiamente dicho, puesto que sus dueños originales habrían comido con el resto de habitantes de la casa en el salón principal. Pero Anne había decidido que su respeto por la era isabelina tenía sus límites y cuando se arregló el tejado se aprovechó para derribar el muro que separaba ambas estancias y crear así un muy necesario comedor para la familia. Las paredes estaban forradas de madera y se había añadido una chimenea de gran tamaño para compensar los generosos ventanales que daban a la terraza este. A Anne le gustaba todavía más la habitación porque la había concebido ella cuando tomó posesión de la casa.

Recorría la galería en dirección a la escalera cuando apareció Ellis a su espalda con un chal.

—Quizá necesite esto, señora.

Ellis estaba de buen humor. Siempre se animaba en el campo. A diferencia de Turton, a Ellis le gustaba ser la reina de la fiesta. Raras veces podía disfrutar de tal sensación de superioridad, pero allí, en las profundidades de Somerset, se convertía en la fuente de toda la sabiduría referente al *beau monde*. Podía contar lo que sucedía en Londres, describir las tiendas nuevas, explicar las tendencias de moda. De hecho, no había nada que le gustara más que relatar los últimos chismes sobre lord tal o lady cual con el personal de servicio congregado alrededor del comedor de los criados del piso de abajo. Además, en el campo la carga de trabajo era menor. Había menos recepciones y menos veladas fuera, así que rara vez se terminaba de trabajar tarde y pasaba menos tiempo esperando de madrugada en el vestidor de la señora Trenchard a que esta volviera a casa.

Cuando Anne entró en el salón, James la esperaba impaciente junto a la chimenea. Sabía lo que significaba aquello.

—¿Por qué no llamas a Turton? A ver si podemos bajar ya, me gustaría acostarme pronto si puede ser.

—¿No te importa? —James se puso de pie enseguida y tiró del cordón de la campanilla. Susan y Oliver ya estaban abajo y Anne comprendió sin necesidad de que se lo dijeran que el parloteo de Susan estaba volviendo loco a su marido. Probablemente esperaba encontrar algún consuelo en una buena copa de clarete. Anne miró a su nuera. Desde luego parecía muy animada. Por lo general se mostraba enfurruñada en Glanville, pero aquella noche se había esmerado con su aspecto. Speer le había recogido el pelo en un moño y llevaba un vestido de seda color amarillo pálido y esmeraldas bellamente engastadas en las orejas.

En cuanto vio que tenía la atención de Anne, Susan empezó:

—A ver si alguien adivina a quién vi el otro día en Piccadilly. —No había querido tener aquella conversación con el traqueteo del coche, pero ya no tenía sentido seguir posponiéndola.

—Me rindo. —Anne sonrió afable y acarició a Agnes, que le mendigaba una caricia desde el suelo, junto a su silla.

—Al señor Bellasis.

—Ah. ¿El sobrino de lord Brockenhurst?

—El mismo. Lo conocimos esa vez en Brockenhurst House. El caso es que yo iba con Speer de camino al guantero y de pronto apareció.

—¡Vaya! —Anne empezaba a comprender que Susan quería llegar a alguna parte y no estaba segura de querer acompañarla. Por fortuna, el mayordomo entró en ese instante y pronto estuvieron sentados a la mesa del comedor.

Susan se contuvo hasta que hubieron traído el primer plato y se hubieron servido, pero nada más. En cuanto los criados se retiraron de la mesa empezó a hablar:

—Me dijo el señor Bellasis que la había visto a usted con su tía en las oficinas del señor Pope en la City.

—¿Cómo? —dijo James apoyando cuchillo y tenedor en el plato.

—Oh. —Susan se llevó una mano a los labios simulando estar alarmada—. ¿He dicho algo que no debía?

—Por supuesto que no. —Anne estaba muy tranquila—. El señor Trenchard se ha interesado por ese joven, así que cuando lady Brockenhurst sugirió hacerle una visita accedí. Sentía curiosidad.

—No tanta como yo —dijo Oliver, y Anne comprobó abatida que debía de haber estado bebiendo antes de que ella bajara—. Me pregunto por qué mi querido padre se interesa el doble por las actividades de ese señor Pope que por nuestro trabajo en Cubitt Town.

—No es así. —James se había preparado para reprender a Anne, pero de pronto se encontró discutiendo con su hijo y a la defensiva—. Me gusta el señor Pope. Creo que sus proyectos son sensatos y loables y espero ganar dinero con ellos.

Mis inversiones son muy variadas. A estas alturas deberías saberlo.

—Desde luego —replicó Oliver—. Pero me pregunto si a todos los administradores de esos negocios los lleva a almorzar a su club. O si lady Brockenhurst pasea triunfal por su salón a todas sus oportunidades de inversión.

Aquello estaba irritando a James.

—Me gusta el señor Pope y le admiro —dijo—. Me gustaría que tú fueras la mitad de trabajador.

—No se preocupe, padre. —Oliver había renunciado a intentar contenerse—. Tengo muy presente que el señor Pope posee todas las virtudes que echa usted en falta en su propio hijo.

Susan decidió no echar más leña al fuego. No tenía dudas de que el señor Pope era una figura extremadamente importante, si bien misteriosa, en aquella discusión, pero creyó que no debía alimentarla. Prefería mantenerse al margen y dejar que su absurdo marido se pusiera en ridículo.

—Siéntate, Oliver —dijo Anne, pues su hijo estaba de pie y agitando un dedo ante su padre como un predicador en una feria ambulante.

—¡No pienso! ¡Turton, que me suban la cena a mi habitación! Prefiero marcharme de aquí y no ser una decepción para mi padre.

Y con esas palabras, salió furioso de la habitación dando un portazo.

Hubo un silencio antes de que hablara Anne:

—Será mejor que haga lo que le pide el señor Oliver, Turton. Por favor, pregúntele a la señora Adams si puede preparar una bandeja. —Se volvió hacia su nuera, decidida a cambiar el cariz que había tomado la cena—. Dime, Susan, ¿hay algo que quieras hacer durante tu estancia aquí o prefieres que lo decidamos cada día?

Susan sabía qué ocurría, pero decidió seguirle la corriente a Anne y empezó a hablar de lo que podían hacer para divertirse hasta que regresaran a Londres.

Aquella noche James no pudo dormir. Por la respiración tranquila y regular de Anne sabía que no le había quitado el sueño la explosión de Oliver, pero no se trataba solo de eso. Anne se había retirado temprano y se había asegurado de dormirse antes de que él llegara al dormitorio, de modo que no pudiera interrogarla acerca de su visita a Bishopsgate. Era lo que James sospechaba, pero no podía zarandearla para que se despertara. ¿Cómo se le había ocurrido hacer algo así? ¿Es que él era el único miembro de la familia que no intentaba destruir su mundo? En cuanto a Oliver, era un malcriado. Ahora tenía celos de Charles, pero de no existir Charles habría sido por cualquier otra cosa. ¿Qué quería? ¿Qué esperaba? ¿Que su padre se lo sirviera todo en bandeja de plata?

Movió la cabeza. Recordó cómo su padre había trabajado desde niño. Recordó lo duro que había trabajado también él. Lo insignificante socialmente que le habían hecho sentir todos aquellos oficiales a los que suministraba pan, harina, vino, municiones en las sucias calles de Bruselas. Recordó también los riesgos que había asumido a su vuelta. Había apostado sus recursos económicos a los hermanos Cubitt y la construcción de la nueva Belgravia, y había sido un viaje aterrador. Noches en vela, días de ansiedad y ahora allí estaban, en aquella hermosa casa en Somerset en compañía del ingrato y miserable de su hijo y de su igualmente ignorante nuera, los cuales esperaban que él, James Trenchard, los mantuviera con el estilo de vida al que habían decidido habituarse. Cómo deseaba tener a Sophia a su lado. En su imaginación la veía como a una niña que ignoraba los obstáculos que la retenían, derribándolos y pasando por encima de ellos, sin lloros ni lamentaciones, simplemente tomando lo que era suyo. Lo cierto era que nunca le había abandonado. Desde que les dejó habían sido escasos los momentos en que no había estado en sus pensamientos, riendo, burlándose de él, pero siempre con cariño. No por primera vez, se le humedecieron las mejillas con lágrimas por su querida niña.

El resto de la estancia en Glanville transcurrió sin grandes incidentes, aunque las relaciones entre padre e hijo continuaron tensas. James había interrogado a Anne acerca de su visita a las oficinas de Charles y esta la había justificado diciendo que cuando supo que lady Brockenhurst iría consideró oportuno acompañarla. Así podría evitar situaciones incómodas si la condesa se mostraba indiscreta, algo que no había ocurrido. James se vio forzado a admitir que la decisión parecía sensata y no había insistido más, aunque tenía la impresión de que Anne se estaba acostumbrando a la idea de que llegaría un día, no muy lejano, en que la verdad saldría a la luz. Mientras tanto se dedicaba a pasear a la perra, a preparar la nueva estación con el jardinero y a acostarse temprano.

Susan trató de sonsacarle información, pero Anne tenía una naturaleza mucho más adusta de lo que su nuera estaba dispuesta a admitir y no tenía intención de revelar ni un ápice.

—Pero tiene que haber una razón para que padre se interese tanto por el señor Pope —se atrevió a decir Susan un día que paseaban por la larga avenida de tilos con Agnes trotando detrás—. En especial porque a lord y lady Brockenhurst les ocurre lo mismo. Siento curiosidad.

—Pues me temo que no puedo ayudarte. Les agrada el joven y creen que su patronazgo se verá recompensado. Eso es todo.

Susan era lo bastante inteligente para saber que aquello no era todo, ni siquiera parte de la explicación, pero no se le ocurría cómo averiguar más. Trató de interrogar a Ellis, pero esta la rechazó con firmeza. Ellis tenía su orgullo y no estaba dispuesta a dejarse comprar por personas como la señora de Oliver Trenchard.

Para cuando regresaron a Londres, padre e hijo volvían a hablarse, aunque la herida estaba lejos de haberse cerrado. Por su parte, Susan había sobrevivido al mes pastoril y ahora buscaba la mejor manera para contarle a John lo poco que había averiguado de modo que pareciera más.

No tuvo que esperar mucho antes de recibir una nota que le proponía un encuentro fortuito en Green Park, y allí se dirigió acompañada de Speer.

—Pero, cuando dices importante, ¿cómo de importante? —preguntó John impaciente—. Ya sé que es importante para el señor Trenchard, pero quiero saber por qué.

—Por algo relacionado con su negocio, supongo.

—Tonterías. —John movió la cabeza—. Salta a la vista que ese hombre significa algo más que una mera inversión.

Susan sabía que estaba en lo cierto.

—Todo este asunto tiene a Oliver furioso. Cree que un don nadie le está relegando a un segundo lugar.

John se mostró especialmente sardónico.

—Tu marido tiene siempre mi compasión, querida, pero su enfado me sirve de bien poco en este momento.

—No. —Susan se daba cuenta de que no estaba proporcionando lo que se le había solicitado, la razón por la que había soportado semanas interminables en Glanville, pero tenía un nuevo motivo de preocupación desde su último encuentro con John en el hotel Morley. Había sido su intención mencionarlo ahora, pero al ver la irritación de John decidió que sería mejor no hacerlo. Claro que tampoco podía esperar indefinidamente.

John la miró.

—¿Qué pasa? Pareces distraída.

—¿De veras? —Susan movió la cabeza con gesto infantil—. No es nada.

Pero no era cierto que no fuera nada. Lo sabía muy bien.

John siguió a Susan hasta Eaton Square. Aunque ella no se dio cuenta. Estaba demasiado ocupada hablando con Speer, encargándole que buscara algo de cinta, de adornos, lo que fuera que le sirviera para justificar ante Oliver haber estado fuera toda la tarde.

Esperó en la esquina debajo de una farola con la esperanza de que Ellis lograra escaparse un momento. Estaba irritado por lo escaso de la información que había reunido Susan durante su estancia en Somerset, aunque tampoco había esperado mucho más y por ese motivo le había encargado a Ellis que hablara con la doncella de su tía, Dawson. Esta debía de conocer la mayoría de los secretos de la familia. Le había dicho a Ellis dónde y cuándo estaría en la plaza y por fin, cuando el sol estaba a punto de ponerse, apareció. Vio a John esperándola en la esquina y caminó hacia él.

—¿Y bien? —preguntó John. No había tiempo para cortesías.

—Oh, señor —dijo Ellis retorciéndose las manos con una obsequiosidad de lo más estudiada—. No estoy segura de tener nada de utilidad.

—Algo debe de tener.

—Me temo que no, señor —continuó Ellis—. La señorita Dawson no es de la clase de mujer que pensamos que sería.

—¿Quiere decir que es leal a sus señores?

El tono de John era tan incrédulo que Ellis casi rio. Se contuvo a tiempo.

—Eso parece, señor.

John suspiró exageradamente. Alguien en alguna parte debía de saber algo sobre aquel joven. Tenía que pensar.

—Tengo un encargo para usted.

—Por supuesto, señor. —A Ellis le gustaba siempre parecer solícita, aunque no tuviera gran cosa que aportar. Pero servía para engordar las propinas.

—Pídale a Turton que se reúna otra vez conmigo. En el sitio de siempre. A las siete de la tarde mañana.

—Al señor Turton le gusta estar de vuelta a las siete para prepararse para la cena.

—A las seis entonces. —Lo había intentado a la manera de las damas, con doncellas chismosas y nueras curiosas, y no había funcionado. Era el momento de cambiar de plan—. Y no se olvide.

Antes de que Ellis pudiera decir que no lo haría, ya se alejaba por la acera.

Charles Pope se enfrentaba a un dilema cerca del estanque Round Pond en Kensington Gardens. Tenía en la mano una carta que había sido entregada en su oficina. Le dio la vuelta una y otra vez mirando la escritura ligera y precisa. ¿Tenía sentido estar allí? ¿Qué conseguiría, aparte de más problemas? Maria Grey le había escrito pidiéndole que la visitara en casa de su madre en Chesham Place, pero Charles había rehusado. Un hombre de su posición no podía visitar a una joven del rango social de Maria, en especial cuando estaba ya comprometida. Así que había enviado una nota sugiriendo un encuentro en el Round Pond a las tres de la tarde. Era un lugar lo suficientemente público y encontrarse por azar mientras daban un paseo no tendría nada de inapropiado. ¿O sí?

Excepto que cuando se acercaba la hora convenida, sintió que le abandonaba el valor. ¿Cómo podía declararle su amor y a la vez estar dispuesto a poner en peligro su buen nombre de aquella manera? Claro que mientras se hacía la pregunta sabía que necesitaba volver a verla.

Cuando llegó al estanque soplaba un viento recio. El agua estaba picada, con olas pequeñas que lamían los bordes y rompían a los pies de Charles. A pesar de la brisa había numerosas damas paseando, algunas en grupos de dos o tres, y niños pequeños correteando en zigzag entre ellas. Otros de mayor edad se esforzaban por hacer volar una cometa color escarlata, seguidos por sus afanosas niñeras que caminaban juntas, unas pocas empujando los nuevos cochecitos para bebé hechos de mimbre, otras llevando a los críos en brazos.

Se sentó en un banco y observó los patos cabecear en la superficie del agua sin dejar de mirar nervioso a su alrededor ni de escrutar los rostros de quienes pasaban. ¿Dónde estaba? Tal vez había decidido no ir. Pasaban ya veinte minutos de la hora. Pues claro que había cambiado de opinión. Habría hablado de ello con alguien, su madre o su doncella, que le habrían hecho percatarse de lo descabellado del plan. Se puso de pie. Estaba haciendo el ridículo. Aquella joven elegante y hermosa estaba por completo fuera de su alcance. ¡Perdía el tiempo!

—¡Cuánto lo siento! —Se giró y allí estaba Maria, con un sencillo traje de tweed y sujetándose el sombrero—. He tenido que correr. —Sonrió. Le brillaban los ojos y tenía las mejillas sonrosadas mientras trataba de recobrar el aliento—. Escapar de Ryan ha sido más difícil de lo que pensaba.

A continuación rio porque él la había esperado, no había llegado demasiado tarde, como había temido, y todo volvía a ser maravilloso. Se sentó en un banco y Charles se sentó con ella.

—¿Ha venido sola? —No había sido intención de Charles parecer tan sorprendido, pero tenía la impresión de que Maria estaba arriesgando su buen nombre.

—Pues claro que he venido sola. No creerá que mi madre me hubiera dejado salir de haber tenido la más mínima idea de adónde iba, y no puedo confiar en Ryan. Informa a mamá de todos mis movimientos. Qué afortunado es, señor Pope, de haber nacido hombre.

—Pues me alegra bastante que no naciera usted hombre.

Era lo más audaz que le había dicho nunca y su valentía le hizo guardar silencio.

Maria volvió a reír.

—Puede ser. Pero hoy estoy bastante orgullosa de mí misma. He esquivado a mi doncella y parado un coche en la calle por primera vez en mi vida. ¿Qué le parece?

Charles no conseguía librarse de la sensación de que estaba poniendo a Maria en apuros.

—Pero no sé qué ventaja puede tener este encuentro. Para usted al menos. Se ha arriesgado mucho viniendo aquí.

—Pero usted admira a quienes asumen riesgos, ¿no, señor Pope? —preguntó Maria mirando los patos.

—No admiraría a un hombre que permite que su amada sacrifique su reputación.

No se dio cuenta de que se había referido a Maria como «su amada». Pero ella sí.

—¿Porque estoy prometida? —preguntó Maria en voz baja.

—Sí, está prometida. Pero aunque no lo estuviera. —Suspiró. Era hora de llevar un poco de realidad al país de la fantasía—. No soy la clase de hombre que lady Templemore recibiría en su casa como pretendiente de la mano de su hija.

Con aquello había querido poner freno a la situación, pero en lugar de ello sus palabras liberaron mil posibilidades.

—¿Pretende usted mi mano? —dijo Maria mirándole a los ojos.

Charles le sostuvo la mirada. ¿Qué sentido tenía ya mentir?

—Lady Maria, me enfrentaría a dragones, caminaría sobre brasas ardiendo, entraría en el valle de los muertos si pensara que así tendría una oportunidad de conquistar su corazón.

Esta declaración silenció a Maria durante un instante. Había crecido en un mundo diferente del de él, y estaba habituada a discursos floridos, pero no a la pasión. Ahora entendía que había encendido en aquel hombre sincero la llama de un amor desbocado. La amaba con todo su ser.

—Cielo santo —dijo—. Me parece que con unas pocas frases hemos cubierto mucha distancia. Por favor, llámeme Maria.

—No puedo. Y le he dicho la verdad porque creo que se la merece, pero no creo que esté en nuestro poder hacerla realidad, eso suponiendo que usted quisiera.

—Yo quiero que se haga realidad, señor Pope. Charles. De eso puede estar seguro. —Recordó la conversación tensa y forzada que había mantenido con John Bellasis en la salita de desayuno de su madre y comparó asombrada ambas escenas. Esto sí es amor, pensó, no esa mezcla absurda de anécdotas corteses y cumplidos tontos y fingidos.

Charles no contestó. Sencillamente no se atrevía a mirar a aquella hermosa, esperanzada y orgullosa cara por miedo a perderse por completo. Y dijera lo que dijera ella, sin duda le rompería el corazón. Incluso si no era su intención, incluso si estaba decidida a permanecer a su lado frente a la adversidad, el final no podría ser de otro modo. Si ella se quejaba de su suerte por haber nacido mujer, él lamentaba ser el primo huérfano de un párroco rural.

Se fijó en que alguien se acercaba por el paseo central.

—¿No es aquella su madre? —dijo de pronto poniéndose en pie de un salto. Había algo en la silueta de la mujer, en su aire de brusca impaciencia, que reconoció de la escena en el balcón de la fiesta de los Brockenhurst. Recordó cómo les había mirado desde la puerta, transmitiendo desaprobación por todos sus poros. Ya entonces supo que lady Maria Grey quedaba fuera de su alcance.

Maria palideció.

—Ryan ha debido de volver derecha a casa y contado que le había dado esquinazo. Supongo que oyó las instrucciones que le di al cochero. Tiene que irse, ahora.

—No puedo —dijo Charles—. No puedo permitir que cargue con la culpa.

Maria movió la cabeza con energía.

—Pero ¿por qué no? La culpa es mía. Y no se preocupe, no me va a comer. Pero no es el momento de que le presente como mi enamorado. Sabe que tengo razón, así que váyase.

Le cogió la mano y se la apretó, y Charles se alejó por los caminos de grava y se perdió detrás de unos arbustos.

Lady Templemore se reunió con Maria.

—¿Quién era ese hombre?

—Se había perdido. Buscaba la entrada de Queen's Gate.

Sonaba muy convincente. Lady Templemore se sentó en el banco.

—Querida, creo que es hora de que tú y yo tengamos una pequeña charla.

Charles no oyó nada de la conversación, aunque podría haber adivinado el tema. Le daba igual. Mientras apretaba el paso para volver hacia Kensington Gore tenía el corazón a punto de estallar. Todo carecía ya de importancia. Maria lo amaba. Y él la amaba a ella. Se había referido a él como su enamorado. Era todo lo que necesitaba saber. Si le rompía el corazón, lo daría por bien empleado después de aquel momento. No podía saber lo que vendría a continuación, pero amaba y era amado. De momento eso era suficiente.

.8.

Una renta para toda la vida

*J*ohn Bellasis se armó de valor antes de cruzar el umbral de la casa de sus padres en Harley Street. No estaba seguro de por qué le desagradaba tanto. Quizá porque el lugar era mísero, comparado con el espléndido palacio de su tía en Belgrave Square. Quizá porque le recordaba que sus orígenes no eran todo lo distinguidos que deberían. O tal vez la razón era más simple. Tal vez sus padres sencillamente le aburrían. Eran personas insípidas, abrumadas de problemas provocados por ellas mismas y, en honor a la verdad, en ocasiones sentía una creciente impaciencia porque su padre hiciera mutis por el foro y le dejara a él como heredero directo de su tío. Fuera cual fuera la verdad, cuando abrió la puerta y entró lo hizo con cierta desgana.

Almorzar con sus padres en casa no era una invitación que aceptara por lo común con demasiado entusiasmo. Acostumbraba a inventar alguna excusa: un compromiso urgente e importante que por desgracia no podía posponer. Pero hoy estaba —una vez más— necesitado de fondos y no le quedaba otra alternativa que mostrarse cortés con su madre, que siempre consentía a su hijo y rara vez le negaba algo. No era una fortuna, pero necesitaba que lo ayudara a llegar a las Navidades, y luego estaba el asunto de los pagos a Ellis y Turton. Una pequeña inversión a cambio de una sustanciosa recompensa, o eso esperaba.

No estaba seguro de lo que descubrirían el mayordomo y la doncella, pero su instinto le decía que los Trenchard ocultaban algo. Y a esas alturas, cualquier hecho que arrojara luz sobre Charles Pope y sus relaciones sería de ayuda. John tenía sus esperanzas puestas en el mayordomo. Reconocía a una persona mercenaria cuando la veía, y un mayordomo gozaba de mayor libertad de movimientos dentro de una residencia privada que una doncella. Turton tenía carta blanca para entrar donde quisiera, y podía acceder a llaves que estarían fuera del alcance de criados de menor rango. Por supuesto Turton había simulado sorpresa y consternación cuando se le sugirió que espiara los papeles del señor Trenchard, pero era asombroso lo persuasiva que podía resultar una oferta del sueldo de seis meses.

Cuando entró en la salita situada en la parte delantera de la casa, John encontró a su padre en una butaca de respaldo alto junto a la ventana leyendo un ejemplar de *The Times.*

—¿Madre no está? —preguntó paseando la vista por la habitación. Si estaba, tal vez podría librarse del almuerzo e ir directo al apremiante asunto de las finanzas.

Era una habitación decorada de forma peculiar. La mayor parte de los muebles, y desde luego los retratos, con sus gruesos marcos dorados y poses rebuscadas, resultaban demasiado ampulosos para el entorno. La escala no era apropiada, saltaba a la vista que aquellas mesas y sillas provenían de una estancia de mayor tamaño. Incluso las lámparas resultaban voluminosas. El conjunto generaba una sensación de claustrofobia que impregnaba toda la casa.

—Tu madre está en una reunión del comité. —Stephen dobló el periódico—. Algo relacionado con el arrabal de Old Nichol.

—¿El Old Nichol? ¿Por qué pierde el tiempo con ese hatajo apestoso de camorristas y ladrones? —John arrugó la nariz.

—No lo sé. Para salvarlos de sí mismos, sin duda. Ya sabes cómo es. —Stephen suspiró y se rascó la tersa cabeza—. Antes de que vuelva creo que debería contarte... —Vaciló. No era propio de él sentirse avergonzado, pero ahora lo estaba—. Esa deuda con Schmitt sigue preocupándome.

—Pensaba que la había saldado.

—Y lo hice. El conde Sikorsky fue generoso y me prestó algo de dinero a comienzos del verano, y el resto lo obtuve del banco. Pero han pasado seis semanas y Sikorsky empieza a hacer preguntas. Quiere su dinero.

—¿Y qué esperaba?

Stephen ignoró la pregunta de su hijo.

—En una ocasión hablaste de un prestamista polaco.

—Que cobra un cincuenta por ciento de interés. Y pedir a un prestamista para pagar a otro... —John se sentó. Aquel momento tenía que llegar. Su padre había tomado prestada una suma desproporcionada sin disponer de medios para devolverla. Había intentado no pensar en ello, pero ahora había que hacerle frente. Movió la cabeza. John se consideraba irresponsable, pero sin duda las mujeres eran una adicción menos peligrosa que el juego.

Stephen miraba por la ventana con expresión bastante desesperada. Estaba hasta el cuello de deudas, y era cuestión de tiempo antes de que se uniera a esos mendigos y vagabundos andrajosos que vivían en las calles. ¿O lo llevarían a Marshalsea y lo encerrarían hasta que pagara? En realidad la situación era cómica; su mujer se afanaba por ayudar a los pobres cuando en realidad sus servicios eran necesarios en su casa.

Por primera vez en su vida John sintió sincera lástima de su padre al verlo hundirse con gesto triste en su butaca. No era culpa suya haber nacido en segundo lugar. John siempre había sido de la opinión, consciente o inconscientemente, de que todo era culpa de uno de sus progenitores. Suya era la culpa de que no vivieran en Lymington Park, de que no tuvieran una mansión en Belgrave Square e incluso de que él, John, fuera el primogénito del segundo hijo y no del primero. Cuando ocurrió era un niño, pero ahora, si había de ser sincero, sentía que era justo que Edmund Bellasis hubiese muerto convirtiéndolo a él en heredero. Al menos ahora había una solución a la vista. De otro modo no habría esperanza para ninguno.

—Tal vez la tía Caroline pueda ser de ayuda —dijo John sacudiéndose una mota de polvo de los pantalones.

—¿Eso crees? Me sorprendes. —Su padre se volvió para mirarle con las manos juntas y ojos implorantes—. Pensaba que habíamos renunciado a esa posibilidad.

—Ya veremos. —John se frotó las manos—. Tengo a un hombre trabajando en el caso, como suele decirse.

—¿Quieres decir que sigues investigando a ese tal señor Pope?

—Así es.

—Sin duda ahí hay algo. Su interés por él es muy extraño, inapropiado incluso. —El semblante ligeramente sudoroso de Stephen brillaba con la luz del sol y sus ojos oscuros recorrían la habitación—. Una cosa te voy a decir: Caroline esconde algo.

—Estoy de acuerdo —asintió John poniéndose en pie. Había algo en la desesperación de su padre que le desconcertaba—. Y cuando disponga de información la desafiaré con ella y, al mismo tiempo, sacaré a relucir nuestra escasez de fondos y le recordaré que somos familia y que las familias deben ayudarse.

—Debes tener cuidado.

John asintió con la cabeza.

—Lo tendré.

Stephen empezó a pensar en voz alta.

—Si Peregrine nos hubiera ayudado cuando se lo pedí, ahora no nos encontraríamos en esta situación.

Aquello era demasiado para que John lo dejara pasar.

—Si no se hubiera jugado un dinero que no tiene, querido padre, no estaríamos en esta situación. Y, en cualquier caso, no estamos en ninguna situación. Solo usted. Yo, que yo sepa, no le debo dinero a uno de los prestamistas más temibles de Londres.

Stephen había renunciado ya a intentar defenderse.

—Tienes que ayudarme.

—John —exclamó Grace entrando por la puerta—. Qué alegría verte.

John miró a su madre. Llevaba un sencillo vestido gris oscuro, con mangas largas y ajustadas y un discreto adorno blanco en el cuello. El vestuario de Grace parecía pensado para reuniones solemnes y funciones benéficas. De hecho le habría resultado vulgar vestirse a la última moda para ocasiones así y siempre criticaba a aquellas mujeres que suspiraban por los sufrimientos de los pobres vestidas con ropas que costaban más que la renta media anual. Claro que ella, en cualquier caso, no se lo habría podido permitir.

—¿Cómo estás? —preguntó ahuecándose el pelo que el sombrero le había aplastado. Fue hasta su hijo y le besó—. Apenas te hemos visto este verano.

—Estoy muy bien. —John dirigió una mirada a su padre mientras le devolvía el beso a su madre. Siempre sabía ser encantador cuando necesitaba conseguir algo—. ¿Cómo ha ido la reunión?

—Descorazonadora —contestó su madre con los delgados labios apretados—. Hemos pasado casi toda la mañana hablando del lunes negro.

—¿Y eso qué es?

—El día en que hay que pagar los alquileres. Dicen que las colas a la puerta de las casas de empeños llegan hasta el final de la calle.

—¿Casas de empeños? ¿Y qué tienen para empeñar? —preguntó John.

—Eso me pregunto yo —respondió Grace, y tomó asiento en una silla frente a Stephen—. Dios sabe, es lo único que puedo decir. Por cierto, me preguntaba si tenías alguna noticia que darnos. —Miró interrogante a su hijo.

—¿Qué clase de noticia?

—Bueno, no me gusta ser tan directa, pero no entendemos el retraso a la hora de anunciar el compromiso. —Grace asintió con la cabeza y miró a su marido para que la respaldara, pero Stephen estaba demasiado absorto en sus cuitas para complacerla.

John se encogió de hombros.

—No sé nada al respecto. ¿Por qué no le pregunta a lady Templemore?

Grace no dijo nada, pero John no pudo evitar sopesar las palabras de su madre. ¿Por qué no lo habían anunciado? Claro que, ¿qué prisa tenía él por que se celebrara la boda? Aunque, con prisa o no, desde luego no pensaba tolerar que lo rechazaran.

Quiso la casualidad que en el gabinete de la residencia londinense de lady Templemore en Chesham Place se estuviera desarrollando una conversación muy parecida. Era una estancia encantadora decorada al gusto francés, un *boudoir* más que una salita para recibir en realidad, puesto que la decoración original era de la madre viuda de lady Templemore. Le había legado la casa a su hija y, dado que el difunto lord Templemore nunca había sentido gran interés por Londres, había permanecido en gran medida sin alterar. En aquel momento, sin embargo, había un asunto que estaba irritando tanto a lady Templemore como a Maria, sentadas con semblante adusto una frente a la otra igual que dos maestros del ajedrez preparándose para una partida.

—Repito que no entiendo el retraso una vez decidida la cuestión. —Era posible que las palabras de lady Templemore fueran directas, pero su tono daba a entender que sabía muy bien que nada estaba decidido en absoluto.

—Y yo repito: ¿qué sentido tiene simular que voy a casarme con John Bellasis cuando sabe muy bien que no lo haré? —Maria nunca se habría descrito a sí misma como una rebelde. Aceptaba de buen grado la mayoría de las costumbres y tradiciones, pero había vivido de cerca el matrimonio de dos personas que no eran adecuadas la una para la otra y no tenía intención de que algo así le sucediera a ella.

—Entonces, ¿por qué le aceptaste?

Maria tuvo que admitir que en aquel punto su madre tenía razón. ¿Por qué en el nombre del cielo había aceptado a John? Cuanto más lo pensaba, menos entendía qué le había pasado por la cabeza. Lo había considerado una oportunidad para escapar de su situación, un refugio. Sabía que su madre se estaba quedando sin dinero y que a su hermano no le sobraría mucho. Le habían repetido estas cosas una y otra vez. Y por supuesto John era muy atractivo, eso era innegable. Pero ¿era propio de ella una actitud así de débil, de frívola? La única explicación que encontraba era que, al no haber estado enamorada nunca, no había imaginado la fuerza del sentimiento cuando por fin llega. Y ahora lo había hecho.

—Espero que no estés sugiriendo que has conocido a otra persona, alguien a quien no conozco, y que la prefieres a ella. —Corinne Templemore pronunció estas palabras como si tuvieran un sabor desagradable.

—No estoy sugiriendo nada. Le estoy diciendo que no me casaré con John Bellasis, eso es todo.

Lady Templemore movió la cabeza.

—Estás ofuscada. Una vez herede de su tío, disfrutarás de una posición desde la que podrás hacer muchas cosas interesantes. Será una vida grata y satisfactoria.

—Para otra persona, no para mí.

Lady Templemore se puso en pie.

—No pienso dejar que desperdicies esta oportunidad. Si lo hiciera sería una mala madre. —Hizo ademán de salir de la habitación.

—¿Qué va a hacer? —La voz de Maria daba a entender que sabía que su madre no se daba por vencida y que la situación estaba todo menos resuelta.

—Ya lo verás. —Lady Templemore salió y Maria se quedó sola.

Turton ya estaba en su mesa de siempre en The Horse and Groom delante de una copita de ginebra cuando llegó John Bellasis. Levantó la vista al verle entrar e hizo una leve inclinación de cabeza a modo de saludo, pero no se levantó, lo que, dadas sus posiciones sociales respectivas, podría haber alertado a John de lo que se avecinaba. Este tomó asiento. Jadeaba un poco y, algo inusual en él, se sentía culpable.

El almuerzo en Harley Street había sido más complicado de lo que había esperado y le había llevado algún tiempo recuperarse. Finalmente su madre no le había sido de ayuda, no porque no quisiera, sino porque no podía. No le sobraba dinero y no tenía nada que darle. Dolido por esta información, John había subido al segundo piso a coger algunas cosas de su antigua habitación y había visto una caja encima de su armario ropero. Investigaciones ulteriores revelaron que contenía una ponchera de plata maciza envuelta en un tapete verde y escondida debajo de varios libros. Sospechó que su madre, en su desesperación, la habría ocultado, pensando quizá en dársela a Emma. En cualquier caso para ocultársela a su marido y también a su hijo, cuyo antiguo dormitorio le había parecido el lugar más seguro de la casa. John sintió cierta lástima por ella cuando lo pensó, pero aun así cogió la ponchera. Necesitaba dinero con urgencia, así que, no sin dificultad, había salido con ella escondida a la calle, parado un coche y, siguiendo el ejemplo de los habitantes de Old Nichol, ido directamente a una casa de empeños que conocía en Shepherd Market. Le habían pagado bien, cien libras, y naturalmente se había dicho que era algo temporal y pronto volvería a recuperarla. Aun así, era la primera vez que robaba a sus padres y necesitó un momento para acostumbrarse a la idea.

—Y bien —dijo por fin—. ¿Tiene algo para mí?

—Buenas tardes, señor —empezó Turton. Aunque estaba habituado a cerrar tratos y a regatear el precio del beicon, el venado y el jarrete, tenía la impresión de que aquella transacción requería mayor solemnidad—. ¿Puedo ofrecerle algo de beber?

—Gracias. Tomaré un poco de brandi —contestó John revolviéndose en su silla, mientras el dinero que llevaba en el bolsillo le pesaba como un lastre. Confiaba en que aquel hombre pomposo tuviera para él algo que mereciera la pena. Tenía cosas mejores que hacer que desperdiciar la tarde del martes sentado en una oscura taberna con un sirviente.

Turton hizo un gesto con la cabeza. El tabernero cogió una botella grande de brandi y una copa pequeña y se dirigió a la mesa. Sirvió un trago y dejó la botella, con el corcho a medio encajar, antes de alejarse arrastrando los pies. John se bebió la copa de un trago. Le hizo sentir algo mejor, mitigó la exasperación producida por el almuerzo y la culpa por lo que había hecho a continuación. Para empeorar las cosas, sus padres habían hablado sin parar de Maria Grey. Pero ¿qué podía hacer él? La fecha de la boda y el anuncio de la misma en los periódicos le correspondían a lady Templemore. La muchacha era bonita, pensó mientras se servía otra copa, pero ¿estaba seguro de que no podía aspirar a algo mejor? Una tosecilla de Turton le sacó de su ensimismamiento. Era hora de volver al asunto que les ocupaba.

—¿Y bien? —volvió a preguntar.

—Bueno… —contestó Turton con una mirada hacia la puerta.

Estaba nervioso, eso era obvio. Y tenía razones para ello. Era posible que el «código sangriento» hubiera sido abolido veinte años antes y los delitos de criados contra señores ya no se consideraran traición punible con la muerte. Pero existía preocupación entre las clases pudientes por el hecho de que los criados fueran, a fin de cuentas, desconocidos a los que daban permiso para deambular a sus anchas por sus casas porque eran dignos de confianza, y la más mínima violación de esa confianza era considerada una ofensa seria para la que exigían consecuencias extremas. Turton no se enfrentaba a la soga, pero sí se arriesgaba a ir a la cárcel. Para acceder a los papeles privados del señor Trenchard había tomado «prestado» un juego de llaves de la señora Frant y registrado uno por uno los cajones de la mesa de su señor, rebuscando en interminables cajas hasta encontrar la llave de bronce que usaba para su secreter privado. Si le descubrían, su delito no sería perdonado con facilidad.

Lo cierto era que Amos Turton no carecía de conciencia. Había trabajado duro para la familia Trenchard durante muchos años y sentía cierta lealtad hacia ella. Los pequeños hurtos que se había permitido, cortesía de la señora Babbage, no se contradecían con ello. Los consideraba una legítima ventaja de su trabajo. Abrir cajones con llave y revolver las cosas de su señor era una cosa bien distinta. No obstante, a medida que cumplía años, Turton había empezado a pensar en su jubilación, y sus ahorros estaban muy lejos de lo que confiaba haber acumulado llegado ese momento de su vida. Se había acostumbrado a ciertas comodidades y tenía intención de disfrutarlas en los años venideros. De manera que cuando Bellasis le abordó una vez más, se mostró dispuesto a escuchar su proposición.

—No dispongo de mucho tiempo —advirtió John, que empezaba a impacientarse. O tenía algo que decirle o no lo tenía.

—¿Y qué hay del dinero?

—No se preocupe. —John puso los ojos en blanco, como para demostrar que aquella era la parte más sencilla—. Aquí está. —Se tocó el bolsillo del abrigo negro. No mencionó que acababa de conseguirlo, de camino a la taberna.

—Bueno, encontré una cosa —empezó a decir Turton y se metió una mano en el bolsillo. John se inclinó y le vio sacar un sobre marrón y gastado—. Estaba guardado en uno de los cajones pequeños con llave propia. —John no dijo nada. ¿Qué le importaban a él los detalles?—. Es una carta que menciona a un niño llamado Charles. —John se enderezó. Ahora sí escuchaba—. La carta dice que el niño avanza muy bien en sus estudios de la Biblia, algo que complacerá al señor Trenchard.

—¿Estudios de la Biblia?

—Sí —confirmó Turton—. Y su tutor confía en que pueda hacer carrera en la Iglesia. El niño parece tener aptitudes para el estudio. En cualquier caso trabaja duro. Y el remitente espera poder recurrir al señor Trenchard en busca de consejo sobre el siguiente paso para su pupilo cuando surja la necesidad.

—Ya —dijo John mientras se rascaba la cabeza tratando de pensar.

Turton hizo una pausa para crear más efecto.

—La carta la firma el reverendo Benjamin Pope, pero el niño no es hijo suyo.

—¿Por qué lo dice?

—Por la manera de comentar los progresos del niño para informar de ellos al señor Trenchard. Escribe como un empleado que estuviera redactando un informe.

—Pero yo creía que el consejo del señor Trenchard no fue requerido hasta que Charles Pope llegó a Londres para abrirse camino en los negocios. ¿No es así como se supone que se conocieron? Y ahora me dice que Trenchard se ha estado interesando por él…, ¿ha estado recibiendo información acerca de él, desde que era un niño?

Turton dijo que sí con la cabeza.

—Eso parece, señor.

—Enséñemela. —John intentó coger la carta, pero Turton fue más rápido. Sus manos delgadas sujetaron con fuerza el sobre. No era un hombre de los que se dejan engañar y no se fiaba en absoluto del señor Bellasis. Quería su dinero y lo quería ya—. Si deja esa carta en la mesa, entonces haré lo mismo con el dinero —añadió John.

—Por supuesto, señor. —Turton sonrió y dejó el sobre con la mano todavía encima de él. Miró a John sacar un grueso fajo de billetes del bolsillo y contarlos debajo de la mesa. The House and Groom no era lugar para caballeros, y veinte libras, el precio acordado para cualquier información de peso relativa a Charles Pope, no era algo que conviniera ir enseñando en ningún establecimiento público. Mataban a hombres por mucho menos.

John empujó discretamente el dinero por la mesa.

—Muchas gracias, señor —contestó Turton, y liberó el sobre.

John lo abrió y empezó a leer su contenido moviendo un poco los labios a medida que comprobaba la información que le había dado Turton. Aquella era la prueba de que Charles Pope tenía un vínculo con Trenchard que se remontaba a años antes de su acuerdo de negocios; la prueba de que Charles no decía toda la verdad, suponiendo que la conociera. Hasta aquel momento John no había sospechado que Charles Pope fuera hijo de Trenchard, y le resultó extraño no haberlo pensado antes. Le dio la vuelta al papel y a continuación miró dentro del sobre.

—¿Dónde está la otra hoja? —preguntó mirando a Turton.

—¿La otra hoja, señor?

—¡No se haga el astuto conmigo! —La sensación de culpa de John se había combinado con el brandi y se sentía al borde de un ataque de furia—. La primera, en la que viene la dirección del remitente. ¿Dónde vive el reverendo Pope?

—Ah, esa hoja, señor. —Turton sonrió, casi compungido—. Me temo que cuesta veinte libras más.

—¡Veinte libras más! —John estuvo a punto de saltar del asiento. Había subido tanto la voz que la mitad de la taberna volvió la cabeza para mirarle.

—Si no le importa bajar la voz, señor —dijo Turton.

—¡Es usted un sinvergüenza! —escupió John—. Un sinvergüenza, lisa y llanamente.

—Es posible, señor, pero mantengo mi oferta.

—¡Al diablo con su oferta! —ladró John.

—Entonces si me disculpa, señor Bellasis —contestó el mayordomo mientras se levantaba de la mesa—. Tengo cosas de que ocuparme. Buen día, señor.

John y Stephen Bellasis no eran los únicos que seguían el rastro de Charles Pope. También Oliver Trenchard había iniciado su propia investigación. Aquella noche se revolvió, inquieto, en la cama. ¿Quién era aquel necio que le estaba robando la vida?

¿Quién era aquel hombre por el que su padre sentía semejante predilección? Aunque le irritaba hasta el último penique que hubiera gastado su padre en él, lo que en realidad le hería, lo que le enfurecía era su atención, su interés tan evidente, su afecto por Charles Pope. Oliver sabía que había decepcionado a su padre. Pero hasta entonces se había consolado diciéndose que su padre se habría sentido decepcionado por cualquier hijo. Ahora sabía que eso no era verdad.

Podía habérselo esperado. Jamás había demostrado el más mínimo interés por los éxitos de su padre. Ambicionaba lo mismo que él —dinero y una posición social—, pero no estaba preparado para trabajar por ello. No le interesaban las actividades de la compañía, no tenía ningún deseo de ver el proyecto de Cubitt Town llevado a buen término. Simulaba diligencia en su trabajo, pero no le pasaban desapercibidas las miradas que le dirigía William Cubitt cuando estaban juntos. Ni siquiera saber que su padre se había esforzado por conseguirle una ocupación más interesante le despertaba el más mínimo entusiasmo. Para empezar, siempre había sido su intención vender las posesiones de su padre en cuanto este expirara. Pero sus emociones debían de tener mayor protagonismo del que estaba dispuesto a concederles porque no había duda: estaba celoso. Celoso de Charles Pope y del afecto que sentía su padre por aquel intruso. Se decía que el motivo era el dinero, el deseo de proteger lo que le pertenecía, pero no era así. En realidad no. El motivo verdadero, la razón última, era el amor, aunque nunca lo habría reconocido. Por primera vez en su vida Oliver Trenchard tenía interés en algo. Estaba decidido a descubrir quién era aquel advenedizo y, si estaba en su mano, destruirlo.

James nunca daba detalles de sus muchas inversiones, y su participación en los negocios de Charles Pope no era una excepción. Pope había comprado una fábrica, James trataba de ayudarle a ponerla en funcionamiento. Eso fue lo único que Oliver logró sonsacarle. Al final, un comentario fortuito de su madre mientras paseaban con Agnes por los jardines de Glanville llamó la atención de Oliver. Anne parecía saber más de Charles Pope de lo que había supuesto. Estaban hablando, por algún motivo, de la nueva versión del juego del balón que se había inventado en la Escuela de Rugby cuando era director el gran Thomas Arnold.

—Aunque nunca lo he jugado ni sentido deseos de hacerlo —dijo Oliver—. Lo encuentro un juego insulso y violento.

—Deberías preguntarle al señor Pope. Estudió en la Escuela cuando Arnold era director.

Anne no vio peligro en revelar una cosa así, y en tardes como aquella le gustaba hablar de Charles.

Además, la conexión con los Brockenhurst pronto saldría a la luz y Oliver se enteraría de la verdad.

—¿Cómo lo sabe?

—Me lo dijo tu padre. Se interesa por el señor Pope.

Oliver suspiró.

—No me diga.

Pero Anne no respondió a aquello y se limitó a agacharse para coger un palo que a continuación lanzó para que la dachshund lo fuera a buscar. Se acercaban al maravilloso muro ondulado con melocotoneros plantados en sus curvas que Anne había mandado restaurar. Era invierno y no había frutos, pero seguía siendo hermoso en la primera luz de la tarde. Bajó la vista para comprobar que Agnes seguía con ellos.

—Se llama muro de serpentina. Lo encuentro encantador.

Pero Oliver no estaba dispuesto a cambiar de tema.

—¿Y dónde más estudió el señor Pope?

—En Oxford. En el Lincoln College, creo.

—¿Y después? —Oliver tuvo cuidado de modular la voz para disimular la ira que sentía por dentro.

—Le habían destinado a la Iglesia, pero sus talentos resultaron más acordes con el mundo del comercio, de modo que solicitó un puesto en el Schroders Bank, con buenos resultados. Fue entonces cuando pidieron consejo a tu padre, que a partir de ese momento se interesó por él.

—Es evidente que le gustó lo que vio. —Oliver se esforzó por no dejar traslucir su amargura. Cuanto más oía hablar del ascenso meteórico de aquel joven, mayor era su antipatía por él. Charles Pope parecía tan afortunado, con verdadera cabeza para los números, y enamorado de su trabajo.

—Supongo que así consiguió el dinero para la fábrica.

—Hizo algún dinero, sí. Y cuando quiso establecerse por su cuenta y encontró una fábrica en Manchester a la venta, James se convirtió en su mentor.

—Imagino que el señor Pope le estaría muy agradecido a mi padre.

—Creo que sí. —Anne se preguntó qué diría Oliver cuando supiera que tenía un sobrino. Al principio le resultaría incómodo, eso era innegable. Porque además estaba convencida de que querría proteger la memoria de Sophia. Pero con el tiempo se acostumbrarían a la situación. Suponiendo, claro, que fueran incluidos. ¿O acaso los Brockenhurst serían los únicos protagonistas de principio a fin?

Era cierto que Anne disfrutaba hablando de esos detalles, puesto que ella los había conocido hacía poco. Durante varias veladas en Glanville, después de retirarse pronto, había hablado con James y le había pedido que le contara todo lo que sabía de su nieto. Y James, un poco a modo de expiación, había accedido. Quería compensar a su mujer por haberle ocultado la verdad durante tantos años. No estaba en su naturaleza ser taimado, y desahogarse le supuso un alivio. Así fue como Anne supo que había estado en contacto con el vicario durante la infancia de Charles y tenido noticias de sus estudios, sus fortalezas y debilidades, cómo había llegado a conocer al niño, aunque fuera desde la distancia. Y ahora Anne también tenía la sensación de conocerlo.

Miró al cielo.

—Creo que va a llover. ¿Volvemos? Agnes odia la lluvia. Todos los dachshunds la odian.

Así que echaron a andar por los senderos de grava en dirección a la casa mientras Anne hablaba de sus nuevos planes para el jardín. La perrita correteaba detrás de ellos y, mientras hablaban, Oliver reflexionó sobre cómo podría usar lo que había averiguado en su plan de destruir a Charles.

No llovió, y más tarde Oliver salió a montar. Había algo en el ritmo del caballo que le ayudaba a desentrañar cualquier problema. Y así fue como, cuando trotaba de vuelta a casa al anochecer, decidió que quizá sería buena idea visitar Manchester. Si había algo que descubrir acerca de Charles Pope, el lugar donde buscar era la ciudad en la que había hecho sus primeras incursiones como inversor en un negocio de verdad. ¿Qué reputación tendría allí? Aquel hombre parecía demasiado bueno para ser real.

—¿Manchester? —dijo Anne cuando estuvieron sentados a la mesa aquella noche.

—¿Por qué quieres ir a Manchester? —preguntó James.

Oliver sonrió ante la incredulidad de sus padres.

—Tengo que ver a algunas personas. Hay un par de ideas que me gustaría investigar en profundidad antes de hablar de ellas.

—¿Ni siquiera con nosotros? —Anne estaba bastante intrigada.

—Ni siquiera.

—¿No estarás planeando abandonar Cubitt Town? —James no soportaba pensar que la vergüenza por la que había pasado para conseguirle a Oliver aquel trabajo fuera a ser en vano.

—Desde luego que no. No se preocupe.

Pero su negativa a dar más información no hizo más que avivar el interés de los otros. Aquella noche, antes de soplar la vela, Susan dijo:

—¿Qué vas a hacer en Manchester en realidad?

—Ocuparme de mis asuntos —contestó Oliver, y se dio la vuelta para dormirse.

Viajó en la nueva línea férrea que unía Londres y Birmingham, que se había inaugurado cuatro años antes y salía de la estación de Euston. Oliver la conocía bien, puesto que la magnífica estructura de cristal y hierro forjado había sido construida por William Cubitt y Oliver había estado presente en su inauguración, en julio de 1837. Pero el viaje de cinco horas y media había sido agotador, en un vagón traqueteante y con nubes de hollín que entraban cada vez que abría una ventana.

Tomó una vía secundaria de Birmingham a Derby que resultó, si acaso, más incómoda aún, y desde allí una diligencia para el resto del trayecto. Para cuando llegó al Queen's Arms en Sackville Street se sentía como si hubiera atravesado un continente, pero el hecho de haberlo logrado le producía cierta satisfacción.

La fábrica de Pope fue más fácil de localizar de lo que se había temido. A la mañana siguiente se dirigió a Portland Street, que según le habían dicho era el centro de la producción de algodón, y allí, entre los elegantes almacenes y talleres de nueva construcción, preguntó y llegó hasta David Street y a un edificio grande de ladrillo rojo con el nombre de Girton's Mill. Entró y esperó al director, un hombre menudo con una chaqueta brillante por el uso, que se presentó como Arthur Swift. Sí, aquella era la fábrica del señor Pope. No, el señor Pope estaba en Londres. ¿Podía ayudarle?

Oliver explicó que era un amigo de Charles Pope y que había tenido la esperanza de echar un vistazo a la fábrica mientras estaba en Manchester. Aquello no sorprendió al señor Swift, que se ofreció a hacerle una visita guiada. Juntos recorrieron las distintas zonas de trabajo, todas llenas, todas ajetreadas.

—Las cosas parecen marchar bien —comentó Oliver.

Swift asintió con entusiasmo.

—Muy bien, siempre que podamos asegurar los suministros de algodón. Probablemente sabe que el señor Pope tiene planes a largo plazo de encontrar un proveedor fijo en el subcontinente indio.

—Eso me dijo. —Oliver levantó la vista hacia los hombres que trabajaban en los telares en una atmósfera turbia, polvorienta.

—¿Están ustedes contentos trabajando aquí? —Habló en voz alta para hacerse oír por encima del ruido de la maquinaria, y los hombres dejaron de trabajar y pararon los telares.

La pregunta había sido inesperada y la primera reacción fue silencio y una especie de gruñido de asentimiento. Swift miró a Oliver.

—¿Por qué pregunta eso? —dijo—. ¿Por qué razón no iban a estar contentos?

Oliver asintió con la cabeza.

—Por ninguna. Simple curiosidad.

Pero el señor Swift acababa de caer en la cuenta, incómodo, de que no tenía ninguna instrucción por escrito que dijera que debía mostrarse hospitalario con aquel señor Trenchard, y que le había recibido sin que aportara pruebas de su relación de amistad con su superior.

—Si ya ha visto bastante, señor, será mejor que vuelva a mis ocupaciones. —Habló con voz firme, hizo un gesto con la cabeza para ordenar que se reanudara el trabajo y Oliver supo que la visita había terminado. Pero había conseguido su propósito y ahora solo faltaba aguardar los resultados.

Con una sonrisa agradeció a su guía el tiempo que con tanta generosidad le había dedicado y pronto estuvo de vuelta en David Street. Compró un periódico y se instaló en un lugar desde el que podía ver la fábrica. No tuvo que esperar mucho. Oliver había cuidado de hacer su visita poco antes de que sonara la campana de la comida que daba a los hombres y mujeres media hora de descanso y, para evitar el polvo que llenaba el aire de la fábrica y les obstruía los pulmones, muchos salían a la calle a comerse lo que hubieran conseguido apartar de las míseras raciones de sus familias. Y así fue, aparecieron parpadeando a la luz del sol y buscando un rincón donde descansar. Algunos llevaban taburetes que posaron en la acera. Pero un hombre se separó del resto y fue hasta donde estaba Oliver reclinado contra una pared, leyendo el periódico.

—¿Por qué hizo esa pregunta? La de si estamos contentos —dijo el recién llegado. Era de baja estatura, como todos al parecer, con un asomo de barba oscura, y su piel tenía la palidez propia de quien pasa poco tiempo al sol.

—¿Y lo están?

—Pues claro que no, qué diantre. —El hombre miró fijamente a Oliver—. ¿Ha venido a causar problemas al señor Pope?

Estaban midiendo fuerzas, por supuesto, pero Oliver había viajado desde lejos para averiguar todo lo que pudiera, y no le pareció que tuviera sentido andarse con demasiada cautela.

—¿Qué tipo de problemas podría causar? —quiso saber.

—Venga a la King's Head Tavern en Market Square a las ocho y lo descubrirá —respondió el hombre con vehemencia.

—¿Puedo saber su nombre?

—De eso no se preocupe. Estaré allí. Pero yo no soy con quien tiene que hablar.

Oliver asintió. Estaba claro que no iba a conseguir un nombre pero ¿lo necesitaba? Había establecido contacto con alguien que sentía antipatía por Charles Pope y esa era la razón por la que había hecho el viaje. Hasta el momento todo marchaba según lo planeado.

Aquella noche le resultó fácil encontrar la taberna, pero estaba atestada y llena de humo y tardó un rato en enfocar la vista y mirar a su alrededor. Antes de que le diera tiempo a ver nada, notó una mano en el codo y allí estaba su conocido de la visita a la fábrica. Le hizo un gesto y Oliver lo siguió hasta una mesa en el rincón a la que estaban sentados dos hombres mayores.

—Mucho gusto, soy Oliver Trenchard.

Esta vez iba decidido a conseguir nombres, y no podrían rehusar dárselos si se presentaba él primero.

El primer hombre saludó con la cabeza.

—Soy William Brent. —Era regordete y de apariencia saludable, pero su rostro colorado tenía un ligero brillo que resultaba repulsivo.

El segundo hombre habló:

—Jacob Astley.

Era más delgado que su compañero, mayor y más huesudo.

Ninguno de los dos daba la impresión de ser una compañía agradable, pensó Oliver mientras tomaba asiento frente a ellos. Había un vaso esperándolo y una jarra grande de cerveza, así que se sirvió.

—Muy bien, caballeros. —Sonrió—. ¿Qué tienen para mí?

—¿Cuál es su conexión con Pope?

Quien habló fue el señor Astley. No parecía sentir la necesidad de devolver la sonrisa de Oliver ni de intercambiar cortesías. Estaba allí para resolver algo, o, más probablemente, para saldar viejas deudas.

—Si tanto interés tienen en saberlo, un buen amigo mío ha hecho una importante inversión en el negocio de Pope y me preocupa que se enfrente a graves pérdidas.

Brent asintió.

—Tiene razón al preocuparse. Debería retirar su inversión en cuanto tenga oportunidad.

—Pero eso llevaría a la ruina al señor Pope. Si retirara todo el dinero.

Oliver no estaba seguro de que esto fuera así porque sabía que lady Brockenhurst podría intervenir para prevenir una catástrofe, pero quería medir el grado de descontento de aquellos hombres. No le decepcionaron.

—Se merece ir a la ruina. —Astley se llevó el vaso a los finos labios.

—¿Puedo saber por qué?

—¿Sabía que le compró la fábrica a la viuda del viejo Samuel Girton?

—Ahora sí.

—Teníamos un trato con la señora, pero él fue a verla una noche y la asustó con amenazas de ruina inminente y peligros de los que solo él podía salvarla, hasta que accedió a olvidar el contrato que tenía con nosotros y venderle a él.

—Entiendo.

Oliver pensó en el joven sonriente que había visto pasear por el salón de lady Brockenhurst. ¿Sonaba plausible aquello?

—Eso no es todo —añadió Brent—. Engaña al personal de aduanas cuando importa algodón. Paga para que se lo evalúen por debajo de su precio al cargarlo en el barco y así se ahorra la mitad de los impuestos cuando lo desembarcan.

—No es de fiar —aseveró Astley—. Dígale a su amigo que recupere su dinero mientras aún pueda.

Oliver miró al hombre que lo había llevado allí.

—¿Cuál es su relación con esto? —preguntó.

El tipo hizo una mueca.

—Yo iba a ser director de la fábrica si los señores Brent y Astley se quedaban con ella. Pope lo sabía, pero me contrató para que trabajara en un telar en compañía de unos pobres miserables que no sirven para otra cosa.

—¿Por qué aceptó el trabajo? —inquirió Oliver.

—¿Qué otra cosa podía hacer? Tengo mujer y cuatro chiquillos que alimentar. —Se le tensaron los músculos de la mandíbula por la ira—. Me dijo que era para amortiguar el revés de haberme quedado sin el otro empleo.

—¿Pero cree que no era esa la razón?

El hombre movió la cabeza.

—Pope no conoce la bondad. Lo hizo para humillarme, sabía que yo no tenía otra alternativa que permitírselo.

Oliver miró a los hombres. El último argumento no estaba demostrado, claro, eso tenía que reconocerlo, pero algo podría hacer con las amenazas a la viuda y las trampas en las aduanas, que era la acusación que más ofendería a su padre.

—¿Cuánto de esto están dispuestos a poner por escrito? —dijo.

Brent miró a su compañero.

—No testificaríamos en un tribunal. No pienso comparecer ante la ley por ningún hombre.

Oliver asintió con la cabeza.

—Entendido. Necesito la información para convencer a mi amigo. Pero no llegará a los tribunales. En el peor de los casos, puede permitirse perder lo que ya ha invertido. Lo que más me importa ahora es que se retire a tiempo y no dé más dinero.

Brent se decidió.

—En eso podemos ayudar. —Miró a Astley para asegurarse de que hablaba por los dos—. Le queremos fuera del negocio, pero hasta entonces nos gustaría que engañara con sus argucias al menor número de personas posible.

—Porque es encantador —observó Oliver—. Parece gustar a la gente.

—Hasta que le conocen —dijo Brent.

El viaje de vuelta resultó menos arduo, quizá porque Oliver había conseguido lo que buscaba. Aquella mañana le habían llegado dos cartas al Queen's Arms y se las había guardado en el bolsillo. Si perdía parte de su equipaje durante el viaje, no serían las cartas. Para cuando subió al tren de Londres en Birmingham se sentía bastante optimista y, para desaprobación de sus compañeros de vagón, se sorprendió tarareando una melodía.

Lady Templemore no había entrado en el dormitorio de su hija con intención de registrarlo. O eso se dijo cuando abrió la puerta. Solo quería ver si todo estaba en orden y como es debido. Maria había salido a pasear con Ryan y los criados estaban en el piso de abajo, así que le pareció apropiado comprobarlo.

Le resultó más difícil defender sus motivos una vez vio el escritorio portátil de Maria debajo de la ventana. Estaría cerrado, pero Corinne sabía dónde guardaba la joven la llave. Nunca le había dicho a Maria que sabía dónde la escondía, en previsión de que la información le resultara algún día de utilidad, y ya había leído la correspondencia de su hija en más de una ocasión. Casi sin reconocer ante sí misma lo que estaba haciendo, abrió el cajón secreto del buró, cogió la llave y abrió el escritorio. La superficie de cuero estaba cerrada con un pequeño pestillo de latón que cedió cuando lo empujó, y allí estaban las cartas de Maria. Las fue pasando. Conocía a la mayoría de los remitentes —su hijo, primas, amigas de Maria de sus dos primeras temporadas—, pero había un pequeño sobre con un escudo que la sorprendió. Aunque lo reconoció enseguida.

La carta era breve: «Querida mía:», decía, «si vienes a verme el viernes por la tarde a las cuatro creo que podremos organizar otra visita a Bishopsgate. Caroline Brockenhurst». Corinne se quedó mirando la hojita cuadrada color crema. «Otra visita». ¿Qué significaba eso? ¿Otra visita a Bishopsgate? Sabía quién trabajaba en Bishopsgate. Cuando Charles Pope acompañó a Maria y a su doncella, Ryan, hasta la London Library, Ryan le había informado de todo cuanto había dicho el joven. ¿Había dado con el motivo por el cual todos sus planes se estaban yendo al traste? ¿Y por qué organizaría lady Brockenhurst algo con Maria sin pedir antes permiso a su madre? Entonces recordó a lady Brockenhurst paseando al señor Pope por sus salones durante su recepción. ¿Era aquello una conspiración? De lo contrario, ¿por qué no había dicho nada Maria de la invitación? Reflexionó unos minutos. Era jueves. La visita estaba planeada para la tarde del día siguiente. Tenía veinticuatro horas. Con sumo cuidado devolvió la carta a su sitio, cerró el escritorio y guardó la llave. Mientras hacía todo esto tomó dos decisiones. La primera fue hacer una visita a la condesa que coincidiera con la de su hija, la segunda la llevó a su encantador escritorio de la salita azul celeste de la primera planta. Una hora después de sentarse a escribir, llamó al timbre y le dio al criado dos sobres para que los entregara en mano en dos direcciones distintas.

Oliver decidió hablar a su padre de sus descubrimientos en la oficina y no en casa. Le habían interrogado sobre su visita al norte durante la cena a su vuelta, la noche anterior, pero no había dicho nada importante, más allá de expresar su sorpresa por el tamaño y la prosperidad de la nueva Manchester. Pensaba que la sorpresa de lo que iba a revelar encontraría a su padre desprevenido y que sería más amable concederle la intimidad de su lugar de trabajo. Pero a la mañana siguiente, cuando el secretario lo acompañó y su padre se levantó para saludarle, no parecía muy contento de verle allí.

—¿Vienes a hablarme de algo relacionado con Manchester? —preguntó.

—¿Por qué dice eso? —se sorprendió Oliver.

—Porque has hecho un viaje misterioso al norte sin contarle a nadie tu propósito. Luego me pides que te reserve algo de tiempo contigo sin interrupciones. Es obvio que tienes algo que contarme y supongo que está relacionado con el viaje.

Oliver dijo que sí con la cabeza. No había necesidad de esperar.

—Lo está.

Habló de manera tan solemne que James estuvo a punto de echarse a reír.

—Estás muy serio.

—Lo estoy —contestó Oliver y caminó hacia la mesa de su padre. Paseó la vista por la habitación con paredes forradas de madera, con el mapa de gran tamaño de Cubitt Town y el retrato de su hermana colgado sobre la chimenea. No había ningún retrato de él, pensó. Ni siquiera le habían hecho uno, no desde que era un niño. Se sentó en la silla situada frente a su padre—. Tengo noticias —anunció—. Que no sé si le agradará escuchar.

—Ah, ¿sí? —James se reclinó en el respaldo de su silla—. ¿Qué clase de noticias?

—Conciernen al señor Pope.

James no se sorprendió demasiado al oír esto. Hacía tiempo que sospechaba la hostilidad de su hijo hacia su nieto. El recuerdo amargo de aquella tarde en el Athenaeum bastaba para confirmarlo. Así que estaba claro que Oliver había ido a Man-

chester a escarbar en el pasado de Charles. Asintió con un le-
vísimo suspiro—. Sigue.

—Creo que puedo afirmar que mi viaje al norte resultó
de utilidad. Al menos espero que lo sea para usted. —James se
preguntó cuánto tiempo tardaría su hijo en ir al grano—. Fui
a visitar la fábrica del señor Pope.

James asintió.

—¿Girton's Mill? Un lugar excelente, ¿verdad?

Esperó paciente a que le fuera revelada la información.

—El caso es que, por accidente, conocí a dos hombres
que habían tratado con el señor Pope hace algún tiempo, los
señores Brent y Astley.

—¿Por accidente?

—En realidad no. Supieron que conocía al señor Pope y
me buscaron.

—Tengo la impresión de que me vas a contar algo que no
quiero oír.

—Me temo que así es. —Oliver movió la cabeza con aire
compungido—. Según cuentan, amenazó a la pobre viuda de
quien adquirió la fábrica para que hiciera un trato con él cuando ella ya había acordado venderla a otras personas.

—A esos hombres, supongo.

—¿Significa eso que la historia no es verdadera? —James
no dijo nada y Oliver siguió hablando—. También tiene la costumbre de engañar a los oficiales de aduanas. Consigue que le
valoren el algodón por debajo de su precio antes de que sea
embarcado y etiquetado con información falsa y así se ahorra
la mitad de los impuestos cuando llega a Inglaterra.

—Pagamos demasiados impuestos.

—¿Significa eso que tiene derecho a robar? —Oliver se
dio cuenta de que su padre estaba afectado por lo que estaba
oyendo—. ¿De verdad quiere invertir su dinero en un matón y
un embustero?

—No me lo creo. —James se puso de pie. Entendía que el único propósito del viaje de Oliver al norte había sido privar a Charles de su afecto. Lo que le incomodaba no eran las noticias sobre Charles, sino el amargo descubrimiento de que las relaciones entre su hijo y él eran aún peores de lo que se había temido—. Le preguntaré al respecto —dijo.

—Tengo aquí dos cartas, una de Brent y otra de Astley. Las dejo en esta mesa. No se preocupe, no tienen deseo alguno de testificar contra Pope ante un tribunal, eso lo han dejado claro. Pero están de acuerdo en que usted debe conocer la verdad.

—No me sorprende que se mostraran reacios a contar sus historias ante un juez. —El tono de James era de impaciencia y enfado. ¿Quiénes eran aquellos hombres sin rostro para entrar en su vida y tratar de destruir su confianza en el hombre al que más quería en el mundo?

—Sé que esto es desagradable para usted, padre. Lo siento.

—¿De verdad lo sientes? —James miró hacia la transitada calle—. Voy a ir a verle.

—Antes debería leer las cartas.

—Voy a ir a verle.

Por su tono, Oliver supo que era mejor no insistir. Él mismo no estaba convencido, ni en un sentido ni en otro, de las acusaciones que le había transmitido. Quizá fueran ciertas, quizá no. Pero estaba seguro de que Pope reconocería los nombres y que eso, por sí solo, resultaría perjudicial. Al fin y al cabo, bastaba con hacer dudar a su padre. Pero había malinterpretado la reacción de este a la noticia.

James Trenchard no esperó mucho para ir a ver a su nieto. Necesitaba confirmar su inocencia.

—¿Cómo conoció su hijo a estos hombres? —preguntó Charles tratando de simular calma. James estaba sentado pero él caminaba por el despacho, digiriendo lo que acababa de oír.

—No lo sé.

—Pero ¿fue a ver mi fábrica? —Lo cierto es que esto ya lo sabía porque el encargado, Swift, le había enviado un telegrama informándole de ello—. ¿Por qué?

James se encogió de hombros.

—Eso tampoco lo sé. Debe de tener alguna razón.

Conocía la razón. Su hijo odiaba a Charles y la atención que él le dispensaba, y eso, al menos en parte, era responsabilidad suya.

Charles estaba enfadado. No había pedido la protección de James. La agradecía, pero no la había solicitado, y ahora estaba siendo castigado por el interés de James en él.

—Debe de tener algo más que «alguna razón» para hacer un viaje así —dijo—. Salta a la vista que su viaje a Manchester tenía un propósito muy claro. ¿Fue para reunirse con esos hombres?

—No estoy seguro. Dice que los conoció una vez allí. Supongo que las acusaciones no son ciertas.

Pero Charles se encontraba en un dilema. Conocía bien a Brent y a Astley. Casi habían conseguido comprar la fábrica a la anciana señora Girton por una fracción de su valor y Charles había intervenido justo a tiempo para salvarla de perder mucho dinero. A continuación había negociado para comprar él la fábrica, pero a precio de mercado. Por supuesto estaban resentidos con él, pues les había estropeado el plan. Lo de la trampa en las aduanas era más complicado y no estaba seguro de cómo podían haberse enterado. Lo cierto era que había pedido y pagado un cargamento de algodón en bruto de la India. Había supuesto que la calidad sería la misma del pedido anterior al mismo proveedor y todos los documentos fueron cumplimentados a tal efecto. Cuando abrieron el cargamento, sin embargo, había habido algún error y el algodón era considerablemente mejor. Había declarado el cambio de calidad a los oficiales de aduana y efectuado el pago, pero el incidente se había producido. No era una patraña. Lo que resultaba evidente era que Brent y Astley sabían que Oliver había ido a Manchester para perjudicar a Charles y se habían apresurado a proporcionarle munición con la que hacerlo. Todo esto podía explicárselo a James, pero ese era el problema. ¿De verdad quería ver al señor Trenchard enfrentado a su hijo cuando era obvio que él, Charles, ya se estaba interponiendo entre los dos? ¿Quería recompensar la amabilidad y el apoyo del señor Trenchard destruyendo su familia? Ahora tenía el respaldo de los Brockenhurst, y si bien perder la inversión Trenchard entorpecería la marcha del negocio, seguiría siendo viable, aunque requiriera más tiempo. Estaba claro que Brent y Astley pensaban que, si Trenchard retiraba su dinero, la fábrica dejaría de funcionar y ellos podrían comprársela a los alguaciles por una fracción de su valor, pero en eso se verían decepcionados, pasara lo que pasara ahora.

—Me gustaría que me explicara si Oliver dice tonterías o por el contrario hay algo de cierto en lo que me ha contado. —James empezaba a impacientarse.

Charles miró de nuevo las cartas, las acusaciones en negro sobre blanco.

—¿Y se las dieron a Oliver para que se las enseñara a usted?

—Eso parece. Aunque le dijeron que no estaban dispuestos a testificar ante un tribunal.

—Ya lo supongo. —Por un momento la ira de Charles estuvo a punto de aflorar.

—¿Significa eso que los conoce de hace tiempo? ¿Y que no deberíamos fiarnos de su palabra? Dígalo e informaré a Oliver de que sus acusaciones son falsas.

—No haga eso. —Charles se volvió para mirar a su benefactor—. Esas cosas ocurrieron. No tal y como se las han relatado, pero algo de verdad hay. No quiero que discuta con su único hijo por mí. Doy por hecho que querrá retirar su dinero de mi negocio. No podemos hacerlo de forma inmediata.

Pero James se había puesto en pie y permanecía junto a la puerta.

—No pienso sacar mi dinero —declaró con firmeza—. ¿Qué le ha hecho pensar semejante cosa?

—Debería. Puesto que a su hijo no le gusta que seamos socios.

James no dijo nada. Aquello era un problema. No podía simular que Oliver estaba contento cuando la mera visión de Charles le ponía furioso como un tigre con dolor de muelas. James no tenía deseo alguno de romper su sociedad con Charles, pero tampoco quería vivir enemistado con su único hijo. Quizá debía dejar que Oliver creyera que sus palabras habían surtido algún efecto, pero no retirarse del negocio de Charles. Era posible que, pasado un tiempo, las cosas volvieran a su cauce. Qué complicado era todo. ¿Estarían todos menos confusos si lady Brockenhurst hablara? Charles interpretó su silencio como un asentimiento.

—Le devolveré el dinero por etapas y añadiré un diez por ciento por las molestias que le he causado.

James negó con la cabeza.

—No me ha causado molestia alguna. Y no voy a retirar el dinero.

Una vez más le asaltó la idea de si no debería revelar al joven su verdadera identidad. ¿No era ya el momento de hacerlo, le gustara a él o no? Pero no habló.

James Trenchard pasó el resto del día alterado, pero no por haber dudado de Charles. El hombre era tenaz, sí, sin duda era eso y probablemente también obstinado, y estaba decidido a salirse con la suya. Su madre había sido igual. Pero ¿deshonesto? Nunca. Sonrió. Pensar en aquello le había devuelto una vez más el recuerdo de Sophia. Recordó su determinación de ser invitada al baile de la duquesa de Richmond tantos años atrás. Nada la habría detenido y nada lo hizo. Qué hermosa había estado aquella noche, qué segura de sí misma, qué radiante, qué enamorada... Se sentó a su mesa con un suspiro. Claro que Charles también había tenido un padre. ¿Era posible que hubiera salido a él? Puede que no se dieran cuenta de ello mientras estaba con vida, pero Edmund Bellasis debía de haber sido una serpiente para hechizar así a su hija, simulando una boda, inventándose un pastor. Debía de ser una persona odiosa y sin embargo les había engañado. ¿Quizá Charles se pareciera a él? Movió la cabeza. No. Aquel no era el Charles Pope que conocía.

Aquella noche Anne encontró a su marido muy callado. Cenó en completo silencio, removiendo la comida en el plato, escuchando a Oliver y Susan hablar de la nueva Manchester sin participar en la conversación. Oliver en cambio tenía mucho que decir de la capital del algodón. Lo que había visto le había impresionado y hablaba con animación.

—Entonces, ¿tu visita fue un éxito? —dijo Anne.

—Eso creo. —De pronto su tono se había vuelto más reservado y miró a su padre.

Susan hablaba casi tan poco como James. Aquella noche parecía de lo más distraída. Apenas tocó la comida ni el vino. Escuchaba a Oliver, pero más a modo de excusa para no tener que hablar ella que porque le interesara lo que decía.

Más tarde, cuando James estaba en su vestidor con los brazos extendidos mientras Miles, su ayuda de cámara, le quitaba los gemelos de la camisa, su mujer llamó con suavidad a la puerta.

—Si nos disculpa un momento, Miles —dijo mientras cruzaba la habitación para sentarse en un sillón capitoné. Agnes se hizo un ovillo en su regazo.

—Por supuesto, señora —contestó Miles con una profunda reverencia.

Miles tenía tendencia a exagerar. No llevaba mucho tiempo trabajando para la familia Trenchard, pues había abandonado el castillo lleno de corrientes de aire de lord Glenair en el concejo de Scottish Borders por la capital solo un año atrás. A pesar de cobrar el doble de su salario anterior, seguía considerando su empleo en Eaton Square como algo provisional antes de trasladarse a un entorno más refinado. Con todo, desempeñaba sus funciones con eficacia.

—¿Quiere que vuelva más tarde, señor? —preguntó.

—No, es todo por hoy. Buenas noches —contestó James.

Cuando salió el ayuda de cámara, Anne no perdió tiempo en preguntar a su esposo qué le ocurría. Se levantó para ayudarle con los botones dejando que la gruñona perrita tomara posesión de su butaca.

—Casi no has dicho una palabra en toda la noche. ¿Qué ha pasado?

—No quieres saberlo.

—Pues claro que sí. Me interesa y mucho.

James le contó su visita a Charles.

—¿Qué dijo?

James movió la cabeza.

—Dijo que había parte de verdad en el relato, aunque no en todos los detalles. Luego se ofreció a devolverme mi inversión con intereses. Sé lo que ha pasado. No ha querido interponerse entre Oliver y yo. Estoy seguro de que esa es la razón última.

—Cogió un cepillo del tocador y se lo pasó por la cabeza.

—No ha hecho nada malo, de eso estoy convencida —aseveró Anne. Pero compartía el deseo de James de aclarar las cosas. Quizá había llegado el momento de hablar con Oliver. No confiaba del todo en que Susan fuera capaz de guardar un secreto, y en eso se equivocaba, pues su nuera tenía muchos secretos propios, pero Anne decidió que tal vez fuera necesario arriesgarse. Mientras pensaba sobre ello de camino a su dormitorio se le ocurrió que quizá le sería beneficioso reclutar una aliada.

La voz del lacayo resonó en el salón.

—La condesa de Templemore.

Caroline Brockenhurst levantó la vista.

—¿Cómo? —dijo, lo que no sonó demasiado hospitalario a oídos de lady Templemore, que se dirigía hacia ella. Caroline esperaba, claro, a la hija de lady Templemore, y la sustitución le causaba irritación y una ligera incomodidad. Se preguntó por un instante si debía enviar recado a Maria de que no fuera, pero no le pareció una posibilidad realista. Se levantó para recibir a su inoportuna visita.

—Qué sorpresa tan agradable —añadió, para contrarrestar su reacción inicial—. Acaban de traer el té. ¿Puedo ofrecerle un poco?

—Gracias —contestó Corinne, y se sentó en una bonita silla estilo Luis XV—. Me encantará tomar una taza en cuanto me explique qué significa esto.

Y mientras lo decía sacó la carta a Maria de su ridículo y se la dio a la condesa.

Lady Brockenhurst se la quedó mirando. Por supuesto había sabido lo que era antes de tenerla en la mano.

—He invitado a Maria a tomar el té —dijo sin pestañear—. Llegará en cualquier momento.

—Para planear una visita a Bishopsgate. ¿O debería decir «una nueva visita»?

—Maria es una excelente compañía, lo sabe mejor que yo. La ha educado muy bien. —Para entonces había servido una taza de té que ahora sostenía lady Templemore.

—¿A quién visitan en Bishopsgate?

—¿Tenemos que visitar a alguien en particular?

El tono de lady Brockenhurst era de lo más despreocupado. El de lady Templemore no.

—Dígamelo usted.

—Querida, algo le preocupa. Espero que quiera contarme de qué se trata.

Cuando oyó esto, Corinne se echó a reír. El cambio de estado de ánimo resultaba desconcertante y Caroline se preguntó si su invitada no estaría enferma. Corinne buscó en su ridículo y sacó una hoja de periódico doblada.

—Al contrario —replicó—. No estoy preocupada en absoluto. ¿Ha leído *The Times* esta mañana? ¿O *The Gazette*?

—No recibimos *The Gazette* y no he leído *The Times*. ¿Por qué? ¿Qué dicen?

Corinne alisó el papel y se lo dio a Caroline. Allí estaba. «Se anuncia el compromiso matrimonial del señor John Bellasis, hijo del honorable y reverendo Stephen Bellasis y la señora Bellasis, y lady Maria Grey, hija de la condesa viuda de Templemore y el difunto conde de Templemore».

Caroline lo leyó y releyó. Por un instante, lo abrumador de la decepción casi la dejó sin aliento.

—¿No me va a felicitar?

Caroline levantó la vista. Corinne la miraba.

—Por supuesto. Muchas felicidades. ¿Se ha fijado ya la fecha?

—Aún no. Pero detesto los noviazgos largos.

Antes de que Caroline pudiera añadir nada el lacayo estaba de vuelta.

—Lady Maria Grey.

La joven entró en la habitación, pero se detuvo en seco cuando vio a su madre.

—Creía que esta tarde visitaba a lady Stafford. —Para cuando habló había recuperado la compostura.

La madre la miró con igual serenidad.

—Como ves, cambié de planes. Quería hablar con lady Brockenhurst del anuncio.

Maria no dijo nada.

—Felicidades —dijo lady Brockenhurst.

Maria siguió callada.

Corinne empezaba a impacientarse.

—No te enfurruñes.

—No me enfurruño. No digo nada porque no tengo nada que decir.

Antes de que la madre pudiera responder, el criado había vuelto.

—La señora Trenchard —dijo, y entró Anne.

Caroline se puso de pie.

—Cielo santo. Qué tarde tan ajetreada.

Anne se quedó tan desconcertada como su anfitriona cuando vio a las otras mujeres.

—De haber sabido que tenía visita la habría dejado tranquila. Me han hecho subir directamente.

—Y estoy encantada de que así sea. —Lo cierto era que Caroline se alegraba de ver a Anne por una vez, ya que la tensión entre madre e hija era cada vez más incómoda—. Permítame que le presente a la señora Trenchard —dijo—. Señora Trenchard, le presento a lady Templemore.

—Creo que nos vimos en una velada en esta casa hace algún tiempo —repuso Anne con amabilidad.

—¿De veras? Es posible. —Lady Templemore buscaba la manera de irse y llevarse con ella a su hija antes de que se organizaran nuevas visitas a Bishopsgate.

—Hola, señora Trenchard —dijo Maria usando por primera vez un tono de voz cordial.

—Hola, querida. Espero que todo vaya bien —contestó Anne estrechando la mano de Maria entre las suyas.

Tanta familiaridad ofendió a lady Templemore. ¿Cómo podía Maria frecuentar a aquellas personas, hacer las cosas que hacía sin su conocimiento? ¿Estaba allí esa mujer también para planear una visita a Bishopsgate? Se sintió como si hubiera perdido las riendas de la vida de su hija.

—Estamos celebrando el anuncio del compromiso matrimonial de lady Maria.

—Oh. —Anne estaba tan sorprendida como triste. No había creído que aquello fuera a suceder nunca.

—Ha salido esta mañana en los periódicos —señaló Corinne.

—He debido de pasarlo por alto. Lo miraré cuando llegue a casa.

Pero Anne miró a Maria y nada en la expresión de la joven daba a entender que algo extraordinario hubiera ocurrido. Se limitó a mirar al frente, aceptar una taza de té de lady Brockenhurst y bebérsela.

—Voy a dejarlas —dijo Anne—. Volveré en otro momento.

—No. No lo haga. —Lady Templemore se había puesto en pie—. Nosotras ya nos vamos. Tenemos mucho de que hablar. ¿Maria?

Pero la joven no se movió. En lugar de eso replicó con calma:

—Váyase usted, mamá. Quiero aprovechar para ponerme al día con lady Brockenhurst. Va a ser mi tía, como bien sabe.

Caroline asintió con la cabeza.

—Así es, querida. Y tú vas a ser mi sobrina. Váyase, Corinne, y más tarde mandaré a Maria a casa en el coche. Cuidaremos bien de ella.

—Puedo quedarme —dijo lady Templemore.

—Ni hablar. Tiene usted cosas mucho más importantes que hacer. William, por favor, acompañe a lady Templemore a su coche.

Lo dijo igual que un zar dictando un ucase y dejando claro que no aceptaría discusión al respecto. Por un momento pareció que lady Templemore iba a resistirse, pero luego se lo pensó mejor y se fue. El criado había salido con ella y las otras tres mujeres estaban solas.

—No voy a casarme con él, si es lo que están pensando. —Maria habló como si tuviera que defender su punto de vista, pero lo cierto era que estaba entre amigas.

—¿Puedo decir que me alegro? —Anne volvió a sentarse.

—Y yo —añadió Caroline—. Aunque me da terror la conversación con mis cuñados. John te habría proporcionado una excelente posición social, pero la posición no lo es todo, y si lo digo yo entonces debe de ser cierto.

Las tres rieron, Maria sobre todo de alivio. A continuación habló.

—¿Cómo está? —preguntó ruborizándose.

Ninguna necesitaba preguntar a quién se refería.

—Muy bien, creo —respondió Caroline—. Aunque no le he visto desde que lo visitamos juntas. ¿Usted, señora Trenchard?

—Yo tampoco le he visto. —Anne vaciló. ¿Debía hablar de su nieto delante de Maria, incluso si la joven estaba enamorada de él? Porque eso había quedado claro después de la conversación que acababa de presenciar.

—Continúe —dijo Caroline—. Tanto misterio resulta vulgar.

—Es que no le interesará a lady Maria.

La joven se apresuró a protestar.

—Todo lo relacionado con el señor Pope me interesa mucho.

Pero antes de que pudiera continuar, entró de nuevo el criado.

—¿Qué ocurre, William?

—La condesa de Templemore está fuera, en el coche. Esperando a lady Maria.

—Gracias, William —dijo Caroline—. Lady Maria bajará enseguida. —El hombre sabía que debía retirarse y eso hizo. Las tres mujeres se miraron—. Será mejor que vayas, querida. No tiene sentido enfadar a tu madre más de lo necesario.

—Si le ven, denle mi cariño. —Maria había aceptado que su madre había ganado aquel combate—. Y díganle que no crea lo que lea en los periódicos.

Y al momento se hubo marchado.

—Y ahora, cuénteme —dijo Caroline tomando asiento otra vez.

—Muy bien —asintió Anne—. Mi hijo visitó hace poco Manchester. Creo que fue con el único propósito de descubrir algo que desacreditara a Charles. Durante su estancia conoció a unos hombres que habían tenido asuntos de negocios con él. Lo acusaron de haber obtenido la fábrica de manera poco limpia y de haber engañado al departamento de aduanas.

—No lo creo —replicó la condesa.

—Tampoco yo, ni el señor Trenchard. Pero lo que preocupa a mi marido es que cree que la razón de que Oliver viajara a Manchester e indagara en el pasado de Charles es que está celoso de la atención que le ha estado prestando James. A nuestro nieto. Y ahora Charles no quiere interponerse entre padre e hijo.

Caroline reflexionó un instante.

—En otras palabras, el secreto se nos está yendo de las manos y amenazando la unidad de su familia. Creo... —Habló despacio como si estuviera dándole vueltas a la idea—. Creo que quiero reconocer a Charles públicamente.

—¿Qué quiere decir? —Anne tenía el corazón en un puño.

—Déjeme terminar. Sé que son tonterías sin fundamento, pero su hijo está evidentemente decidido a ponernos en contra de Charles. Por alguna razón le desagrada y la situación solo puede ir a peor. Y ahora la madre de Maria Grey no dejará de atosigarla hasta que la vea camino del altar con el inútil de mi sobrino. Todo esto puede resolverse si nos permite darle un nombre e incluirlo públicamente en la familia. ¿Conoce a Henry Stephenson? Es hijo bastardo de un duque, pero se casó con la hija de un conde y se les ve por todas partes. Sabemos que Maria luchará con uñas y dientes hasta que se le permita estar con Charles. A lady Templemore no le gustará, claro, pero su oposición será menos vehemente una vez sepa que nosotros apoyamos el enlace y que su hija siempre será bienvenida en esta casa. Querida, piénselo, por favor. A Charles le espera una buena vida si me permite dársela. Deje que este asunto sea la crisis que nos obligue a tomar una resolución.

Fue todo un discurso que hizo rebelarse hasta la última fibra del ser de Anne, pero a medida que escuchaba tuvo que reconocer que había lógica en las palabras de la condesa. James no estaría de acuerdo, pero ¿qué podía argumentar ella en ese momento?

—¿Tiene la intención de hacer un anuncio público?

Lady Brockenhurst casi se echó a reír.

—Por supuesto que no. Simplemente dejaré que la noticia salga a la luz. Reconoceré en privado que Charles es hijo de Edmund y eso será todo. —Caroline sonrió, encantada con su decisión—. Disponemos de poco tiempo, claro. Tendré que informar a lord Brockenhurst, y luego está la cuestión de cómo darle la noticia a Charles... —Juntó las yemas de los dedos y caminó hacia la puerta abierta del balcón.

—¿Y qué hay de Sophia? —preguntó Anne.

—Sí. —La condesa asintió—. Tendremos que pensar qué hacer respecto a Sophia.

—Cuando le diga que Edmund era su padre, sin duda preguntará por su madre.

—¿Sería mejor quizá no decirle nada? ¿No preferirían que su nombre no se supiera en público?

Anne la miró.

—¿Se refiere a eliminar su nombre de lo ocurrido?

—Estoy pensando en el bien de su hijo. Podrá tener una vida rica y plena, con una boda ventajosa y lo mejor de la sociedad. Claro que ahora me dirá que estas cosas no le habrían importado a su hija...

—No. —Alguna clase de impulso estaba forzando a Anne a ser sincera—. Sí le importaban. Habría agradecido la ayuda que le brinda a Charles.

Lady Brockenhurst sonrió, pero con más afabilidad que de costumbre.

—Es muy amable por su parte. Y estoy conmovida. ¿Estamos de acuerdo, entonces?

—Debo hablar con James —contestó Anne.

Pero sabía que nada de lo que pudieran decir su marido o ella cambiaría las cosas.

Quirk la llevó de vuelta a Eaton Square. Más tarde les contaría a los otros criados que había hecho el viaje callada, pensativa. Estuvo todo el trayecto en silencio, la mirada perdida, absorta en sus pensamientos.

Cuando llegaron a casa Anne fue directa a la biblioteca de James y lo encontró leyendo en su mesa.

—Se lo va a contar —dijo casi retorciéndose las manos de dolor—. Lady Brockenhurst va a reconocer a Charles. Dice que sobrevivirán al hecho de que sea ilegítimo. Que será aceptado en sociedad si saben que es parte de la familia Brockenhurst. Ya le ha elegido esposa.

—Charles nunca aceptará eso.

—No. —Anne levantó la mano, sintiendo de nuevo la obligación de ser sincera—. La quiere. Y yo también, la verdad sea dicha. Es encantadora. Pero lo alejará aún más de nuestro círculo.

James miró el fuego.

—¿Y Sophia? ¿Qué papel tiene en esta historia feliz?

—Lady Brockenhurst cree que ninguno. Charles será hijo de Edmund Bellasis y su madre será un amor misterioso perdido en las brumas del tiempo. De ese modo la reputación de Sophia estará a salvo y no pagaremos ningún precio.

James miró a su mujer.

—Entonces habrá desaparecido.

Anne no le entendía.

—¿Qué quieres decir con que habrá desaparecido? ¿Charles? La que desaparecerá es Sophia.

—No. —James movió la cabeza. ¿Cómo podía su por lo general inteligente esposa no ver la realidad de aquello?—. Charles habrá desaparecido para nosotros.

—¿Por qué?

—Si es reconocido como un Bellasis, entonces, por el bien de nuestra hija, y en general de todos los interesados, debemos desaparecer y no tratar de incluirle en nuestras vidas.

—No. —Anne sintió rodar lágrimas por sus mejillas.

James siguió hablando. Quería dejarle todo claro.

—Es así. Si la condesa cumple su palabra y no nombra a Sophia, entonces tenemos el deber de proteger su memoria. Cuanto más veamos a Charles, mayor será el riesgo de que alguien adivine la conexión. Si queremos a nuestra hija, debemos renunciar a nuestro nieto.

El dolor era abrumador. Para Anne fue como si su hermosa y resuelta hija muriera de nuevo.

James le cogió la mano y trató de darle fuerzas para soportar el golpe.

—Hemos perdido a Charles para siempre. Ahora es de los Brockenhurst. Deseémosle lo mejor y sigamos con nuestras vidas.

John Bellasis estaba furioso. Detestaba que lo arrinconaran, pero por encima de todo detestaba el hecho de que un sirviente, un mayordomo, fuera más listo que él. John se consideraba un hombre de mundo; era inteligente, bien informado, refinado, y sin embargo no había previsto aquella traición. Mientras viajaba en su coche camino de Buckland, el pueblo del reverendo Pope en Surrey, temblaba de irritación. Al final había pagado las veinte libras añadidas al odioso Turton para leer la primera hoja de la carta y así conocer la dirección. Se le había pasado por la cabeza que probablemente podría haber averiguado dónde había tenido Pope su feligresía, pero ¿cuánto tiempo habría tardado? Se culpaba a sí mismo. Debería haber iniciado antes todo aquel trámite. Porque si quería sacar beneficio de aquella situación, para él y para su padre, necesitaba ver al reverendo Pope y sonsacarle todos los hechos antes de enfrentarse a su tía.

Cuando atravesó el pueblo, con su estanque de patos y el cacareo y chillido de gallinas y gansos, recordó por qué vivía en Albany. Algunos llamarían idilio rural a aquella aldea —por allí estaba el herrero en plena faena y, al otro lado de la explanada, un carretero fijando radios de una rueda en un buje—, pero a John esos encantos bucólicos no le interesaban lo más mínimo. El campo le aburría y el aire fresco le provocaba tos.

Encontró la rectoría junto a una iglesia sajona de aspecto macizo con un cementerio grande y poblado. Era bastante bonita, con un jardín lleno de rosas y serena fachada de piedra aunque, tal y como advirtió agradecido, era más pequeña y menos magnífica que la casa de su padre en Lymington. Le habría costado tener que reconocer que Charles había tenido una infancia parecida a la suya. Le dijo al cochero que esperara y subió por el sendero del jardín.

—¿Señor? —Abrió la puerta un ama de llaves de edad avanzada. Doblada, con el pelo cano recogido en una cofia y una nariz ganchuda, le recordó a John a un buitre que había visto cuando un amigo lo llevó a una visita privada al nuevo zoológico de Regent's Park. Después de explicar el motivo de su visita y de presentarse como señor Sanderson, John fue conducido a una modesta salita. Era caldeada y confortable, con un fuego encendido, y sobre la chimenea había un cuadro al pastel que, enseguida se dio cuenta, era un retrato de un Charles Pope más joven, pintado quizá por el mismo artista autor del retrato del reverendo Pope que estaba en el despacho de Charles. Era una imagen romántica, con el retratado posando en camisa y el pelo dispuesto de manera favorecedora, en rizos descuidados, pero los ojos azules dejaban entrever fortaleza. John se sintió algo incómodo mirándolo teniendo en cuenta los motivos de su visita.

—Buenas tardes, señor —dijo una voz femenina.

John se volvió. Una mujer de mediana edad, quizá de poco más de cincuenta años, estaba en el umbral con un sencillo vestido negro sin adornos. Era rechoncha, de ojos amables, y llevaba el pelo recogido en una pequeña cofia de viuda con cuidados bucles enmarcándole la cara.

—Buenas tardes, señora —contestó.

La mujer le señaló una silla y ella también se sentó.

—¿En qué puedo ayudarle?

—Confiaba en poder hablar con su marido.

—Entonces me temo que ha hecho el viaje en balde. El reverendo Pope ya no está entre nosotros. El próximo martes hará un año que murió. De hecho ha tenido suerte de encontrarme aquí. Debo marcharme pronto para dejar que se instale el próximo titular del beneficio.

—Qué trance tan difícil. —John era todo preocupación.

—No, no. Me dio doce meses para irme, lo que fue muy generoso. No se preocupe por mí. Mi hijo me lleva a Londres a vivir con él, así que me espera una nueva aventura, lo que a mi edad es todo un privilegio. —Se ruborizó de placer al pensar en ello.

John estaba irritado consigo mismo. ¿Por qué no había averiguado todo aquello? Se oyó la puerta y la anciana que le había recibido entró en la habitación con una bandeja con las cosas del té que dejó en una mesa en el rincón. En cuanto estuvieron solos, la señora Pope se levantó y comenzó a servir.

—¿Hay algo en que pueda ayudarle?

—Bueno, lo cierto es que me gustaría hablar de su hijo.

La mujer sonrió.

—¿Conoce a mi hijo, señor Sanderson?

—Hemos sido presentados. —John no lograba decidir hasta qué punto debía mentir en ese momento—. He estado en sus oficinas de la City.

—Entonces me saca ventaja. —Pero sus ojos amables rebosaban orgullo.

—Le va extremadamente bien —dijo John. Saltaba a la vista que obtendría más como amigo de Charles que como su enemigo.

La mujer casi rio de placer.

—Lo sé. Y además en el negocio del algodón. Algo muy distinto del futuro que había planeado su padre para él en un principio, pero, gracias a Dios, vivió lo bastante para enorgullecerse de los éxitos de Charles.

—¿Dice que tenía en un principio otros planes?

—Los dos los teníamos. En aquellos días nos parecía que la elección más adecuada para su futuro era la Iglesia, pero a medida que creció se hizo evidente que sus verdaderos talentos apuntaban en otra dirección.

John dio un sorbo de té.

—¿Por qué dice «en un principio»?

Aquello era desconcertante, pero la mujer no pareció ver motivo de alarma.

—Bueno, me refiero a cuando…, a cuando nos… Es decir, a cuando era un niño y comenzamos a planear su educación. Era muy aplicado.

Se veía que sentía que había salido airosa del trance y a modo de premio cogió una galleta.

John decidió arriesgarse.

—¿Tiene usted más hijos, señora Pope, o Charles es su único pupilo? —La mujer se le quedó mirando. John agitó una mano pidiendo disculpas—. Debería haberme explicado. Soy amigo de James Trenchard. Por eso conozco a Charles, en realidad.

La mujer se tranquilizó y su repentina preocupación desapareció.

—Ah, entiendo.

—Es maravilloso que el señor Trenchard asumiera tanta responsabilidad sobre el niño desde el principio. Ha sido muy generoso.

—Oh, muy generoso. Siempre.

—¿Fue la única persona que se interesó por Charles después de que usted y su marido se hicieran cargo de él? Lo que quiero decir es si participó alguien más. ¿Recibieron alguna otra renta para la manutención del niño?

Pero ahora la señora Pope parecía darse cuenta de que aquella visita no era lo que parecía a simple vista. Frunció el ceño y dejó la taza.

—¿Qué es lo quiere exactamente de mí, señor?

—Nada en realidad. —En cierto modo John ya tenía lo que quería, así que no le preocupaba demasiado que la conversación tocara a su fin—. James me ha hablado tanto de ustedes que sentí deseos de conocerles cuando pasé por aquí.

Pero la señora Pope había estado repasando mentalmente la conversación y ahora la interpretaba de manera distinta.

—Si es así, ¿cómo no sabía que mi marido había muerto? —Se puso de pie—. No le creo, señor. No creo que conozca a Charles y, si le conoce, creo que no le desea ningún bien. Y ahora que lo pienso, tampoco creo que el señor Trenchard le haya hablado de nosotros ni a nosotros de usted. Aunque sin duda le informaré de su visita.

Puesto que John había dado un nombre falso, aquello no le preocupó.

—Siento haberla disgustado, señora Pope, pero si me permite...

—Haga el favor de marcharse, señor. —Cruzó la habitación para llamar al timbre, y después de tirar del cordón con energía esperó en silencio a que apareciera la anciana—. Janet, el señor Sanderson se marcha.

John se levantó.

—Siento haberla ofendido, señora. Gracias por el té.

Pero la señora Pope no dijo una palabra más y se limitó a esperar a que saliera de la habitación. Luego se sentó a su mesa y empezó a garabatear furiosa en una hoja de papel.

Susan Trenchard había ido a Isleworth para aclarar las cosas con John, o al menos para hacerle partícipe de sus temores. Pero él no la había escuchado. Estaba demasiado distraído, incluso cuando ella se le entregó en aquel nido de amor que ya conocía tan bien. Ahora le explicó por qué.

—¿Hablas en serio? —Susan se volvió para verle la cara. A su llegada aquella tarde no se había sentido muy bien, pero la noticia que acababa de oír había ahuyentado cualquier otro pensamiento. Estaba atónita.

—Muy en serio. Al fin y al cabo es un hombre, ¿no? —John miró el reloj. Debería estar vistiéndose. Le esperaban para cenar, pero detestaba marcharse. Aquella mujer se estaba convirtiendo en un hábito. Pasó una mano por su piel cálida y suave. Y era un hábito al que cada vez le resultaba más difícil renunciar.

—¿El señor Trenchard con un hijo bastardo? —Susan se echó a reír y había un brillo en sus ojos del que a John le resultaba imposible apartar la vista—. Pero si es muy aburrido.

—También las personas aburridas hacen el amor.

—¡A mí me lo vas a decir! —Susan gimió al recordar los poco satisfactorios esfuerzos de Oliver—. Entonces, ¿qué pasó con ese niño? ¿Sabemos dónde está ahora?

—Ya está muy crecido. Todo ocurrió hace veintiséis años. Y sí, sabemos exactamente dónde está ahora. —John sonrió a Susan. De pronto se sentía optimista.

—Te burlas de mí. ¿Por qué? ¿Hemos sido presentados? ¿Le conozco?

—Eso depende. ¿Conoces a Charles Pope?

Susan se sentó en la cama con un respingo.

—¿Charles Pope?

—Eso creo.

Susan se recostó en las almohadas.

—Bueno, supongo que tiene sentido. Oliver casi se ha vuelto loco con eso de que el señor Trenchard haga todo lo posible por ayudar al joven. Ha sido su benefactor desde que llegó a Londres y ahora ha hecho una inversión importante en su proyecto de Manchester. Le colma de favores, y el otro día Oliver se los encontró almorzando juntos en el club de su padre. ¡Y si oyeras al señor Trenchard hablar de él! Es incapaz de mencionar su nombre sin sonreír. De no conocer bien a mi suegro, diría que hasta podría estar enamorado del señor Pope. Desde luego no puede agradarle más.

John arrugó la frente en señal de desagrado.

—Qué idea atroz. ¿Crees que sospecha algo la señora Trenchard?

Susan frunció el ceño.

—No sabría decir. Le gusta el señor Pope y ya viste que le visitó en sus oficinas. Pero el interés de su marido en la fábrica de Manchester puede ser la explicación. Es bastante reservada, mi suegra. Es difícil adivinar lo que piensa.

—¿Le tienes afecto?

Susan pensó un momento.

—Pues lo cierto es que sí. Más que ella a mí. Si tuviera que llevarme a alguno de ellos a mi próxima vida sería a ella.

—¿Tu próxima vida? ¿Y cuándo empieza?

—No estoy segura. —Susan se pasó la lengua por el labio inferior y lo dejó brillante.

John empezó a vestirse.

—Me parece interesante que le ocultara el secreto a su propia familia. La mayoría de los hombres lo habrían admitido mucho tiempo antes. La mitad de las familias nobles de Inglaterra han reconocido públicamente relaciones ilegítimas. ¿Por qué los Trenchard no?

Susan movió la cabeza.

—Le falta seguridad. Probablemente cree que ha guardado el secreto para no hacer sufrir a su esposa, o a Oliver, pero no es así. Le preocupará su posición social.

John rio.

—No tiene posición social.

—Bueno, él cree que sí. O al menos lo espera. —Para entonces también Susan reía. Pero de pronto se puso seria—.

Espera un momento. Si Pope es el hijo bastardo de Trenchard, ¿por qué tiene tan fascinada a lady Brockenhurst? No habrás olvidado cómo presumió de él aquella noche en su salón.

John asintió mientras se abrochaba la camisa y se alisaba el pelo en el espejo.

—Es cierto. ¿Qué años tendría cuando nació Charles? ¿Cuarenta y uno?

Susan se le quedó mirando. ¿Qué podía estar insinuando? Negó con la cabeza.

—No digas ridiculeces.

—¿Por qué estaban en su fiesta? ¿De qué conoce lady Brockenhurst a los Trenchard? No conoce a otra gente de su clase.

—No pienso escucharte. —Susan se levantó de la cama y empezó a buscar su ropa interior desperdigada por el suelo. Fue recogiendo las prendas una a una.

Pero John había empezado a sopesar la idea y no se le iba de la cabeza.

—¿Por qué es tan imposible? ¿No explicaría eso todo? ¿Incluido el secretismo?

Susan se acercó para que la ayudara con el corsé y esperó paciente a que le abrochara los corchetes.

—Hace veinticinco o veintiséis años la condesa de Brockenhurst debía de ser una de las mujeres más seductoras de Inglaterra. Hija de un duque, hermana de una duquesa, en la cima de sus encantos y en la cima de la alta sociedad. James Trenchard, por otra parte, era suministrador de víveres de las tropas del duque de Wellington en Bruselas. Era un hombrecillo rechoncho de clase trabajadora con cara de carnicero y en aquellos días no tenía tanto dinero. Desde luego no la fortuna que ganaría después. Con ese físico, para llevarse a lady Brockenhurst a la cama tendría que haber sido por lo menos el zar de Rusia.

John no estaba convencido.

—Pero seguro que ya entonces era un hombre persuasivo, decidido a aprovechar todas las oportunidades que se le presentaran, a medrar. ¿Y quién mejor para ayudarle que mi querida tía?

Susan se había puesto el vestido y se volvió para que John se lo abotonara.

—No debes hablar así, John. Es peligroso decir esas cosas.

—Es posible que sea peligroso. Pero no quiere decir que sea falso. ¿Y qué mejor explicación se te ocurre en la que encajen todos los detalles y todas las circunstancias?

Susan no dijo nada y le miró calzarse las botas. John se enderezó y cogió su capa. Estaba listo para irse.

_.9._

El pasado es un país extranjero

*A*nne Trenchard estaba sentada a la mesa del desayuno comiendo huevos revueltos. James y ella habían pasado media noche despiertos tratando de decidir qué hacer cuando lady Brockenhurst reconociera públicamente a Charles. Pero a la postre Anne no tuvo más remedio que admitir que James tenía razón. Perderían a Charles en el instante mismo en que la condesa lo acogiera en su familia. Nunca podrían explicarle quiénes eran, o el vínculo que los unía a él, no si querían proteger la memoria de Sophia. Tendrían que contentarse con que James hubiera invertido en el negocio de Charles y sido su benefactor. Debían tratar de conservar algún lazo con él por esa vía. Y, aun así, tendrían que andarse con cuidado para que nadie adivinara la verdad.

Se acercó Turton.

—¿Quiere otra tostada, señora?

—Yo no, gracias, pero quizá la señora Oliver sí.

Turton asintió y se fue para dar la orden. Anne sabía que Turton compartía la opinión de James de que era una excentricidad que las mujeres casadas bajaran a desayunar. Habrían preferido que las dos comieran en una bandeja en sus dormitorios, como otras mujeres de su condición, pero había algo en esa costumbre que Anne encontraba indolente y nunca había sucumbido a ella. Empujó los huevos por el plato sin llevarse el tenedor a la boca. Todo le resultaba de lo más injusto, pero ¿no había sido ella la causante de la situación? ¿No habían James y ella enviado lejos al niño para mantenerle en secreto? ¿No había sido ella quien le había contado la verdad a lady Brockenhurst? Anne se preguntó, como en tantas otras ocasiones, si podía haber hecho algo más por salvar a Sophia. ¿Por qué había muerto su preciosa niña? ¿Y si se hubieran quedado en Londres? ¿Y si hubieran acudido a un médico londinense? No sabía si estar furiosa con Dios o consigo misma.

Tan abstraída estaba en estos pensamientos, imaginando cómo podría haber hecho las cosas de manera diferente, que apenas se dio cuenta de que Susan estaba en el comedor.

—Buenos días, madre.

Anne levantó la vista y saludó con la cabeza.

—Buenos días, querida.

Susan llevaba un bonito vestido gris de mañana. Speer debía de haber dedicado al menos media hora a su pelo, que llevaba recogido en la nuca y con dos mechones de tirabuzones a ambos lados de la cara y compensados con una perfecta raya en medio.

—Bonito peinado.

—Gracias —contestó Susan. Se detuvo frente a las fuentes con tapa y luego se dio la vuelta y se dirigió a su sitio—. Turton —dijo cuando entró el mayordomo—. Creo que solo tomaré tostadas y una taza de café.

—Enseguida traen las tostadas, señora.

—Gracias.

Susan miró a su suegra con una sonrisa radiante. Anne se la devolvió.

—¿Tienes una mañana ocupada?

Susan asintió.

—Mucho. Comprar, luego probarme un vestido y almorzar con una amiga. —Su tono era tan alegre como su sonrisa. Lo cierto era que Susan no se sentía especialmente feliz. De hecho, se sentía cualquier cosa menos feliz. Pero era una buena actriz y sabía que hasta que no hubiera tomado una serie de decisiones no debía dejar traslucir pista alguna de lo que le preocupaba.

—¿Dónde está Oliver?

—Ha salido a montar. Está probando ese caballo nuevo. Salió al amanecer, supongo que al mozo no le haría mucha gracia. Quería presumir del animal en el parque —añadió antes de saludar a Turton, que llegaba con un portatostadas, con una inclinación de cabeza.

—Gracias —dijo y cogió una, pero se limitó a tenerla en la mano.

Anne observó a su nuera.

—Pareces preocupada, querida. ¿Puedo ayudarte en algo?

Susan movió la cabeza, alegre.

—No creo. No es nada, simplemente estoy repasando cosas mentalmente. Y la prueba con la modista me tiene nerviosa. La última vez la falda no estaba bien y rezo por que no haya vuelto a equivocarse.

—Bueno…, si es solo eso. —Anne sonrió. Y sin embargo algo ocurría. Anne no sabía qué, pero se daba cuenta de que la joven estaba preocupada. La miró y cayó en la cuenta de que la línea de la mandíbula se le había suavizado y no tenía los pómulos tan prominentes como antes. «Me pregunto si estará engordando», pensó. Eso explicaría que no comiera. Decidió no hacer ningún comentario. No se le ocurría nada más tedioso que tener que oír que una había ganado peso. Susan levantó la vista como si hubiera sabido que su suegra la estaba estudiando. Pero antes de que pudiera decir nada, volvió Turton con un sobre en una bandeja de plata.

—Disculpe, señora —dijo carraspeando mientras iba hacia Anne—. Acaba de llegar esto para usted.

—Gracias, Turton —contestó Anne y cogió el sobre. Miró el nuevo sello de un penique, esa innovación tan sensata, y consultó el matasellos: «Faversham, Kent», pero no recordaba conocer a nadie que viviera allí.

—La dejo con su carta —dijo Susan levantándose de la mesa. Lo cierto era que presentía que iba a tener un ataque de náuseas y quería estar sola en su habitación por si sus instintos eran correctos. Qué complicado es mentir, se dijo. Y no por primera vez.

Anne levantó la vista del sobre.

—Que disfrutes de tu almuerzo. ¿Con quién me has dicho que habías quedado?

Pero Susan ya había salido de la habitación.

La carta era de Jane Croft, la mujer que había sido doncella de Sophia muchos años atrás, en Bruselas. Jane había sido una muchacha agradable, por lo que recordaba Anne, y Sophia le había tenido afecto. En su momento no hablaron de ello pero, como doncella personal, Croft sin duda tuvo que haber adivinado el embarazo de Sophia, aunque nunca había dicho nada al respecto por lo que sabía Anne, ni antes ni después de la muerte de la joven. Cuando se retiraron a Derbyshire, el plan era que Croft permaneciera en Londres en régimen de alojamiento y comida hasta que volviera Sophia. Claro que ese regreso nunca se produjo y Croft había aceptado otro empleo fuera de la ciudad. Pero no hubo resentimiento, solo pena porque se fuera, y lo había hecho con una bonificación y excelentes referencias. Estas parecían haber cumplido su función, y lo último que supo Anne de Croft era que había sido contratada como ama de llaves de una familia en Kent, los Longworth de Sydenham Park. La casa debía de estar próxima a Faversham. Anne empezó a leer, a continuación se detuvo para recuperar el aliento. Si saber de la doncella después de tantos años la había sorprendido, el contenido de la carta la dejó atónita.

Croft decía que Ellis y ella habían seguido en contacto, escribiéndose cada pocos meses. Sin embargo a Croft le había preocupado un chisme que Ellis había incluido en su última carta, sobre un joven llamado Charles Pope. «Quisiera tener oportunidad de hablar de esto con usted en persona, señora. Pero no querría poner nada más por escrito». Anne miró las palabras en el papel mientras una sensación de angustia se le instalaba en la boca del estómago.

Al principio el comportamiento de Ellis simplemente la enfadó. ¿Por qué razón le escribía a Croft sobre Charles? ¿Qué tenía que decir de él? Era un joven hombre de negocios al que ayudaba el señor Trenchard. ¿Por qué tenía que contarle eso una doncella a otra? Entonces se le ocurrió que tal vez Ellis hubiera estado escuchando detrás de las puertas, espiando a su señora, oyendo sus conversaciones privadas con su marido. Con aquel pensamiento un puño de hielo le asió el corazón. Sin duda Ellis se había comportado de un modo extraño los últimos meses, eso estaba claro, ¿y qué había sido aquel episodio tan peculiar del abanico perdido que no estaba perdido en absoluto? Anne levantó la vista. Turton había vuelto a ocupar su puesto junto a la chimenea.

—¿Puede decir a Ellis que venga a verme a la salita?

Turton recibió la pregunta con su habitual circunspección.

—Enseguida, señora.

Cuando entró, Ellis supo enseguida que aquella no era una simple reunión para hablar de un vestido o de los adornos para un sombrero nuevo.

—¿Puede cerrar la puerta, por favor? —La voz de Anne era fría y formal. Mientras obedecía, Ellis trató de pensar cómo había podido delatarse. ¿La habían visto en compañía del señor Bellasis? ¿Había alguien en la taberna que los conocía a los dos? Se devanó los sesos tratando de inventar una historia plausible que justificara su mutua compañía de forma inocente, pero no se le ocurrió ninguna. Se volvió hacia su señora.

—Ellis —empezó Anne—. Me ha llegado una carta de Jane Croft.

—¿De veras, señora? —Ellis se permitió tranquilizarse un poco. No sabía de qué se trataba, pero no podía ser nada relacionado con el señor Bellasis, puesto que no le había mencionado en sus cartas.

—¿Por qué le ha escrito sobre el señor Pope?

Por un momento Ellis se quedó en blanco. ¿Por qué había escrito a Jane sobre el señor Pope? Sin duda debía de ser porque el señor se había interesado por él. ¿Qué otra cosa había tenido que decir de aquel hombre?

—Es posible que haya mencionado que el señor estaba siendo muy generoso con un nuevo joven protegido, señora. No creo que haya dicho más que eso. Siento si la he contrariado. Desde luego no era mi intención ofenderla.

Su indignación simulada resultó de lo más efectiva. Anne la miró. Tal vez no tuviera importancia. Después de todo, el interés de James por los negocios de Charles había sido grande. Sin duda sería tema de conversación en el piso de abajo, ¿y qué si era así? Empezó a sentirse más tranquila. Pero seguía habiendo cuestiones que resolver.

—Ya que está aquí —dijo Anne—, ¿por qué fue a Brockenhurst House a buscar un abanico que nunca se perdió?

Ellis la miró. ¿Cómo se había enterado la señora Trenchard? Era de suponer que la esclava feliz, Dawson, la había delatado. Se recompuso.

—No fue exactamente así, señora.

—Ah, ¿no? ¿Cómo fue, entonces?

—La señora había hecho un comentario acerca del peinado de la condesa la noche de la fiesta. Fui a ver a su doncella para preguntarle cómo lo había hecho.

Anne frunció el ceño.

—No recuerdo haber dicho nada del peinado de lady Brockenhurst.

—Sí, señora. Y quise complacerla. —Ellis ensayaba ahora una expresión de dolorido afecto. Funcionó.

—¿Y el abanico?

—Eso fue un error mío, señora. Cuando volvió de la fiesta no encontraba el abanico y supuse que lo habría olvidado allí.

—¿Por qué no me preguntó?

Ellis sonrió. Se daba cuenta de que estaba ganando.

—No quería molestarla y tenía que ir de todas maneras, a hablar del peinado.

—¿Dónde estaba el abanico al final?

—Lo había guardado en el cajón equivocado, señora. Supongo que estaba tan cansada cuando llegó a casa que no pensaba con claridad.

Aquel comentario fue un acierto. Anne no lograba quitarse de encima la sensación de culpa cada vez que su doncella se quedaba despierta hasta la madrugada solo para ayudarla a desvestirse. Y Ellis lo sabía.

—Muy bien. Pero en el futuro piénselo dos veces antes de escribir sobre las actividades de esta familia a sus amistades. —Anne estaba convencida de que su reacción había sido excesiva—. Puede irse. —Ellis se dirigió a la puerta—. Una cosa.

—La doncella se detuvo—. Croft va a venir a verme. Me gustaría que se quedara a pasar la noche, si así lo quiere. ¿Puede decírselo a la señora Frant?

—¿Cuándo vendrá, señora?

—No estoy segura. En los próximos días. Va a reunirse con su hermano en América.

—Muy bien, señora. —Ellis asintió y se fue.

Cerró la puerta de la salita con un pequeño suspiro de alivio. Había logrado contener la crisis. Pero la conversación la había dejado con más preguntas que respuestas. Apenas había hablado de Pope en su carta a Jane, y sin embargo la mera mención de su nombre había impelido a su amiga a escribir a su señora de veinticinco años atrás. ¿Por qué? ¿Y por qué estaba furiosa la señora cuando no había nada en el contenido de su carta digno de comentario? Ya tenía algo que contar al señor Bellasis. Si aquella información no valía medio soberano, entonces ella no se llamaba Mary Ellis.

—Señor Turton —susurró al bajar al sótano por las escaleras—. Necesito hablar con usted.

A Turton no le gustaba que una mujer le diera órdenes en su casa, pero algo en la expresión de Ellis le impulsó a obedecer. El hecho era que aquella mujer y él estaban al servicio de John Bellasis, y Ellis podía llevarle a prisión si así lo quería. Le hizo un gesto para que entrara en la despensa y cerró la puerta.

—Jane Croft ha escrito a la señora y ahora viene de visita.

—¿Quién es Jane Croft?

—Era la doncella de la hija de la señora. Se fue cuando la señorita Sophia murió.

Turton parecía impaciente.

—No entiendo qué tiene que ver eso conmigo.

—He seguido en contacto con Jane y el otro día mencioné al señor Pope en una de mis cartas.

Ahora el mayordomo parecía atónito.

—¿Cómo se le ocurre hacer algo así?

Ellis movió la cabeza.

—No fue nada. Solo dije que el señor Trenchard tenía un nuevo protegido. Pero bastó para que Jane escribiera a la señora y esta la invitara a venir a Londres.

Turton sopesó la información. Sabía más que Ellis sobre la relación de Charles Pope con la familia. Aquella carta que había robado para el señor Bellasis dejaba claro que el joven Pope era hijo del señor Trenchard, pero aun así no veía qué papel podía tener en todo aquello la antigua doncella de una hija muerta.

La doncella interrumpió sus reflexiones.

—Deberíamos decírselo al señor Bellasis.

Turton asintió.

—Sí —convino. Pero no sabía cómo interpretaría el señor Bellasis aquella información. Aun así le serviría para recuperar su favor. Sabía que no le había perdonado por cobrarle dos veces por la carta del padre adoptivo de Charles—. Tiene razón, iré yo.

—No, iré yo —dijo Ellis. Si había propina a la vista quería recibirla en persona—. Yo le contaré lo que ha dicho la señora puesto que se ha dirigido a mí. Usted tendrá que pensar una excusa por si me llama mientras estoy fuera.

Turton asintió.

—Dígale que la he enviado yo.

Ellis asintió también. Si antes sospechaba que las cosas no iban del todo bien entre el mayordomo y su empleador común, ahora tenía la certeza.

Maria Grey estaba leyendo en un banco de Belgrave Square cuando vio a su madre caminar hacia ella. No vivían en la plaza, pero, puesto que Chesham Place estaba próximo, habían conseguido una llave para los jardines y era un privilegio que valoraban. Ryan, su doncella, estaba sentada a cierta distancia, haciendo calceta. Maria estaba tan acostumbrada a sentirse como una prisionera bajo custodia que apenas se daba ya cuenta. Lady Templemore se detuvo un momento para recrearse en su hija. Maria llevaba un vestido rojo oscuro ceñido en la cintura y con mangas largas. Parecía una princesa medieval esperando a que su amado volviera de las Cruzadas. Era muy bonita, de eso no había duda, y las cosas aún podían salir bien si ella, Corinne Templemore, lograba controlarla durante un tiempo más.

—¿Qué haces?

—Estoy leyendo. —Maria levantó el libro para que su madre pudiera verlo.

—Espero que no sea una novela. —replicó, pero lo dijo sonriendo.

—Poesía. *Adonais,* de Shelley. *Elegía a la muerte,* de John Keats.

—Excelente. —Lady Templemore se sentó al lado de la joven. Sabía que debía contener los nervios, no gritar ni criticar, solo contenerse hasta que la situación se hubiera arreglado—. Tengo una buena noticia.

—¿Qué es?

—Louisa ha escrito para invitarte a Northumberland.

—¿Northumberland?

Lady Templemore asintió con brío.

—Te envidio. Belford tiene que ser maravilloso en esta época del año.

Maria miró a su madre.

—¿Y qué voy a hacer en Northumberland?

—Lo mismo que haces aquí. Pasear, montar a caballo, leer…, cosas que siempre te han gustado. —Siguió parloteando como si el viaje propuesto fuera un regalo espléndido, digno de envidia—. Yo daría lo que fuera por salir de Londres, con su suciedad y su niebla. Piénsalo. Pasearás por los acantilados, frente al mar…

Se calló, como si lo seductor del panorama que estaba presentando la abrumara.

Por supuesto su hija se daba cuenta de lo que ocurría.

—Pero no quiero irme de Londres, mamá. No en este momento.

—Pues claro que sí.

—No. —Maria movió la cabeza, enérgica—. No quiero.

—Querida. —Corinne cogió la mano de su hija—. ¿No me vas a dejar que decida yo lo que es mejor para ti? ¿Aunque sea solo esta vez? —Acompañó sus palabras de una sonrisa dulce y conmovedora—. Lo tendré todo listo cuando vuelvas. Qué envidia sentirán las otras jóvenes.

—¿Qué es lo que tendrá preparado?

—Tu boda, por supuesto. Antes de irte iremos a hacerte una prueba del vestido. Luego, cuando esté listo el percal, alguien puede ir a Belford y probártelo. Y la última prueba la podemos hacer cuando estés ya aquí. Tendremos un día o dos para asegurarnos de que todo está perfecto.

Maria cerró despacio el libro.

—¿Se ha fijado una fecha?

Lady Templemore rio para sus adentros. Su hija parecía estar aceptando. Se había preparado para que hubiera llanto, una discusión, pero estaba ocurriendo lo contrario.

—Así es. Me he escrito con el reverendo Bellasis y nos hemos decidido por un miércoles de primeros de diciembre. De ese modo podrás pasar el otoño en el norte y regresar descansada y feliz, preparada para emprender una nueva aventura.

—¿Y mi nueva aventura es John Bellasis?

—El matrimonio siempre es una aventura para una joven.

Maria asintió solemne.

—¿Y dónde empezará la aventura?

—Querían que fuera en Lymington pero, a no ser que tengas alguna objeción, yo me inclino más por Brockenhurst House. Lo cierto es que viajar a Irlanda sería un trastorno y en nuestra familia no disponemos de un lugar más idóneo. Pero me gustan las bodas londinenses y son mucho menos engorrosas para todos. Un bonito enlace en Belgravia. Me gusta cómo suena. —Mientras hablaba miró por entre los árboles hacia una hilera de ventanas de la primera planta. Había un salón de baile que pronto sería escenario de una boda que aseguraría el futuro de todos.

—Es muy amable por parte de lord Brockenhurst —dijo Maria.

Lady Templemore asintió, embelesada.

—Al parecer está encantado de ser el anfitrión en cualquiera de las dos casas. Está contento con la elección de John, o eso me dicen, y encantado de recibirte en la familia.

El tono de la conversación era tan normal que lady Templemore empezaba a atreverse a pensar que todo se solucionaría de manera satisfactoria después de todo.

—¿Y qué hay de lady Brockenhurst? ¿Qué dice ella al respecto?

Corinne miró a la joven, pero esta tenía la vista fija al frente y no daba muestra alguna de enfado ni de tensión. Era una simple pregunta. No había que darle importancia.

—Estoy segura de que estará encantada.

—Pero ¿no habéis hablado aún de ello?

—No, todavía no. —Suspiró de felicidad por el futuro ante sus ojos—. Le enviaré una nota y mañana por la mañana podemos ir a la modista. Conviene ir poniendo todo en marcha.

Maria estaba muda de terror mientras cruzaba la calle hasta Chesham Place detrás de su madre. Estaba acostumbrada a vivir bajo vigilancia, pero no a la sensación de pavor que se había apoderado de ella. El alboroto de los chiquillos que jugaban en la plaza, los pájaros, el viento y la conversación de los viandantes se fueron atenuando hasta que solo oyó los latidos de su corazón en los oídos. Se mordió el labio inferior y se clavó las uñas en las yemas de los dedos. Necesitaba pensar, y rápido. No podía casarse con aquel hombre. Prefería morir. Hasta aquel momento le había parecido una idea lejana, nebulosa, un plan descabellado de su madre que nunca se materializaría. Pero ahora estaba a punto de hacerse realidad. No podía soportar pensar en ello. Pero tenía que hacerlo. Porque de una cosa estaba segura: debía actuar antes de que fuera demasiado tarde.

John Bellasis sabía cuál era el secreto de Jane Croft. Apenas había empezado Ellis a esbozar lo ocurrido aquella mañana cuando se dio cuenta de que por fin tenía la última pieza del rompecabezas. Jane Croft era la madre de Charles Pope. Tenía que serlo. Cuando la familia vivía en Bruselas, veinticinco años atrás, ella y Trenchard…

—¿Era atractiva, esta tal Jane Croft? —dijo cogiendo a Ellis por sorpresa—. ¿Cuando era joven?

—¿Atractiva? Supongo que sí. ¿Por qué? —Ellis había perdido el hilo de sus propios pensamientos. ¿De qué podía estar hablando el señor Bellasis?

En cuanto dedujo quién era Jane, John tuvo muy claro por qué había decidido ir a Londres. «Quiere ver a su hijo», pensó. «Quiere verle antes de marcharse a América. No va a volver y lo sabe. Quiere verle, ahora que es un hombre, antes de dejar Inglaterra para siempre».

Se volvió a la doncella expectante.

—Y antes de que muriera la señorita Sophia, esta tal Jane Croft estuvo semanas en régimen de alojamiento y comida, esperando. ¿No es así?

—No tenía trabajo porque la señorita estaba en el norte.

John asintió con la cabeza sin dejar de pensar. La habían mantenido en el servicio, la habían alimentado y dejado descansar hasta que llegó el momento y entonces la enviaron a algún sitio a dar a luz. James Trenchard lo había organizado todo, pero debía de haber contado con el beneplácito de su mujer. Esta tenía que haberlo sabido. ¿Se habría mostrado furiosa? ¿O magnánima? Quizá lo segundo, si Croft quería ver a su antigua señora, veinticinco años después de haberla traicionado. Pero no puso voz a ninguno de estos pensamientos, y a Ellis el silencio empezó a resultarle opresivo.

—Debo volver, señor. O me echarán de menos. —Ellis no se movió. Estaba esperando la propina que no tenía intención de compartir con Turton.

—Infórmeme cuando llegue a Londres. Tráigame lo que averigüe. Hable con ella, registre sus cosas. Entérese de todo lo que sepa del señor Pope. —Estaba casi nervioso. Claro que aún faltaba una pista por resolver y, en muchos sentidos, era la más importante de todas. ¿Cuál era el vínculo con la señora Brockenhurst? No le sorprendió saber que no era la madre de Charles Pope. En eso Susan había estado en lo cierto. ¿Cómo habría podido tener una relación con James Trenchard? Pero seguía existiendo una conexión importante. Y era posible que Jane Croft fuera la clave del misterio. Ese vínculo sería el que arrojaría dividendos, en eso estaba dispuesto a apostar hasta su último penique—. Váyase. En cuanto sepa algo, hágamelo saber. —Pero Ellis seguía sin moverse y los dos sabían por qué. Por fin John se palpó los pantalones y sacó una guinea. Ellis la cogió y se alejó, dejando atrás la figura de alguien que se ocultó en un portal cuando la vio.

Susan Trenchard corrió a la entrada de las habitaciones de John. Este seguía al pie de las escaleras cuando apareció.

—Por qué poco —dijo Susan—. Casi me tropiezo con la doncella de mi suegra.

—Deberías haberme avisado de la hora a la que venías.

—Lo he hecho. Se supone que debías tener el almuerzo preparado.

—No te preocupes. Podemos enviar al criado a por alguna cosa. —Empezó a subir la escalera. Odiaba recibir en su casa. Sentía que aquellas habitaciones tan modestas no reflejaban lo ilustre de su posición—. ¿Qué haces aquí? ¿Qué hay tan urgente?

Susan le miró.

—No voy a contártelo en las escaleras.

Pero sí se lo contaría cuando estuvieran a salvo en sus habitaciones. Y solo el cielo sabía lo que ocurriría entonces.

Ellis nunca se había considerado una mujer afortunada. En su opinión, nacer para servir no era algo envidiable, y casi siempre se había visto obligada a luchar para salir adelante en la vida. Pero por un instante, aquel día en que llegó Jane Croft a Eaton Square para ver a la señora Trenchard, aquel día por fin sintió que tenía un triunfo en la manga.

Había estado repasando mentalmente el plan de John Bellasis. La tarde en que se esperaba la llegada de Jane, Ellis tenía encomendado pasar algún tiempo a solas con su vieja amiga para enterarse de lo que sabía acerca de Charles Pope y, a ser posible, revisar su equipaje. Todo esto debía hacerlo antes de que Croft tuviera ocasión de hablar con Anne Trenchard. Era una orden difícil de cumplir, pero el señor Bellasis había insistido mucho y habría una buena propina, de eso Ellis estaba segura.

Al final tuvo suerte. Croft llegó momentos después de que la señora Trenchard hubiera salido para acudir a un acto benéfico en Park Lane, y no se esperaba que volviera antes de al menos dos horas. Los años habían sido benévolos con Jane Croft, pensó Ellis mirando a su amiga de arriba abajo. La antigua doncella había sido lo bastante atractiva para atraer las miradas de los soldados años atrás en Bruselas, cuando la señorita Sophia y ella paseaban por la ciudad, libres al parecer de toda preocupación. Lo extraño de la guerra, y Ellis no era la única que lo pensaba, era cómo volvía a las personas más audaces e impetuosas, como si el olor de la muerte inminente animara a los vivos a aprovechar al máximo su tiempo en la tierra.

—Tienes buen aspecto. Estás casi igual —dijo.

—Gracias —contestó Croft mientras se atusaba los cabellos castaños solo ligeramente canosos en las sienes—. Tú también —mintió cortés.

—La señora Trenchard no volverá hasta dentro de unas horas —continuó Ellis—. Vamos a pedirle a la señora Babbage un poco de queso y pan y luego podremos pegar la hebra un rato. —Le hizo un gesto para que se sentara en un rincón del comedor de servicio y salió a dar la orden.

—Gracias. Eres muy amable —repuso Croft sin sospechar nada.

Se pusieron al día de sus vidas delante de un plato de queso y pan y un vaso de sidra. Las cosas le habían ido bien a Croft desde que dejó la casa de los Trenchard y al parecer había disfrutado siendo ama de llaves, con la responsabilidad y el aumento salarial que entrañaba el puesto.

—Entonces, ¿qué es eso de que te vas a América?

Croft sonrió. Era emocionante.

—Mi hermano emigró hace unos años, no mucho después de que volviéramos de Bruselas, pero ha prosperado en la industria de la construcción.

—¿En qué parte de Estados Unidos se ha establecido?

—En Nueva York. Desde el cambio de siglo se ha construido mucho y mi hermano se ha beneficiado de ello. Ahora se está construyendo una casa en una calle a la que llaman Quinta Avenida y quiere que vaya a llevársela.

—¿Como sirvienta?

—Como su hermana. No está casado.

Ellis levantó las cejas.

—Puede que se case ahora si es tan rico como dices.

—Ya lo ha pensado. Quiere que viva con él, se case o no.

Ellis comprobó que estaba bastante celosa. Croft iba a dejar el servicio y llevar una casa elegante en un país nuevo. Era injusto, cuando ella tenía que seguir bajando la cabeza, haciendo reverencias y arañarse un sustento a base de espiar y robar. No le parecía justo en absoluto.

—Espero que puedas adaptarte al nuevo clima —dijo con amargura—. Tengo entendido que el calor y el frío extremos pueden ser una dura prueba para el ánimo.

—Creo que me las arreglaré —contestó Croft sabedora de lo que pasaba por la cabeza de su amiga—. Claro que tendré que decidir qué voy a hacer durante el tiempo libre. Es algo a lo que no estoy acostumbrada.

—Menudo problema —replicó Ellis dignándose a sonreír—. ¿Cuándo zarpas?

—El jueves. Por la mañana viajo a Liverpool, lo que no me hace ninguna ilusión, pero he enviado todo mi equipaje al hotel con antelación, excepto una bolsa, así que eso me lo ahorro. Dormiré allí y embarcaré a la mañana siguiente.

Ellis sintió un fuerte deseo de expresar su desprecio por la aventura y estropearle así la diversión a Croft, pero resistió la tentación. Había cosas más importantes en juego.

—¿Para qué querías ver a la señora Trenchard? —dijo.

Croft se encogió ligeramente de hombros.

—Para algo y para nada. —Vaciló, dudando si añadir algo más.

—Supongo que sabes que me has metido en un lío por mencionar que te había escrito acerca del señor Pope. —Ellis parecía más dolida que enfadada.

—No lo sabía. Cuánto lo siento.

—Así que creo que me debes una explicación.

Croft asintió. No sospechaba que la mujer que tenía sentada enfrente fuera otra cosa que una amiga ligeramente envidiosa.

—Estaba ordenando mis cosas para hacer el equipaje, revisando viejas cartas y cosas así y tirando lo que no quería guardar para siempre. Ya me entiendes.

—Claro.

—Pues me encontré unos papeles de la señorita Sophia que le quiero dar. No sé si la señora los conservará, pero me pareció que no me correspondía a mí destruirlos. Así que pensé, ¿por qué no entregarlos en persona antes de irme? Imagino que los echará al fuego en cuanto yo salga de la habitación.

—Has venido de muy lejos para algo tan insignificante.

—No creas. Estaba en Kent, así que suponía una parada camino de Liverpool. Además llevaba años sin venir a Londres. Había oído hablar de los edificios que construye el señor y he leído sus descripciones en los periódicos, pero quería ver con mis propios ojos el aspecto que tiene ahora la ciudad antes de irme. No sé si volveré ya, tú me entiendes.

Ellis supo enseguida que aquella era su oportunidad.

—Pues claro que lo entiendo y te voy a decir algo. Si te vas ahora, tendrás tiempo de sobra antes de que vuelva la señora. Tardará al menos dos horas. Déjame que te haga una lista de las calles y plazas que debes visitar, date un paseo, diviértete.

Croft asintió, pero con un gesto algo nervioso.

—Supongo que no puedes acompañarme, ¿verdad? Es que hace tiempo que no paseo por Londres.

Ellis rio con despreocupación.

—¡Qué más quisiera yo! Estoy hasta el cuello de trabajo. Pero no te preocupes. Si quieres te doy algo de dinero, para que cojas un coche.

Croft sacudió la cabeza.

—No, tengo dinero.

—Entonces no debes perder esta oportunidad. No volverá a presentarse.

—Eso es verdad. ¿Qué hago con la bolsa?

—Le diré a uno de los mozos que la suba a tu habitación. Esta noche duermes conmigo.

Croft se levantó y fue a buscar su capa, que estaba colgada en el pasillo.

Poco más de cinco minutos después, Ellis había llevado la bolsa al cuarto de Turton y los dos estaban registrando su contenido. Tardaron menos tiempo aún en encontrar lo que buscaban. Dentro de un gran sobre de cuero había un fajo de cartas junto con otros papeles.

—Tenemos que darnos prisa —dijo Ellis mirando al mayordomo inspeccionar los papeles con cuidado.

Pero Turton estaba pensando.

—¿Qué nos dará por esto?

—No podemos robarlas, nos descubrirán en cuanto vuelva la señora y pregunte por ellas. Debemos hacer copias ahora mismo, antes de que vuelva.

Turton no parecía convencido.

—Pero ¿cómo sabremos que nos pagará lo que valen?

Ellis empezaba a impacientarse.

—Señor Turton, no sé por qué, pero se ha enemistado con el señor Bellasis y eso le está nublando el entendimiento. A mí no. Esta es nuestra oportunidad de conseguir algo que merece la pena vender y que él querrá comprar. Ya regatearemos más tarde, pero ahora mismo debemos hacer copias para que pueda comprarlas si quiere, que querrá. Luego se le entregan los originales a la señora y nadie sabrá nada.

—¿Por qué no hace usted las copias?

—Porque… —Ellis calló un instante. Iba a decir que no sabía escribir, pero eso no era verdad. Sí sabía. Aunque su letra no era lo bastante buena para que la leyera el señor Bellasis. Lo que la irritaba era que Turton lo sabía.

Este la miraba, disfrutando de su incomodidad.

—Muy bien. Copiaré los papeles lo más deprisa que pueda y luego se los llevará usted al señor Bellasis. Pero no debe entregárselos hasta que haya acordado un precio. A no ser que quiera que eso lo haga yo.

—No. Si está enfadado con usted quizá se muestre menos dispuesto a pagar.

Turton asintió. Aquello tenía sentido.

Una vez decidido a hacerlo, se puso manos a la obra. Se sentó a su mesa con una estilográfica con plumín de acero y tinta mientras Ellis montaba guardia. Apenas habló mientras garabateaba y escribía en el papel blanco, copiando la información. En cuanto hubo terminado, le dijo a Ellis con brusquedad:

—Deje las auténticas en su sitio y llévele estas.

—¿Tienen algún valor?

Turton pensó un momento.

—Para el señor Bellasis tendrán mucho valor o ninguno.

Ellis no le entendió.

—¿Cómo puede ser? —dijo, pero Turton no le dio explicaciones. Se limitó a darle el sobre de cuero con los papeles para que pudiera guardarlo en la bolsa y llevárselo al piso de arriba, a su dormitorio, en la parte del desván reservada a las mujeres del servicio.

Media hora después Ellis esperaba en el patio de entrada de Albany cuando un criado salió a decirle que el señor Bellasis se encontraba en casa y que la recibiría.

La reacción de John a los papeles no fue la que Ellis había esperado. Los leyó de principio a fin en absoluto silencio mientras ella aguardaba en la puerta. A continuación releyó uno de ellos y su cara era tan inexpresiva que parecía la de una estatua. Ellis no sabía si estaba encantado, fascinado u horrorizado. Por fin levantó la vista.

—¿Dónde están los originales?

—De vuelta en la bolsa donde los trajo la señorita Croft. En mi cuarto.

—Ve a buscarlos. —Su tono tenía la autoridad de un comandante en jefe dando orden de cargar.

Ellis negó con la cabeza.

—No puedo. Sabrá quién los ha cogido. Y, entonces, ¿qué?

—¿Crees que me importa? Ve a buscarlos ahora mismo. Te compensaré con mil libras si pierdes tu empleo.

Ellis no daba crédito. ¿Cuánto había dicho? ¿Mil libras? Más dinero del que se había atrevido a soñar por unos papeles que Croft había descrito como «algo o nada». Se le quedó mirando.

—¿He hablado claro? —ladró Bellasis y Ellis asintió, clavada en el suelo—. ¡Pues ve!

Sus gritos sacaron de su ensoñación a Ellis, que abrió la puerta de las habitaciones y se apresuró a bajar las escaleras. Para cuando llegó a la calle corría, bajando a toda velocidad por Piccadilly y provocando que la gente se detuviera para mirarla.

Cuando llegó a la puerta del sótano del número 110 estaba jadeando, con la respiración entrecortada. Turton seguía en la despensa.

—¿Cómo nos ha ido?

Ellis ignoró la pregunta.

—¿Ha vuelto Jane Croft?

—Lleva aquí veinte minutos. Ha llegado solo un cuarto de hora antes que la señora.

Ellis tenía el corazón desbocado.

—¿Ha vuelto la señora?

—Sí. Preguntó por usted, pero le dije que había salido y no pareció importarle. Subió, se quitó la capa y el sombrero y fue directa a la salita.

—¿Entonces Jane…? —Ellis no terminó la frase.

—Está con ella ahora. La señora la llamó en cuanto estuvo lista y la señorita Croft acaba de subir.

Hubo un momento de esperanza. Si Croft había subido directamente, quizá los papeles siguieran en la bolsa. Sin decir una palabra, Ellis se giró sobre sus talones y corrió escaleras arriba, subiendo los escalones de dos en dos, dejando atrás la salita del primer piso y la planta de las habitaciones de la familia, hasta llegar al desván. Corrió a su dormitorio, pero la bolsa estaba abierta en la cama y el sobre de cuero había desaparecido.

Fue lo más cerca que había estado nunca Mary Ellis de tener mil libras. O una cifra que se le acercara.

Anne no pudo alegrarse más de ver a la antigua doncella de Sophia. La visión de aquella mujer, mayor por supuesto, pero no tan cambiada como para resultar irreconocible, le recordó que siempre le había gustado. Y hablar con ella pareció devolverlas a las dos a días más felices. Invitó a la criada que ya no era criada a sentarse. Había pedido que subieran un licor y ahora ofreció una copa a su invitada.

—¿Se acuerda del famoso baile de la duquesa? —preguntó Anne.

—Cómo no, señora. Me han preguntado muchas veces por él desde entonces… —Croft cogió la copa y dio un sorbo. Le resultó algo fuerte, pero el honor de que la invitaran a beber con la señora era recompensa suficiente. No tenía por qué saber bien—. Y recuerdo lo hermosa que estaba la señorita Sophia con su vestido.

Croft sonrió.

—Llevaba un peinado precioso. —Anne estaba absorta en sus propios recuerdos.

—Desde luego me tomé muchas molestias, eso se lo aseguro —replicó Croft y las dos rieron.

Era agradable reír y no llorar por una vez, pensó Anne, compartir recuerdos felices de Sophia antes de separarse. Pero entonces esos mismos recuerdos la obligaron a cambiar de tono.

—Aquella noche, cuando volvimos a casa, estaba muy disgustada.

—Sí —dijo la doncella, pero no se atrevió a añadir nada. Anne la miró.

—Ha pasado ya mucho tiempo y me alegra saber que ha prosperado. Estoy segura de que su vida en América será satisfactoria y plena. Pero puesto que es posible que no volvamos a vernos… —vaciló.

—No volveremos a vernos, señora —confirmó Croft con suavidad.

—No. —Anne miró el fuego que ardía en la chimenea—. Así que me pregunto si podríamos ser sinceras la una con la otra ahora que estamos juntas por última vez.

—Por supuesto, señora.

—¿Sabe usted lo que ocurrió aquella noche en el baile?

Croft asintió. Era extraño mantener aquella conversación con una mujer en cuya presencia se habría inclinado en otro tiempo. Era casi como si fueran iguales. Lo que en cierta manera y en lo que se refería a aquel asunto, era verdad.

—Sé que lord Bellasis, al que todos considerábamos el perfecto caballero, la había engañado y traicionado, y lo supo aquella noche.

—¿Estaba al tanto de la parodia de la boda?

—No. —La doncella estaba ansiosa por dejar claro que no había querido ser partícipe de ningún secreto hasta que Sophia la obligó—. No me dijo nada hasta que resultó ser falsa. Y por supuesto no fue hasta más tarde que supo que… —Croft sorbió un poco de licor y miró al suelo.

—Que estaba encinta.

A Anne también le resultaba extraño hablar de aquel tema con otro ser humano que no fuera su marido o lady Brockenhurst. Nunca lo había hecho.

—Le pedí que se lo contara, señora. Enseguida. En cuanto lo supo. Pero estaba como aturdida. Como si fuera incapaz de pensar.

—Al final me lo contó.

—Sí —dijo Croft.

Se miraron. Las dos sabían muchas cosas que todos ignoraban. Todos excepto James. Lady Brockenhurst, que creía estar al tanto, no había conocido a Sophia en persona, así que le faltaba la mitad de la historia. Anne habló de nuevo:

—Me lo contó a tiempo de planear el viaje al norte. Y todo podría haber ido bien, si no…

—Si no hubiera muerto. —Croft tenía lágrimas en los ojos y cuando Anne la miró vio rodar una por su mejilla. Le conmovió que llorara por la hija que había perdido—. Supongo que el hijo ya será todo un hombre. ¿Sigue viviendo con el reverendo Pope? ¿O está en Londres? Supongo que se trata del joven señor Pope del que me habló Ellis.

—Pero ¿cómo ha sabido del reverendo Pope?

Croft la miró.

—Perdóneme, señora. No sé si querrá oír… —Se interrumpió.

—Siga —dijo Anne—. Por favor.

Cuando habló para revelar secretos de mucho tiempo atrás, el tono de voz de Croft era contrito.

—Verá, la señorita Sophia me escribía, señora. Hasta sus últimos días. Hablamos del niño y de lo que pasaría, y me dijo que el pequeño iría a vivir con los Pope en Surrey. Creo recordar que la señora Pope no había tenido hijos, aunque he perdido la carta donde se mencionaba eso.

Anne estaba atónita.

—Así que lo sabe todo.

—No se lo he contado a nadie, se lo digo con la mano en el corazón. —Hizo ese gesto—. No se lo he contado a nadie ni lo contaré.

—No se preocupe —contestó Anne—. Me resulta reconfortante saber que Sophia tenía a alguien con quien hablar.

Entonces Croft sacó el sobre de cuero y lo dejó en su regazo.

—Tengo aquí algunos papeles, señora. —Vaciló—. Uno de ellos da fe de la boda falsa. Está firmado por el hombre que dijo ser clérigo. Se hace llamar Bouverie. Supongo que lo llamaríamos certificado de matrimonio si no fuera una mentira. También hay una carta de Bouverie explicando por qué la joven pareja decidió casarse en Bruselas, tan lejos de casa. —Se interrumpió y sacó dos hojas de papel—. Me las dio aquella noche en Bruselas, cuando volvió a casa del baile, y me dijo que las quemara, pero no lo hice. Me faltó valor. No me parecía bien destruirlas porque no eran mías.

—Entiendo. —Anne cogió los papeles y echó un vistazo a su contenido.

—Pero ahora me marcho del país, y como además Ellis mencionó al señor Pope en la carta que me escribió, pensé que sería mejor entregárselo todo a usted. No sé si querrá quemarlo. Eso le corresponde a usted decidirlo, no a mí.

Y con eso hizo entrega del sobre de cuero.

—Gracias, Croft... Debería llamarla ahora señorita Croft. Es muy generoso y considerado de su parte. —Anne lo cogió y miró su interior—. ¿Qué más hay?

—Algunas cartas de la señorita Sophia hablando de los planes para el niño, describiendo al médico, a la comadrona y esas cosas. No quería arriesgarme a morirme un día y que toda esa información acabara en manos de un extraño. Está mejor en sus manos. He guardado una de las cartas para tener un recuerdo suyo, pero no contiene nada que no pueda leer un desconocido.

Al oír esto Anne sonrió mientras volvían a llenársele de lágrimas los ojos. Pasó despacio las yemas de los dedos por las florituras de cada letra. Querida Sophia, incluso ahora la mera visión de su escritura bastaba para hacerla llorar. Qué joven parecía la caligrafía, con sus bucles y curvas. La letra de Sophia siempre había sido florida. Anne la imaginó, sentada a su escritorio con una pluma en la mano.

—Gracias —repitió mirando a su interlocutora a los ojos—. Estoy muy conmovida. Conservamos muy pocas cosas de la señorita Sophia, nos faltan recuerdos. Es maravilloso que algo suyo nos llegue después de tantos años.

Aquella noche, sola en su dormitorio, Anne releyó los papeles una y otra vez. No podía dejar de llorar, pero el amor que sentía por la hija que había perdido, oír otra vez su voz en las frases que había escrito, fue casi curativo de tan intenso. No podía contárselo aún a James. Necesitaba que fuera su secreto durante un tiempo. Se levantó y guardó los papeles con llave en un armario pequeño, antes de que llegara su marido.

Oliver esperaba ansioso el almuerzo con su padre en el Athenaeum. Sacar a la luz el pasado dudoso de Pope había sido cansado y costoso, pero estaba hecho y confiaba en que ahora se produjera un acercamiento con su exigente padre. Después de todo le había hecho un favor al permitirle que se retirara antes de hacer el ridículo con el maldito algodón de Pope. James le había dicho que Charles no había negado las acusaciones, lo que le había resultado interesante. Las cartas confirmaban la culpa de Pope, por supuesto, pero aun así Oliver había esperado que tratara de escabullirse de alguna manera, y no lo había intentado. Pues muy bien. Había llegado el momento de que Oliver y su padre siguieran adelante con sus vidas en un nuevo y mejorado espíritu de amor y cooperación.

—Buen día, señor —dijo el criado del club cogiendo el bastón de empuñadura de plata, los guantes y el sombrero de seda de Oliver. Este sonrió. Le gustaba aquel sitio; era civilizado. Era el lugar que le correspondía. Siguió al criado por el vestíbulo y junto a la amplia escalera hasta el gran comedor con sus altos ventanales que casi ocupaban toda la pared. Aunque era espaciosa, los paneles de madera oscura daban a la habitación un aire discreto, íntimo.

—Padre. —Saludó con el brazo a James, que esperaba en una mesa redonda de un rincón. Se puso de pie para recibirle.

—Oliver —dijo con sonrisa jovial—. Me alegra mucho verte. Espero que estés hambriento. —James se sentía dispuesto a complacer a su hijo. Los meses anteriores habían sido tensos e incómodos, y estaba deseando tender puentes y disolver la atmósfera de tirantez en la que llevaban algún tiempo viviendo. Pero aquel día no confiaba en lograr su objetivo, en vista de lo que tenía que decir.

—Excelente —contestó Oliver, y se frotó las manos mientras tomaba asiento. James se fijó en el optimismo y seguridad de su hijo y supo muy bien de dónde procedían. Aun así, pensó que dejaría que fuera Oliver quien sacara el tema.

Cogieron las cartas.

—¿Qué has hecho esta mañana?

—Montar —contestó Oliver—. Hacía un día precioso y Rotten Row estaba lleno, pero me gusta ese nuevo caballo capón.

—Pensé que te iba a ver en la reunión de Gray's Inn Road.

—¿Qué reunión? —Oliver leyó la carta con los ojos entrecerrados—. ¿Qué es ternasco?

—Cordero mayor que el lechal, más joven que la oveja.
—James suspiró con delicadeza—. Hemos hablado de las distintas fases de construcción. ¿No te lo dijeron?

—Es posible. —Oliver llamó a un camarero—. ¿Pedimos algo de beber?

James le miró pedir una botella de chablis para empezar y a continuación una de clarete. ¿Por qué no dejaba su hijo de decepcionarle? Le había conseguido un puesto en uno de los proyectos más emocionantes del país y no se molestaba siquiera en simular interés. De acuerdo, el proyecto no estaba en su fase más importante —drenar las grandes extensiones de tierra pantanosa en el East End—, pero el problema iba más allá. Oliver no parecía comprender que en este mundo la única satisfacción verdadera la proporciona el trabajo duro. Una vida hecha de una sucesión de placeres momentáneos no colma a nadie. Oliver tenía que invertir algún esfuerzo, su esfuerzo.

De haber oído Oliver aquellos pensamientos, se habría enfurecido. Estaba lleno de propósitos, claro que ninguno incluía llevar la clase de vida que su padre había planeado para él. Quería vivir en Glanville y pasar temporadas en Londres. Quería supervisar sus tierras, hablar con los arrendatarios y desempeñar un papel en el campo. ¿Era aquello algo malo? ¿Algo deshonroso? No. Su padre nunca respetaría valores que no coincidieran con los suyos. Eso es lo que diría y, en justicia, a Oliver no le faltaba razón. Pero mientras se tomaban el vino que él había pedido, sabía que Charles Pope se cernía sobre su conversación, acechaba desde detrás de sus sillas, y que tendría que abordar el asunto tarde o temprano. Al final Oliver no pudo resistir más.

—Y bien —dijo cortando un trozo de carne—. ¿Se ha desembarazado ya del señor Pope?

—¿Qué quieres decir?

—¿Qué cree que quiero decir? Siempre ha sido usted defensor de la honradez en los negocios. No me diga que ha bajado el listón.

—Es cierto que he mantenido mi inversión en su compañía —dijo James con cautela—. Sigue siendo un buen negocio.

Oliver se inclinó hacia él.

—¿Y qué hay de las cartas que le di? —Hablaba con voz baja y agresiva—. Dijo que le habló de ellas a Pope y que no desmintió nada.

—Eso es verdad. —James había pedido perdiz y se estaba arrepintiendo.

—¿Y entonces?

Cuando James contestó lo hizo con voz suave como la seda. De haber estado hablando con un animal salvaje no habría sido más sutil.

—Decidí que la historia no era del todo… cierta.

—No entiendo. —La expresión de Oliver era rígida—. ¿Me está diciendo que todo era mentira? Y en ese caso ¿que el mentiroso soy yo? ¿Es eso?

—No —contestó James, tratando de apaciguar a su hijo—. No creo que nadie mintiera. O al menos tú no…

—Si los hombres que escribieron las cartas no hubieran dicho la verdad, Pope lo habría negado.

—No estoy tan seguro. Y además, en el mundo del comercio…

Oliver hizo una mueca de desagrado. ¿Por qué no dejaba atrás su padre de una vez los orígenes comerciantes de la familia? ¿Era mucho pedir?

—En el mundo del comercio —repitió James con firmeza y deliberación— desarrollas un instinto para las personas. Charles Pope nunca intentaría engañar a los agentes de aduanas. No es su temperamento.

—Entonces, repito, ¿por qué no lo negó? —Oliver arrugó su servilleta.

—Baja la voz. —James miró a su alrededor. Algunos comensales habían empezado a mirarles.

—¿Quiere que se lo pregunte otra vez? —Oliver habló, si acaso, más alto que antes. También dejó cuchillo y tenedor en la mesa con el mayor ruido posible. James no necesitaba mirar para saber que se habían convertido en el espectáculo del comedor y que serían objeto de animadas conversaciones más tarde, en la biblioteca. Que era lo último que quería.

—Muy bien. Si insistes. Creo que Charles Pope no quería ser motivo de disputa entre tú y yo. No se defendió porque no quería interponerse entre nosotros.

—Pues lo ha hecho, ¿no le parece, padre? ¡Ese señor Pope lleva ya un tiempo interponiéndose entre nosotros! —Oliver empujó su silla y se puso en pie, hirviendo de furia—. Por supuesto se pone de su parte. ¿Cómo pude pensar que no sería así? Buenos días, padre. ¡Que le vaya muy bien con el señor Pope! —Escupió las palabras como si fueran venenosas—. ¡Consuélese con él porque yo ya no me considero hijo suyo!

Se hizo el silencio en el comedor. Cuando Oliver se volvió, vio al menos doce pares de ojos fijos en él.

—¡Váyanse todos al infierno! —exclamó y, después de sacudir la cabeza, salió del club.

En ese preciso momento Charles estaba en su despacho mirando el retrato de su padre adoptivo. Debería estar contento, se decía. Estaba en un momento clave de su carrera profesional. Su negocio estaba en marcha, incluido el viaje a la India, y las perspectivas eran halagüeñas. Sin embargo no quería irse ahora de Londres, y sus planes habían perdido parte de su atractivo. Lo cierto era que, si se paraba a pensar, lo que no quería era dejar a Maria Grey. Cogió la pluma. ¿Estaba de verdad preparado para sacrificar todo por lo que había trabajado por permanecer cerca de una mujer que nunca podría ser su esposa? ¿Por qué tenía la vida que ser tan difícil? ¿Cómo había llegado hasta allí? Se había enamorado de una mujer que estaba prometida a otro hombre. Peor aún. Que era inalcanzable. Solo le esperaban sufrimiento y humillación. Miró de nuevo el retrato al pastel. ¿Qué le habría aconsejado aquel hombre sabio?

—Disculpe, señor. —Un oficinista llamó suavemente a la puerta abierta con un sobre en la mano.

—¿Sí?

—Ha llegado esto para usted —dijo el secretario—. Lo ha traído un mensajero ahora mismo. Dijo que era urgente.

—Gracias. —Charles asintió y cogió la carta. Miró la letra—. ¿Sigue aquí el mensajero?

—No, señor.

—Gracias —repitió Charles y esperó a que el hombre se fuera para abrirlo.

—«Mi querido Charles». —Podía oír la voz en su cabeza—. «Necesito verte enseguida. Estaré en la librería Hatchard's hasta las cuatro de esta tarde. Por favor, ven. Tuya, Maria Grey».

Miró un momento la carta, luego se sacó el reloj del bolsillo con el corazón acelerado. Eran ya las tres y cuarto. Tenía muy poco tiempo. Cogió el sombrero y el abrigo y salió corriendo de la oficina ante la mirada sorprendida de sus empleados.

Disponía de tres cuartos de hora para llegar a Piccadilly. Bajó corriendo las escaleras y salió a la calle mirando ansiosamente en ambas direcciones de Bishopsgate en busca de un coche de punto. Pero no había ninguno. Se detuvo en la acera rodeado de una mezcolanza de gente, hombres trabajadores y mujeres que se dirigían a sus correspondientes destinos. ¿Cuál era el camino más corto a Piccadilly? Si echaba a correr, ¿llegaría a tiempo? Le sudaban las palmas de las manos y jadeaba.

Lágrimas de impotencia se le agolparon en los ojos. Echó a correr por la acera, luego cambió de opinión y volvió a la calzada y buscó frenético un coche.

—¡Eh! —gritó un hombre corpulento que conducía un carretón—. ¡Apártese!

—Por favor, Dios mío —rezaba Charles mientras corría hacia Leadenhall Market—. No volveré a pedirte nada nunca si me ayudas a encontrar un coche. —Y justo entonces, al doblar la esquina con Threadneedle Street, vio un coche de punto—. ¡Aquí! ¡Aquí! —gritó agitando los brazos.

—¿Adónde, señor? —preguntó el cochero después de detenerse.

—A Hatchard's, en Piccadilly, por favor —dijo Charles desplomándose en el asiento de cuero negro con el corazón todavía desbocado—. Y, por favor, vaya lo más deprisa posible. —Cerró los ojos—. Gracias, Dios mío —murmuró para sí. Claro que seguiría pidiendo favores a su hacedor, y lo sabía.

Faltaban cinco minutos para las cuatro cuando Charles llegó por fin a la puerta de la librería. Saltó del coche, pagó y dio propina al cochero antes de cruzar como una exhalación las puertas dobles del establecimiento acristalado. Se detuvo en seco. ¿Dónde estaba? La tienda era enorme. No la recordaba tan grande, y a aquella hora del día estaba llena de mujeres, todas con sombreros que les tapaban la cara. Miró de nuevo el reloj. Sin duda le había esperado; sin duda había sabido que acudiría.

Pero ¿cómo la encontraría? Miró entre las estanterías que contenían obras de ficción y se abrió camino en un mar de faldas que flotaban sobre miriñaques. Trató de ver los rostros que ocultaban las alas de los sombreros mientras sus dueñas hojeaban libros y llamó a Maria en voz baja. «¿Maria? ¿Maria?». Una muchacha le sonrió, pero la mayoría le dirigió ojeadas circunspectas y se apartó evitando mirarle a la cara. Cogió un ejemplar de *Mansfield Park,* de Jane Austen, y simuló leer mientras inspeccionaba los pasillos. ¿Dónde estaría? ¿Qué le gustaba? ¿Qué tema podía interesarle?

De pronto habló en voz alta.

—¡La India! —dijo, y los clientes que estaban cerca de él se apartaron—. ¡Disculpe! —Corrió hacia un hombre que estaba colocando libros en estantes allí cerca—. ¿Dónde puedo encontrar libros sobre la India?

—En Viajes e Imperio. —El dependiente parecía molesto por su ignorancia—. Segunda planta.

Charles subió por la escalera como un corredor de obstáculos y de pronto allí estaba ella, en una de las ventanas saledizas, hojeando un libro. No había reparado en su llegada y, por un momento, ahora que la había encontrado, Charles se concedió el lujo de contemplarla. Llevaba falda y chaqueta color tostado con sombrero a juego adornado con hojas de seda color verde lima. La cara, concentrada en la lectura, era aún más bella de como la recordaba. «Es cierto», pensó algo asombrado. «Por muy hermosa que la imagine, cada vez que la veo la encuentro más bella».

Entonces Maria levantó la vista como si hubiera sentido sus ojos en ella.

—Charles —dijo pegándose el libro al pecho—. Creía que no ibas a venir.

—No recibí tu mensaje hasta las tres y cuarto. He venido corriendo.

—El mensajero debió de entretenerse por el camino, el muy sinvergüenza. —Pero sonreía. Charles estaba allí. Todo iba bien. Le había ofrecido una mano a modo de saludo, pero él no la había cogido. Entonces Maria recordó por qué le había convocado y la retiró. Se puso seria—. Tienes que ayudarme —dijo.

Habló con un tono de apremio y Charles supo al instante que no había sido convocado por razones frívolas.

—Por supuesto.

Maria quería que supiera toda la verdad.

—Mamá quiere enviarme lejos, con una prima suya que vive en Northumberland, para alejarme de Londres mientras planea mi boda con John Bellasis. Ya ha fijado la fecha.

Muy a su pesar se echó a llorar, pero se secó los ojos con un guante y movió la cabeza como para ahuyentar todo atisbo de flaqueza. Charles dejó a un lado la precaución y le pasó un brazo por los hombros.

—Estoy aquí —se limitó a decir, como si ese sencillo hecho lo cambiara todo, tal y como habría querido él que fuera.

Maria le miró con expresión vehemente, el semblante de un guerrero.

—Fuguémonos —susurró—. Dejemos todo y a todos atrás.

—¡Ay, Maria! —Charles era un torbellino de emociones. Todo su ser quería decirle a Maria que la amaba desde que la vio por primera vez en el balcón durante la velada de lady Brockenhurst. Quería decirle que no había cosa en el mundo que deseara más que fugarse con ella. Fugarse y no volver nunca. Le rozó la suave mejilla con la mano—. No podemos. Eso lo sabes.

Maria dio un paso atrás, como si hubiera recibido una bofetada.

—¿Por qué no?

Charles suspiró. Algunos clientes les miraban, dos amantes con la mujer al borde del llanto. Tuvo la desagradable sensación de que disfrutaban del espectáculo.

—No quiero ser responsable de tu caída en desgracia. Si te fugas con un comerciante del East End se te cerrarán todas las puertas de Londres. ¿Cómo podría hacerte algo así si te quisiera?

—¿Si me quisieras?

—Porque te quiero. No voy a ser el artífice de tu caída —dijo moviendo la cabeza con expresión triste. Miró de nuevo a su alrededor—. Solo esta cita puede causarte problemas. ¿Cómo te has librado de tu doncella?

—Le he dado esquinazo. Me estoy haciendo una experta. —Pero el tono de Maria tenía más de triste que de travieso—. Entonces, ¿qué me estás diciendo? ¿Que debo morir convertida en una solterona? Porque no pienso casarme con John Bellasis, aunque mamá me encierre en una torre y me tenga a pan y agua hasta el fin de mis días.

Charles no pudo resistirse a sonreír ante aquella demostración de arrojo.

—Deberíamos irnos —dijo—. Nos estamos convirtiendo en el centro de atención.

—¿Y a quién le importa? —La tristeza de Maria había desaparecido. Ahora estaba desafiante.

—A mí. —Charles pensaba a gran velocidad. ¿Qué podía hacer que protegiera a Maria sin arruinar su reputación? Entonces de pronto supo dónde tenían que ir—. Ven conmigo —dijo, ahora con determinación—. He tenido una idea.

—¿Es buena? —preguntó Maria. Empezaba a recobrar el ánimo. Era posible que Charles no quisiera fugarse con ella, pero estaba claro que tampoco iba a abandonarla.

—Creo que sí. Espero que sí. Pronto lo sabremos.

Y la guio con suavidad hacia la escalera.

Eran las cuatro y media cuando el coche se detuvo delante de Brockenhurst House en Belgrave Square. Maria y Charles bajaron, pagaron y caminaron deprisa hasta la puerta.

—La condesa sabrá decirnos qué hacer —le aseguró Charles a Maria mientras esperaban en los escalones de entrada—. No es que la conozca bien, pero me tiene afecto y también a ti. Nos aconsejará.

Maria no estaba tan convencida.

—Puede que eso sea así, pero John es sobrino de su marido, y en nuestro mundo la sangre es siempre más importante que la amistad.

En ese momento abrió la puerta un lacayo con librea y les hizo pasar. Enseguida se dieron de cuenta de que la casa estaba llena de actividad, con doncellas esperando para coger los abrigos de señoras y más lacayos junto a la escalera.

—¿Qué ocurre? —preguntó Charles.

—Milady da un té, señor. ¿No están invitados? —Frunció el ceño. Les había abierto la puerta suponiendo que era así.

—Le agradará vernos, se lo aseguro —dijo Charles en voz baja.

El lacayo escuchó cortés esta información, pero se puso nervioso. ¿Y no habían sido invitados por algún motivo? Intentaba sopesar qué acción —echarlos y que hubieran sido bienvenidos o dejarlos pasar y que no lo fueran— le causaría menos problemas. En última instancia decidió que había visto a ambos en recepciones ofrecidas por la señora de la casa y que probablemente era mejor hacerles subir. Hizo un gesto con la cabeza al hombre que estaba al pie de la escalera.

—Acompaña al señor Pope y a lady Maria Grey al salón.

Empezaron a subir las escaleras.

—Me admira que se acordara de nuestros nombres —dijo Charles.

—Es su trabajo —contestó Maria—. Pero ¿hacemos bien?

Cuando llegaron a la puerta del salón principal de Brockenhurst House —había dos, unidos por unas puertas dobles— tuvieron la impresión de que solo había mujeres. Al menos se veían pocos hombres con ellas, charlando y riendo, y sus chaquetas oscuras de mañana contrastaban con el mar de color que los rodeaba, con las amplias faldas de las damas flotando como nenúfares en un estanque. Los criados caminaban entre los invitados llevando platos de emparedados y pasteles y llenando las tazas de té. Una dama o dos levantaron la vista, curiosas.

—¿Cómo la encontraremos? —preguntó Maria, pero la respuesta le llegó enseguida, desde atrás.

—Estoy aquí —dijo lady Brockenhurst.

Se volvieron y allí estaba, sonriendo, tal vez un poco sorprendida.

—Sentimos mucho habernos presentado en su fiesta sin invitación, lady Brockenhurst... —Pero Charles no pudo terminar la frase.

—Tonterías. Estoy encantada de verles. —La condesa se concedió un instante para disfrutar de la visión de Charles—. Les habría invitado a los dos de haber pensado que podría haberles apetecido lo más mínimo.

Llevaba un vestido de tela de damasco rosa pálido y ribetes de encaje con una pequeña gorguera, un atuendo severo en cierto modo, pero favorecedor. Solo Maria sabía que se trataba de un color que la condesa no habría vestido hasta época reciente.

—Necesitamos su consejo —dijo Charles.

—Me siento halagada.

—Pero puede que no sea un consejo que quiera dar. —Estaba claro que Maria se sentía menos optimista respecto a los resultados—. Quizá quiera ponerse del lado de la parte contraria.

—¿Hay que tomar partido entonces? —La ceja de lady Brockenhurst se arqueó en un gesto irónico—. Qué interesante. ¿Quiere acompañarme a mi *boudoir,* querida? Solo hay que cruzar el rellano.

Maria se sorprendió un tanto.

—¿Podemos dejar a sus invitados?

—Yo diría que sí. —Lady Brockenhurst sabía lo que iba a ocurrir, pues llevaba esperándolo un tiempo. También sabía lo que iba a hacer al respecto.

—¿Y Charles?

—El señor Pope puede quedarse aquí. No tardaremos mucho. Y no le importará.

—Por supuesto que no —dijo Charles. Estaba feliz al ver que su anfitriona se interesaba por sus problemas.

Las mujeres se dirigieron hacia una puerta que era distinta de aquella por la que habían entrado. Luego se detuvieron.

—Debo advertirle una cosa, señor Pope —dijo lady Brockenhurst—. Espero a lady Templemore.

Maria buscó a Charles con la mirada. No habían contado con algo así.

—Considéreme advertido —contestó Charles.

En aquel momento, de hecho, lady Templemore estaba en la puerta del extremo contrario del doble salón. Al llegar le habían dicho que su hija ya había llegado, acompañada del señor Pope, una noticia que había recibido en completo silencio. Había sospechado algo semejante cuando Ryan le dijo que Maria le había dado esquinazo. Debía significar que lady Brockenhurst estaba de su parte y, sin embargo, ¿cómo era posible algo así? Corinne Templemore se resistía a pensar tan mal de su antigua aliada. Hasta que, claro está, vio a Maria salir de la habitación en compañía de una sonriente Caroline y al señor Pope solo, rodeado de las distinguidas damas ya entradas en años incluidas en la lista de invitados. Algunas la saludaron con una inclinación de cabeza, pero Corinne no se acercó a ninguna. Sentada en una *bergère* de damasco enfrente de ella había una mujer de aspecto distinguido y bien entrada en la cincuentena. Con un vestido de seda azul con remates dorados, lucía una sarta de enormes y relucientes perlas alrededor del cuello y pendientes a juego. Llevaba el pelo rizado y recogido en la nuca y en el regazo tenía un abanico con plumas.

—Lady Templemore —dijo—. Buenos días.

Había reparado en que Corinne no había apartado los ojos de un joven sentado en el extremo opuesto de la habitación y sentía curiosidad. Había algo fascinante en la pose in-móvil de la mujer. ¿Se trataba de una amistad inapropiada? ¿Un romance entre primavera y otoño? Fuera cual fuera la verdad, saltaba a la vista que una intriga de alguna clase se desarrollaba ante sus ojos y estaba cautivada.

Corinne la miró un instante, la pregunta la había sacado de su ensimismamiento.

—Duquesa —dijo—. Qué complacida debe de estar por el éxito de la moda que introdujo usted misma. La costumbre del té de la tarde nos sobrevivirá a todos.

La duquesa de Bedford aceptó el cumplido con modestia.

—Es usted muy amable, pero es imposible saber qué co-sas perdurarán —respondió, y siguió los ojos de lady Temple-more hasta el atractivo joven.

Corinne sonrió con frialdad.

—Es posible —habló en un tono tan duro que la duquesa supo al instante que su aparente obsesión por el desconocido de pelo oscuro no era una pasión clandestina—. Pero en ocasiones sí sabemos lo que no durará. No si podemos intervenir.

Y con estas palabras se alejó y caminó entre el gentío sujetándose la falda y sin mirar ni a izquierda ni a derecha hasta que estuvo frente a Charles Pope.

Este hablaba con la mujer que tenía a su lado y al princi-pio no la vio. Entonces Corinne habló.

—Señor Pope —dijo.

Charles se volvió.

—Lady Templemore, buenas tardes.

Interiormente agradeció a lady Brockenhurst haberle prevenido, pues su expresión habría delatado sorpresa.

—Debería haber supuesto que estaría envuelto en esto.

El semblante de lady Templemore era implacable.

—¿Envuelto en qué?

—No me mienta.

Charles sintió que una extraña calma invadía todo su ser. Siempre había sabido que llegaría el día en que tendría que enfrentarse a la madre de Maria. Incluso cuando se decía que Maria estaba fuera de su alcance y trataba de aceptarlo, en su fuero interno sabía que la batalla se produciría.

—No soy un mentiroso —dijo en el tono más cordial de que fue capaz—. Le diré todo lo que desee saber. La encontré en Hatchard's. Estaba disgustada, así que la traje aquí. Ahora está con lady Brockenhurst.

—Sé que han estado viéndose en secreto, no piense lo contrario. Lo sé todo sobre usted.

Corinne había bajado la voz, pero aun así una mujer que estaba cerca de ellos se levantó y cambió de asiento, consciente de que aquello era algo más importante que una mera charla cortés y que era obligación de quien estuviera escuchando dar espacio a la pareja.

No era del todo cierto que Corinne lo supiera todo de Charles, pero sí sabía bastante. Después del primer encuentro, la doncella, Ryan, había vuelto con información suficiente para hacer nuevas pesquisas. No tardó en averiguar que era hijo de un vicario rural que empezaba a abrirse camino como comerciante. La idea de que se considerara digno de cortejar a su hija ofendía a lady Templemore en lo más hondo de su ser.

Charles, consciente de las miradas curiosas de que eran objeto, también había bajado la voz, pero confiaba en que su tono fuera firme. No tenía intención de dejarse avasallar por aquella mujer, fuera quien fuera.

—Nos hemos visto en algunas ocasiones, es cierto, pero no en secreto —dijo. Estaba siendo un poco impreciso y lo sabía. El encuentro en Kensington Gardens, por ejemplo, había sido en un lugar público, pero furtivo. ¿Por qué si no se había escabullido entre los arbustos como un fugitivo perseguido por la justicia cuando llegó lady Templemore? Aun así, justificó sus palabras ante sí mismo diciéndose que no le correspondía a él revelar a la madre de Maria que estaban enamorados. Eso debía hacerlo ella cuando lo considerara oportuno. Después de todo, podría decidir no hacerlo, aunque Charles no creyera que fuera a ser así. Si estaba dispuesta a fugarse, entonces era lo bastante fuerte para enfrentarse a su madre.

Había cierta justificación para el comportamiento de Corinne. Nacida hermosa y con alcurnia, aunque sin dinero, podría haber tenido una vida agradable de no haberse visto obligada a contraer matrimonio a los dieciséis años con un hombre que pareció encontrarse en un estado de cólera permanente desde que salieron de la iglesia. Como resultado había pasado casi treinta años en una casa gélida en mitad de la nada esquivando los insultos de su marido. Este incluso había muerto enfadado. Había salido a cazar y, cuando su caballo se negó a saltar una valla, le fustigó con tal furia que el animal se encabritó y le tiró. Se destrozó el cráneo contra una roca y ese fue el fin del quinto conde de Templemore. Liberada de la tempestad de su matrimonio, Corinne había visto en John Bellasis un oasis de paz y confort que sin duda se merecía, y que esperaba con ilusión. Al menos hasta que un desconocido salido de no se sabía dónde lo había puesto todo patas arriba.

Pero su decisión de enfrentarse a Charles había sido equivocada. De haberse mostrado más moderada, de haber optado por halagar a Charles y apelar a su sentido del honor, tal vez habría logrado ahuyentarlo. Pero su ataque frontal tuvo el efecto contrario. Mientras Charles estudiaba el semblante furioso y sofocado de la mujer que tenía delante, pensó en lo irónico que resultaba que fuera precisamente lady Templemore la causante de su cambio de opinión. La idea habría enfurecido a esta, pero respondía a la realidad. Charles se había negado a la propuesta de fuga que le había hecho Maria en la librería porque consideraba su deber obligarla a renunciar a él en lugar de pasar el resto de su vida a la sombra de un escándalo, pero aquella mujer imperiosa y arrogante había cambiado su visión de las cosas. De hecho, de haber aparecido Maria en ese momento para pedirle de nuevo que se fugara con ella sin más dilación, probablemente habría accedido.

En cualquier caso, Corinne Templemore no había ido allí a intercambiar palabras con aquel insolente don nadie. Temía que la magnitud de su furia le impidiera sujetarse la lengua y dar así pie a una escena que circularía por todo Belgravia antes de que anocheciera. En un intento por recomponerse, se alisó la seda violeta de su falda. Cuando estuvo segura de tener el temperamento bajo control, le miró otra vez a la cara.

—Señor Pope —dijo—. Siento haber sido descortés.

—Por favor. —Charles levantó la mano en un gesto conciliatorio—. No tiene ninguna importancia.

—No me malinterprete. Lo siento solo porque puede llevarle a ignorar lo que le estoy diciendo. El hecho es que considerar siquiera la posibilidad de que haya un vínculo entre usted y mi hija es un acto o bien criminal, o bien increíblemente estúpido. Usted sabrá cuál.

Esperó la respuesta de él. Chales la miró.

—Maria y yo...

—Es lady Maria —dijo ella y esperó a que continuara.

Charles tomó aire y lo intentó de nuevo.

—Lady Maria y yo...

Pero lady Templemore le interrumpió una vez más.

—Señor Pope, no hay ningún «Lady Maria y yo». Es un concepto absurdo. Le basta con entender esto: mi hija es una joya tan inalcanzable para usted como las estrellas. Por el bien de los dos, olvídela. Si tiene usted un mínimo de sentido del honor, déjela tranquila.

Y con esto fue hasta una silla cerca de la duquesa, cogió un plato y una taza de un camarero que pasaba y empezó a charlar con su vecina de asiento sin mirar siquiera al hombre cuya vida acababa de intentar reducir a polvo.

En cuanto estuvieron en su *boudoir*, Caroline cerró la puerta e invitó a la joven a sentarse con un gesto.

—Supongo que se trata del sobrino de mi marido.

Maria asintió con la cabeza.

—En parte. No voy a casarme con él, diga lo que diga mamá.

Ahora le correspondió a Caroline asentir.

—Lo dejaste bien claro cuando supimos del anuncio de tu compromiso en los periódicos.

—Desde entonces las cosas han ido a peor. —Mientras hablaba Maria paseó la vista por la bonita habitación, con sus muebles delicados y el fuego chisporroteando en la chimenea. Encajadas en el espejo de marco dorado había varias invitaciones. En la mesa de costura había un bordado a medio terminar, montado en un bastidor redondo. Libros, flores y cartas completaban un desorden encantador y apacible. Qué libre de preocupaciones debía de ser la vida de lady Brockenhurst, pensó; qué fácil, qué envidiable. Y entonces recordó que el hijo de su anfitriona había muerto.

Caroline la miraba.

—Estoy impaciente —dijo.

—Sí, claro. —Maria se aclaró la garganta. Había llegado el momento de contarlo todo—. Mamá me obliga a dejar Londres y a quedarme con su prima, la señora Meredith, en Northumberland.

—¿Lo que no te agrada?

—No es eso. Me agrada mi tía. Pero mamá quiere hacer los preparativos de mi boda mientras estoy fuera, de forma que vuelva a casa y me case a los pocos días.

Caroline pensó un momento. De manera que había estado en lo cierto. La crisis era inminente. El instante que llevaba tanto tiempo imaginando había llegado. Pero sabía lo que había que hacer. Sintió un ligero remordimiento cuando se dispuso a romper su promesa a Anne Trenchard, pero, en honor a la verdad, ¿podía evitarse? La perdonaría cuando conociera los hechos.

—Maria, tengo algo que decirte que no quisiera que le contaras a Charles. No será un secreto por mucho tiempo y él terminará por saber la verdad, te lo prometo.

—¿Por qué no puede decírselo ahora?

—Porque el secreto se refiere a él, y naturalmente conocerlo le resultará más traumático que a ti. Y debo explicárselo en presencia de lord Brockenhurst, que está ausente ahora mismo. Tú estarás cuando se lo cuente, pero no debes revelar nada hasta que yo lo haga. Debes darme tu palabra.

Aquella era, con toda probabilidad, la cosa más misteriosa que Maria había oído decir a nadie en toda su vida.

—Muy bien —dijo despacio, y añadió—: Si es verdad que Charles lo sabrá con el tiempo.

—Te lo cuento ahora porque creo que podrás apreciar que afecta a tu situación. Cambiará las cosas, no tanto como le gustaría a tu madre, pero sin duda tu posición será otra y es posible que tu madre cambie de idea.

Lady Brockenhurst dejaba claro así de qué lado estaba.

—¿Qué debo hacer mientras tanto?

—Te quedarás aquí, en mi casa.

Había algo casi desasosegante en el convencimiento con que hablaba lady Brockenhurst. No tenía ni la más mínima duda sobre la conveniencia de aquella relación amorosa y tampoco parecía cuestionar su capacidad de hacerla posible.

Maria movió la cabeza, como para ahuyentar los sueños resplandecientes que empezaban a apoderarse de sus pensamientos y de su corazón.

—Mamá no cambiará de idea respecto a Charles. Me encantaría creer que es capaz de algo así, pero no lo es. Si queremos estar juntos tendremos que romper con todo y vivir nuestra propia vida, lejos de ella.

—¿Qué dice Charles respecto a eso?

—Se niega. —Maria se levantó y fue hasta la ventana por la que se veían los coches de los invitados esperando en la plaza—. Dice que no va a ser la causa de un escándalo que me perjudique.

—No esperaba menos de él.

Maria se volvió a mirarla.

—Puede ser. Pero convendrá conmigo en que mi situación es desesperada.

Lady Brockenhurst sonrió. No parecía pensar que aquella conclusión fuera irrevocable.

—Siéntate, querida, y escucha. —Cuando Maria estuvo instalada en un pequeño sofá de satén cerca de su silla, continuó—: Creo que sabes que lord Brockenhurst y yo tuvimos un hijo, Edmund, que murió en Waterloo.

—Lo sabía y lo siento mucho.

Qué extraño, pensó Caroline, ser capaz de hablar otra vez de Edmund como parte de un relato positivo y vital y no envuelto en un velo de lágrimas. Miró a aquella muchacha que, había decidido, a partir de entonces sería una parte importante de su vida.

—Bien, pues antes de morir…

.10.

El pasado que vuelve

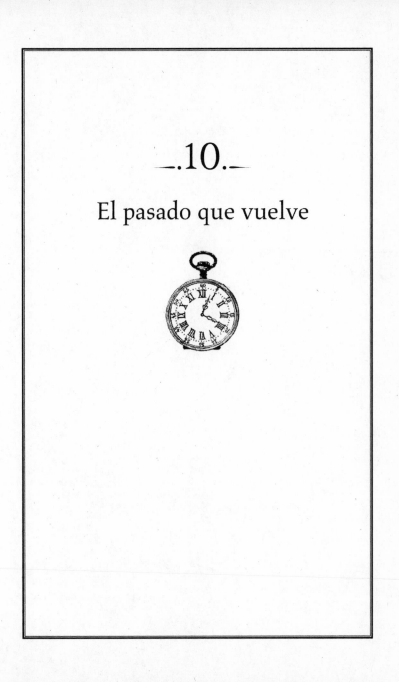

*J*ohn Bellasis estaba sentado en un butacón de cuero de la biblioteca del Army and Navy Club en St. James's Square, bebiendo una taza de café y leyendo un ejemplar de *Punch*, una nueva revista de la que había oído hablar pero no conocía. Vestido con pantalones amarillo pálido a la última moda, chaleco naranja, camisa blanca y levita negra, se había esmerado en su atuendo. Aquella tarde esperaba a un amigo, Hugo Wentworth, y no quería dar impresión de que atravesaba una mala racha.

Wentworth era socio del club, que había abierto sus puertas solo cuatro años antes, en 1837, el año en que la joven Victoria subió al trono y, en tanto que oficial del 52º regimiento de infantería ligera, reunía los requisitos para pertenecer a él, pero John no le envidiaba. Puesto que los miembros eran todos del ejército, la conversación le resultaba un tanto insípida, y en cuanto a la comida… dejaba mucho que desear. No en vano el capitán Higginson Duff se había referido a ella como «el tormento». Se contaba que, a la vuelta de una noche de diversión, describió la cena que le sirvieron como «digna de The Rag and

Famish». The Rag and Famish, el tormento y la hambruna, era una sórdida casa de apuestas a la que el padre de John no era ajeno. Puesto que era famosa por sus mugrientas habitaciones y comida repugnante, el comentario constituía claramente un insulto. Pero los socios decidieron que era divertido más que ofensivo y desde entonces se referían al club como The Rag.

—¡Bellasis! —atronó Hugo Wentworth, que estaba en el umbral señalando a John—. ¡Ahí estás! —Cruzó la habitación con su uniforme reluciente y el ruido de sus gruesas botas resonando en la alfombra turca—. Te veo arrebatador —dijo—. Desde luego sabes cómo dejar a un hombre en mal lugar.

John movió la cabeza.

—Tonterías. Ningún atuendo de civil puede competir con un uniforme, como todo el mundo sabe.

Hugo tosió.

—¿Es muy temprano para una copa de madeira?

—Nunca es temprano para una copa de madeira —aseguró John. Pero se preguntó cuánto tiempo tendría que alargar aquella charla intrascendente. Estaba impaciente por abordar el asunto que le había llevado allí.

—Excelente. —Hugo miró a su alrededor y llamó a un camarero—. Madeira, por favor —dijo cuando el hombre se acercó—. Para dos.

—¿Qué novedades tienes? —preguntó John.

Era evidente que habría un rato de cháchara antes de que Wentworth estuviera preparado.

El tono de este era serio.

—Acaban de comunicarme que me voy a Barbados. Tengo que admitir que no me hace ninguna gracia. Detesto el calor.

—Ya lo supongo.

—En cualquier caso, será lo que tenga que ser —continuó Hugo—. Por cierto, vi el anuncio de tu compromiso en *The Times*. Enhorabuena. Es una joven encantadora.

—Soy muy afortunado —dijo John sin sentirlo.

—¿Cuándo es la boda?

—Pronto, creo.

Su inexpresividad le hizo ver al capitán Wentworth que era el momento de ir al grano y eso hizo.

—Bien. —Sacó un paquete y extrajo de él unos documentos—. He estado escarbando un poco, tal y como me pediste.

—¿Y? —John se enderezó. Por eso estaba allí. No había tenido un momento de sosiego desde que leyó la copia de las cartas que le había dado Ellis. Y cuando esta no consiguió llevarle los originales, se vio obligado a admitir que la información que demostraban no podía destruirse, ni siquiera mantenerse en secreto. En la primera de sus cartas, Sophia le hablaba a su doncella del hijo que esperaba. Un hijo que sería enviado a vivir con una familia llamada Pope en cuanto naciera. Aquello lo había asimilado con facilidad. Había llegado a la conclusión hacía tiempo de que Charles Pope tenía alguna clase de vínculo de sangre con alguno de los actores de aquella representación. Sospechaba que era hijo de James Trenchard. Ahora resultaba que era hijo de la hija de James Trenchard. Hasta ahí todo tenía sentido. Trenchard había querido guardar el secreto para proteger el buen nombre de su hija y John entendía sus razones. Las cartas también le ayudaron a completar las piezas del puzle que le faltaban. El padre del hijo de Sophia era Edmund Bellasis, el primo de John. Todo encajaba: el patronazgo de Trenchard de Charles Pope, el afecto que claramente sentía lady Brockenhurst por él. Aquella revelación no tenía nada de sorprendente. Al contrario, por primera vez desde que Charles Pope irrumpiera en sus vidas, estaba todo claro.

Entonces leyó el resto de los papeles. El primero parecía ser la prueba de una boda celebrada en Bruselas. Por ella le había gritado a Ellis que le daría la descabellada suma de mil libras si conseguía los originales. La doncella había salido corriendo y John se había dispuesto a leer el resto de papeles. Pero entonces se había enfrentado a un dilema. Si había habido boda, si Sophia y Edmund habían sido marido y mujer, entonces ¿por qué había sido necesario mantener al hijo en secreto, entregarlo a los Pope? ¿Por qué no lo habían criado sus abuelos en el lujo y esplendor de Lymington Park? ¿Por qué no había sido reconocido como vizconde de Bellasis, heredero de su abuelo, desbancándolos a su padre y a él en la línea sucesoria? Cogió las últimas cartas del paquete y encontró la respuesta. En ellas Sophia Trenchard hablaba del horror y la vergüenza de haber sido «engañada». ¿Era eso cierto? ¿No había habido boda legítima? ¿El documento nupcial era falso y Bellasis había engañado a la joven haciéndole creer que estaban casados? No había otra explicación a los hechos. ¿Quién, entonces, era ese Richard Bouverie que había firmado el certificado de matrimonio falso y que había escrito una carta explicando por qué se había celebrado la ceremonia en Bruselas? ¿Podía ser un oficial, un amigo del regimiento de Edmund? ¿Qué si no explicaría su presencia? Una cosa estaba clara. Sophia creía que Bouverie se había hecho pasar por un clérigo para que Edmund pudiera seducirla.

Pero antes de que John pudiera regocijarse —antes de hecho de que pudiera decidir qué haría a continuación, si es que iba a hacer algo— tenía que estar por completo seguro de la verdad. Necesitaba pruebas de que Bouverie era un impostor. Solo entonces podría pensar con claridad. Solo entonces estaría a salvo. Cuando Ellis no regresó y se le ocurrió que no podría, tal y como había confiado, arrojar los documentos originales a las llamas que parpadeaban en la chimenea de su modesto salón, se había sentado en el sofá con una botella de brandi y puesto a pensar. En la madrugada se acordó de su amigo Hugo Wentworth, capitán del 52º de infantería ligera e historiador militar de vocación. Bellasis estaba en el 52º de caballería ligera cuando murió y sin duda Wentworth podría averiguar si

Bouverie había sido oficial allí. Así que le había escrito proporcionándole la información que estaba dispuesto a poner por escrito y le había pedido que le hiciera un favor a un viejo amigo «escarbando un poco».

Y allí estaban.

—Bien. —Hugo se llevó una mano al pecho—. He traído la carta en que me pedías que indagara sobre ese tal Richard Bouverie. —Hizo una pausa—. En realidad era el honorable Richard Bouverie, hijo menor de lord Tidworth, y en efecto fue capitán del 52º de infantería ligera con tu primo, lord Bellasis. Murieron juntos en Waterloo.

Al oír estas palabras a John lo inundó una oleada de alivio. Edmund se había comportado como un canalla. Su compañero oficial como otro, y Sophia había sido seducida. Charles Pope era el resultado y él, John, seguía teniendo derecho a su herencia. Sonrió a Wentworth.

—¿Y si nos tomamos otra copa? —propuso.

—Por mí de acuerdo. Pero antes hay más. —Hugo empezó a desdoblar una hoja escrita con su letra diminuta.

John notó una mano gélida en la columna vertebral.

—¿Cómo que hay más?

Hugo carraspeó y empezó a leer sus notas. «El capitán Bouverie se retiró del ejército en 1802, después de que se firmara el tratado de Amiens con Napoleón, y a continuación tomó los hábitos».

John le miró.

—Pero has dicho que luchó en Waterloo.

—Esa es la cosa. —Hugo alisó el papel. Se estaba divirtiendo. Estaba claro que había destapado algo fascinante.

—Sigue —dijo John, pero con voz fría como una tumba.

—Al parecer decidió volver a su regimiento, el 52º de infantería ligera, justo después de que Napoleón escapara de Elba en febrero de 1815.

—Pero ¿eso estaba permitido? ¿A un miembro de la Iglesia?

—Lo único que puedo decir es que en este caso ocurrió así. Quizá su padre tiró de algunos hilos. ¿Quién sabe? Pero su regimiento lo readmitió. Supongo que podría considerarse un ejemplo de la militancia de la Iglesia. —Hugo rio, complacido con su chiste—. Opino que debió de ser un hombre valeroso. Cuando el viejo Bonaparte entró en París sin disparar una sola bala debía de saber que las potencias europeas no tolerarían su regreso y que la batalla era inminente. Es obvio que Bouverie consideró su deber luchar por su país.

A John se le había acelerado el corazón. Esperó un instante para recuperar el aliento.

—Pero ¿estaba capacitado para oficiar una boda si había vuelto al ejército?

—Sí, claro. Se había ordenado antes de la guerra y seguía siendo clérigo cuando murió.

—¿Así que la boda que ofició en Bruselas antes de la batalla es legal?

—Sí, por lo que no hay nada de qué preocuparse. Quienes se casaron son marido y mujer. Espero que eso mitigue tus inquietudes. —Wentworth esperó a que John dijera algo, pero su amigo se limitó a mirarle sin expresión alguna—. Como te digo, son buenas noticias. —Hizo una señal a un camarero señalando las copas vacías y el hombre pronto volvió con el decantador—. Sé que querrás darme las gracias, pero por favor, no lo hagas. Disfruté haciéndolo. Llevo un tiempo pensando que me gustaría escribir algo sobre aquella época. La pregunta es si tendré la disciplina suficiente. —Pero John seguía callado—. ¿Puedo preguntar quiénes eran los contrayentes por los que estabas preocupado? ¿O es que había otra historia detrás?

Al oír esto, John reaccionó.

—No, era solo un pariente. Su mujer murió al dar a luz y al padre lo mataron en la batalla. Su hijo tenía dudas sobre su posición. —John arqueó las cejas con gesto cómico y su amigo rio.

—Bueno, pues dile que no tiene nada de qué preocuparse. Es tan legal y legítimo como la princesa heredera.

Caroline estaba en su salita privada en Brockenhurst House limpiando sus pinceles. Tenía delante un caballete, un lienzo de gran tamaño y una paleta cubierta de serpentinas de pintura formando un círculo de color que iba desde los marrones, azules y verdes a diversos tonos de amarillo, rosa y blanco. En una bandeja, a su lado, había una colección de trapos, espátulas y pinceles de anchura, forma y grosor distintos.

—No te muevas —dijo asomando la cabeza por el lienzo para ver a Maria, sentada en un diván melocotón pálido—. Me temo que llevo mucho tiempo sin pintar al óleo y estoy un poco apolillada.

A Caroline le agradaba tener a Maria en su casa. En un principio había ofrecido refugio a la muchacha porque estaba decidida a proteger a su nieto, pero a medida que pasaba el tiempo se había visto obligada a admitir que disfrutaba de su compañía. Dio una pincelada bien calculada en el rostro bonito y pálido que empezaba a surgir del lienzo. Suponía que se había sentido sola sin saberlo. Esa debía de ser la verdad. Se había sentido sola desde la muerte de Edmund aunque, como todos los de su clase, nunca lo habría admitido. Pero con la compañía de Maria tenía la sensación de que la pesadumbre de los últimos veinticinco años se había aligerado un poco, de que el mundo cobraba vida de nuevo.

Dicho esto, sus planes habían fracasado. Cuando Maria le suplicó ayuda, su intención había sido llevarla a Lymington, invitar a Charles a que se uniera a ella y a continuación contar a su marido y a su nieto la verdad al mismo tiempo. Pero al día siguiente del té había recibido una carta de Peregrine, que seguía en el campo, diciendo que se iba a cazar a Yorkshire y que regresaría vía Londres. Así que Maria y ella seguían en Belgrave Square esperando a que lord Brockenhurst volviera a casa.

—¿Has tenido noticias de tu madre? —dijo.

Maria negó con la cabeza.

—No. Llegará cualquier día de estos con Reggie para sacarme de aquí por la fuerza.

—Entonces te sujetaremos de un brazo y lo impediremos. Además, ¿Reggie estaría en el equipo de tu madre o en el nuestro?

Maria sonrió. Era cierto que creía poder contar con su hermano en caso de enfrentamiento.

Hubo un ruido en la puerta y lady Brockenhurst levantó la vista.

—¿Qué ocurre, Jenkins?

—Milady, lady Templemore está en el vestíbulo. —El mayordomo sabía lo bastante para estar seguro de que no debía hacer pasar a la condesa directamente.

Caroline miró a Maria.

—Hablando del rey de Roma....

—Desde luego —dijo Maria—. Pero tenemos que verla tarde o temprano, y ahora es un momento tan bueno como cualquiera.

Se levantó y se alisó la falda. Su anfitriona consideró un momento sus palabras y asintió.

—Por favor, haga pasar a lady Templemore a la salita.

El mayordomo hizo una inclinación de cabeza y salió.

—Quizá sea mejor que te quedes aquí. —Caroline se levantó para quitarse el delantal de trabajo y comprobar su aspecto en el espejo que había sobre la chimenea.

—No —contestó Maria—. Esta es mi batalla, no la suya. Voy a verla.

—Pues no vas a hacerlo sola —replicó Caroline, y las dos mujeres cruzaron juntas la galería camino del enemigo. Las columnas de mármol verde que unían la balaustrada de la escalera con la escayola que decoraba el techo parecieron prestar solemnidad a sus pasos, como si se dirigieran a una audiencia en la corte, pensó Maria.

Cuando Caroline entró en la habitación, lady Templemore ya estaba sentada en una *bergère* de damasco estilo Luis XV. Su aire era majestuoso y, al mismo tiempo, desvalido, lo que despertó cierta sensación de culpa en Caroline.

—¿Puedo ofrecerle algo? —dijo en el tono más afable de que fue capaz.

—A mi hija —respondió lady Templemore sin un atisbo de sonrisa.

En aquel momento entró Maria. Se había detenido en un espejo en la galería para atusarse el pelo antes de enfrentarse a la penetrante mirada de su madre.

—Aquí estoy, mamá.

—He venido a llevarte a casa.

—No, mamá. —Fue terminante, como sabía serlo.

Las palabras resultaron inesperadas, chocantes incluso. A lady Templemore nunca se le había pasado por la cabeza que no pudiera reclamar la compañía de su hija cuando así lo quisiera. Por un instante nadie habló.

Lady Templemore fue la primera en romper el silencio.

—Querida…

—No, mamá. No voy a volver a casa. Por lo menos no todavía.

Corinne Templemore se esforzó por conservar la calma.

—Pero si se corre la voz, algo que sin duda ocurrirá, ¿qué pensará la gente?

Maria estaba muy tranquila. La opinión que lady Brockenhurst tenía de ella mejoraba a cada momento.

—Pensarán que estoy pasando una temporada con la tía de mi prometido, algo perfectamente normal. Pronto, sin embargo, anunciaremos que la boda no se celebrará. Y que en lugar de ello me voy a casar con el señor Charles Pope. Esto les resultará de lo más interesante y sin duda hablarán largo y tendido al respecto. ¿Quién es ese señor Pope?, dirán. Y eso los mantendrá entretenidos hasta que lleguen noticias de que dos enamorados se han fugado o que alguien de renombre en la City se ha arruinado. Entonces ese será el nuevo tema de conversación y nosotros pasaremos a un segundo plano y seguiremos con nuestras vidas.

Estaba sentada en un sofá y cuando terminó de hablar entrelazó las manos con gesto decidido y las apoyó en el regazo.

Lady Templemore miró a su hija; o, más bien, a aquella criatura hechicera que había secuestrado a su verdadera hija y ahora ocupaba su lugar. Pero no contestó. En lugar de ello se volvió a lady Brockenhurst.

—Esto es cosa suya —dijo—. Ha corrompido a mi hija.

—Eso espero —contestó lady Brockenhurst—. Si este es el resultado.

Pero Corinne Templemore no había terminado de hablar.

—¿Por qué hace esto? ¿Está celosa de mí? ¿Porque tengo hijos vivos mientras que su hijo está muerto? ¿Es eso?

Su voz calmada y afable causó más efecto que si hubiera gritado y se hubiera arrancado los cabellos de raíz.

Caroline Brockenhurst necesitó un momento para sobreponerse.

—Corinne —dijo por fin, pero lady Templemore la silenció con un gesto con la mano abierta.

—Por favor, solo mis amigos me llaman por mi nombre de pila.

—Mamá —intervino Maria—. No debemos reñir como rufianes callejeros.

—Preferiría ser atacada por un rufián que por mi propia hija.

Maria se puso de pie. Necesitaba aprovechar aquel momento para hacer progresar su causa. De lo contrario, su madre y ella se encontrarían en un callejón sin salida.

—Por favor, mamá —dijo con el tono más razonable que pudo—. No volveré a casa hasta que no acepte que sus planes de casarme con John Bellasis no se van a hacer realidad. Una vez comprenda eso, estoy segura de que haremos las paces.

—¿Para que puedas casarte con el señor Pope? —El tono de la madre no era alentador.

—Sí, mamá. —Maria suspiró—. Pero incluso así, la situación no es tan mala como usted cree. —Miró a Caroline, con la esperanza de que su anfitriona interviniera en la conversación. No estaba segura de cuánto podía o no podía contar.

Lady Brockenhurst asintió.

—Maria tiene razón. La posición social del señor Pope es menos oscura de lo que podría parecer en un principio.

Lady Templemore la miró.

—Ah, ¿sí? —dijo.

—Al parecer su padre era hijo de un conde.

Hubo un silencio mientras Corinne asimilaba estas sorprendentes palabras. Al cabo de pensar un instante habló:

—¿Era ilegítimo el padre? ¿O el bastardo es el señor Pope? Porque no puede haber una tercera explicación a lo que dice, si es que es cierto, claro.

Lady Brockenhurst respiró hondo. No estaba preparada aún para jugar todas sus cartas.

—Permítame recordarle que hace quince años el hijo ilegítimo del duque de Norfolk se casó con la hija del conde de Albemarle y hoy son recibidos en todas partes.

—¿Y cree que porque los Stephenson salieron bien parados Charles Pope también lo hará? —El tono de lady Templemore no daba a entender que estuviera de acuerdo.

—¿Y por qué no? —La voz de Caroline era más suave y conciliadora de cuanto la había oído nunca Maria. Estaba suplicando, y por supuesto Maria sabía la razón.

Pero Corinne Templemore seguía implacable.

—Para empezar porque el duque crio a Henry Stephenson como si fuera su hijo y lo reconoció cuando nació. Y en segundo lugar porque, que yo sepa, lady Mary Keppel no rompió su compromiso con un conde para casarse con él. Su intromisión ha despojado a mi hija de una posición que le habría permitido hacer algún bien en este mundo. Espero que esté orgullosa.

—Creo que también puedo hacer algún bien casándome con Charles. —Maria empezaba a exasperarse por la intransigencia de su madre.

Cuando oyó estas palabras, la condesa de Templemore se levantó. Caroline se vio obligada a reconocer que había algo verdaderamente admirable en su actitud: bien vestida, con la espalda recta como una estaca, estaba siendo inflexible y por ello resultaba aún más imponente.

—Entonces tendrás que arreglártelas sin la ayuda de tu madre, querida, porque no quiero saber nada más de ti. Enviaré a Ryan con tus cosas en cuanto llegue a casa. Puedes conservarla como doncella, siempre que corras con los gastos, claro. De lo contrario la despediré. Le pediré al señor Smyth de Hoare's que te escriba y te explique la renta que te corresponde del fideicomiso de tu padre, y en el futuro te comunicarás con él, no conmigo. De ahora en adelante te repudio. Estás a la deriva y en tu propia nave. En cuanto a usted —se volvió hacia Caroline con ojos brillantes de odio—, me ha robado a mi hija, arruinado mi vida y la maldigo.

Y con esas palabras salió de la habitación y bajó la escalera, dejando a Maria y a lady Brockenhurst solas y en silencio.

Susan Trenchard no sabía a ciencia cierta cuál era su estado de ánimo. En ocasiones se sentía esperanzada, como si su vida estuviera a punto de cambiar. En otras lo veía todo más negro, como si estuviera temblando al borde de un abismo.

La última vez que había ido a Albany le había dicho a John que creía estar embarazada. Habló casi en cuanto hubieron subido las escaleras que llevaban al gabinete de él. John había escuchado con expresión perpleja, sorprendida incluso, aunque al principio no hostil.

—Creía que no podías concebir —dijo—. Creía que ese era el sentido de todo esto.

Era una frase extraña.

—¿Qué quieres decir con que ese era el sentido?

John se escabulló ignorando la pregunta.

—Supongo que estás segura.

—Lo estoy. Aunque no me lo ha confirmado un médico.

John asintió.

—Quizá debería. ¿Tienes uno en el que puedas confiar?

Susan le miró.

—Soy una mujer casada. ¿Por qué necesito uno «en el que pueda confiar»?

—Eso es verdad. Pero ve a un médico que sepa lo que hay que hacer.

La elección de palabras era extraña, pero Susan se daba cuenta de que John estaba distraído. Sabía que la doncella de su suegra acababa de irse cuando llegó ella y suponía que John se había enterado de alguna cosa, presumiblemente sobre el misterioso señor Pope, que ahora ocupaba sus pensamientos.

En cualquier caso habían decidido que Susan concertaría una cita un día determinado para ver a su médico y que a continuación iría a sus habitaciones a informarle y que él la estaría esperando. Solo que el día había llegado y John no estaba por ninguna parte. El criado mudo le había abierto la puerta y mostrado una silla en la salita donde Susan había esperado, acurrucada junto a un mísero fuego. El señor tenía una cita en St. James's y debía haberse retrasado. Pero volvería enseguida. ¿Cuánto era enseguida? El criado no lo sabía y Susan tampoco, porque llevaba esperando casi una hora.

La ausencia de John le dio tiempo para sopesar su situación. ¿Tenía la esperanza de casarse y ser rescatada así del tedio de la familia Trenchard? En sueños sí; pero, ahora que el enamoramiento inicial había desaparecido, era una mujer demasiado inteligente para creerse candidata a próxima condesa de Brockenhurst. ¿La hija divorciada de un comerciante? No encajaría en la dinastía Bellasis. Y, en cualquier caso, ¿cuánto tardaría el divorcio en hacerse efectivo? ¿Encontrarían a un parlamentario dócil dispuesto a firmar un decreto privado dictando la disolución de su matrimonio y les daría tiempo a casarse antes de que naciera el niño? Era casi seguro que no.

¿Qué quería, entonces? ¿Ser para siempre amante de John? ¿Alquilar una casa en alguna parte y criar al niño como hijo de quien era? Una vez muriera el tío de John habría dinero de sobra para un arreglo así y sin embargo... Sin embargo Susan no estaba segura de que algo así fuera con ella, vivir fuera de los límites de esa sociedad en la que había conseguido hacerse un sitio. Pero ¿soportaría seguir con Oliver y aceptaría él la situación? Oliver Trenchard podía no ser un genio, pero sabría que el hijo no era suyo. Llevaban meses sin tener intimidad. Hasta cierto punto resultaba irónico darse cuenta de que había pasado años creyendo que era una mujer estéril, objeto de la conmiseración de todos, cuando no había sido así en absoluto. El problema debía de ser de Oliver, pero por supuesto él no lo veía de ese modo. Quizá resignarse a ser la mantenida de John fuera la mejor elección. Por fin se abrió la puerta.

—¿Y bien? —dijo John nada más entrar en la habitación.

—Llevo casi una hora esperándote.

—Y ya estoy aquí. ¿Qué ha pasado?

Susan asintió, sabiendo muy bien que no tenía sentido ni siquiera intentar que John se sintiera culpable.

—He hecho lo que me dijiste. He visto a un médico y estoy encinta. De tres o más meses.

John se quitó el sombrero y lo tiró con gesto impaciente.

—Pero ¿le va a poner remedio? ¿O ya lo ha hecho?

Aquellas palabras hirieron a Susan como un cuchillo. «¿Le va a poner remedio?». Susan había incluido al niño en sus cálculos. En ningún momento había considerado la posibilidad de deshacerse de él. Había esperado diez años a quedarse en estado y, ahora que había ocurrido, ¿John quería que arriesgara su vida, que se deshiciera de él? De hecho, ni siquiera parecía pensar que hubiera algo que discutir.

Movió la cabeza, impaciente.

—¡Pues claro que no! —Luego hizo una pausa y esperó a que se le normalizara la respiración—. No quiero deshacerme de él. ¿Pensabas que querría? ¿Es que no sientes nada por el niño?

John la miró, al parecer desconcertado.

—¿Y por qué iba a sentir algo?

—Porque eres el padre.

—¿Quién lo dice? ¿Qué pruebas tengo? Te metiste en mi cama a la primera ocasión. ¿Debo entender que eres una madame Walewska, casta y pura hasta que el emperador se fijó en ti? —Rio con dureza mientras se servía brandi de un decantador y se lo bebía de un trago.

—Sabes que es tuyo.

—Yo no sé nada. —Volvió a llenar el vaso—. Es tu problema, no el mío. Como amigo tuyo pagaré para que puedas solucionarlo, pero ahí se termina mi responsabilidad.

Se dejó caer en una silla.

Susan le miró. Por un momento su furia fue tan grande que tuvo la sensación de haber tragado fuego, pero sabía que debía controlar sus sentimientos. Si gritaba no obtendría nada de él. Pero ¿existía alguna posibilidad aún de hacerle cambiar de opinión si jugaba sus cartas con cuidado?

—¿Te encuentras bien? —dijo cambiando de tema—. Pareces preocupado.

John la miró sorprendido por lo amable de su tono de voz.

—¿Y te importa?

Susan era una mujer de recursos.

—John, no sé tú —sonrió seductora—, pero yo llevo muchos meses enamorada de ti. Tu felicidad es para mí lo primero. Pues claro que me importa. —Mientras hablaba se maravillaba de lo insincero de sus palabras. Pero vio que habían surtido efecto. Qué débiles eran los hombres. Igual que los perros, una caricia y te pertenecen para siempre—. Y ahora, ¿vas a contarme lo que te ocurre?

John suspiró y se puso las manos detrás de la cabeza.

—Pues que lo he perdido todo.

—No puede ser para tanto.

—Ah, ¿no? No tengo nada. No soy nadie. Nunca seré alguien.

John se levantó y fue hasta la ventana. Sus habitaciones daban al patio delantero y miró a las personas seguir con sus vidas mientras la suya parecía desvanecerse en una nube de humo.

Susan empezaba a comprender que se encontraba ante algo más grave que un ataque de petulancia.

—¿Qué ha pasado? —preguntó.

—He descubierto que, después de todo, no seré el próximo conde de Brockenhurst. Y que no heredaré la fortuna de mi tío. Ni Lymington Park. Ni Brockenhurst House. Ni nada. No soy heredero de nada. —Le era indiferente que Susan lo supiera. Para entonces Anne y James Trenchard habrían visto los papeles de Sophia y, tarde o temprano, los investigarían. Tenía que ser así, y cuando supieran la verdad la harían pública para que todo el mundo la conociera.

—No lo entiendo. —Aquella revelación extraordinaria había distraído a Susan por un momento de sus cuitas.

—Ese hombre, Charles Pope, es el heredero. Mi enemigo. Al parecer es el nieto de mis tíos.

—Pero ¿no se supone que era hijo de mi suegro? Eso es lo que me habías dicho.

—Eso es lo que creía. Pero no lo es. Es hijo de mi primo Edmund.

—Entonces, ¿por qué no ha sido reconocido como tal? ¿Por qué lleva el nombre de Pope? ¿No debería…? ¿Cuál es el tratamiento que le corresponde?

—Vizconde de Bellasis.

—Muy bien. ¿Por qué no es el vizconde de Bellasis?

—Lo es. —John rio, pero la risa era áspera—. Pero no lo sabe.

—¿Por qué no?

—Todos creían que era ilegítimo. Por eso lo enviaron fuera con un nombre falso a que lo criaran lejos de Londres.

El interés de Susan era sincero. Había empezado a pensar a toda velocidad, como el motor de uno de los ferrocarriles nuevos.

—¿Cuándo descubrieron la verdad?

—La descubrí yo. Ellos no la conocen aún. Hubo una boda entre Edmund y la hija de los Trenchard. En Bruselas. Antes de Waterloo. Pero creen que es falsa. Que fue una estratagema para seducirla.

Susan parpadeó. Cuántas revelaciones juntas. La hermana de Oliver, Sophia, cuyo recuerdo se veneraba en la familia, había sido seducida. Aunque en realidad no. Al menos, no sin una boda por medio. Eran casi demasiadas cosas que asimilar.

—Entonces, ¿dices que no saben la verdad?

—No lo creo. Verás, le pedí a un amigo que investigara la boda y fue legal. —Sacó un fajo de papeles del bolsillo interior de la chaqueta—. Creen que el clérigo que ofició la ceremonia era en realidad un soldado, y que por tanto no tenía validez. Cuando la realidad es que era militar, pero también pastor anglicano. Y tengo la prueba aquí mismo.

—Me sorprende que no hayas quemado los documentos. Si aún no lo saben…

Al oír aquello John rio otra vez.

—No te sorprendas. Lo habría hecho, pero no tiene sentido. Son solo copias de la prueba de que hubo boda. Ellos tienen los originales.

—Pero si no han visto las pruebas de tu amigo…

—Descubrirán la verdad. Es inevitable.

Entonces Susan vio su oportunidad. La pérdida de John, lejos de arruinar sus esperanzas, le brindaba, se dio cuenta casi de inmediato, una opción viable para el futuro. Una ambición realista.

—John —dijo con cautela—. Si todo eso es cierto y pierdes el título…

—Y el dinero.

Susan asintió.

—Y el dinero. Entonces, ¿por qué no nos casamos? Sé que no me habrías elegido de ser heredero, pero ahora serás el hijo del hijo menor. No es mucho. Yo puedo divorciarme de Oliver y acudir a mi padre. Tiene dinero, mucho, y yo soy hija única. Lo heredaré todo. Podríamos tener una buena vida juntos. Cómoda. Podríamos tener más hijos. Tú podrías pedir un destino en el ejército, o podríamos comprar tierra. Puede que haya mujeres de más alta cuna, pero pocas que puedan ofrecerte tanto como yo.

Hizo una pausa. Le parecía que sus argumentos habían sonado convincentes. Tendría un marido de la alta sociedad y él dispondría de los medios para vivir como un caballero. Sin duda, dada su situación, no tenía nada que perder y sí mucho que ganar.

John la miró durante lo que a Susan le pareció una eternidad.

A continuación echó la cabeza hacia atrás y rio. Excepto que no se limitó a reírse. Rugió de risa. Rio hasta que le rodaron lágrimas por las mejillas. Luego paró y se volvió a mirar a Susan.

—¿Crees que yo, John Bellasis, sobrino del conde de Brockenhurst, cuyos ancestros lucharon en las Cruzadas y desde entonces en casi todas las grandes batallas europeas, se casaría...? —La miró malévolo, con ojos fríos y duros como la piedra—. ¿De verdad crees que me casaría con la hija divorciada de un sucio comerciante?

Susan dio un respingo, como si la hubieran empapado con agua helada. John había empezado a reír de nuevo, casi de forma histérica. Como si la desesperación por su caída encontrara una salida en aquel humor cruel, salvaje.

Fue como un bofetón despiadado. Susan se levantó con las manos en las mejillas y el corazón desbocado.

Pero John no había terminado.

—¿No lo entiendes? Tengo que hacer un matrimonio ventajoso. Ahora más que nunca. No con Maria Grey, con su expresión abatida y sus bolsillos vacíos. Un matrimonio venta-jo-so, ¿me oyes? Y lo siento, querida, pero en esa situación no tienes cabida. —Negó con la cabeza—. La pobrecita de Susan Trenchard. La ramera hija de un pequeño y vil comerciante. Sería lamentable.

Susan estuvo callada y muy quieta un instante. No dijo nada ni se movió hasta que sintió que había recobrado el dominio de su cuerpo y de su voz. Entonces habló:

—¿Le dirías a tu criado que me llamara un coche? Bajaré enseguida.

—¿No puedes bajar tú y parar uno en la calle? —Se dirigió a ella como si acabara de conocerla.

—Por favor, John. No hay necesidad de que nos despidamos así.

¿Fue una última hebra de decencia, un atisbo de sentido del honor lo que le hizo murmurar «muy bien» y salir de la habitación a dar la orden? En cuanto salió, Susan cogió los papeles abandonados junto a la silla, se los metió en el ridículo y salió a toda prisa. Iba por la mitad de la escalera cuando le oyó llamarla por su nombre, pero apretó el paso y cruzó corriendo el patio hasta la calle. Un minuto después estaba en un coche de punto camino de su casa. Cuando John salió a la acera y miró furioso a un lado y otro de Piccadilly, se encogió para que no pudiera verla por la ventanilla y se recostó en el asiento.

Oliver Trenchard estaba en la biblioteca de su padre en Eaton Square, bebiendo una copa de brandi y hojeando un ejemplar de *The Times*. Según su punto de vista, aunque no el de su padre, había tenido un día ocupado, aunque ni su oficina ni el proyecto para los hermanos Cubitt habían formado parte de él. Había dedicado casi toda la mañana a montar a caballo en Hyde Park, después había visitado a su sastre en Savile Row para dar el visto bueno a unos pantalones de montar y asistido a un almuerzo en Wilton Crescent, después del cual se había unido a unos amigos para una partida de whist. Oliver no era jugador. Le molestaba demasiado perder dinero para que las ganancias le compensaran. De hecho, aunque su escaso amor al trabajo no complaciera a su padre, Oliver no tenía grandes vicios. Era cierto que bebía cuando se sentía desgraciado, pero su gran pecado habrían sido las mujeres de haber conseguido ahuyentar la imagen de su esposa cada vez que intentaba tener una aventura. Se la imaginaba con su sonrisa de superioridad buscando con la mirada alguien con quien flirtear, alguien que no fuera su marido… Si consiguiera aprender a olvidarse de ella sabía que sería feliz. O eso se dijo mientras se arrellanaba en la butaca y se llevaba la copa a los labios esperando no ver ni a su padre ni a Susan.

A pesar de vivir en la misma casa, Oliver se las había arreglado para no hablar con su madre desde el desagradable almuerzo en el club de James. Había salido tarde todas las mañanas deliberadamente, mucho después de que su padre se hubiera ido a trabajar, y a menudo regresaba ya de madrugada, con la esperanza de que sus dos progenitores se hubieran retirado ya. Sin embargo aquel día había calculado mal, convencido de que James había salido a cenar, y justo cuando dejó el vaso y dobló el periódico en dos entró su padre.

James se paró en seco. Era evidente que tampoco él había esperado ver a su hijo allí.

—¿Estás leyendo *The Times*? —preguntó, un poco violento después de tanto tiempo sin hablarse.

—A no ser que lo quieras tú, padre —contestó Oliver, cortés.

—No, no. Sigue. He venido a buscar un libro. ¿Sabes dónde está tu madre?

—Arriba. Estaba cansada después de dar un largo paseo esta tarde. Quería descansar antes de la cena.

James asintió con la cabeza.

—Con ella sí te hablas, entonces.

—No tengo motivos para estar enfadado con ella —contestó Oliver con calma.

—Solo conmigo. —James empezaba a tener la sensación de que la tensión entre su hijo y él estaba a punto de alcanzar una suerte de clímax. ¿Iban Oliver y él a entablar por fin la batalla que llevaban tanto tiempo retrasando?

—Contigo y con Charles Pope.

Aquel era el misterio que James no conseguía entender.

—¿Y tanto le detestas que no te importó cruzar Inglaterra solo para intentar arruinar su buen nombre?

—¿Tenía un buen nombre que pudiera arruinarse? —replicó Oliver despectivo, y volvió al periódico.

—¿Pagaste a esos hombres? Los de Manchester. ¿Para que escribieran las cartas? —quiso saber James.

—No hizo falta. Querían verle destruido tanto como yo.

—Pero ¿por qué? —James movió la cabeza incrédulo y miró a su hijo. Le resultaba muy difícil comprender. Allí estaba Oliver, un pasajero de la vida, leyendo en aquella acogedora biblioteca equipada como las bibliotecas más suntuosas que James había visto, los lomos dorados de los libros reluciendo bajo las lámparas de aceite. Un retrato del rey Jorge III colgaba sobre la repisa de la chimenea y entre las estanterías de la pared más grande había un escritorio con incrustaciones. ¿Podía haber sitio más agradable? Un oasis de civilización en la ciudad. Qué distinto del entorno raído, destartalado y pobre de su juventud. ¿Y qué había hecho Oliver para ganárselo? Nada. Pero ¿estaba alguna vez satisfecho, feliz, conforme siquiera?—. ¿Así que hiciste el viaje a Manchester solo para encontrar algo, lo que fuera, que perjudicara al señor Pope a mis ojos?

—Sí. —Oliver no veía la necesidad de ser ambiguo a aquellas alturas.

James estaba perplejo.

—¿Por qué querrías destruir a un hombre que no te ha hecho nada?

—¿Que no me ha hecho nada? —Oliver repitió las palabras con tono de asombro—. Me ha robado a mi padre y va camino de robarme mi fortuna. ¿Es eso nada?

James bufó de indignación.

—Eso es ridículo.

Pero esta vez Oliver estaba decidido a no callarse nada. Su padre quería conocer la razón de su odio a Pope. Muy bien, se la diría.

—¡Colma de atenciones a ese recién llegado, ese intruso, ese advenedizo! ¡Le da su dinero y sus alabanzas sin escatimar nada!

—Creo en él.

—Es posible. —Oliver estaba a punto de llorar. Se dio cuenta de que había empezado a temblar—. ¡Pero en mí no cree, claro, y nunca lo ha hecho! Nunca me ha apoyado, nunca le he importado, nunca ha escuchado nada de lo que digo…

James notaba la ira crecer en su pecho.

—Permíteme que te recuerde el esfuerzo que he hecho, poniendo en peligro mi amistad con los Cubitt, las dos personas que más respeto en el mundo, para darte una profesión. ¿Y a cambio de qué? ¡De verte faltar a todas las reuniones, cancelar todas las citas para ir a montar, a cazar, a pasear por el parque! ¿Y no puedo estar decepcionado? ¿No puedo tener la impresión de que mi hijo no se merece las molestias que me he tomado por él?

Oliver miró a su padre, aquel hombre burdo e insignificante, con su cara roja y su chaqueta apretada, que tan poco sabía de los placeres refinados de la vida. Era extraño. Por un lado le despreciaba. Por otro ansiaba su aprobación. Oliver no lograba entender la situación ni a él mismo, pero sabía que no podía seguir callado respecto a lo que más le preocupaba.

—Lo siento, padre, pero no puedo cambiarme por Sophia, que es lo que usted habría querido. No puedo ocupar su lugar en su tumba para que vuelva. No está a mi alcance.

Y con esto abrió la puerta con ímpetu y dejó solo a James en la luz parpadeante de la chimenea.

Susan estaba inusualmente callada mientras Speer la peinaba para la cena. La doncella intuía que las cosas no habían ido bien entre su señora y el señor Bellasis, pero solo podía hacer suposiciones. Naturalmente sabía que la señora Oliver estaba encinta —algo así no puede ocultarse a una doncella personal— y estaba igual de segura de que el señor Bellasis era el padre, puesto que once años casada con el señorito Oliver no habían dado como resultado ningún embarazo. Pero si el señor Bellasis y su señora habían hablado del asunto aquella tarde y si la señora había albergado sueños de futuro que incluyeran al señor Bellasis, era evidente que se habían ido al traste.

—¿Está preparada para vestirse, señora? —preguntó.

—Un poco más tarde. Primero quiero hacer una cosa. Y ¿podrías buscarme un poco de papel y una cinta? —Susan esperó paciente a que regresara la doncella con lo que le había pedido. Luego sacó un fajo de papeles de su ridículo, los envolvió en una hoja de papel blanco, ató el cordón y lo selló con un poco de cera que cogió del escritorio del rincón. Se volvió hacia Speer—: Necesito que escribas una cosa aquí. Escribe: «Señor James Trenchard».

—Pero ¿por qué, señora?

—Eso da igual. El señor Trenchard no conoce tu letra. La mía sí. No pediré que me guardes el secreto. Ya sabes bastante de mí como para mandarme a la horca.

La doncella no estaba del todo convencida, pero se sentó frente al escritorio e hizo lo que le habían pedido. Susan le dio las gracias, cogió el paquete y salió de la habitación.

James estaba casi vestido cuando oyó que llamaban a la puerta de su vestidor.

—¿Quién es?

—Yo, padre.

James no recordaba que Susan hubiera ido a verle nunca a su vestidor. Pero estaba visible y solo le faltaba ponerse la chaqueta, así que abrió la puerta y la invitó a pasar a la vez que despedía al ayuda de cámara.

—¿Qué puedo hacer por ti? —dijo.

—Me han dado este paquete en la calle, casi en la puerta principal.

Le tendió el paquete a James y este lo cogió. La actitud de Susan era dócil, algo raro en ella, y por un momento James se preguntó si no le estaría ocultando algo. Miró el paquete que le había dado.

—¿Quién te lo ha dado?

—No sé. Un chico. Salió corriendo.

—Qué extraño. —Pero James había abierto el paquete y empezó a mirar su contenido. Se fue poniendo pálido a medida que leía. Por fin miró a Susan—. Ese chico, ¿era un criado? ¿Un ordenanza?

—No lo sé. Un chico.

James estuvo callado un largo instante.

—Tengo que ir a ver a la señora Trenchard.

—Antes de que se vaya, hay otra cosa que quiero que sepa. —Susan se armó de valor. Estaba jugándoselo todo a una sola carta. Había adoptado una actitud modesta, casi ruborosa que le parecía apropiada, pero tenía que dosificarla a la perfección. Respiró hondo. Había llegado el momento—. Estoy esperando un hijo —dijo.

Y de pronto la felicidad de James se duplicó, triplicó, cuadruplicó. En un abrir y cerrar de ojos el buen nombre de su hija estaba a salvo, su nieto heredaría una gran posición social y su hijo, el siguiente Trenchard en la línea sucesoria, también tendría un heredero. En los dos o tres minutos transcurridos desde que su nuera había entrado en su habitación su vida entera había cambiado.

—Querida mía, ¿estás segura?

—Sí. Pero ahora debe ir a decírselo a madre.

—¿Puedo decírselo yo?

—Por supuesto.

Susan se sentía bastante aliviada cuando volvió a su habitación y encontró a Speer sacando el vestido para la cena. Había asegurado la ruina de John Bellasis, que había sido su propósito principal. Si los Trenchard no conocían la verdad antes de aquella noche, ahora sí. Conseguido esto, había puesto en marcha su plan para salvaguardar su propia reputación y, aunque el resultado de la apuesta era incierto, se alegraba de su inminencia.

John Bellasis estaba maldiciéndose a sí mismo por no haber quemado la prueba de que Bouverie se había ordenado ministro de la Iglesia. ¿Por qué la había conservado? ¿De qué le servía? Y de haberla destruido, Susan solo habría encontrado papeles que eran una copia de los que ya estaban en poder de Anne Trenchard. ¿Quién sabía cuánto tiempo habrían seguido convencidos los Trenchard de que la boda había sido una farsa? Pero ahora, debido a su estupidez, estaba perdido y todo se le había escapado de las manos, gracias a esa ridícula mujer. De haberla podido estrangular en ese momento lo habría hecho.

Llevado por un impulso, tomó un coche hasta Eaton Square, pero cuando se bajó dudó. Si llamaba al timbre, ¿qué sucedería? Le harían pasar y tarde o temprano —probablemente no Susan, sino otra persona— le recibiría, y, entonces, ¿qué diría? Al cabo de unos minutos decidió no quedarse allí y arriesgarse a que un miembro de la familia o un criado le vieran esperando junto a la verja que protegía los jardines de la plaza. En lugar de ello fue a The Horse and Groom, en la esquina, donde se reunía con Turton. Si el mayordomo estaba allí tal vez podría convencerle de que…, ¿de qué? ¿De que robara los papeles? ¿De qué serviría eso? Suponía que Susan se los habría enseñado ya a la familia y sabrían que Bouverie era un pastor de verdad. No les costaría encontrar nuevas pruebas de ello. Muy bien. Se tomaría una copa para tranquilizarse y luego quizá volviera caminando a Albany. Tal vez veinte minutos en el frío del atardecer mitigarían su furia. Abrió la puerta y miró a su alrededor.

Pero no era Turton quien estaba apoyado contra la barra de madera larga, arañada y llena de manchas que recorría el establecimiento de techos bajos y lleno de humo en casi toda su longitud, sino Oliver Trenchard, sosteniendo un vaso de lo que parecía ser whisky. Y cuando le vio, John Bellasis tuvo una idea. Era una idea desesperada, quizá, pero a grandes males, grandes remedios. Sabía por Susan que Oliver detestaba a Charles Pope, que le culpaba del distanciamiento de su padre y que haría cualquier cosa por desembarazarse de él. También sabía por su antigua amante que Pope era consciente de que había sido motivo de discusión entre Oliver y su padre y que le pesaba. Oliver le había dicho a su mujer que no había negado las acusaciones contra él, pero que James nunca había creído que fueran ciertas. Susan tenía inteligencia de sobra para resolver aquel rompecabezas, tal y como le había confiado a John. Era obvio que Charles Pope se sentía incómodo por haber enfrentado a padre e hijo y estaba intentando no empeorar las cosas. John se concentró. ¿No podría él aprovecharse de esa discusión? ¿No haría Pope cualquier cosa por ponerle remedio? ¿No podría él, John, convertir a Oliver en su peón?

El plan siguió cobrando forma en su cabeza. Oliver quería quitarse de en medio a Pope, no había tenido empacho en decirlo. Había denunciado a Pope delante de muchas personas, incluida su mujer. Si algo le ocurría a Charles Pope, ¿no sería

Oliver Trenchard el principal sospechoso? Y si encontraban pruebas de que Oliver y Pope habían acordado verse...

Oliver levantó la mirada. Vio a John observarle y casi tuvo que pestañear para asegurarse de que sus ojos no le engañaban.

—¿Señor Bellasis? ¿Es usted? ¿Se puede saber qué hace en este agujero inmundo?

—He venido a tomar un trago para tranquilizarme.

Era una respuesta inesperada.

—¿Necesita tranquilizarse? —preguntó Oliver.

John se acercó a él y se apoyó con despreocupación en la barra a su lado.

—¿Le dice algo el nombre de Charles Pope? —Sonrió para sus adentros cuando vio a Oliver enrojecer de ira.

—Si vuelvo a oír ese nombre...

John hizo un gesto al tabernero para que les sirviera dos vasos más de whisky.

—Me gustaría darle una lección que no olvide nunca —dijo.

Oliver asintió.

—Y a mí me gustaría ayudarle.

—¿Lo haría? —preguntó John cogiendo el vaso y apurando su contenido de un trago—. Porque podría ayudarme, si quiere.

El dueño miró a los dos hombres de la barra con las cabezas inclinadas y hablándose al oído. Se preguntó de qué podría tratar aquella reunión urgente. Les había visto a los dos por allí, pero nunca juntos.

James entró en el dormitorio de su mujer cuando Ellis no había terminado de peinarla.

—¿Puedo hablar contigo a solas un momento? —preguntó.

Anne dio las gracias a la doncella.

—Vuelva en diez minutos —dijo. Luego, cuando la puerta estuvo cerrada, se volvió a su marido—. ¿Qué pasa? ¿Ha ocurrido algo?

—Mira esto. —James le puso los papeles delante.

Anne leyó los dos o tres primeros.

—¿De dónde los has sacado?

—Un chico se los dio a Susan cuando entraba en casa. ¿Qué te parecen? Son copias, claro.

—Ya sé que son copias —dijo Anne poniéndose de pie—. Los originales los tengo yo. —Se inclinó para abrir el buró y sacó los papeles que le había dado Jane Croft. Se los entregó a James sin decir nada. Se daba cuenta de que este estaba dolido.

—¿Por qué no me hablaste de ellos? —preguntó.

Anne no quería confesarle la razón principal: que había querido guardarse una parte de Sophia para ella. Solo sería por un tiempo, se había dicho. Había planeado enseñárselos con el tiempo. Aunque ahora nunca sabría si lo habría hecho o no.

—Son los documentos de la boda falsa de Sophia. Le dijo a la criada que los quemara cuando estábamos en Bruselas, pero la mujer no llegó a hacerlo. Croft vino a entregármelos de camino a América. No cambian nada.

James miró un instante a su mujer antes de hablar. La enormidad de lo que tenía que decir le dejaba mudo. Anne estaba desconcertada.

—Si hay algo que no sé, por favor cuéntamelo.

Se sentó y esperó paciente.

—Esto es lo que no sabes. —James sacó un papel de entre los otros—. No es copia y no lo has visto. —Anne cogió el papel—. Alguien ha investigado al hombre que simuló el casamiento, Richard Bouverie, o el honorable reverendo Richard Bouverie, para ser exactos. Porque parece ser que se había ordenado clérigo antes de unirse al ejército y por tanto estaba cualificado para oficiar el matrimonio. En otras palabras, la boda no fue una farsa. Sophia era lady Bellasis cuando murió y Charles es legítimo.

—Y Edmund era un hombre honorable. —A Anne se le llenaron los ojos de lágrimas cuando pensó en cómo habían calumniado y maldecido a aquel valiente muchacho que podía haber sido impetuoso e incluso estúpido, pero que había amado de verdad a su hija y querido lo mejor para ella. Al día siguiente iría a la iglesia y encargaría una oración por su alma.

—Muy propio de ti pensar así.

Pero también James estaba contento por no haberse equivocado tanto en su juicio del pretendiente de su hija. Había pasado el último cuarto de siglo culpándose de la caída en desgracia de Sophia, pero ahora se preguntaba por qué se había dejado convencer tan fácilmente en lugar de investigar más a fondo. ¿Por qué habían aceptado sin más el veredicto horrorizado de Sophia cuando vio a Bouverie a la puerta de Richmond's House de que el hombre era un charlatán? Claro que con la perspectiva que dan los años, las cosas parecen siempre mucho más sencillas.

Anne seguía mirando los papeles en su tocador.

—¿De dónde dices que los sacó Susan? —preguntó.

—Un chico se los dio en la calle.

—Pero esta letra la conozco…

Anne no había terminado de pensar en voz alta cuando se abrió la puerta y entró Ellis.

—¿Está preparada, señora?

Anne asintió y James empezó a recoger los papeles mientras Ellis cruzaba la habitación para reunirse con su señora. Entonces se detuvo con un respingo y se llevó una mano a la boca. No había estado preparada para ver aquellos papeles en manos de Anne y habló antes de recobrar la compostura.

—¿De dónde han sacado eso? —preguntó, dándose cuenta demasiado tarde de lo que se le había escapado. Cuando vio cómo la miraban los señores, hizo un intento desesperado por salvarse—. Quería decir que parecen unos papeles muy interesantes, señora.

Anne fue quien habló a continuación. Después de todo, si los papeles habían sido copiados por alguien cuya letra conocía, no había tantos candidatos. Y Ellis era quien había recibido a Croft a la llegada de esta.

—¿Le importaría hablarme de ellos, Ellis?

Estudió a la titubeante doncella, aquella mujer que la había atendido y servido durante treinta años y de quien sin embargo sabía tan poco. ¿Habría sido capaz ella, Anne, de traicionar a su señora de estar invertidos los papeles? Lo dudaba, pero era cierto que ella no había tenido que pasar por las amargas pruebas de humillación y supervivencia que tantas veces definían la existencia de un sirviente.

James empezaba a impacientarse.

—Si tiene algo que decir en su descargo, ahora es el momento.

Los pensamientos de Ellis eran un torbellino. Por supuesto debería haber insistido al señor Bellasis para que leyera las copias y las quemara en su presencia. Pero ¿la habría obedecido? Era probable que no. Intentó pensar deprisa. Se había quedado sin empleo, eso no tenía solución, pero al menos podía intentar librarse de la cárcel.

—Fue el señor Turton, señor. Él fue quien las encontró en la bolsa de la señorita Croft y las copió.

—¿Siguiendo órdenes de quién?

Ellis pensó. Había mentido al decir que Turton había encontrado los papeles, pero ¿tenía sentido seguir haciéndolo? ¿La beneficiaría a ella salvar al señor Bellasis? No. Ya no le daría más dinero. ¿Qué sacaría pues? Aunque tenía que pensar en sus referencias. ¿Cómo iba a conseguir otro empleo sin referencias? Y la señora Trenchard no querría dárselas, eso era seguro. Ellis se echó a llorar. Siempre se le había dado bien llorar cuando lo necesitaba.

—Lo siento muchísimo, señora. De haber sabido que le haría daño, nunca habría participado en este asunto.

—¿Viste a Turton copiar las cartas de la señorita Sophia y no pensaste que me haría daño? —El tono de voz de Anne se había endurecido.

James estaba completamente alterado.

—Lo que queremos saber es para quién se copiaron.

Ellis decidió que ir al grano ahorraría tiempo.

—Sé que he perdido mi empleo, señor. Pero no soy una mala persona.

—Tampoco buena —dijo Anne con cierta aspereza.

—He sido débil, lo sé. Pero sin referencias me moriré de hambre.

—Entiendo. —James había recobrado el control de la situación. Comprendió lo que les estaba planteando Ellis antes que su mujer—. Nos está diciendo que si le damos alguna clase de referencia nos contará quién encargó copiar los papeles, ¿verdad?

De eso se trataba exactamente, así que Ellis permaneció callada mirándose las manos.

—Muy bien. —James silenció a su mujer con un gesto cuando esta hizo ademán de intervenir—. Le daremos una referencia, no excelente, pero que le permita conseguir un empleo decente.

Ellis suspiró de alivio. Se alegraba de haber tenido la sangre fría necesaria para negociar su última baza.

—El señor Turton copió los papeles para el señor Bellasis, señor.

Anne levantó la vista, sobresaltada.

—¿El señor John Bellasis? ¿El sobrino de lady Brockenhurst?

Ellis dijo que sí con la cabeza.

—El mismo, señora.

James estaba pensando.

—Pues claro que fue John Bellasis. Y ha debido de ser también el que ha mandado investigar al tal Bouverie. Algo que debimos hacer nosotros hace veinte años. De haber sido Bouverie un impostor, John Bellasis sería el próximo conde. Si Bouverie era un clérigo de verdad, entonces lo perdía todo.

Por un momento se había olvidado de la presencia de Ellis, pero una tosecilla de Anne lo devolvió al presente.

—¿Cuál fue su papel en esto, Ellis? —dijo Anne.

La mujer vaciló. ¿Cuánto debía contar? Había conseguido su referencia y conocía lo bastante bien a los Trenchard para saber que no faltarían a su palabra. Pero aun así no había necesidad de contarles más de lo necesario.

—El señor Turton me hizo llevar las copias al señor Bellasis.

Anne asintió.

—Muy bien, retírese. Puede pasar aquí esta noche, pero mañana se irá. Con su referencia.

Ellis hizo una reverencia y salió de la habitación cerrando la puerta con suavidad. Las cosas podrían ser peores, pensó mientras bajaba las escaleras. Había estado cobrando un buen sueldo hasta el final y tenía algún dinero ahorrado gracias a las propinas del señor Bellasis. Encontraría otro empleo con alguien demasiado estúpido y egoísta para molestarse en investigar su pasado.

Mientras tanto, en la habitación, James Trenchard tomó la mano de su esposa.

—No debemos contárselo a nadie. Ni a Charles Pope, ni a los Brockenhurst, ni a la familia. Tenemos que comprobar a conciencia la información sobre el clérigo hasta asegurarnos de que el matrimonio de Sophia fue legítimo. Luego debemos averiguar cómo comunicarlo a las autoridades. No quiero alimentar las esperanzas de nadie para luego decepcionarles.

Anne asintió. Claro que estaba feliz. Estaba loca de contento. Pero había elementos en aquella historia que no le resultaban lógicos. Si John Bellasis se había molestado en investigar la boda, ¿por qué no vigilar más de cerca la información? Sin duda habría estado rezando por que la información siguiera siendo un secreto. Edmund estaba muerto. Sophia estaba muerta. Bouverie también. La única prueba era el documento que había encargado y, de haberlo quemado, nadie habría tenido noticia de su contenido. Así pues ¿cómo había dejado que se lo quitaran de las manos? ¿Y quién era aquel chico que le había entregado el paquete a Susan en la calle?

—Hay otra cosa. —La voz de James la devolvió al presente—. Se me había olvidado, pero te va a alegrar mucho. —Hizo una pausa para crear expectación—. Susan está encinta.

Era como la respuesta a una pregunta no formulada de Anne.

—¿De verdad? —Se las arregló para que su expresión fuera de alegría.

James asintió con una sonrisa de oreja a oreja.

—Me lo acaba de decir. Más de diez años con Oliver y nada. Ya nos habíamos resignado y ahora espera un hijo. ¿No es extraordinario? ¿Qué puede haber cambiado?

—Eso me pregunto yo —dijo Anne.

Oliver llegaba tarde a casa y Susan estaba vestida y preparada cuando entró en su habitación.

—Creo que bajaré ya —dijo Susan.

—Sí, y empezad a cenar si queréis.

Veía que estaba enfadado. ¿Había tenido otra discusión con James? Se tambaleó, y tuvo que agarrarse al marco de la puerta para recuperar el equilibrio. Así que estaba bebido. Daba igual. Bajaría y aprovecharía el rato a solas con sus suegros lo mejor que pudiera. Estaba improvisando su salida de aquel apuro, pero, si lo conseguía, si lograba ponerlos de su lado, entonces quizá podría evitarse el desastre. Oliver sería el principal obstáculo, pero no tenía sentido hablar con él cuando se encontraba en aquel estado. La clave era tener valor, y, si bien Susan carecía de otras virtudes, arrojo no le faltaba.

Cuando llegó a la salita sus suegros la esperaban. Se acercó a Anne con el corazón encogido. De todos ellos, Anne era la única con la inteligencia y la comprensión de la naturaleza humana necesarias para adivinar la verdad.

—¿Se lo ha contado padre?

Esperó paciente su reacción.

—Sí —dijo Anne—. Enhorabuena. —Pero no parecía loca de felicidad. Miraba a su nuera con ojos nuevos.

—¡Adelante! —gritó James desde el otro extremo de la habitación—. ¡Dale un beso!

Anne se inclinó y le dio a Susan un beso rápido en la mejilla. Esta, diligente, se lo devolvió.

—Oliver tardará un rato en bajar. Acaba de llegar ahora. Dice que empecemos sin él si queremos.

—Bueno, creo que podemos esperar —contestó Anne con frialdad—. James, ¿has hablado con Turton?

Su marido negó con la cabeza.

—Había pensado dejarlo para después de la cena. ¿O te parece una cobardía?

—Es importante que lo sepa por ti y no por Ellis, aunque puede que ya sea demasiado tarde.

—Tienes mucha razón —asintió James enérgico—. Supongo que será mejor darle a él también una referencia, si lo vamos a hacer con Ellis. Ya que bajo, elegiré dos botellas de champán.

Al momento se fue y las dos mujeres se quedaron solas.

Susan se había vestido para cenar con cuidado pero también con recato, con una blusa de chiffon rojo pálido y una falda amplia en un tono más oscuro. Llevaba el pelo recogido en un simple moño con favorecedores rizos a ambos lados de la cara. El efecto que buscaba era el de una educada sencillez, una mujer buena, pura, honesta, pilar de la sociedad. Eso quería parecer y Anne se daba cuenta.

—¿Nos sentamos? —dijo Anne, y eso hicieron en dos bonitas sillas doradas a ambos lados de la chimenea. Pasado un instante, Anne volvió a hablar—: ¿Por qué te dio John Bellasis esos papeles?

La pregunta fue una sorpresa que, por un momento, cogió a Susan desprevenida. Se le quedó el aliento atrapado en la garganta, pero se contuvo de mentir justo a tiempo. Su suegra había adivinado la verdad, o al menos parte de ella, y tenía la impresión de que tal vez saldría del paso si hablaba claro, pues sabía que no podría escudarse en mentiras.

—No me los dio. Se los quité.

Anne asintió. Casi sintió simpatía por Susan por no seguir tratando de engañarla.

—¿Puedo preguntar por qué?

—Me dijo que demostraban que Charles Pope era legítimo y heredero de su tío, y que una vez se enseñaran a las personas adecuadas él lo perdería todo. Estaba claro que ustedes ignoraban todo eso. ¿Por qué si no habrían permitido que el señor Pope trabajara en una sucia fábrica del norte del país?

—Sabíamos que había habido una boda, pero ignorábamos que fuera legal.

—John parecía creer que investigarían los hechos una vez vieran los papeles originales y que entonces sabrían la verdad.

Anne suspiró.

—Es lo que deberíamos haber hecho hace un cuarto de siglo. Pero ahora el señor Bellasis lo ha hecho por nosotros. En realidad es irónico. De haberlo dejado estar, probablemente ninguno habríamos sabido la verdad. —Esta idea acababa de ocurrírsele a Anne y le produjo debilidad—. ¿Por qué querías hacerle daño? ¿Si erais amantes?

De nuevo, lo directo de la pregunta paralizó a Susan durante un segundo, pero ya era tarde para dar marcha atrás. Sabía que solo la verdad resultaría aceptable a aquellas alturas.

—Quería que se casara conmigo si me divorciaba de Oliver. Ni se me ocurrió soñar algo así cuando pensaba que era el futuro lord Brockenhurst, o, si lo hice, tan solo era eso, un sueño. Pero cuando supe que no era más que el hijo sin dinero de un segundo hermano no me pareció tan descabellado. Y tendré más dinero que él, mucho más.

—Estoy de acuerdo contigo. —Anne hablaba como si estuviera sopesando los méritos y flaquezas de una nueva cocinera—. Debería habérseme ocurrido que podías haber sido la respuesta a sus plegarias.

—Pues resultó que no lo soy —replicó Susan—. Se rio en mi cara cuando se lo sugerí.

—Entiendo —dijo Anne. Y así era. Susan se había dejado deslumbrar por aquel hombre atractivo con su elegancia y sus modales aristocráticos. Se habían conocido cuando ella se sentía sola, estéril y no querida—. Así que no eres estéril después de todo —añadió—. Debe de resultar un alivio, aunque complicado.

Susan casi sonrió.

—De haber sabido que el problema era de Oliver y no mío, habría tenido más cuidado.

Qué extraña se le hacía aquella conversación. Paseó la vista por la habitación, con sus agradables colores, muebles lustrosos y cuadros, una habitación que conocía muy bien pero que nunca volvería a ver con los mismos ojos. Estaban hablando como dos iguales ahora, dos amigas incluso, lo que en cierto modo era extraordinario cuando Susan se paraba a pensarlo, aunque siempre había tenido en mayor estima a Anne que a los otros miembros de la familia.

—Y ese es el problema. —La voz de su suegra volvía a ser seria—. Oliver no puede concebir hijos. —Había sincera tristeza en su voz y era lógico, pensó Susan. Para una madre es terrible saber que su hijo nunca podrá tener un heredero.

—Parece que conmigo no. Pero Napoleón no pudo tener hijos con Josefina y sin embargo tuvo uno con María Luisa.

—Oliver no es Napoleón —dijo Anne con cierto tono de irrevocabilidad. Estaba pensando. Ninguna de las dos habló; solo el reloj de la repisa de la chimenea y el ruido de las ascuas de carbón en la lumbre interrumpieron su silencio. Luego miró a Susan a los ojos—. Quiero estar segura del trato que nos ofreces.

—¿El trato? —Susan no lo había visto como tal.

—¿Quieres seguir con Oliver ahora que tu ruta de escape con John Bellasis se ha cerrado?

A Susan le latía el corazón con fuerza. Los minutos siguientes decidirían su destino.

—Me gustaría seguir en la familia, sí.

Hubo un ladrido repentino que sobresaltó a ambas. Agnes se había levantado de su sitio en la alfombra delante de la chimenea y se había pegado a las faldas de Anne para que esta la cogiera en brazos. Una vez con el animal en el regazo, Anne continuó:

—¿Qué le dirás a Oliver? Supongo que debe saber que el hijo no es suyo.

Susan asintió con la cabeza.

—Sí, lo sabrá. Pero déjeme que me ocupe yo de Oliver.

—¿Qué quieres de nosotros, de James y de mí? —Anne sentía curiosidad por saber hasta qué punto estaba aquello planeado. La realidad era que Susan estaba improvisando, pero tenía habilidad suficiente para hacerlo parecer premeditado.

—Quiero que Oliver vea lo complacido que está padre con la noticia, lo entusiasmado, lo orgulloso de su hijo, lo feliz. Hace mucho tiempo que Oliver no hace feliz a su padre.

Anne estuvo un rato sin decir nada. El silencio fue lo bastante prolongado para llevar a Susan a preguntarse si aquella conversación tan insólita había tocado a su fin. Pero entonces Anne habló:

—Quieres decir que pretendes convencer a Oliver de que tiene mucho que ganar si acepta a este niño.

—Saldrá ganando. —Susan empezaba a estar convencida de este hecho.

Anne asintió despacio.

—Haré lo que esté en mi mano y guardaré el secreto, con una condición. Que viváis en Glanville.

Susan la miró. ¿Vivir en Somerset? ¿A dos, incluso tres días de viaje de la capital?

—¿Que vivamos allí? —dijo como si hubiera sido una pregunta dirigida a otra persona.

—Sí. Vivid allí y yo guardaré el secreto.

Susan empezaba a comprender que no tenía elección. Anne hablaba como si hiciera una pregunta, pero en realidad le estaba dando una orden. Y no había terminado.

—Ha llegado el momento de reconocer que Oliver nunca será feliz con el futuro que ha planeado James para él. Nunca llegará lejos en la construcción o en el comercio. Muy bien, que sea un caballero que vive en el campo. Eso es lo que quiere. ¿Quién sabe? Tal vez sea un éxito. —Lo cierto era que la pérdida de Glanville suponía una daga en el corazón de Anne. Era como perder un miembro, peor, como perder la mitad de su vida. Glanville había sido su amor y su dicha, pero sabía que constituiría la redención de su hijo, así que debía renunciar a él—. Seguiré yendo de visita, pero no como señora del lugar. A partir de entonces ese puesto será tuyo. Si lo aceptas, claro.

Susan ya sabía que no había otra decisión posible. ¡Qué destinos tan divergentes tenía ante sí! Por una parte ser una mujer divorciada y adúltera con un hijo bastardo, viviendo en el exilio, sola y rechazada por hasta los estratos más bajos de la sociedad. Por otra, convertirse en señora de una gran mansión en el oeste del país con un marido y un hijo o una hija desempeñando un papel en la sociedad de provincias. No era lo que se dice difícil. Y aun así...

—¿Podría venir a Londres durante la temporada?

Anne sonrió por primera vez desde que Susan había entrado en la habitación.

—Sí, vendrás dos veces al año.

—¿Y alguna visita ocasional?

—Sí, aunque creo que te sorprenderá lo mucho que vas a disfrutar la vida en el campo una vez te acostumbres a ella. —Anne hizo una pausa—. Tengo otra condición.

Susan se puso tensa. Hasta el momento todo lo acordado era algo con lo que podía vivir si se veía obligada. Y así era.

—¿Cuál es?

—James no debe enterarse nunca. Este niño será su nieto, y nunca debe sospechar otra cosa.

Susan asintió.

—Nunca sabrá nada por mí y haré lo posible por que Oliver no nos delate. Y ahora soy yo la que tiene una condición.

Anne estaba sorprendida.

—¿Estás en posición de poner condiciones?

—Creo que esta sí. Oliver no debe sospechar nunca que usted conoce la verdad. El origen del niño será nuestro secreto. Solo entonces sentirá que su dignidad está a salvo.

Anne asintió.

—Lo entiendo. Tienes mi palabra.

—¿Tu palabra? —La voz de James las sobresaltó, pero Anne siempre sabía cómo controlar sus reacciones.

—De que dispondrán de Glanville para su uso y disfrute. Un niño debe crecer en el campo. ¿Encontraste el champán?

—He mandado que lo sirvan al final de la cena.

Qué fácil le resultaba hacerle pensar en otra cosa. Antes de que James pudiera añadir nada se abrió la puerta y entró Oliver. Se había cambiado y mojado la cara, lo que parecía haberle despejado, para gran alivio de Susan. Aunque cuando miró a su marido la asaltaron pensamientos extraños. Para cuando se durmiera aquella noche su vida se habría decidido, en un sentido u otro.

Cuando su hijo entró James soltó un vítor espontáneo.

—¡Bravo, mi queridísimo hijo! —gritó con una sonrisa de oreja a oreja—. ¡Mi enhorabuena!

Abrazaba al joven con tanta fuerza que no veía la cara de perplejidad de este.

Oliver miró a su madre y abrió la boca, pero antes de que pudiera hablar lo hizo ella.

—Es una noticia maravillosa, Oliver. Susan y yo hemos estado hablando y no voy a esperar para decírtelo: Glanville es vuestro ahora. Debes renunciar a tu trabajo en Londres y retirarte a Somerset.

—¿Qué es esto? No habías dicho nada de que se tuviera que retirar. —James dejó de abrazar a su hijo, pero Anne le hizo callar con un gesto de la mano.

—Tenemos dinero de sobra, así que ¿por qué no? ¿Qué estamos intentando demostrar? Oliver ha nacido para ser terrateniente, no hombre de negocios. —Anne miró a su marido. Sabía que aquel era uno de esos momentos en un matrimonio en que se toma una decisión transcendental, casi por casualidad, que lo cambia todo. James había querido que Oliver siguiera sus pasos desde que era un niño, y ello no había producido más que fracasos, reproches y un distanciamiento entre los dos hasta el extremo de que apenas se hablaban—. ¿No preferirías admirarlo que sentirte siempre decepcionado con él? —le susurró al oído—. Los negocios hazlos con Charles. Deja que Oliver elija su camino.

James la miró y a continuación asintió. Fue un gesto leve, pero de asentimiento. Anne sonrió.

—Gracias, señor —murmuró para sí, aunque no supo con seguridad si con el señor se refería a Dios o a su marido.

—¿Qué pasa aquí? ¿Por qué habláis así? —Oliver estaba totalmente perplejo. Parecía que sus sueños se hacían realidad de golpe. Pero ¿por qué?

James suspiró. Había aceptado la decisión de Anne.

—Quizá tu madre tiene razón. Un niño debería crecer en el campo.

—¿Un niño? —De nuevo Oliver no daba crédito a sus oídos.

—Ya no tenemos que guardar el secreto, querido mío —dijo Susan—. Se lo he contado. —Su voz sonaba serena y firme—. Se alegran tanto por nosotros que mamá quiere darnos Glanville, para que podamos vivir allí en familia. —A continuación se puso a parlotear, igual que una muchacha a punto de ir a su primer baile, creando deliberadamente una pared de sonido detrás de la cual Oliver pudiera poner en orden sus pensamientos. El rostro de este se ensombreció, así que Susan habló con mayor ímpetu—. ¿No es maravilloso? ¿No es lo que siempre habías deseado?

Los ojos de Susan taladraban a Oliver y le atrapaban como un imán. Se acercó a él, le abrazó y le habló al oído:

—No digas nada. —Le estrechó mientras seguía hablando—. Luego lo discutimos, pero si dices algo ahora podemos perderlo todo, y no volveremos a tener una oportunidad como esta. Así que calla.

El cuerpo de Oliver se tensó, pero, por una vez, escuchó las palabras de Susan y no dijo nada. Quería pensárselo dos veces antes de blandir el hacha.

El señor Turton estaba muy enfadado. Había servido a aquella familia durante más de dos décadas y ahora iban a echarlo a la calle como un perro. El señor le había dicho que se marchara a la mañana siguiente justo antes de anunciar la cena y llevaba sentado en el comedor de servicio desde entonces. El resto de los criados le evitaban, pero la señorita Ellis estaba allí con la historia de su propio despido y se estaban bebiendo una botella del mejor Margaux que habían encontrado en la bodega.

—Beba, beba —dijo Turton—. Si nos apetece hay más.

Ellis sorbió despacio el delicioso licor. Disfrutaba el buen vino, pero no le gustaba emborracharse. Emborracharse equivalía a perder el control, y eso era algo que no hacía nunca si podía evitarlo.

—¿Dónde irá? —preguntó.

—Tengo un primo en Shoreditch. Puedo quedarme allí. Al menos por unos días. —Turton rabiaba—. Mientras echo un vistazo a ver qué hay.

Ellis asintió.

—La culpa de esto la tiene la señora Oliver. Si no hubiera metido la nariz donde no debía estaríamos a salvo.

El mayordomo se sorprendió.

—No sé qué ha hecho ella. La señorita Speer dijo que un muchacho le dio los papeles en la calle. ¿Qué se suponía que iba a hacer?

—No me venga con esas. —Ellis arqueó las cejas en un gesto de exasperación—. La señora Oliver deja mucho que desear. ¿Cómo cree que se ha quedado en estado después de diez años de dormir con el señor Oliver sin resultados?

Turton estaba asombrado.

—¿Cómo sabe que está encinta?

—Nunca haga esa pregunta a una doncella. —Ellis apuró su copa y cogió la botella para servirse más vino—. Usted hágame caso. La señora Oliver y el señor Bellasis han estado jugando a juegos no aptos para niños.

—¿El señor Bellasis? —Turton tenía la sensación de haber estado durmiendo y perdiéndoselo todo.

—La vi. Cuando le llevé los papeles. Justo cuando me iba. Se escondió, pero supe que era ella. —Ellis asintió, convencida—. No ha habido ningún muchacho. Se llevó los papeles para castigarle, estoy segura. Habría querido que siguiera con ella, pero el señor Bellasis no tiene interés en una hija de un comerciante como ella. Él no. —Echó la cabeza atrás y rio con aspereza.

—Entiendo. —Turton pensó un momento—. ¿No hay nada ahí para nosotros, señorita Ellis? ¿Nada que pudiera resultarnos útil?

Ellis le miró mientras daba vueltas a la idea.

—No creo que podamos sacarle nada a él, señor Turton. ¿Qué le importa si se entera el mundo de que ella es una ramera? Pero ella quizá esté dispuesta a pagar para que no se sepa. Si esperamos un poco, hasta que nazca el niño…

—Me parece que no. —La voz les sobresaltó. Los dos habían pensado que estaban solos. Speer apareció en la puerta.

—¿Qué hace usted aquí, señorita Speer? ¿Nos está espiando?

La voz de Turton era autoritaria, como si se creyera con derecho a tomar el mando de la situación, algo que había hecho durante tantos años.

—Disculpe, señor Turton, pero usted ya no es el mayordomo de esta casa. Le han despedido. —La voz de Speer pronunció las sílabas de manera que parecieron resonar en las paredes—. Y no voy a obedecer sus órdenes. Porque no me da la gana. —Era una faceta de Speer que ninguno había visto antes. Se acercó a ellos y se sentó a la mesa. Sus maneras eran despreocupadas, parecía más cómoda que ellos y cuando habló de nuevo su voz fue como el suave ronroneo de un gato.

—Si cualquiera de los dos vuelve a acercarse a la señora Oliver, de palabra o por carta, les denunciaré a la policía por ladrones. Testificaré contra ustedes y cumplirán condena en prisión. Después de lo cual no podrán encontrar trabajo de criados durante el resto de sus vidas.

Por un momento hubo completo silencio. Luego Ellis habló:

—¿Qué he robado yo?

—Productos de la cocina de la señora Babbage. Los dos los robaban juntos. Vino, carne, comida en general. ¡Pero si con los años han debido de robar cosas por valor de cientos de libras y después las han vendido en beneficio propio!

—¡Eso no es verdad! —Ahora era Ellis la enfadada. Había hecho muchas cosas malas, había espiado e incluso mentido, pero nunca había sido una ladrona.

—Puede ser —dijo Speer—, pero la señora Babbage testificará en su contra. Si hay una investigación sabrán que desaparecieron cosas mientras los dos trabajaban aquí y ¿cree que testificará contra sí misma?

Sonrió y se miró las uñas. Fue entonces cuando Turton supo que, además de su empleo, había perdido su poder.

Al cabo de un momento asintió. Por supuesto la cocinera no se incriminaría a sí misma, de eso se daba cuenta, no para salvarlo a él o a la señorita Ellis, que siempre la había tratado como a un ser inferior.

—Me voy a la cama —dijo Turton poniéndose en pie.

Pero Speer no había terminado:

—Debo tener su palabra, la de los dos. No volveremos a saber nada de ustedes una vez salgan de esta casa.

Ellis miró a aquella mujer tensa y serena y que los trataba con superioridad desde la confianza que le daba su posición.

—Se librará de usted, señorita Speer. Sabe demasiado. No querrá tener esa preocupación en los años futuros.

La doncella pensó un momento.

—Es posible. Pero si me pide que me vaya lo haré con unas referencias que me servirán para obtener una colocación en Buckingham Palace. —Eso era cierto y Ellis no se atrevió a contradecirlo. La señorita Speer tenía algo más que añadir—. Por el momento es mi señora y mi trabajo es protegerla de personas como ustedes.

Ellis miró al señor Turton. Qué poca atención habían prestado a aquella mujer insignificante que, de pronto, les estaba diciendo lo que tenían que hacer.

El mayordomo fue el primero en hablar.

—Esté tranquila, señorita Speer, en el futuro no tendrá noticias de mí.

Y tras hacer una ligera inclinación de cabeza salió de la habitación.

—Tú ganas, zorra —dijo Ellis. Y, con eso, se levantó y siguió al señor Turton. A Speer no le importó el insulto. Tenía la piel demasiado dura como para que le afectara. Se preguntó cómo podría hacer saber a la señora Oliver lo que había hecho por ella. Tenía que haber algún modo. Sabía que Ellis tenía razón en lo que había dicho y que la señora Oliver querría deshacerse de ella tarde o temprano para contratar a una doncella que no tuviera conocimiento del señor Bellasis ni de aquella época de su vida. Pero, tal y como había dicho, cuando llegara ese momento ella, Speer, habría ganado. Por lo pronto, el señor Turton y la señorita Ellis se marchaban y ella estaba al cargo.

Susan fue la primera en acostarse. La velada había proseguido, festiva, animada sobre todo por James, puesto que era el único inocente de la habitación. Los otros —Susan, Oliver y Anne—

conocían la verdad, así que les resultó bastante agotador tener que escuchar las peroratas de James mientras brindaban con champán, y Susan se retiró en cuanto pudo hacerlo sin llamar la atención. Sabía la que se avecinaba y no tuvo que esperar demasiado.

—¿De quién es?

Cosa extraña, la cena parecía haber despejado aún más a Oliver, algo que iba contra toda lógica, pero así era.

Susan miró a su marido, con un pie dentro de la habitación y el otro fuera. Aquel era su último obstáculo; si lograba superarlo, entonces su horizonte estaría despejado. Había mandado bajar a Speer y ya estaba en la cama cuando apareció Oliver. Ahora este cerró la puerta con cuidado y se acercó. Estaba claro que no quería que nadie oyera lo que opinaba de aquel asunto.

Susan estaba preparada.

—Da igual de quién sea. Tu mujer espera un hijo. Tus padres son felices. Te acaban de ofrecer la vida que siempre has querido.

—¿Me estás diciendo que debo aceptarlo?

—¿No vas a hacerlo?

Oliver paseaba inquieto por la habitación, mirando libros de las estanterías, los adornos en la mesa de Susan y pensando en voz alta.

—¿Cómo sé que esa figura misteriosa, el padre ausente, no será parte de nuestra vida de ahora en adelante? ¿Debo tolerar eso? ¿Debo hacer de marido complaciente?

Susan movió la cabeza.

—No. No voy a revelar su nombre porque no tiene importancia. Nunca volveré a verlo, al menos no si puedo evitarlo.

—Supongo que tendría que haberme esperado que algo así ocurriría tarde o temprano. Siempre estás coqueteando, poniéndote en ridículo, te he visto. Docenas de veces.

En circunstancias normales Susan le habría castigado con su lengua viperina por acusarla así. Era más inteligente que Oliver y siempre le dejaba en mal lugar. Pero esta vez se quedó callada, sintiendo de manera instintiva el ritmo al que debía hacer las cosas. Pasados unos instantes, Oliver se dejó caer en una butaca junto al fuego y la giró de manera que mirara hacia la cama. Las llamas, con su luz parpadeante, le hacían parecer casi etéreo.

—¿No vas a decirme al menos que lo lamentas? —preguntó.

Susan se preparó para la parte más temeraria de su argumentación. Había tenido tiempo de pensar, estaba preparada.

—No lo lamento porque he hecho lo que era mi obligación. Espero un hijo nuestro. Ese era mi propósito y lo he conseguido.

Oliver bufó.

—¿Me estás diciendo que ha sido algo deliberado?

Susan le miró.

—¿Me has visto hacer algo alguna vez sin un propósito? ¿Me has visto actuar alguna vez de forma impetuosa?

Por la expresión de la cara de Oliver supo que le estaba prestando atención muy a su pesar.

—¿Te refieres a que pensabas que yo no podría dejarte en estado?

—Llevas intentándolo casi once años.

—Pero creíamos que la culpa era tuya.

Susan asintió.

—Y ahora sabemos que no es así. —¿Había logrado sortear el ataque de celos y la rabieta que había estado temiendo? Prosiguió con cautela—: Verás, quería estar segura de que era yo y no tú, porque teníamos que ser uno de los dos.

—Y este es el resultado. —La cara de Oliver era impenetrable.

—Sí. Este es el resultado. Estoy esperando a nuestro hijo. Sea niño o niña, tendrás un heredero. ¿De verdad querrías dedicar tu vida a Glanville, a la casa, a la heredad, sin tener a quién legarlo? ¿Es eso lo que ambicionas?

—Quiero un hijo que sea mío.

—Y lo tendrás. Eso es también lo que yo quiero. Y lo que te daré. De no haber hecho lo que hice, morirías sin descendencia.

Oliver no dijo nada a esto. A ambos lados de la campana de la chimenea había dos retratos ovales a tiza de Sophia y él de niños. Sophia debía de tener seis años y él tres o cuatro, y el cuello con volantes de la camisa le asomaba desde debajo de una chaqueta de lana. Se miró a sí mismo años atrás. Tenía un vago recuerdo del artista y de que le sobornaron con una naranja para que se estuviera quieto. Susan seguía hablando.

—Reabriremos el cuarto de los niños en Glanville, que lleva cerrado desde que tu madre compró la casa. Podrás enseñar a tu hijo a montar a caballo, a nadar, a cazar si es un niño. Si quieres ser padre, Oliver, es la única forma.

Cuando se volvió a mirarla a Susan casi le impresionó ver que tenía lágrimas en los ojos.

—¿Me estás diciendo que has hecho esto por mí?

—Lo he hecho por nosotros. —Susan sentía ya que había tomado las riendas de la conversación y que podía conducirla al terreno que quisiera—. Nos estábamos cansando el uno del otro, estábamos cansados de nuestra vida juntos. Sabía que era cuestión de tiempo que nos separáramos, y entonces ¿qué nos esperaría? ¿A los dos?

—¿Por qué no me explicaste tu plan?

—Por dos motivos. Era posible que fuera estéril, en cuyo caso todo habría quedado en nada, y te habría alejado más de mí.

—¿Y el otro?

—Me lo habrías prohibido. Pero, tal y como son las cosas, vamos a ser padres.

Oliver no dijo nada, pero Susan le vio secarse los ojos apresuradamente. Lo cierto era que había descubierto algo enterrado dentro de Oliver; había liberado al hombre que llevaba escondiéndose de ella durante la mitad de su vida juntos. Esperó, casi inmóvil, con las manos sobre la colcha, mientras él caminaba atrás y adelante, de un extremo a otro de la alfombra a los pies de la cama. Se oyó una pelea de perros callejeros en la calle y Oliver fue hasta la ventana a mirar.

Iba a perdonarla. Para entonces Oliver ya lo sabía. No estaba seguro de que hubiera hecho todo aquello por él ni por ella, pero, en cualquier caso, ahora estaba convencido de que no se había limitado a tener un amante y a ser descubierta. Eso no lo habría podido soportar. Y Susan tenía razón. La vida que llevaba años deseando estaba ahora al alcance de su mano, y era una buena vida…

—Una cosa. —No se movió de donde estaba y habló con la cara aún vuelta a la ventana.

—Dime. —Susan empezaba a sentir cómo una sensación de alivio se apoderaba de ella.

—Después de esta noche no volveremos a mencionar que no es hijo mío. Ni siquiera entre nosotros.

Susan notó que respiraba mejor. Se le relajaron los hombros y se recostó en los almohadones con ribetes de encaje en la cabecera de la cama. Luego habló con voz de enamorada.

—¿Por qué iba a ser de otra manera? Es tu hijo, cariño mío. ¿Qué otra persona iba a reclamarlo?

Entonces Oliver fue hasta ella, le cogió las manos y se inclinó para besarla en la boca. Al principio la idea le resultó repulsiva a Susan, pero ante todo era una mujer disciplinada. No se sentía atraída por aquel hombre. De hecho, se preguntaba si se había sentido atraída por él alguna vez. Ni siquiera le gustaba ni disfrutaba de su compañía. Pero necesitaba su afecto si quería vivir con éxito su vida en la tierra. Muy bien.

Aprendería a que le gustara. Superaría la repulsión que le despertaba la intimidad con él. Después de todo, tenía que haberle gustado alguna vez, al menos un poquito. Oliver estaba muy equivocado, claro. Claro que Susan se había convertido en amante de John Bellasis y había sido descubierta, tal y como había sospechado; pero esa versión había quedado atrás ya, perdida en el éter, y Susan aprendería a interpretar su propia historia de sacrificio personal para traer un hijo al mundo que ambos pudieran criar juntos. Calculó que no le llevaría más de un año creérsela. Si se esforzaba lo bastante, sabía que podría olvidar la verdad. Y con ese pensamiento abrió la boca para besar a Oliver con toda la pasión de que era capaz. La lengua de él le llenó la boca de manera desagradable al principio y seguía sabiendo a vino agrio, pero a Susan no le importó.

Estaba a salvo.

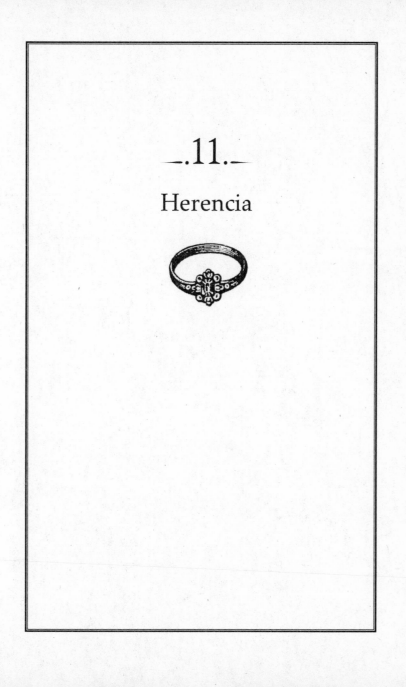

.11.

Herencia

$\mathcal{C}$aroline Brockenhurst miró a su visitante. Apenas entendía lo que le estaba diciendo.

—No entiendo —reconoció por fin.

Anne no se sorprendió. Era mucha información que digerir. Había dedicado un tiempo a decidir cómo explicar la situación, pero al final había concluido que tenía que exponerla y punto.

—Sabemos que su hijo Edmund se casó legalmente con mi hija Sophia antes de morir. Charles Pope es legítimo y, de hecho, no es Charles Pope. Es Charles Bellasis o, para ser exactos, vizconde de Bellasis y heredero legal de su abuelo.

James Trenchard había llegado aquel día a casa a punto de estallar de alegría. Llevaba en la mano la prueba que había estado esperando. Sus abogados habían registrado el matrimonio y este había sido admitido por la Comisión de Privilegios. Este último trámite tardaría algún tiempo en completarse, pero los abogados habían inspeccionado las pruebas y no preveían obstáculo alguno. En otras palabras, ya no había necesidad de mantenerlo en secreto. Fue Anne quien decidió que tenían que contárselo a lady Brockenhurst enseguida. Así que había ido andando a su residencia y la había encontrado sola. Y acababa de darle la noticia.

Caroline Brockenhurst guardó silencio mientras un millón de pensamientos distintos pugnaban por instalarse dentro de su cabeza. ¿Era posible que Edmund se hubiera casado sin decírselo? ¿Y con la hija del suministrador de Wellington? Al principio se indignó. ¿Cómo podía haber ocurrido algo así? La muchacha debía de haber sido una descarada. Por su hermana, la duquesa, sabía que Sophia había sido bonita. Pero qué calculadora también. Entonces cayó en la cuenta de lo verdaderamente importante. Peregrine y ella tenían un heredero legítimo. Y que era trabajador, con talento e inteligencia. Por supuesto debía abandonar de inmediato su actividad comercial, pero lo haría. En cuanto conociera los hechos. Podría hacer uso de sus habilidades en Lymington o en las otras heredades. Y luego estaban las propiedades de Londres, que llevaban prácticamente desatendidas un siglo o más. Había mucho de lo que podía ocuparse. Se concentró de nuevo en la mujer que tenía delante. No eran amigas, en el estricto sentido de la palabra, ni siquiera ahora, pero tampoco enemigas. Habían compartido demasiadas cosas para eso.

—¿Y no sabe nada? Charles, quiero decir.

—Nada. James quería asegurarse de que no había obstáculos que pudieran suponerle una decepción.

—Entiendo. Bien, deberíamos enviar una nota mañana a primera hora. Vengan a cenar mañana por la noche y se lo diremos juntos.

—¿Y qué hay de lord Brockenhurst? ¿Dónde está ahora?

—Cazando en Yorkshire. Estará de vuelta mañana, o eso dijo. Le enviaré un telegrama para asegurarme de que viene aquí y no a Hampshire. —Pensó un momento—. Si el señor Trenchard logró que el matrimonio fuera reconocido, ¿cómo explicó que figurara el apellido de su hija en el certificado de nacimiento?

Anne sonrió.

—Todos los maridos son padres legales de cualquier hijo nacido durante el matrimonio.

—¿Incluso si están muertos?

—Si un niño nace en los nueve meses siguientes a la muerte del marido, la ley establece que es el padre, adoptara o no su nombre la madre, figure o no como padre en el certificado.

—¿Un marido no puede repudiar a un recién nacido?

Anne pensó.

—Debe de existir algún mecanismo para eso, pero en este caso basta mirar a Charles para saber quién era su padre.

—Eso es cierto.

Y ahora, por fin, una cálida sensación de alivio y dicha verdadera empezó a apoderarse de la condesa. Tenía un heredero, alguien por quien ya sentía gran admiración y pronto tendría una familia a la que Peregrine y ella podrían amar.

Anne debía de estar pensando algo similar porque preguntó de pronto:

—¿Dónde está lady Maria? ¿Qué sabe ella?

Caroline asintió.

—Le he contado que Charles es nuestro nieto, puesto que pensé que en ese momento bastaría para apaciguar a su madre. El hecho es que estaba equivocada, pero es lo que sabe. —Se alisó las faldas mientras se deleitaba pensando en lo grato de la noticia que daría a la muchacha cuando llegara a casa.

—¿Dónde está ahora? —dijo Anne.

—Con lady Templemore. Su hermano llegó anoche de Irlanda y un criado le trajo una nota esta mañana convocándola. Ha ido a cenar, en parte para verle y en parte para pedirle ayuda a la hora de convencer a su madre. Estoy tentada de enviarle una nota diciendo que ya no necesitará persuadirla, pero supongo que debo dejarlo estar.

Reginald Grey, sexto conde de Templemore, era un hombre de principios, si bien menos apasionado en sus creencias que su hermana. Era atractivo a su manera, y recto, aunque tal vez algo aburrido. Pero quería a su hermana con locura. Habían pasado mucho juntos, Maria y él, acurrucados detrás de la balaustrada en el rellano de la escalera junto al cuarto de los niños oyendo las batallas en el piso de abajo, y aquellos años inquietantes habían creado un vínculo entre ambos que no podía romperse con facilidad, como su madre reconocía con amargura. La familia estaba reunida en el gabinete de lady Templemore y saltaba la vista que la atmósfera no era prometedora.

—¿Cómo va todo en casa? —dijo Maria en un intento por dar conversación. Llevaba un vestido de tarde de seda verde pálido, con bordados en el escote bajo que realzaban sus hombros y pecho bien formados, aunque fuera un efecto que le pasara desapercibido al hermano.

—Muy bien. Hace poco hemos perdido dos arrendatarios, pero me he hecho cargo de sus tierras. Calculo que debo de tener cultivadas unas cuarenta hectáreas. Y he decidido expandir la biblioteca. Cuando vuelva veré a un hombre que va a instalar librerías nuevas y a trasladar allí la chimenea de la habitación azul. Creo que quedará bien.

Maria escuchaba con atención, como para demostrar que era una persona adulta que hacía elecciones adultas.

—Seguro que papá habría dado su aprobación.

—Tu padre no leyó un libro en su vida —dijo lady Templemore—. No si podía evitarlo. —Se levantó para colocar bien las figurillas de porcelana de Meissen que adornaban la repisa de la chimenea. No estaba facilitando las cosas.

Reggie Templemore decidió que no tenía sentido seguir evitando el tema.

—De vuestras cartas deduzco que la relación entre las dos últimamente no es buena.

Lady Templemore dejó de ocuparse de los adornos de la chimenea.

—Deduces bien.

Maria decidió coger el toro por los cuernos.

—He conocido al hombre con el que me quiero casar. Espero poder hacerlo con tu permiso y tu bendición. Me gustaría ir de tu brazo al altar. Pero lo apruebes o no, no voy a casarme con nadie más.

Reggie levantó las palmas como si quisiera calmar a un caballo encabritado.

—Sooo. —Mientras hablaba sonreía, en un intento por ahuyentar el mal humor de la conversación—. No hay necesidad de ponerse hostiles, no cuando solo estamos los tres.

—Maria ha tirado por la borda una gran oportunidad que habría transformado nuestras vidas. No puede esperar que apruebe su decisión. —Corinne volvió a su asiento. Si había llegado el momento de tener la conversación, quería participar.

Reggie esperó a que los ánimos se calmaran.

—No conozco a este hombre, claro. Y siento que Maria no vaya a hacer uso de la capacidad de hacer bien que le había sido ofrecida, pero no puedo simular desolación por el hecho de que John Bellasis no vaya a ser mi cuñado. Su personalidad nunca ha estado a la altura de su posición social.

—Gracias —respondió Maria, como si su hermano hubiera zanjado ya el asunto—. Ni yo le gustaba a él ni él a mí. No hay mucho más que decir.

—Entonces, ¿por qué le aceptaste? —preguntó su madre.

—Porque me hiciste sentir que si no lo hacía era una mala hija.

—Claro que sí, échame a mí la culpa. Siempre lo haces. —Lady Templemore suspiró y se recostó en el respaldo de su silla. Aunque se resistía a creerlo, tenía la molesta sensación de que las cosas se le estaban yendo de las manos. Había confiado en que su hijo hiciera entrar en razón a su hermana, pero parecía haberse puesto de su lado desde el principio—. No creo que lo entiendas, Reggie. El hombre que ha escogido por marido es un bastardo y un comerciante.

Era difícil saber cuál de los dos insultos consideraba más grave.

—Esas son palabras muy duras, mamá. —Reggie no estaba seguro de sentirse cómodo con el rumbo que estaba tomando la conversación—. ¿Maria?

Naturalmente a Maria le incomodó esta pregunta, puesto que, por lo que ella sabía, las dos acusaciones de su madre eran fundadas. Charles era bastardo y un hombre de negocios. Matizó un poco los hechos en su respuesta a su hermano, pero no podía transformarlos.

—Es verdad que es el hijo ilegítimo de un noble, reconocido y bienvenido en la familia de su padre. Y también el respetado propietario de una fábrica de algodón en Manchester con planes de expansión y desarrollo de su negocio. —A medida que hablaba crecía su seguridad—. Te gustará muchísimo —añadió por si acaso—. Sé que así será.

Y de verdad lo creía.

Reggie quedó conmovido por el entusiasmo de su hermana. Estaba claro que consideraba a aquel hombre un igual a John Bellasis en la balanza de la vida. Se descubrió deseando que pudiera ser así.

—¿Y puedo saber el nombre de ese noble que tan complacido está de tener un hijo ilegítimo?

Maria dudó. No se creía en el derecho de nombrar a los Brockenhurst, no sin su permiso.

—El padre está muerto —dijo—. Quienes le han acogido en sus vidas son sus abuelos. Pero no estoy en situación de decirte su nombre aún.

Ver la confianza de su hija en que aquel don nadie pudiera pasar por un igual a su anterior pretendiente estaba impacientando a Corinne. Se volvió hacia sus dos hijos y dijo, encogiéndose de hombros:

—Pero si lo comparas con John Bellasis…

—Mamá. —Incluso Reggie empezaba a resistirse a la obstinación de su madre—. John Bellasis se ha ido y no va a volver. No podríamos recuperar eso aunque quisiéramos.

—¡Y no queremos! —dijo Maria con toda la vehemencia de que fue capaz.

—Pero ¿un comerciante? —Corinne no pensaba rendirse sin luchar.

—Hace ocho años…

—En serio, Maria. No vuelvas a hablarme de los Stephenson.

—No iba a hacerlo. Solo quería recordarle que lady Charlotte Bertie se casó con John Guest, que era dueño de una fundición. —Maria se había documentado. Probablemente era capaz de recitar todos los matrimonios desiguales de la historia reciente de Londres—. Los reciben en todas partes.

Su madre no estaba dispuesta a claudicar tan pronto.

—El señor Guest también era muy rico y miembro del Parlamento. El señor Pope no es ninguna de las dos cosas.

—Pero las será. —Maria por supuesto ignoraba si Charles tenía deseos de ser miembro del Parlamento, pero desde luego no pensaba permitir que un dueño de una fundición galés le sacara ventaja.

—¿Y dices que sus abuelos le reciben en su casa, pero que su padre está muerto?

Maria miró nerviosa a su madre. ¿Había dicho demasiado? ¿Habría adivinado lady Templemore la conexión con los

Brockenhurst? ¿Por qué había hecho una descripción tan detallada? Pero antes de que pudiera añadir nada a la conversación se abrió la puerta y entró el mayordomo. Al parecer era hora de cenar.

—Gracias, Stratton, enseguida vamos. —Reggie habló con la convicción propia del hombre de la casa, aunque casi nunca estaba en ella.

Su madre le miró sorprendida. Se estaba poniendo un chal sobre los hombros en previsión del frío del comedor y no veía razón para retrasar la cena. Pero el mayordomo había saludado y se había retirado y de nuevo estaban los tres solos.

Habló Reggie:

—Voy a entrevistarme con ese hombre, el señor Pope. Le enviaré una nota por la mañana y estoy seguro de que encontrará tiempo para verme…

—¡Pues claro que sí! —dijo Maria resolviendo mentalmente enviar su propio mensaje a Bishopsgate. Un mensaje que llegara antes que el de su hermano.

Reggie siguió hablando. Para ser un hombre de veinte años tenía autoridad, y Maria se enorgulleció de llamarle hermano.

—Oiré lo que tenga que decir, mamá, pero no puedo prometerle apoyar su postura. Si el hombre es un caballero, entonces sugiero que hablemos de condiciones reales, de acuerdos concretos mediante los que planee proteger el futuro de Maria y ganarse el derecho de unirse a nuestra familia.

Corinne echó la cabeza atrás con desagrado.

—Así que te das por vencido.

Pero Reggie era un buen contrincante.

—Soy realista. Si Maria se niega a casarse con ningún otro hombre, entonces al menos tratemos de aceptar a este. A fin de cuentas, mamá, me temo que su elección será sencilla. Deberá decidir si quiere llevarse bien con sus hijos o vivir enemistada con ellos. Y ahora ¿bajamos a cenar?

Susan Trenchard estaba revisando sus habitaciones. Todo lo que se llevaban estaba empaquetado, a excepción de la ropa y las cosas que necesitaría para el viaje. Se mudaban a Somerset. Anne les había aconsejado que no viajaran cuando el estado de Susan fuera muy avanzado, de manera que habían decidido irse ya. A Susan no le hacía especial ilusión, ni el viaje ni su futuro en el campo, pero aceptaba ambas cosas. Tenían una tarea por delante, hacer suyas la casa y la heredad, y quería acondicionar como es debido el cuarto de los niños, aunque la superstición le impidiera redecorar antes del nacimiento de su hijo. Su único motivo de preocupación era Oliver. Fieles a su acuerdo, no habían vuelto a hablar de la paternidad del niño desde aquella noche y Susan no tenía intención de hacerlo nunca. Pero seguía absorto, sentimental incluso, y Susan se preguntaba si no se estaba arrepintiendo de su decisión de seguir adelante con los planes. Oliver podía ser una persona difícil, como muy bien sabía, y rezó por que no se dispusiera a serlo ahora.

En el rincón había una maleta abierta donde meter las cosas que quedaran. El resto estaba ya en el enorme coche de camino que había viajado desde Somerset y ahora aguardaba en la calle de detrás de la casa. Un mozo lo vigilaría por la noche y saldrían en cuanto hubieran desayunado. A diferencia de su suegra, tenía intención de llegar a Glanville en dos días, y para ello necesitaban salir temprano. Estaba mirando las prendas que había elegido para el viaje cuando se abrió la puerta y entró Oliver.

—¿Estás preparada para bajar?

Susan asintió. Llevaba un sencillo vestido gris que le resultaría apropiado para la noche que debían pasar en la casa de postas del camino. Era favorecedor, pero no lo bastante formal para la etiqueta que solía exigir James.

—Sé que no voy muy elegante, pero he apartado un collar de plata que lo mejorará un poco. Speer se lo ha llevado a limpiar, pero volverá enseguida.

Oliver apenas escuchaba. Asintió sin decir nada y paseó la vista por la habitación.

—¿Echarás de menos Londres?

—Volveremos para la temporada. —Susan habló en tono alegre, porque era lo que había decidido. Ser una esposa feliz de allí en adelante.

—Es un viaje largo. —Pero Oliver no estaba sarcástico, ni enfadado, ni siquiera bebido; más bien sonaba pensativo. Quizá estaba preocupado por ella. Se hundió en una butaca cerca del fuego y miró a su alrededor como si buscara alguna cosa, pero Susan no adivinaba de qué podía tratarse. Sonrió.

—¿Por qué no me cuentas qué te preocupa?

Oliver no negó que le preocupara algo, lo que confirmaba que algo ocurría.

—No lo entenderías.

—Ponme a prueba.

Pero se abrió la puerta y entró la doncella con el collar de filigrana que Susan había mencionado y que, al momento siguiente, estaba abrochado alrededor de su cuello. Susan y Oliver estaban listos para bajar.

Charles Pope tenía el corazón dividido. Acababa de recibir a su madre en Londres y la había instalado en las habitaciones que había alquilado para los dos en High Holborn. Llevaba menos de una semana en la City y, aunque se mostraba entusiasta respecto al giro que había dado su vida, también la alteraban el bullicio y estrépito de la gran ciudad después de toda una vida en el campo. Charles sentía que debía ir a casa y ocuparse de que estuviera bien atendida, al menos hasta que se hubiera aclimatado, pero en lugar de ello no apartaba la vista de la nota que tenía en la mano. Se la habían entregado hacía menos de una hora.

Estimado señor Pope:
Me pregunto si me concederá el placer de su compañía esta noche. Es muy posible que no quiera, después de nuestro último encuentro, cuando permití que mi enfado se impusiera a mis modales. Pero creo que contribuiría mucho a la felicidad de un hombre al que los dos profesamos afecto que usted y yo consiguiéramos arreglar nuestras diferencias. Estoy seguro de que las he causado yo y no usted, pero me sentiría muy honrado si accediera a mi propuesta. Estaré en The Black Raven en Allhallows Lane a las once. No puedo llegar antes porque tengo un compromiso en otra parte, pero preferiría arreglar las cosas cuanto antes.
Atentamente:
Oliver Trenchard

Charles había leído la nota varias veces. Estaba sin fechar y no llevaba remite, pero no había razón para dudar de su autenticidad. James le había mostrado algunas notas escritas por Oliver sobre el proyecto de la isla de los Perros y la letra parecía ser suya. Y sabía muy bien que había causado dificultades entre James y su hijo. Sería bueno que todos pudieran dejarlas atrás, pues causar problemas a su familia era una triste retribución a todo lo que James había hecho por él. Por un momento pensó en llevar la carta a la casa de James en Eaton Square, pero ¿no arruinaría eso el propósito con que había sido escrita? ¿Llamar la atención de James sobre la discusión antes de haberle puesto remedio? No conocía la taberna mencionada en la nota, pero sí estaba familiarizado con Allhallows Lane, un estrecho callejón no lejos de Bishopsgate, al borde del río y a poca distancia caminando desde su oficina. ¿Por qué tenía que ser a una hora tan tardía? Si Oliver estaba ocupado aquella noche, ¿por qué no dejarlo para otro día? Aunque, por otra parte, si ponía reparos a la hora ¿no podría interpretarse como una negativa a arreglar las cosas, cuando lo cierto era que nada deseaba más?

A la postre decidió volver caminando a sus habitaciones, acomodar a su madre, comer algo con ella y, después, acudir a la cita. Su madre se metería en la cama en cuanto se fuera, si no antes, y estaban tanto la casera como su criado para atenderla. Con eso en mente, pidió su abrigo.

Maria, su hermano y su madre apenas habían hablado del asunto que les enfrentaba durante la cena. Esta fue servida por el mayordomo y el único lacayo y a Corinne no le gustaba pregonar las dificultades de su familia en presencia del servicio. Así que habían hablado de los planes que tenía Reggie para Balligrey e intercambiado novedades sobre amistades y parientes en Irlanda, hasta que casi fue posible olvidar que Maria y su madre habían entablado un combate del que solo una saldría victoriosa.

—Hablas muy poco de tu vida —comentó Maria en tono alegre—. ¿No hay nada que quieras contarnos?

Reggie sonrió antes de coger su copa.

—La experiencia me ha enseñado a mantener las cartas cerca del pecho.

—Eso suena prometedor, ¿verdad, mamá?

Pero lady Templemore no estaba dispuesta a dejarse arrastrar a una conversación de tema alegre cuando tenía tantas preocupaciones en la cabeza.

—Estoy segura de que Reggie nos informará cuando lo considere oportuno —replicó, y le hizo un gesto al criado de que habían terminado de comer. El hombre se acercó para retirar los platos.

—No quiero esperar —dijo Maria, pero no consiguió sonsacar mucho más a su hermano. Solo que era «posible» que encontrara muy «simpática» a la hija de unos amigos y que era «posible» que algo saliera de allí.

—Si sus padres son viejos amigos nuestros, entonces solo eso es un bálsamo para mi pobre corazón —señaló Corinne cuando los criados se ausentaron un momento de la habitación. Pero no se molestó en dar más explicaciones.

Hasta más tarde, cuando estuvieron en la salita y los criados se habían retirado, no habló con determinación.

—Muy bien —dijo.

A Maria, que estaba sirviendo una taza de café, las palabras la cogieron por sorpresa. Levantó la vista.

—¿Muy bien qué?

—Esperaré a tener el veredicto de Reggie. Si le gusta tu señor Pope, si aprueba el enlace, trataré de hacer lo mismo. Él es ahora el cabeza de familia. El que cargará con el peso de tener a ese hombre de cuñado. Yo moriré pronto, así pues ¿qué importa mi opinión?

Se recostó en el sofá con un suspiro dando a entender que estaba ligeramente indispuesta y cogió su abanico de la mesa que tenía al lado.

Por un momento ni Maria ni Reggie se movieron. Luego la muchacha se arrodilló delante de su madre, le cogió las manos y empezó a besarla mientras le rodaban lágrimas por las mejillas.

—Gracias, mi querida, mi adorada, mamá. Gracias. No se arrepentirá.

—Ya me estoy arrepintiendo —contestó lady Templemore—. Pero no puedo enfrentarme a mis dos hijos. Soy demasiado débil. Haré lo posible por que me agrade ese hombre que le ha arrebatado su futuro a mi hija.

Maria la miró.

—No me lo ha arrebatado, mamá. Se lo entrego por voluntad propia. —Al menos su madre no retiró las manos, sino que dejó que descansaran en las de Maria, y aunque la noche anterior en la cama había derramado unas cuantas lágrimas por la pérdida del paraíso soñado, a fin de cuentas Corinne Templemore prefería llevarse bien con sus hijos. Habían recorrido juntos un camino difícil y escarpado mientras vivía su padre, y no sentía deseos de enfrentarse a ellos ahora.

La fruta había llegado en un centro de plata, con cestillos dispuestos alrededor de un vaso central de rosas todos llenos de ciruelas, uvas y nectarinas que relucían en la luz de los candelabros a ambos extremos de la mesa. Parecía una escena sacada de un cuadro de Caravaggio, pensó Anne. La señora Babbage podía ser muy artística cuando se lo proponía; había pedido una buena cena para despedir a Oliver y a Susan y, a decir verdad, le complacía que Susan se las hubiera arreglado para convencer a su hijo. Anne tenía intención de respetar el acuerdo y no mencionar nunca más la paternidad del niño. Durante un segundo había considerado contarle a Caroline Brockenhurst que ahora todos los nietos de Anne Trenchard llevarían sangre Bellasis, pero sabía que si lo contaba, aunque fuera a una sola persona, James terminaría por enterarse y no quería que eso ocurriera. Así que el secreto de Susan estaba a salvo con ella, y Anne se alegraba. No sentía exactamente afecto por su nuera, pero la consideraba inteligente y competente cuando se proponía algo, y este último susto, este flirteo con el escándalo, parecía haberla sacado de la bruma de egoísmo en la que por lo común existía y la había obligado a abordar los aspectos prácticos de su nueva vida. El doctor Johnson había escrito que cuando un hombre sabe que va a ser ahorcado a la mañana siguiente, su capacidad de concentración es maravillosa, y lo mismo podía decirse de la amenaza de ver la vida de uno arruinada. Anne sentía haber renunciado a Glanville. Iría de visita, quizá no con menor frecuencia de lo que iba ahora, pero ya no sería su reino. La reina Susan lo gobernaría a partir de ese momento. Con todo, sabía que el sacrificio merecía la pena porque su hijo podría vivir su propia vida en lugar de la que su padre había planeado para él.

Pero cuando Anne miró a Oliver sentado a la mesa se dio cuenta de que algo seguía preocupándolo. En los últimos días había tratado de preguntarle al respecto en un par de ocasiones, pero sin éxito. Oliver había contestado a sus preguntas e insistido en que no ocurría nada, pero aun así…

—¿Ha visto al señor Pope hace poco, padre? —Las palabras de Oliver fueron una sorpresa, puesto que todos sabían que no profesaba afecto alguno a Charles Pope y por lo general habría preferido eludir el tema. Por lo que sabían Anne y James, seguía sin conocer la verdadera identidad de Charles, porque James creía que lo correcto era contarlo primero, o al menos no después que al resto, al interesado. Por supuesto, ignoraba el papel de Susan en lo ocurrido y Anne no pensaba sacarlo de su ignorancia. Así que era partidaria de que Oliver se enterara una vez se lo contaran a Charles, a lord Brockenhurst y a los Templemore durante la cena del día siguiente.

Después de una pequeña pausa para recuperarse de la extrañeza que le había causado la pregunta, James miró a su hijo.

—¿A qué te refieres con «hace poco»?

—A esta última semana. —Oliver se estaba comiendo un melocotón y el jugo le caía por la barbilla. Susan se dio cuenta y la mandíbula se le tensó de irritación, pero se obligó a ignorarlo. Si Oliver quería tener la barbilla manchada de jugo, que así fuera. Después de todo era su barbilla.

—No —dijo James—. Se ha cambiado de dirección para tener espacio para su madre… —Miró a Anne y rectificó—.

Para la señora Pope, que viene a vivir con él. Sabía que necesitaría un tiempo para ayudarla a acomodarse.

Oliver asintió.

—¿Sabe dónde vive ahora?

James movió la cabeza y empezó a pelar un melocotón, sin comprender adónde llevaba aquella conversación.

—En Holborn, creo. ¿Por qué?

—Por nada —contestó su hijo.

Anne vio a Billy observar a Oliver con cara de curiosidad hasta que se dio cuenta de que ella le miraba y enrojeció. Tendría que llamarle Watson, ahora que era el mayordomo. Todos tendrían que hacerlo.

—Creo que tiene que haber una razón. —La voz de James dejaba traslucir tensión y Anne supuso que se debía a que sabía que tendría que defender a Charles de las críticas de Oliver. Pero el joven no parecía ni agresivo ni enfadado, ni siquiera descortés. De haber tenido que calificar su estado de ánimo, Anne habría dicho que estaba preocupado.

—¿Oliver, me acompañas? —James dejó el cuchillo de postre y se levantó dejando caer la servilleta arrugada sobre la mesa. Cruzó el vestíbulo en dirección a la biblioteca.

Caminaron en silencio pero, una vez en la habitación, James cerró la puerta y habló:

—¿Qué está pasando? ¿Qué es lo que te preocupa y qué tiene que ver con Charles Pope?

En cierto modo, ahora que le habían hecho la pregunta, para Oliver fue un alivio sincerarse. Explicar que había ido a The Horse and Groom ciego de furia, que John Bellasis le había encontrado allí.

—Sabía que estaba rabioso contra Pope, aunque no el porqué, y empezó a interrogarme. Quería conocer más cosas sobre él y, como sabemos, su tía siente predilección por Pope. Quizá estaba celoso. Yo desde luego lo estaba.

—Pero ¿qué paso? ¿Qué hizo? ¿Qué hiciste tú?

Necesitado de tener las manos ocupadas, James cogió el atizador y empezó a avivar los rescoldos de la chimenea.

Oliver no habló enseguida. Buscó la manera de conseguir que lo que se disponía a decir no sonara tan grave. Pero no era posible.

—Dijo que quería dar una lección a Pope.

—¿Qué clase de lección?

—No lo sé. Yo estaba muy bebido antes de que llegara. Y también enfadado con Pope.

—No hace falta que me digas que le deseabas algún mal a Charles Pope. Es lo que me habría esperado de ti. Continúa. —Su tono era cualquier cosa menos conciliador, pero Oliver ya había empezado y ahora debía seguir.

—Me pidió que le escribiera una nota al señor Pope. Dijo que no podía escribirla él porque Pope no sentía ningún interés por él y la ignoraría. Pero si yo le escribía diciendo que lamentaba nuestra enemistad y que a usted le complacería que nos reconciliáramos, entonces quizá Pope accedería a reunirse conmigo.

—¿Me complacería? —James rio con desdén.

—No sé cómo, pero Bellasis sabía que le disgustaba mi antipatía por su protegido. El caso es que escribí la nota, me bebí una copa con él y me fui.

James le miró incrédulo.

—¿Escribiste una carta para hacer a Charles Pope acudir a un sitio donde…? ¿Qué? ¿Dónde le darían una paliza? ¿Por matones al servicio de Bellasis? ¿Dónde?

—Ya le he dicho que estaba borracho.

—¡Pero no tanto como para no poder sostener una pluma, diantre!

La ira de James estaba destruyendo la valiosa tregua a la que habían llegado los dos una vez se decidió que Oliver se retiraría a Glanville. Había vuelto a decepcionar a su padre. Era un fracasado, un estúpido.

—¿Cuándo era el encuentro?

—No lo dijo. No me dejó fechar la nota, para así elegir cuándo enviarla. Supongo que tenía que organizar un comité de recepción y asegurarse de que estaba todo preparado. Por eso le pregunté si había tenido noticias de Pope.

—¿Dónde tenía que encontrarse contigo? ¿O, mejor dicho, con Bellasis?

Oliver se sentía como si hubiera estado cargando con un secreto peligroso y amorfo en una botella en los días transcurridos desde que escribió la carta. No había querido admitir que había sido un estúpido y un ingenuo, pero así era. Y ahora, al parecer el venenoso secreto había escapado de la botella y se había hecho lo bastante grande para ahuyentar todos sus otros pensamientos.

—No me acuerdo.

—¡Pues haz memoria! —James fue hasta el timbre y tiró del cordón. Cuando llegó un criado del comedor empezó a gritar antes casi de que le diera tiempo a abrir la puerta.

—¡Manda al mozo a que le diga a Quirk que saque el coche! ¡La berlina, tenemos prisa!

Oliver estaba desconcertado.

—Pero ¿ir adónde? No conoce su dirección actual y no recuerdo dónde le citaba la nota. ¿Y por qué tiene que ser esta noche?

James le miró.

—Si ya ha ocurrido y está herido de gravedad nunca te lo perdonaré. Si no ha ocurrido aún, entonces le advertiremos, incluso si tenemos que esperar toda la noche a la puerta de su oficina. ¿Dónde era el lugar del encuentro? ¿En la City? ¿En el campo? ¡Eso lo sabrás, al menos!

Oliver pensó.

—Creo que era en la City. Sí. Porque dijo que Pope podría ir andando desde su oficina.

—Entonces esperaremos en Bishopsgate. Coge tu abrigo mientras hablo con tu madre.

—Padre.

James se detuvo al oír la voz de su hijo. Se volvió a mirarle.

—Lo siento.

Era cierto. Oliver estaba pálido de arrepentimiento.

—No tanto como lo sentirás si le ha ocurrido algo.

John Bellasis se estremeció, no supo a ciencia cierta si a causa del frío o de lo que le esperaba. Había despedido el birlocho varias calles antes de llegar a Allhallows Lane puesto que no quería que el cochero conociera su destino, así que cruzaba a pie el este de Londres de noche, sin compañía, solo.

Cuando Oliver Trenchard se fue aquella noche de The Horse and Groom se había guardado la nota diciéndose que nunca la usaría. Convencido de que expiaría la culpa que le producía haberla redactado. Por supuesto sabía por qué había obligado a Oliver a escribirla. Sabía cuál había sido su intención desde el momento en que vio a Oliver en la taberna, y entendió con claridad que eliminar el obstáculo a su felicidad personal estaba a su alcance. Y aun así había dudado.

Había aguardado cada día una invitación de su tío. ¿Querrían su padre y él ir a Brockenhurst House, pues tenía una noticia que darles que afectaba a su futuro? Pero nunca llegó. No hubo anuncio en los periódicos, no hubo carta de la tía Caroline, nada. Los Trenchard debían de conocer la verdad a aquellas alturas, puesto que él mismo les había proporcionado la prueba, como le dolía recordar. Luego se le ocurrió que debían de estar esperando a que la verdad y la legitimidad de todo lo que iban a anunciar estuvieran probadas. Que no se podía contar a nadie, ni siquiera a los Brockenhurst, hasta que los derechos de Charles Pope no hubieran sido validados y defendidos ante un tribunal. Y a ese pensamiento le siguió otro, que si conseguía cometer aquel acto, si encontraba el valor —pues valor era lo que necesitaba—, entonces debía hacerlo antes del anuncio público. La muerte de un vizconde, heredero de un conde, saldría en todos los periódicos y diarios del país. Pero la muerte de un joven comerciante de algodón que empezaba a abrirse camino en los negocios..., eso apenas merecería una minúscula columna en la esquina inferior de una página.

Aun así, no se decidía. Pasó horas solo en sus habitaciones mirando la nota que había escrito Oliver, hasta que empezó a sospechar que carecía de arrojo para hacer lo necesario y enmendar la odiosa injusticia que le tenían destinada. ¿Le faltaba coraje después de todo? ¿Le asustaban ser descubierto y la horca? Pero si no actuaba y sus sueños y esperanzas quedaban destruidos y hechos añicos a sus pies, ¿era la vida que le esperaba mejor que el patíbulo?

Pasó esos días sin salir, encerrado en sus habitaciones. Comía solo, atendido por un criado cuyo sueldo, pensó no sin cierto humor, se encontraba lejos de estar garantizado. Bebió solo y en cantidad, sabedor de que su existencia sencilla —porque era sencilla comparada con la de muchos de sus más afortunados contemporáneos— estaría en peligro en el momento en que se supiera que ya no era un heredero con un futuro, sino un hombre ahogado en deudas sin perspectivas de una renta. Sus acreedores lo rodearían como tiburones con la esperanza de sacarle el poco dinero que le quedara, y su padre no podría salvarlo. De hecho, los problemas de Stephen eran todavía más acuciantes que los de su hijo. Los dos se declararían en quiebra y entonces ¿qué seguiría? Una vida de pobreza en París o Calais, dosificando la mísera pensión que consiguieran arrancarle a Charles Pope (no lograba pensar en su primo como Charles Bellasis). ¿Era eso preferible a aprovechar una oportunidad, un desafío que debía terminar triunfal o en la cárcel?

Y sumido en esas reflexiones llegó a la mañana del día en cuestión, después de una noche insomne. Sacó un sobre y, con la nota delante, imitó la escritura lo suficiente para escribir una sola palabra, «Pope», antes de sellarlo con cera. Salió con él, esperó a estar a cierta distancia de Albany y paró un birlocho; le dio al cochero la dirección y una propina para que entregara la carta.

Mientras se alejaba a pie se dijo que aquel hombre podía ser un rufián que se guardara el dinero, destruyera la nota y cogiera al primer pasajero que le parara. Que así sea, pensó. Si eso ocurría, entonces era el destino. Pero con todo y con eso sabía que debía prepararse. Tenía que estar temprano en The Black Raven, debía estudiar la distancia entre la taberna y el río, debía terminar de trazar el plan. De nuevo pasó el día en sus habitaciones, tumbado en la cama o caminando de un lado a otro. De vez en cuando acariciaba la idea de dejar que Charles se presentara a la cita y no encontrara a nadie. Preguntaría por Oliver Trenchard, claro, no por John Bellasis, y el tabernero se encogería de hombros, desconocedor de aquel nombre, y Charles volvería a casa y se levantaría al día siguiente preparado para quedarse con todo lo que debía pertenecerle a él, a John. Pero incluso mientras pensaba esto sabía que debía actuar. Aunque fracasara, lo habría intentado. No se habría doblegado a la crueldad de los dioses sin luchar.

—Esta noche volveré tarde, Roger —dijo a su criado mientras este le sostenía el abrigo—. No me esperes antes de la madrugada. Pero si no estoy en mi cama a las ocho de la mañana puedes empezar a indagar sobre mi paradero.

—¿Dónde debo indagar, señor? —dijo el hombre, pero John se limitó a negar con la cabeza sin decir nada.

—¿Asesinato? —La conmoción de Oliver por la sugerencia de su padre era genuina. Aunque James era preso de una furia tan poderosa que amenazaba con sacarlo de quicio, se dio cuenta de ello.

Oliver había creído que sobre Charles Pope pendía una amenaza violenta, pero nada más. Se daba cuenta de que John Bellasis le odiaba, incluso más que él mismo, pero eso le había hecho pensar que tenía intención de propinarle una paliza. Y Bellasis saldría indemne. Sin duda contrataría a unos hombres para que le hicieran el trabajo sucio. Saldrían huyendo sin dejar pistas que pudiera seguir la policía y el asunto no tardaría en olvidarse. Pero ¿asesinato? Las sospechas de James se le antojaban excéntricas a Oliver. ¿John Bellasis quería asesinar a Charles Pope?

—Pero ¿por qué? —dijo.

Iban camino de Bishopsgate y James no veía razones para seguir manteniendo a Oliver en la ignorancia. Mientras viajaban por las calles iluminadas con lámparas de gas le contó la historia: la boda celebrada en Bruselas, la equivocación de Sophia al pensar que había sido traicionada, la verdadera identidad de Charles. Sobre todo habló de la amenaza a la herencia de John Bellasis, que solo se disiparía si Charles Pope desaparecía para siempre.

Oliver estuvo callado un instante. Luego suspiró.

—Debería habérmelo contado, señor. No ahora. Hace mucho, antes de saber quién era Charles Pope en realidad. Legítimo o bastardo, sigue siendo mi sobrino y debería habérmelo contado.

—Nos preocupaba la reputación de Sophia.

—¿No me cree capaz de guardar silencio para proteger el buen nombre de mi hermana?

Por una vez James no se apresuró a replicar a Oliver, pues este había expuesto un argumento razonable y se vio obligado a reconocerlo. Había cometido la misma equivocación con Anne y se había arrepentido. ¿Por qué no se fiaba de los miembros de su familia? Era su debilidad, no la de ellos, la que le había impulsado a guardar silencio. Se recostó en el asiento mientras el coche circulaba en la noche.

Maria volvió a pie a Belgrave Square desde Chesham Place acompañada del criado de su madre. No había necesidad de un coche para un trayecto de diez minutos y disfrutaba del aire fresco de la noche. Se sentía alegre y caminaba con brío, y probablemente habría despedido al lacayo de no saber que algo así molestaría a su madre, que era lo último que quería hacer aquella noche. Siempre había sabido que Reggie ayudaría a arreglar las cosas, y así había sido. Ahora, por supuesto, Charles tenía que superar su examen, pero confiaba en que así sería. Después de todo era un caballero. No un gran partido, pero un caballero sin duda. Además de trabajador, inteligente y con todos los atributos que Reggie valoraba en un hombre. Y lo cierto era que estaba conmovida, y mucho, por la manera en que su madre había acatado la decisión de su hijo.

Maria había sido fuerte y determinada en su lucha. Se había ido de la casa de su madre y, hasta cierto punto, obligado a Corinne a enfrentarse a su vieja amiga, lady Brockenhurst. Se había mostrado fría e intransigente cuando su madre trató de defender a John Bellasis señalando que, si estaba enamorado de ella, ¿por qué no se defendía él mismo? Pero a Maria no le gustaba discutir con el único progenitor que le quedaba. Su padre había sido un hombre cruel, tanto con sus hijos como con su mujer, y cuando murió, aunque no lo admitieron, los tres se habían sentido ligeramente aliviados por el hecho de sobrevivirle, de seguir allí después de que él se fuera. Sabía que Reggie sentía, igual que ella, que su madre se había ganado unos años de paz, y enfrentarse a ella le resultaba doloroso. Ahora eso se había terminado. No dudaba de que cuando su madre conociera a Charles daría su aprobación. Al principio le costaría, pero terminaría por ser así. Y en cuanto a Charles, llegara a gustarle o no su madre, protegería a lady Templemore y velaría por su bienestar, de manera que al final los beneficios de aquel matrimonio serían los mismos que si se casara con John. Eran, y lo serían a partir de entonces, una familia unida, y así le gustaban las cosas a Maria.

Había llegado a Brockenhurst House y el criado de guardia, que siempre esperaba en una silla de cuero acolchada en un rincón del vestíbulo, bien despierto, o eso decía él, hasta que lo relevaba el mayordomo a las ocho, le había abierto la puerta. Maria despidió al criado de su madre y se dirigió hacia las escaleras después de dar las buenas noches al que estaba de guardia.

—Su señoría la está esperando, milady. En el *boudoir*.

Maria se sorprendió.

—¿No se ha acostado?

—No, milady. —El hombre estaba seguro de lo que decía—. Insistió mucho en que le comunicara que está esperándola.

—Muy bien, gracias. —Para entonces Maria había llegado a las escaleras y empezó a subirlas.

Charles salió por la puerta principal de sus habitaciones y respiró hondo. El aire frío resultaba refrescante después del salón excesivamente caldeado en que había transcurrido la velada con su madre. Pero había disfrutado del rato en su compañía. Estaba ilusionada con su nueva vida y había algo esperanzador en la confianza que siempre mostraba en lo referente a sus perspectivas de futuro. Sabía que el negocio de Charles pronto se expandiría por todo el mundo y que haría una fortuna. También estaba convencida de que compraría una casa en el barrio de moda de Londres y que ella podría llevarla, hasta que tuviera una esposa, claro está. Y al parecer todas estas cosas ocurrirían enseguida.

Naturalmente Charles tenía que explicarle que creía haber encontrado ya a la que sería su esposa, pero necesitaba andar con cuidado, pues no quería que su madre pensara que estaba de más. Estaba decidido a hacerla sentir bienvenida y cómoda con independencia del rumbo que tomara su vida, y confiaba en que Maria pensara de igual manera. De modo que le dio un mínimo indicio, la sugerencia de que había alguien que quería que conociera, y la señora Pope lo había recibido de buen grado.

—¿Me dirás su nombre?

—Maria Grey. Le gustará mucho.

—Eso no lo dudo, puesto que la has elegido tú.

—Todavía no está todo decidido.

—¿Por qué no si es la mujer que amas?

La salita que les habían asignado era bonita, sobre todo para unas habitaciones de alquiler en Holborn, con cortinas de cretona estampada y un sofá capitoné en el que estaba sentada su madre, cerca de la mesita de labor que se había traído con ella. Estaba medio atenta a un bordado, pero el silencio de Charles ante su pregunta la hizo detenerse y dejar la aguja. Esperó.

Charles hizo una pequeña mueca.

—Es complicado. Su madre es viuda y por tanto muy protectora de su única hija. No está convencida de que yo sea lo que busca en un yerno.

La señora Pope rio.

—Entonces es una viuda muy estúpida. Si tuviera sentido común, te habría hecho una reverencia y besado el suelo que pisas en cuanto cruzaste la puerta de su casa.

Charles no tenía deseos de enemistar a su madre con la familia de su futura prometida.

—Lady Templemore tiene sus razones. Había concertado otro matrimonio para Maria y no se le puede recriminar que quiera que su hija mantenga su palabra.

—Pues claro que puedo recriminarle a esa tal lady Templemore. —El desdén con que pronunció el nombre fue un presagio más de futuros problemas. Charles se arrepintió un tanto de haber hecho partícipe a su madre de sus preocupaciones—. Si la muchacha es capaz de ver que tú tienes más valor en el dedo meñique que su triste pretendiente, es que no le falta sentido común. Su madre debería hacerle caso—. Continuó con su labor, pero algo irritada, apuñalando la tela como si esta hubiera tenido un mal comportamiento—. ¿Por qué dices lady Templemore si el nombre de la muchacha es Grey?

—El título de su difunto marido era Templemore. Grey es el apellido de la familia.

—¿Lord Templemore?

—El conde de Templemore, para ser más precisos.

El ritmo de la aguja se volvió más apacible a medida que la madre asimilaba las palabras de Charles. De manera que su hijo estaba a punto de hacer un matrimonio aristocrático. No era de extrañar, en su opinión siempre había sobresalido en todo lo que hacía. Pero la noticia proporcionó especial placer a la señora Pope, aunque le habría generado cierta culpa reconocerlo.

—Como si era el mismísimo rey de Templemore —dijo con firmeza interrumpiendo por un momento su labor—. Son afortunados de tenerte en su familia.

Charles decidió no decir nada más.

Ahora se dirigía al encuentro con Oliver Trenchard. Había decidido caminar. No tenía prisa, de hecho su intención era ir andando a su oficina cada mañana a no ser que hubiera una razón para lo contrario, y su destino no se encontraba lejos.

Le parecía que la nota de Oliver era una oferta de amistad y, de ser así, Charles estaba decidido a aceptarla. Desde el almuerzo en el Athenaeum, donde los celos de Oliver —porque sin duda se había tratado de celos— habían sido tan abrumadores, Charles había tenido la sensación de que cada reunión que mantenía con James estaba de alguna forma emponzoñada. Luego, los intentos de Oliver por arruinar su reputación a ojos del señor Trenchard con las acusaciones infundadas de aquellos rufianes, Brent y Astley, habían sido la prueba de que su cólera seguía viva. La fe de James en Charles y su negativa a creer que había obrado mal no habrían hecho más que empeorar la situación. En cuanto a si el enfado de Oliver estaba o no justificado, si James era culpable de desatender a su hijo para favorecer a un joven desconocido, Charles no se atrevía a juzgarlo. En cualquier caso, todos serían más felices si consiguieran vivir en paz. Charles valoraba el apoyo y la ayuda de James Trenchard. No se le escapaba su lado ridículo —su avidez de darse importancia, su desesperado ascenso por el escurridizo escalafón de la posición social, nada de lo cual interesaba a Charles—, pero también veía su inteligencia. James entendía de negocios, de sus vaivenes y mareas, como ningún otro hombre que había conocido Charles. Que hubiera salido de la nada y trepado por la escalera social de la Inglaterra del siglo XIX no le sorprendía en absoluto. Sus enseñanzas ahorrarían a Charles años de experiencia y era su intención aprovecharlas. También le estaba agradecido de corazón.

Se acercaba a su oficina, de camino al río. Durante el día, Bishopsgate era un enjambre de actividad, lleno de tráfico, las aceras atestadas de hombres y mujeres dirigiéndose apresurados a alguna parte. Pero de noche era un lugar tranquilo. Había algunos peatones, el borracho de turno, el vagabundo e incluso la prostituta —Charles no habría pensado que la zona tuviera público suficiente para asegurar la clientela—, pero en su mayor parte era una calle vacía, con sus enormes y oscuros edificios cerniéndose sobre él. Por un momento tuvo el extraño impulso de darse la vuelta, de no acudir a la cita y regresar a casa. Fue como un mensaje repentino, inequívoco pero inexplicado. Se encogió de hombros, ahuyentó la idea, se subió el cuello del abrigo para protegerse del frío y siguió andando.

Maria tenía el corazón desbocado. No por la posición ni las perspectivas de Charles —todo eso se lo había ofrecido ya John Bellasis y lo había rechazado—, sino porque su madre había aceptado a su nuevo prometido sin conocerlas siquiera. De no haber venido Reggie, de haber seguido enemistadas hasta aquella noche, entonces siempre habría pensado que su madre había cambiado de opinión debido a las nuevas circunstancias de Charles. Ahora sabía que Corinne le había aceptado por quien era, no porque le gustara la idea, sino por el amor que sentía por sus hijos.

Lady Brockenhurst era de la misma opinión.

—Sabía que entraría en razón. Te lo dije.

Estaban sentadas en el *boudoir*, delante de la chimenea encendida. Caroline había mandado traer dos copas de vino dulce, un Sauternes que le gustaba especialmente. Ninguna de las dos tenía deseos de irse a la cama.

—Me lo dijo, pero no lo creí.

—Bueno, me alegra que haya demostrado ser una madre como es debido y ahora tendrá su recompensa. Mañana debe venir a cenar. Pero no se lo cuentes antes de tiempo. Echaría a perder la sorpresa.

Maria sorbió de la copa con ribetes dorados.

—¿Y Charles sigue sin saber nada?

—El señor Trenchard no dejó que se lo contaran hasta que los abogados no hubieran comprobado todo. Muy sensato por su parte, en mi opinión. —Seguía siendo difícil para Caroline decir algo amable sobre James Trenchard, pero el hecho era que ambos estaban relacionados legalmente ahora; al menos tenían un nieto en común, así que más le valía acostumbrarse a la idea.

Maria adivinó el desdén de su anfitriona.

—Charles me asegura que el señor Trenchard tiene muchas y excelentes cualidades. Le admira mucho.

Caroline reflexionó sobre esto.

—Entonces yo trataré de hacer lo mismo.

—Su esposa me gusta —dijo Maria.

La condesa asintió con la cabeza.

—Sí, estoy de acuerdo. Su mujer me gusta bastante.

No fue una declaración ni mucho menos efusiva, pero era un principio. Lo cierto era que Caroline sentía simpatía por Anne, quien, a diferencia de su marido, parecía indiferente al ascenso social y desde luego a las opiniones de los demás sobre su familia. Había algo instintivamente aristocrático en su falta de interés por ser una aristócrata. Su marido haría bien en aprender de ella. Caroline presentía que tendría que intervenir, o al menos conseguir que Charles interviniera, para refinar a su abuelo.

—¿Le sorprendió que su hijo decidiera casarse sin contárselo antes? —Maria lamentó sus palabras en cuanto las hubo dicho. ¿Por qué reabrir viejas heridas ahora? Por supuesto que su anfitriona debió de sentirse sorprendida y algo peor, consternada, es posible que incluso traicionada, y aunque todo fuera a tener ahora un final feliz, lo ocurrido no podía borrarse por completo.

Pero Caroline estaba pensando.

—No sé qué contestarte —dijo—. Claro que no habríamos aprobado a la joven, algo que él sabía. Quería presentarnos el *fait accompli,* en lugar de pedir nuestra opinión, que habría

475

sido negativa. Pero quizá debería admirarle por ello. Edmund era hijo nuestro, pero no habíamos doblegado su voluntad. Por otro lado, ¿era la muchacha una aventurera, azuzada y espoleada por el esnob de su padre para subir de posición, que usó su belleza para seducir a un joven inocente del que no era digna? —Se calló y miró las llamas.

Hubo un silencio y sus palabras parecieron quedar suspendidas entre las dos. Entonces habló Maria.

—¿De verdad importa? —dijo, y su voz pareció sacar a Caroline del breve trance en el que se había sumido. Y, tal y como lady Brockenhurst se vio obligada a admitir, la pregunta encerraba una verdad. ¿Qué importaba? La madre de John, Grace, había sido de alta cuna, pero ¿convertía eso a su hijo en un heredero más digno que Charles? No y mil veces no. Y fueran cuales fueran las carencias de Sophia, había tenido personalidad y arrestos, y muchas cualidades aparte de belleza. Edmund no se habría dejado seducir —si es que fue ella quien se propuso seducirlo— solo por una cara bonita. Caroline profesaba un gran afecto a su esposo, pero Peregrine no era un hombre con arrojo. Había nacido para una vida contra la que no tenía nada que objetar, pero Caroline nunca le había visto dedicarse a algo con empeño. Charles tenía aspiraciones y las tendría también para la heredad y la familia, de eso estaba segura, y, cuando mirara a sus dos abuelos, sabría de cuál de los dos habría heredado la determinación de triunfar. Se volvió a la joven sentada a su lado y sonrió.

—Tienes razón, no importa. Lo que importa es el futuro que os espera a Charles y a ti juntos.

—¿Y se lo va a contar todo mañana?

—Eso me recuerda que no he enviado la nota. La escribiré esta noche y haré que la lleven a Bishopsgate mañana a primera hora.

—¿Y mi madre?

—También le enviaré una nota. Luego tendremos una velada de revelaciones.

En cuanto el coche se detuvo delante de las oficinas, James bajó y aporreó la puerta hasta que se abrió una ventana de los pisos superiores y asomó una cabeza despeinada. James reconoció al secretario de Charles. Su contrato debía de incluir hospedaje en el edificio. El joven reconoció la voz de James y pocos minutos después los dos estaban en las oficinas y el secretario se apresuraba a encender lámparas y a darle la bienvenida en su camisa de dormir.

Pero no pudo ayudarlos.

—Sé que el señor Pope tenía un compromiso esta noche. Llegó un mensaje hoy. Pero no sabría decirles adónde iba.

—Y el mensaje… —El nerviosismo de James le hacía parecer enfadado y el secretario se encogió—. ¿Dijo de quién era?

—No, señor Trenchard. Pero pareció complacerle. Era algo sobre arreglar lo que estaba roto, es todo lo que sé.

—¿Y no le dio pista alguna sobre dónde podía ser el encuentro? —Oliver también estaba nervioso, pero su tono era más moderado. Sabía que no tenía sentido asustar al joven. Aunque quería respuestas. Si su padre estaba en lo cierto y había un plan de asesinato, ¿no era él cómplice? No sabía lo que sentía por Charles Pope ahora que conocía la verdad, pero estaba seguro de que no quería verle herido o muerto—. ¿No sabe nada que pueda ayudarnos a encontrarlo? Tiene que ser un lugar cerca de aquí si el señor Pope podía ir caminando.

El secretario se rascó la cabeza.

—Pero fue a casa a cenar con su madre. Acaba de llegar a Londres. Aunque eso no está lejos. —Pensó durante un instante—. Creo que tiene razón, señor. Dijo algo de que estaba cerca del río…

—¡Dios Santo! —exclamó James.

—Espere un momento. —Oliver era quien hablaba ahora—. Hay una calle. Déjenme pensar… ¿All Saints? ¿All Fellows?

—¿Allhallows Lane? —dijo el secretario y Oliver dejó escapar un grito.

—¡Eso es! Allhallows Lane. Y hay una taberna. The Black… ¿Swan?

—The Black Raven. Hay una taberna llamada The Black Raven. —El secretario rezaba por que aquellos hombres hubieran encontrado lo que buscaban y lo dejaran volver a la cama.

James asintió.

—Baje y dé instrucciones a nuestro cochero.

—Es muy fácil de…

—¡Baje! —James echó a correr escaleras abajo, seguido de los otros dos.

Una niebla húmeda subía del Támesis cuando Charles llegó a la estrecha calle empedrada que conducía a la taberna. Era tan espesa y consistente que le calaba el abrigo, haciéndole tiritar y arrebujarse más en la gruesa tela. Conocía Allhallows Lane pero no bien y no de noche, cuando los olores de la suciedad y los desperdicios e inmundicias en las alcantarillas parecían fundirse con el hedor a pescado del vecino mercado de Billingsgate. Miró a su alrededor. Había un letrero, iluminado apenas por una lámpara, pero legible. The Black Raven. Cuanto más lo miraba, más le extrañaba que Oliver hubiera escogido aquel sórdido lugar para su encuentro. Quizá había querido ser cortés y desplazarse desde Eaton Square en vez de obligarle a él a atravesar medio Londres. Pero aun así…

Abrió la puerta de la taberna. Era un edificio isabelino alargado, de techos bajos y vigas negras, un vestigio de otra época ahora engullido por una ciudad en constante crecimiento. El paso del tiempo no le había favorecido y su aspecto era de lugar frecuentado por ladrones y rateros y no por el hijo socialmente ambicioso de un acaudalado constructor. Tampoco era la clase de establecimiento que alguien cruzaría Londres para visitar. Oliver debía de haber oído el nombre y pensado que sería otra cosa. Pero tras un instante de vacilación, Charles soltó la puerta y entró.

Mientras escudriñaba la espesa nube de humo de pipa le golpeó el olor acre a cerveza derramada y sudor rancio. Los ojos le lagrimearon un poco y sacó el pañuelo y se lo llevó a la nariz. La iluminación era tenue, a pesar de las numerosas velas pegadas sobre barriles usados de cerveza o encajadas en cuellos de botellas de vino, y la habitación estaba casi llena. La mayoría de los asientos de madera estaban ocupados por hombres enfundados en toscos abrigos y botas de trabajo, sus conversaciones amortiguadas por el serrín que cubría el suelo. Pero Charles no tuvo que esperar mucho. No llevaba dentro más de un minuto cuando una figura se levantó de un asiento en una ventana salediza y se dirigió hacia él. El hombre llevaba una capa que le cubría casi por completo y un sombrero calado hasta más abajo de las cejas.

—¿Pope? —dijo al pasar—. Acompáñeme.

Puesto que no tenía una idea mejor, Charles siguió al desconocido a la calle, pero el hombre no se detuvo, sino que se dirigió hacia el río. Por fin Charles se paró y dijo:

—No pienso seguir, señor, a no ser que me diga quién es usted y qué quiere de mí.

El hombre se volvió.

—Mi querido amigo. Lo siento mucho. Tenía que salir de aquel pozo inmundo. No podía respirar. No pensé que usted quisiera quedarse tampoco.

Charles le miró con atención.

—¿Señor Bellasis? —Estaba atónito. Bellasis era el último hombre al que había esperado ver—. ¿Qué hace usted aquí? ¿Y dónde está Oliver Trenchard? He venido para reunirme con él.

—Yo también. —John estaba sereno. Había tomado la determinación de hacer aquello y comprobado, para su sorpresa, que la presencia de Charles no la hacía menguar. Le había preocupado que ver a la que habría de ser su víctima minara su resolución, pero no había sido así. Estaba preparado. Quería hacerlo. Solo tenía que conducir al hombre hasta la orilla del río. Habló de nuevo.

—Oliver Trenchard me escribió pidiéndome que me reuniera aquí con él. Pero ¿por qué diablos elegiría semejante agujero?

—Es muy posible que pensara que a mí me convenía —dijo Charles—. No sé si recuerda que mis oficinas están cerca.

—Por supuesto. Esa debe de ser la razón.

Nada de lo cual contestaba a las preguntas que bullían en la cabeza de Charles.

—No entiendo por qué está usted aquí —dijo—. Trenchard y yo tenemos un asunto privado que resolver. ¿Qué tiene usted que ver en él?

John asintió como si estuviera asimilando la información.

—Solo puedo suponer que quiere que también nosotros nos reconciliemos.

Charles le miró. Una vez sus ojos se habituaron a la luz, o a la ausencia de la misma, pudo estudiar el semblante de John. A pesar de lo amistoso de su conversación, su expresión conservaba la altivez y la arrogancia de siempre, con ojos fríos y permanente mueca de desdén.

—No sabía que fuéramos enemigos, señor —replicó.

Lo que no vio es que Bellasis había bajado despacio la calle que conducía al río mientras hablaba y que, sin pensar, Charles le había seguido hasta reunirse con él cerca del agua.

Solo una calle los separaba de la orilla. En aquel tramo del río había un largo dique que llegaba casi hasta el agua y ellos se encontraban en lo que debía de haber sido una colina antes de que se construyera el muro, de manera que el Támesis discurría al menos tres metros a sus pies. Las aguas eran profundas, John lo sabía por la velocidad de la corriente. Había elegido la taberna a aquella altura del río por esa precisa razón.

—Me temo que sí estamos enemistados, señor Pope. Aunque desearía que no fuera así —dijo John con un suspiro.

Charles le miró. Había algo extraño en su voz, una cualidad casi amortiguada que distorsionaba sus palabras. Empezó a desear que el lugar estuviera más transitado, pero no había nadie.

—Entonces confío en que podamos resolverlo, señor. —Sonrió tratando de simular que aquella era una conversación normal.

—Ay, pero no es posible —murmuró John—, puesto que la única solución a mi problema pasa por su...

—¿Por mi qué?

—Por su muerte.

Y con esas palabras y un gesto repentino John le asió y acorraló contra el murete. Cogido por sorpresa, Charles peleó como un tigre, dio patadas y empujó con todas sus fuerzas, pero su contrincante ya le había privado de equilibrio y él tenía las rodillas presionadas contra el borde del parapeto. Su resistencia no hizo sino espolear a John Bellasis. Ahora sí estaba decidido. Si no lograba matar a Charles le ahorcarían por intento de asesinato, de manera que no tenía nada que perder rematando la tarea. Con un último gran esfuerzo rodeó uno de los tobillos de Charles con una pierna y le clavó una rodilla en el muslo a la vez que le daba un fuerte empujón en el pecho y le soltaba. Charles cayó de espaldas, por encima del muro, y se precipitó en el agua helada, atragantándose en la porquería, arrastrado hacia el fondo por su grueso abrigo empapado y que pesaba como plomo, tratando en vano de desprenderse de los zapatos, de aferrarse a algo, a cualquier cosa que lo mantuviera a flote. Pero no había nada en el muro de ladrillo desnudo sobre su cabeza, y John lo sabía.

Bellasis escudriñó la oscuridad. ¿Había muerto ya Charles? ¿Era eso su cabeza o simplemente una arruga del agua, una madera de deriva? Estaba tan concentrado que no oyó las pisadas que se acercaban corriendo ni sintió nada hasta que dos manos le asieron por los hombros y le obligaron a volverse. Se encontró frente a James Trenchard y su hijo.

—¿Dónde está? ¿Qué ha hecho?

—¿Dónde está quién? ¿De quién me hablan? ¿Qué puedo haber hecho yo?

John no se inmutó. Siempre que Charles estuviera muerto, no tenían nada contra él. Incluso ahora podría salir indemne. Todas las pruebas apuntaban a Oliver, y el testimonio de James no tendría valor, o eso creía. Entonces oyeron un grito.

—¡Ayuda! —La voz desencajada procedía de la oscuridad y era como la llamada del espíritu de un muerto al salir de su tumba.

Sin decir palabra, James se quitó el abrigo y los zapatos y se lanzó al río. Cuando oyeron chapoteos y gritos procedentes del agua, Oliver y John se miraron.

—Déjelos —dijo John con voz como aceite caliente—. Olvídese de ellos. Su padre ha tenido una buena vida, déjele marchar. Así heredará usted su fortuna y yo la mía. Librémonos de ellos. —Oliver dudó y John se dio cuenta. Vio que Oliver flaqueaba durante un instante, porque Oliver Trenchard era un hombre débil—. No se preocupe. Es un hombre mayor, no podrá resistir mucho. Sabe que es lo mejor. Para todos.

Durante el resto de su vida Oliver se esforzaría por comprender cómo podía haber considerado la idea, aunque fuera un segundo, pero así fue. Nunca hablaría de ello, pero sabía que lo había hecho. La muerte de Charles Pope no le pareció una gran pérdida en aquel momento, y liberarse de las críticas y la desaprobación de su padre, disponer del dinero pero sin la censura permanente…

—¡No! —gritó, y se quitó el abrigo y saltó detrás de su padre. Se dio cuenta de que este se encontraba debilitado por la temperatura del agua. James se había tirado sin pensar y John Bellasis tenía razón. No resistiría mucho tiempo. Pero Oliver lo alcanzó antes de que se hundiera. Sujetó a su padre por las axilas y empezó a nadar hacia la orilla, ordenando a Charles que le siguiera asido a su cintura. Cómo logró transportar a los dos hasta el muro es algo que nunca supo, tal vez fue la culpa lo que le espoleó, recordar la idea que había considerado por un momento, durante una fracción de segundo. La altura del muro podría haberles hecho sucumbir y Oliver palpó en vano la resbaladiza superficie de ladrillo en busca de algo a lo que aferrarse, pero el alboroto había atraído a un grupo de bebedores de la taberna y apareció un hombre con una cuerda.

Primero sacaron a James, a continuación a Charles y por último a Oliver hasta que estuvieron los tres sentados juntos, escupiendo agua de río, desfallecidos pero vivos. Cuando vio que estaban a salvo, John Bellasis se escabulló. Se había colocado al fondo del grupo de espectadores y ahora lo abandonó. Era posible que sus víctimas estuvieran confusas, pero si uno de los hombres o las mujeres que les estaban prestando ayuda había presenciado parte de lo ocurrido, no dudaría en entregarlo a alguno de los agentes de policía que sin duda estaban de camino. Se quitó la capa y el sombrero y los arrojó a una alcantarilla abierta y regresó a Bishopsgate, donde paró un coche de punto y desapareció.

Anne no conseguía recordar el sueño. Solo que había sido feliz hasta que de pronto algo lo interrumpió y, cuando abrió los ojos, la señora Frant la estaba zarandeando.

—Tiene que venir enseguida, señora. Ha habido un accidente.

Después de aquello resultó un alivio correr a la biblioteca y encontrar a James, Oliver y Charles calados de pies a cabeza pero vivos. Charles parecía ser el más afectado. Para entonces los criados estaban despiertos y Anne llamó sin dilación a Billy y al ayuda de cámara de su marido, Miles, para que los ayudaran a subir, mientras los otros sirvientes preparaban baños, y luego bajó a la cocina en busca de sopa caliente. Nadie se atrevió a despertar a la señora Babbage, de modo que Anne y la señora Frant hicieron lo que pudieron y esta última subió la bandeja.

Charles estaba acostado, limpio y seco y vestido con una de las camisas de dormir de Oliver cuando Anne fue a verle. Estaba aturdido y cansado, era evidente, pero con vida. James le había contado lo bastante para que Anne supiera lo sucedido.

—Sigo sin entender por qué quería matarme John Bellasis. ¿Qué soy yo para él o él para mí?

A ojos de Charles, la pesadilla que acababan de vivir carecía de lógica. Por un momento Anne consideró la posibilidad de contarle la verdad allí y ahora, pero era tarde y el joven estaba confuso. Sin duda sería mejor esperar a que pudiera asimilar lo que se le decía.

—Hablaremos de eso mañana. Lo primero que hay que decidir es si informamos o no de esto a la policía. Es decisión suya.

—Si entendiera la razón de lo ocurrido, sabría mejor qué hacer —contestó Charles, de modo que así quedó la cosa.

Más tarde aquella misma noche, Anne habló de ello con James.

—No creo que podamos entregar a Bellasis a las autoridades sin decírselo primero a los Brockenhurst —dijo—. Cuando se haga público, el peso de lo sucedido recaerá sobre ellos.

Pero James seguía furibundo.

—Tú no estabas allí cuando empujó a Charles al río para que muriera. ¡Porque habría muerto de no haber aparecido nosotros en ese momento!

—Lo sé. —Anne cogió la mano de su marido y la estrechó—. Has salvado la vida de nuestro nieto y acataré lo que decidáis Charles y tú.

—Oliver nos salvó a los dos. Yo estaba a punto de hundirme por tercera vez.

Anne sonrió.

—Entonces que Dios bendiga a Oliver por ser un hijo tan leal.

Y eso fue todo lo que llegó a saber de lo ocurrido.

En cuanto a Oliver, su estado de ánimo era muy distinto. Susan se había despertado cuando Billy llegó para prepararle el baño y ayudarle a acostarse, pero Oliver había permanecido en silencio y se había negado a contestar a sus preguntas. De hecho, fue el criado quien le relató los hechos. Cuando Billy se fue y estuvieron solos, Susan dijo:

—Voy a cancelar el coche de mañana. Esperaremos un día más, para que puedas restablecerte. —Oliver siguió callado—. ¿Hay algo que deba saber? —preguntó Susan con toda la amabilidad de la que era capaz.

Para su sorpresa, Oliver rompió a llorar, abrazándose a ella y aferrándola con una impetuosidad que no había visto nunca Susan, sollozando como si tuviera el corazón roto. Así que esta le acarició el pelo y susurró palabras de consuelo y supo que sus planes estaban saliendo bien y que no tardaría en recuperar a su marido, en tenerlo bajo su completo control.

Lady Brockenhurst había decidido recibirlos a todos en el salón principal. Quería que fuera un espectáculo, y los criados habían recibido instrucciones de vestir librea. Los Trenchard habían sido los primeros en llegar, como era predecible, con James casi bailando de emoción por la velada que les aguardaba, Caroline estaba preparada para su euforia, y Maria había sido elegida para hacerle compañía hasta que la reunión comenzara formalmente.

Lord Brockenhurst estaba allí, como había prometido, pero tanto preparativo le tenía bastante perplejo. «¿Se puede saber qué celebramos?», preguntaba una y otra vez, pero su mujer no quiso decirle nada. Puesto que no había tomado parte en el proceso, tendría que esperar a enterarse al mismo tiempo que Charles y los demás. Caroline había escrito a Stephen y a Grace, en lugar de invitarlos a ser testigos de la humillación y destrucción de sus esperanzas. No sentía aprecio por ningún miembro de aquella familia, pero ahora le inspiraban compasión. Su estilo de vida se terminaría, porque cuando saliera la verdad a la luz dejarían de tener crédito, y aunque Peregrine continuara sacándolos de apuros de vez en cuando, no costearía sus malas costumbres indefinidamente. En resumen, ahora que John no iba a heredar, había llegado el momento de que acomodaran sus gastos a su nueva situación.

Lady Templemore fue la siguiente en llegar, acompañada de su hijo, al que Caroline apenas había visto desde que era un colegial y volvía a casa por vacaciones.

—¿Ha llegado ya el señor Pope? —preguntó curioso.

—No —dijo James—. Se alojó con nosotros anoche y tenía que ir a casa a buscar a su madre. También ella vendrá a cenar.

Reggie recibió esta noticia con mayor alegría que su madre, aunque esta admitió que era «mejor enfrentarse ya a lo peor». Cuando Charles entró en el salón con la señora Pope del brazo ya estaban todos y Caroline les pidió que bajaran al comedor.

—Te estás excediendo un poco, ¿no crees? —dijo Peregrine, pero no puso objeción. Lo cierto era que su mujer tenía intención de excederse porque aquella sería una velada que ninguno olvidaría.

Cuando Stephen Bellasis leyó la carta de Caroline se sintió físicamente indispuesto. Por un momento tuvo náuseas, pero se le pasaron y se quedó quieto, mirando al vacío, sujetando la hoja de papel con mano temblorosa.

—¿Qué ocurre? —dijo Grace.

A modo de respuesta Stephen le dio la carta y la miró palidecer. Por fin rompió Grace el silencio:

—Así que por eso se ha ido. Ha debido de enterarse.

—Quizá se lo han contado —dijo Stephen.

Grace asintió.

—Peregrine ha debido de escribirle. Es lo justo.

—¡Justo! —bufó Stephen—. ¿Cuándo ha hecho Peregrine algo justo?

Pero aunque trataba de parecer despectivo, en su interior estaba aterrado. ¿Tendría algún ascendiente sobre Peregrine ahora que ya no era el padre de su heredero? Por supuesto que no. Estaban destinados a ser unos segundones, personas del montón sin influencia ninguna. No era de extrañar que John se hubiera ido.

Habían encontrado su nota debajo de la puerta, aunque nunca sabrían si la había llevado él en persona o había enviado a un criado. Dejaba Londres, decía. Dejaba Inglaterra. Podían disponer de sus habitaciones, conservar lo que quisieran y vender el resto. No volvería. Cuando estuviera instalado les haría saber dónde encontrarle. Para Stephen, la noticia fue como si alguien hubiera dado un tirón a un collar de perlas y las cuentas hubieran salido despedidas en todas direcciones. Y ahora la carta de Caroline había destruido las pocas esperanzas que conservaba. ¿Quién era aquel Charles Pope? Un fabricante astuto e insignificante que había invadido sus vidas y robado todos sus sueños.

—Al menos ahora sabemos por qué le prestaba Caroline tanta atención —dijo.

—No, no lo sabemos —replicó Grace furiosa—. Si es el heredero legítimo ¿por qué lo han tenido escondido desde que nació? No sabemos nada. Nada. Salvo que John se ha ido y no va a volver. —Había empezado a llorar. Por la pérdida del futuro de su hijo, por la pérdida de todo aquello con lo que habían contado, todo lo que les era querido. En cuanto la noticia llegara a las calles se les terminaría el crédito y los prestamistas los engullirían. Suponía que tendrían que renunciar a la casa de Harley Street, aunque dudaba de que el precio de venta sirviera para saldar sus deudas. Se recluirían en la rectoría de Lymington y ella haría lo posible por mantener a Stephen alejado de tentaciones, pero no sería fácil. Ahora eran mendigos, y los mendigos no tienen elección. Era cuestión de supervivencia, de salir adelante, de recoger las migajas que pudieran de la mesa de Peregrine. Eso era todo lo que les esperaba. Se puso de pie.

—Voy a acostarme —dijo—. No tardes mucho. Intenta dormir y tal vez mañana lo veamos todo mejor.

Pero no creía sus palabras y tampoco lo hizo Stephen. De camino a la cama Grace quiso comprobar si la ponchera de plata que había guardado en la antigua habitación de John años atrás seguía allí. Después de todo la había escondido en previsión de tiempos difíciles y los que se avecinaban sin duda lo serían. Tendría que sacarla de la casa por la mañana porque los alguaciles podían presentarse en cualquier momento. Pero cuando entró en la habitación vio que las cajas dentro del armario estaban cambiadas de sitio y, con el corazón encogido, supo que no estaba antes incluso de subirse a la silla. No le sorprendió. El hecho iba en consonancia con su mala suerte en todo lo demás. «Bueno», pensó, «espero que lo gaste de manera sensata».

Pero mientras cruzaba exhausta el rellano hacia su dormitorio feo y oscuro, Grace sabía que no sería así.

El asombro de Charles Pope fue el mayor de todos, naturalmente. Aunque a medida que escuchaba, muchos detalles empezaron a encajar y se preguntó por qué no se había planteado nunca la existencia de un vínculo de sangre que explicara la determinación de James de ayudarle a salir adelante, o la fijación de Caroline por invertir una fortuna en las actividades de un aventurero joven y anónimo al que apenas conocía. Jamás habría adivinado la verdad última, pero la relación de parentesco era algo que debía de haber deducido tiempo atrás.

Su asombro ante la transformación de sus circunstancias era comparable al de lady Templemore, que apenas podía creer que, después de haberse tragado voluntariamente la amarga medicina, esta se hubiera convertido de pronto en néctar. Había sospechado, claro está —cuando Maria le habló de un conde cuyo hijo había muerto— que Charles podía tener sangre Bellasis, pero no había dejado traslucir nada para poder castigar a Caroline, tal era la indignación que le causaba ver a su hija emparejada con un bastardo. Ahora todo había cambiado. La posición social que había ambicionado, por la que se había esforzado y por la que había luchado en nombre de su hija le había sido devuelta, pero esta vez reforzada con el amor. Sentía deseos de cantar, quería bailar, echar los brazos al aire y reír, pero tenía que controlar su entusiasmo, no fuera que alguien la tomara por una advenediza avariciosa ávida de cosas sin valor moral. De manera que sonrió y saludó con amabilidad y se sorprendió a sí misma riendo las ocurrencias de Charles, porque empezaba a darse cuenta de que Maria tenía razón y el joven era atractivo, muy atractivo incluso, algo en lo que, cosa extraña, no había reparado antes.

Reggie Templemore también estaba encantado, pero su felicidad era menos complicada y menos efusiva que la de su madre. Esta le había pedido que fuera a Londres para que mediara en una disputa familiar, algo que detestaba por encima de todo, y, cosa inesperada, la disputa se había evaporado en un mar de dicha universal. Además de lo cual Charles le parecía un hombre de lo más agradable y le complacía que su hermana hubiera encontrado una solución tan encomiable a su situación. No había tenido nada que perder ni ganar en la disputa, de la que además no había tenido noticia hasta hacía poco, de modo que su alegría era más sosegada que algunas de las reacciones de los otros comensales, pero aun así estaba complacido. Ahora podía volver a casa con mayor tranquilidad respecto al futuro. Le había agradado especialmente oír a Charles explicar a sus abuelos que (para deleite de uno y perplejidad del otro) no pensaba renunciar a la fábrica ni a su negocio de algodón. Nombraría a un administrador competente, claro, pero sentía que tenía instinto para los negocios y no era su intención ignorarlo. Peregrine, como era de esperar, movió la cabeza al conocer una ambición tan ajena a su naturaleza, pero Caroline no. Después de reflexionar al respecto, coincidió con James Trenchard en el asunto, la primera y probablemente última vez que haría una cosa así. Reggie estaba encantado de dar la bienvenida a la familia a alguien con cabeza para los negocios. Se trataba de un don que ningún Grey había poseído durante siglos.

La señora Pope no había intervenido demasiado en la conversación, pero quizá era la más afectada de los presentes. Hija y esposa de vicarios de la Iglesia de Inglaterra, ya le resultaba extraño encontrarse cenando rodeada de la magnificencia de Brockenhurst House, por no hablar de la noticia de que su hijo sería algún día señor de aquella casa y de muchas otras. Pero poco a poco, a medida que transcurría la velada, comprendió que su posición en la vida de Charles no se vería afectada por los cambios. Este quería que disfrutara de su ascenso, no que se sintiera menospreciada por él, así que decidió seguir su ejemplo y celebrarlo. Solo en una ocasión intervino para hablar con vehemencia, cuando lord Brockenhurst osó sugerir que ahora Charles debía abandonar sus negocios con el algodón. Al oír esto negó con la cabeza.

—Oh, no —dijo, y su voz fue muy firme—. Nunca conseguirán que Charles deje de trabajar. Sería como pedirle a un pájaro que no vuele.

Caroline había aplaudido estas palabras y Charles había levantado su vaso para brindar por la señora Pope.

Sería difícil decir cuál de los dos abuelos estaba más dichoso con el giro de los acontecimientos. James tenía un nieto vizconde, con cabeza para los negocios y con el que podría compartir todo lo que no había podido compartir con Oliver. Los descendientes de James estarían entre las familias más destacadas del país y, en su imaginación, de allí en adelante él caminaría codo con codo con los grandes de la tierra. Anne no se dejaba llevar por estos delirios, pero no veía razón para no consentir a James que los tuviera de momento. ¿Por qué no iba a hacerlo? Había conseguido todo lo que se había propuesto y Anne quería que disfrutara de la sensación al máximo. En cuanto a ella, le bastaba saber que el hijo de Sophia estaba destinado a llevar una vida de privilegio. Le gustaba Maria. Incluso sentía simpatía por Caroline, más de la que jamás habría esperado sentir, y estaba satisfecha. Se veía pasando tiempo en Glanville con Oliver y Susan, o en Lymington con Charles y Maria, llevando por lo demás una vida tranquila y apacible. Decidió que tal vez participaría en el diseño de algunos de los jardines de las plazas de Belgravia. James podría facilitarle algo así y sería un empleo satisfactorio de su tiempo. Su hijo y su nieto estaban felizmente instalados (en el caso de Oliver, más razonable que felizmente) y no se podía pedir más.

Solo Oliver, en presencia de tanta animación, estaba algo taciturno. Lo cierto era que cuando repasaba sus acciones sentía vergüenza y humillación, asombro incluso por su elección de comportamiento. Hasta sus celos del hijo de Sophia le parecían algo mezquino e indigno de un hombre cuando pensaba en ellos. El hecho de no haber sabido que Pope era su sobrino no le excusaba. Era difícil, quizá, aceptar que el nieto de James le proporcionaría a este más satisfacción que su propio hijo, pero ahora las cosas habían salido de la mejor manera posible. Y unos años al frente de Glanville ayudarían a Oliver a sentirse menos fracasado. Aun así le atormentaba su decisión de ayudar a John Bellasis escribiendo aquella nota y, peor aún, su instante de vacilación junto al río. Eso era algo que nunca le contaría a nadie, se llevaría el peso de la culpa a la tumba.

Oliver había ido a las habitaciones de John aquel día, pero le habían dicho que el señor Bellasis se había marchado. Habían cargado sus baúles de madrugada en un carro que acompañaría a su coche de punto a la estación, aunque el portero no supo decir a cuál. A Oliver no le sorprendió, y cuando le explicó los hechos a Charles más tarde, de vuelta en Eaton Square, ambos habían acordado, en contra de los deseos de James, olvidar el asunto. De lo contrario el escándalo sería inmenso, John iría a la horca y ninguno se libraría nunca de la sombra proyectada por aquella noche atroz. De hecho Charles, mostrando más compasión de la que ni James ni Oliver eran capaces, había sugerido proporcionar una pensión a John, puesto que había vivido toda la vida esperando heredar y carecía de habilidades con las que procurarse un sustento. Estaba claro que la pérdida de sus perspectivas económicas le había hecho enloquecer y ¿sería justo colgar a un hombre por algo así? A esta propuesta, cuando por fin la aceptó, James había puesto una única condición. La pensión solo se pagaría si John permanecía lejos de Gran Bretaña. «Inglaterra, Escocia, Gales e Irlanda deben quedar libres de él. Que recorra el continente en busca de un lugar de descanso, aquí no lo encontrará». De manera que eso acordaron: John Bellasis debería pasar el resto de su vida convertido en un ser errante, exiliado, o bien regresar a casa desposeído.

El papel de Susan en aquella celebración era delicado. Había sabido la verdad sobre Charles antes que ninguno de los demás, pero no podía darlo a entender puesto que la verdad le había sido revelada estando en la cama con John Bellasis. De manera que tuvo que simular sorpresa y reír y aplaudir con asombrado deleite sabiendo que Anne, sentada frente a ella a la mesa, sabía muy bien que estaba fingiendo. Pero en adelante las cosas serían más fáciles. No hablarían de los secretos del pasado de Susan ni del verdadero origen del hijo que esperaba ni de nada que pudiera poner en peligro la felicidad del joven matrimonio Trenchard. Si Susan se descarriaba otra vez, entonces quizá todo cambiaría, pero eso no ocurriría. Había estado una vez al borde del precipicio y no pensaba repetir la experiencia. Su suegra no la traicionaría y ella no traicionaría a Oliver. Podía conseguir que todo saliera bien. Y lo haría.

En cuanto a Peregrine Brockenhurst, la noticia le había transformado por completo. No entendía del todo por qué Caroline le había ocultado la verdad cuando descubrió que aquel joven era hijo de Edmund, pero le daba igual. Miraba a su mujer con reverencia. Le maravillaba su comprensión de cómo funcionaba el mundo, su capacidad de controlar y resolver.

Ahora su vida volvía a tener sentido, administrar sus propiedades tenía de nuevo un propósito y su familia volvía a tener futuro. Casi sentía la energía regresar a su cuerpo. Estaba entusiasmado, una sensación tan extraña que le costó trabajo identificarla cuando empezó a manifestarse. Sentía una punzada de lástima por John, que se lo había jugado todo a la carta de su herencia y al darle la vuelta se había encontrado un comodín. Hablaría con Charles y vería qué se podía hacer. De hecho, Charles sabría lo que habría que hacer respecto a todo. De eso estaba seguro. Sí, lo dejaría en manos de Charles.

La velada había concluido y todos bajaron al vestíbulo. Se propuso que el coche de James llevara a Charles y a la señora Pope de vuelta a Holborn, pero Charles no quiso ni oír hablar de ello. Encontraría un coche de punto, dijo, y eso bastaría. Cuando llegaron al pie de la escalinata, Maria permaneció cerca de él y, cuando empezaron las despedidas, Caroline Brockenhurst habló:

—Si de verdad quiere volver a casa en un coche, ¿por qué no le acompañas, querida, a buscarlo?

Los demás quedaron bastante sorprendidos, por proceder aquella sugerencia de alguien para quien las apariencias lo eran todo, pero Maria se adelantó y se cogió del brazo de Charles antes de que la abuela de este pudiera cambiar de opinión. Cuando salían de la casa, lady Templemore dirigió una mirada ligeramente interrogativa a su anfitriona, pero Caroline se mostró contumaz.

—Bueno, no creo que algo así deba preocuparnos —dijo.

A lo que Anne contestó:

—No debe preocuparnos en absoluto.

Lo que dejó claras a los allí presentes las alianzas y las diferencias de criterios que habrían de regir la manera de conducirse de la familia en las décadas venideras.

Ya en la calle, los enamorados inspeccionaron la plaza en busca de un coche libre. Fue Maria quien rompió el silencio.

—¿Puedo meterte la mano en el bolsillo? Tengo tanto frío… No debería haber salido sin un chal.

Y por supuesto Charles se quitó el abrigo y la envolvió en él y pronto tuvo la mano de ella, entrelazada con la suya, en el bolsillo.

—¿Significa esto que puedo ir a la India contigo? —preguntó Maria.

Charles pensó un instante.

—Si quieres. Puede ser nuestro viaje de bodas, si tu madre no tiene objeción.

—Si la tiene habrá de vérselas conmigo.

Charles rio.

—Debes de considerarme un estúpido. Por no sospechar nada.

Pero Maria no estaba dispuesta a tolerar algo así.

—Por supuesto que no. Para los puros de corazón todas las cosas son puras. Las intrigas te son algo tan ajeno que eres incapaz de atribuírselas a los demás.

Charles movió la cabeza.

—Quizá el interés del señor Trenchard era explicable. Era amigo de mi padre, o eso creí yo; tal vez se me pueda perdonar haber aceptado su ayuda sin cuestionarla. Pero ¿lady Brockenhurst? ¿Una condesa siente de pronto el impulso de invertir en el negocio de un joven al que apenas conoce? ¿No habría sido eso una pista para alguien menos ciego que yo?

Suspiró ante su falta de astucia.

—Tonterías —dijo Maria—. Todo el mundo sabe que más vale ser crédulo que suspicaz.

Y con esas palabras inclinó la cabeza hacia atrás y Charles tuvo el inmenso placer de darle un beso en los labios. Entonces no lo sabía, pero la querría con idéntica pasión hasta el día de su muerte. Lo que por sí solo constituye un final feliz.

Más tarde aquella noche Anne estaba sentada en su tocador mientras la señora Frant le cepillaba el pelo. James y Oliver seguían abajo, en la biblioteca, bebiendo una copa de brandi, y Charles había vuelto a Holborn con la señora Pope. Antes de separarse habían hecho planes para que se instalaran en Brockenhurst House en cuanto quisieran, de manera que aquella parte de la historia estaba casi decidida. Anne no envidiaba a la señora Pope su futuro como dama de compañía sin sueldo de la condesa, pero al menos no llevaría una existencia solitaria.

—Creo que deberíamos empezar a buscar una doncella nueva —dijo Anne. La señora Frant había sido doncella en el pasado y sabía lo que hacía, pero era demasiado trabajo para combinarlo con el de ama de llaves, y las dos lo sabían.

—Mañana por la mañana haré algunas averiguaciones, señora. Yo me encargo. —La señora Frant no tenía intención ninguna de dejar el asunto en manos de la señora Trenchard, que había contratado a aquella desagradable y tramposa señorita Ellis. Una persona así no habría superado la criba de la señora Frant—. ¿Y me permite una sugerencia, señora?

—Por favor.

—¿Podríamos confirmar a Billy en su puesto de mayordomo? Supongo que es algo joven, pero conoce esta casa y las costumbres del señor Trenchard, y desde luego está deseando que se le dé la oportunidad.

—Si cree que será capaz… —Anne estaba sorprendida de que la señora Frant quisiera a un hombre en la treintena en el puesto de mayordomo—. Pero ¿no supondrá más responsabilidades para usted?

—Por eso no se preocupe, señora. —La señora Frant sabía bien que al asegurar el puesto a Billy contaría siempre con su gratitud. Si controlaba al mayordomo y seleccionaba a la doncella de la señora, su vida sería mucho más sencilla. Y eso era lo que quería la señora Frant. Una vida sencilla, con ella al mando—. Claro que la decisión es suya, señora —añadió. Y dicho esto dejó el cepillo en el tocador—. ¿Es todo, señora?

—Sí —dijo Anne—. Gracias. Buenas noches.

Así que el ama de llaves cerró la puerta al salir y dejó a Anne a solas con sus pensamientos. Aceptaría las sugerencias de la señora Frant con la esperanza de que todo volviera a la normalidad. Entonces podrían seguir con sus vidas.

Era tarde y una fina llovizna empezó a caer cuando John Bellasis salió de un sucio restaurante en un callejón camino de su posada triste y sórdida. Había dejado a su criado, Roger, deshaciendo el equipaje y organizando sus habitaciones como mejor pudiera, pero eran muy pobres comparadas con su alojamiento en Albany, por modesto que este hubiera sido. Dudaba de que Roger siguiera con él mucho tiempo. Estaba demasiado lejos de sus amigos y de los lugares que frecuentaba, ¿y para qué? ¿Qué sacaría de aquel exilio en Dieppe? Es más, ¿qué hacía él en un lugar así? No podía creer que estuviera a salvo. Que no hubieran enviado a nadie en su busca de inmediato, tal y como se había temido, no quería decir que fueran a olvidar lo sucedido. Debía seguir moviéndose, esa era la solución; no permanecer demasiado tiempo en ninguna parte. Pero ¿cómo se las arreglaría? ¿De qué viviría? Se preguntó distraído cuál sería la palabra francesa para «prestamista».

Entonces la llovizna se transformó en lluvia y echó a correr.

ÍNDICE